더디게 찾아온 이번 가을이,
상순이와 같은 새롭고 용감한 도전들로
반짝 반짝 빛나기를 바래봅니다♥

정여울.
유희진 올림 2024. 10월

To all the amazing fans
that have supported "상순이"
for so long!
  Thank You So Much!
I owe so much to this wonderful
show, and to ALL of you for your
endless support and love.
  너무 너무 너무 감사 합니다!

다니엘 헤니
"Dr. Henry Kim"

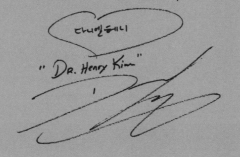

내 이름은 김삼순

2

김도우 대본집

내 이름은 김삼순 2

초판 1쇄 인쇄 2024년 11월 4일
초판 1쇄 발행 2024년 11월 18일

지은이 | 김도우
펴낸이 | 金滇珉
펴낸곳 | 북로그컴퍼니
주소 | 서울시 마포구 와우산로 44(상수동), 3층
전화 | 02-738-0214
팩스 | 02-738-1030
등록 | 제2010-000174호

ISBN 979-11-6803-097-8 04810
ISBN 979-11-6803-095-4 04810 (세트)

ⓒ 2024, 김도우 / 북로그컴퍼니

· 이 책의 원작은 〈내 이름은 김삼순〉(지수현/눈과마음)입니다.

· 잘못된 책은 구입하신 곳에서 바꿔드립니다.
· 이 책은 북로그컴퍼니가 저작권자와의 계약에 따라 발행한 책입니다. 저작권법에 의해 보호받는 저작물이므로, 출판사와 저자의 허락 없이는 어떠한 형태로도 이 책의 내용을 이용할 수 없습니다.

김도우
대본집

2

내 이름은
김삼순

일러두기

1. 이 책의 편집은 김도우 작가의 집필 방식을 따랐습니다.
2. 드라마 대사는 글말이 아닌 입말임을 감안하여, 한글맞춤법과 다른 부분이라 해도 그 표현을 살렸습니다. 지문의 경우 한글맞춤법을 최대한 따르되, 어감을 살리기 위해 고치지 않고 그대로 둔 경우도 있습니다.
3. 대사와 지문에 등장하는 말줄임표나 쉼표, 느낌표와 마침표 등의 문장부호 역시 작가의 집필 의도를 살리기 위해 고치지 않고 그대로 실었습니다.
4. 이 책은 작가의 최종 대본으로, 방송된 부분과 다를 수 있습니다.

차례

일러두기 ··· 4
용어정리 ··· 6

10회 내 이름은 김희진 ························· 7

11회 실수라고 말하지 말아요. 이건 두 번째 키스니까요. ······· 53

12회 뭐 어때? 난 이제 겨우 서른 살인데! ············· 99

13회 그녀와 이별하는 법... ····················· 143

14회 연애질의 기초 ··························· 187

15회 연애질의 정석 ··························· 233

16회 사랑하라, 한 번도 상처받지 않은 것처럼 ········· 283

스페셜 페이지

작가 인터뷰 ····································· 333
배우 인터뷰: 김선아·현빈 ························· 339
초기 시놉시스 ··································· 346

용어정리

E	이펙트(Effect)의 약자로, 화면 밖에서 들리는 음향이나 대사 등의 효과를 말한다.
프레임 아웃	피사체가 화면 안에서 화면 밖으로 나가는 것.
(Na.)	내레이션(Narration)의 약자로, 인물과 상황에 대한 정보를 알려주는 목소리이다.
F.O	페이드아웃(Fade-Out). 화면이 점차 어두워지면서 장면이 바뀌는 것.
F.I	페이드인(Fade-In). 어두웠던 화면이 점차 밝아지는 것.
줌인	줌 렌즈의 초점 거리를 변화시켜 특정 부분을 잡는 것. 주로 감정적인 순간이나 중요한 요소를 강조할 때 사용한다.
인서트	화면의 특정 동작이나 상황을 강조하기 위해 삽입한 화면.
(F)	필터(Filter)의 약자로, 전화기 너머의 목소리 등을 표현할 때 쓴다.
디졸브	두 개의 화면이 겹치거나, 블랙이나 화이트 화면과 기존 화면이 겹치는 기법. 시간 경과나 장면(Scene)을 마무리할 때 사용한다.
플래시백	회상을 나타내는 장면. 지금 일어나고 있는 일의 인과를 설명할 때 쓰이기도 하고, 인물의 성격을 설명하기 위해 쓰이기도 한다.
O.L	오버랩(Overlap)의 약자로, 앞 장면에 겹쳐서 다음 장면이 나오는 기법.
몽타주	따로따로 편집된 장면들을 짧게 끊어서 붙인 화면.

10회

내 이름은 김희진

1. 자막 - 제10회 내 이름은 김희진

2. 홀(낮, 9회 엔딩)

    - 오 지배인과 봉숙, 머리끄댕이를 잡고 맘대로 소리 지르며 옥신각신한다.
    - 진헌과 직원들, 처음 보는 오 지배인의 모습에 놀라 입 딱 벌린 채 말릴 생각도 못 한다. 어느 순간!

삼순   (E) 엄마!!!

    - 모두들 쳐다본다.
    - 진헌도 쳐다본다.
    - 오 지배인과 봉숙도 서로의 머리를 움켜쥔 채 쳐다본다.
    - 삼순과 이영이 이 엄청난 상황을 기막히게 보고 있다.

삼순   (쪽팔린다! 콱 죽고 싶다!) 엄마 미쳤어? 왜 이래 정말. 누구 죽는 꼴 보고 싶어?!

진헌   (넋 나간 듯 봉숙을 본다. 엄마라고?)

3.   홀

- 직원들, 하던 일 마저 하며 사무실을 힐긋거린다.
- 이영, 한쪽 구석 테이블에 앉아 초조한 듯 물을 벌컥 마신다. 그 앞에 썩 다가서는 현무. 이영, 놀라 보면,

현무   (손에는 고기 다지는 기구를 들고서) 청바지 왜 안 갖다줘요. 삶아 먹었어요?
이영   ? 삼순이가 안 갖다줬어요? 맡긴 지가 언젠데?
현무   하 참... (기구로 삿대질하며) 오늘 밤에 입어야 되는데 어떡할 거예요.
이영   (뭐야 이거. 나름대로 피하며) 미안해요, 나중에 갖다줄게요.
현무   오늘 밤에 입어야 된다니까요?
이영   청바지가 그거 하나밖에 없어요?
현무   청바지야 많지만 오늘은 꼭 그걸 입어야 된다구요. (들이대며) 꼭!
이영   아 이것 좀 치워요! 그리구 청바지가 다 거기서 거기지, 다른 거 입으세요 그냥.
현무   이 아가씨가 정말. 그걸 입든 다른 걸 입든 내 맘이지 어따 대고... 아 몰라, 오늘 밤 안으로 갖다줘요.
이영   여길 또 오라구요?
현무   이 아가씨 정말 뻔뻔하네? 잘못했으면 두 번이고 세 번이고 와야지. (마지막 삿대질) 오늘 밤 아홉 시까지예요! (들어간다)
이영   허! 저 넙치 자식 정말... 어우 재수 없어.

4.   사무실

- 책상을 두고 마주 앉은 진헌과 봉숙, 삼순.

봉숙	(째려본다)
진헌	(시선을 슬쩍 피한 채 아.. 죽겠다)
삼순	(역시 죽을상이고)
봉숙	(책상에 봉투를 탁 놓는다)
진헌	? ...
삼순	? ...
봉숙	우리 집 집문서야.
삼순	(눈 동그래진다) 엄마...
진헌	??? ...
봉숙	당장 오천만 원 갚을 능력은 안 되구, 성격상 뭉개고 있지도 못하겠고, 이거라도 담보로 갖고 있어.
진헌	(참 난감하고 무섭고) ... 저... 이러지 않으셔도 됩니다.
봉숙	누구 맘대로? 니 맘대로?
진헌	돈 얘긴 삼순 씨랑 끝냈는데...
봉숙	안 갚아도 된다고?
진헌	... 네.
봉숙	(책상 너머로 멱살 잡으려 확 일어나는) 야 이 자식아! (동시에 진헌은 화들짝 물러나고)
삼순	(얼른 잡으며) 엄마 왜 또 이래에.
봉숙	우리 딸 희롱하고 오천만 원으로 때우겠다는 거야 지금?
진헌	(쩔쩔맨다) 저기.. 그게 아니구...
봉숙	그 말이 그 말이잖아!
진헌	진정하세요...
삼순	그래 엄마, 진정하구 앉아서 얘기해, 흥분하지 말구. 응? (간신히 앉힌다)
봉숙	(앉아 노려본다)
진헌	(아 미치겠다)
봉숙	잘 간수하고 있어. 우리 둘째네 아파트 팔리면 그날로 찾으러 올 거니까. 알았어?
진헌	... 네.
봉숙	그리구, 오늘부터 삼순이 출근 안 하네.
진헌	!!! ...

봉숙	(일어나며) 가자. (나간다)
삼순	(말없이 앉아 있다)
봉숙	(돌아보며) 빨리 안 오구 뭐 해?
삼순	밖에서 기다려. 잠깐 할 얘기 있어.
봉숙	저 음탕한 놈이랑 무슨 얘길 해!
진헌	(음탕???)

5. 홀

- 사장실 쪽에서 나오는 봉숙.
- 이영이 보고 일어난다.

봉숙	가자. (나간다)
이영	(얼른 따라가며) 삼순이는.
봉숙	그러게 내가 아들 하나 낳자고 그렇게 졸랐는데.
이영	여기서 아들 타령이 왜 또 나와.
봉숙	아들이 있었어봐. 저 호랑말코 같은 자식을 가만뒀겠어?
이영	요즘은 왜 아들 타령 안 하나 했더니...

- 오 지배인이 현관 앞에 서서 문을 열어준다.

봉숙	(멈춰 째려본다)
오 지배인	(머리 잡고 싸우던 모습은 온데간데없다. 정중히) 아깐 실례가 많았습니다. (90도 각도로 절을 한다) 안녕히 가십시오.
봉숙	(흥! 콧방귀를 뀌며 지나친다)
이영	(꾸벅) 실례했습니다. 안녕히 계세요. (나간다)

6. 사장실

- 삼순, 사직서 봉투를 책상에 놓는다.

삼순	뭔 줄 알죠?
진헌	(봉투는 보지도 않고) 무슨 여자가 그렇게 입이 가벼워요?
삼순	?! ...
진헌	집에는 당연히 비밀로 해야 되는 거 아녜요?
삼순	(화가 난다) 내가 내 입으로 말했을까 봐요? 자기 엄마한테 나 오천만 원에 팔렸어요, 이렇게 말할 사람이 몇 명이나 될 거 같아요?
진헌	(귀찮다) ... 됐어요. 그리고 약속한 대로 2주 채우세요. 그때까진 사표 수리 안 합니다. (사직서를 쓰레기통에 버린다)
삼순	! ... 왜 그렇게 자기 생각만 해요?
진헌	여기 관두면, 어디 갈 데 있어요?
삼순	(퉁명스레) 뭐.. 찾아보면 있겠죠.
진헌	(곰곰 생각하다가) 이렇게 합시다.
삼순	? ...
진헌	오늘 일은 없었던 걸로.
삼순	(답답한) 사장님이야 그게 되겠지만 난 안 돼요. 엄마한테 맞아 죽어요.
진헌	두고 보면 알겠죠, 맞아 죽는지.
삼순	! ... 목숨 갖고 장난해요?
진헌	김삼순 씨!
삼순	왜요!
진헌	(벌컥 화를 낸다) 직장이 오락실입니까? 기분 따라 들락날락하게?
삼순	(기가 막힌다) 허! 이런 경우를 두고 박봉숙 여사는 뭐라 그러는 줄 알아요? 방귀 뀐 놈이 성낸다! 난 오늘부로 관두니까 알아서 하세요! (휙 돌아서서 나간다)
진헌	! ...

7. **탈의실**

- 락카의 개인 소지품들을 쇼핑백에 담는 삼순... 착잡하다. 다 담자 유니

폼을 매만지는 삼순. 이름표가 눈에 뜨이자 가만히 만지다가 그걸 떼어 가방 속에 넣는다.
- 인혜가 들어온다.

인혜	언니...
삼순	(돌아본다)
인혜	정말 관두는 거예요?
삼순	... 응.
인혜	헤어졌다고 관두래요?
삼순	아니야 그런 거. 그냥.. 그럴 일이 좀 있어서... 너한테 미안해서 어떡하지?
인혜	(눈물이 글썽해서) 몰러요, 난 어쩐다요 이제.
삼순	... (쇼핑백에 담은 소지품 중에 낡은 공책을 꺼내 건넨다) 받어.
인혜	(받으며) 이게 뭔데요?
삼순	그동안 이것저것 메모해둔 건데 도움이 될 거야. 내 재산목록 1호니까 나중에 꼭 돌려줘야 돼?

8.   홀

- 삼순이 나온다.
- 직원들이 서운한 얼굴로 모여 있다.

삼순	...
직원들	...
삼순	나 작별 인사하는 거 싫으니까 나오지들 마요. (총총히 나간다)

- 직원들이 따라오자 멈춰 돌아보며,

삼순	아 나오지 말라니까. (얼른 내뺀다)

9. 현관 앞

- 엄마와 이영이 탄 택시가 기다리고 있다.
- 재빨리 빠져나온 삼순이 얼른 택시에 탄다.

삼순　아저씨, 빨리 가요.

- 택시 출발한다.
- 그제야 나온 직원들이 서운하게 바라본다.
- 영자도 왠지 서운한 얼굴이다.

10. 홀 일각

- 창가에 홀로 서서 주차장을 빠져나가는 택시를 바라보는 진헌.
- 오 지배인이 다가와 옆에 선다.

진헌　(보는)
오 지배인　(미안하고 걱정스런) 미안해. 내가 좀 참았어야 되는데.
진헌　아녜요, 오 지배인님 잘못 아니니까 너무 그러지 마세요.
오 지배인　당장 영업 어떡하나...
진헌　(난감) ... 일단 어머니한테 부탁해볼게요. 지난번처럼 베이커리를 공수해 오든가 당분간 파티쉐를 파견시켜달라든가.
오 지배인　파티쉐가 파견 나오는 게 좋지 않을까?
진헌　저도 그게 좋을 것 같아요.
오 지배인　그렇게라도 되면 다행인데... (혼잣말처럼) 삼순 씨 참 아깝네. (하며 간다)
진헌　(복잡한) ...

11. 나 사장 비서실(동 오전)

- 똑똑 노크 소리에 모니터 보던 윤 비서가 '네' 한다.
- 문이 열리고 가벼운 운동복 차림으로 들어오는 희진.

윤 비서　?! ...
희진　　（표정 밝은) 안녕하세요, 어머님 계시죠.
윤 비서　계시긴 한데...
희진　　（다짜고짜 들어가며) 저 어머니랑 얘기 좀 할게요.
윤 비서　（붙잡으려 책상 돌아 나오는) 저기 희진아.

- 그러나 희진은 이미 들어가고.

12.　나 사장 집무실

- 희진이 들어온다.
- 통화 중이던 나 사장, 힐끔 보고는 놀란다.

나 사장　? (통화) 네, 그럼 그건 그렇게 처리해주시구, 다음 주에 한번 뵙죠. 네, 우리 윤 비서랑 시간 잡으시구요. 네, 끊습니다. (끊고 본다)
희진　　（애교 반, 겸연쩍음 반) 저랑 운동하러 가요 어머니.
나 사장　（황당한) ...
희진　　저 요즘 요가 하는데 어머니도 같이 하시면 좋을 거 같애서요.
나 사장　（기가 막힌다) ... 너 지금 반항하니?
희진　　요가 하고 점심 사주세요 어머니.
나 사장　당장 나가지 못해!
희진　　（흠칫) ...
나 사장　（인터폰 버튼 누르고) 넌 뭐 하는 거야. 왜 불청객은 들이고 그래?
희진　　（바짝 다가들며) 어머니, 그러지 마시고 딱 한 시간만, 네? 딱 한 시간만 내주세요. 저 요가 하는 거 보시면 어머니도 분명 좋아하실 거예요.
나 사장　（들어오는 윤 비서에게) 얼른 데리고 나가.

희진	어머니, 저 건강해요. 안 아프다구요.
윤 비서	희진아.

13. 비서실

- 나오는 희진과 윤 비서.

희진	(민망하고 부끄럽고) ... 윤 비서님.
윤 비서	응.
희진	저 민망해 죽겠어요. 윤 비서님이래두 밥 사주세요.

14. 호텔 내 한식당

- 마주 앉아 밥 먹는 희진과 윤 비서. 희진은 조금씩 맛있게 오물오물 먹는다.

윤 비서	(보고는 픽 웃는다)
희진	... 왜요?
윤 비서	꼭 새처럼 먹잖아.
희진	진헌이가 복받은 거죠. 조금 먹으니까 조금만 벌어도 되고. (씨익 웃는다)
윤 비서	(픽 웃으며) 식이요법은 안 해?
희진	즐겁게 먹는 게 식이요법이랬어요.
윤 비서	누가?
희진	헨리, 아니 주치의가요. (사이) 근데... 결혼하신 줄 알았어요. 그때 만나던 분 계셨잖아요.
윤 비서	글쎄... 한 그늘에 오래 앉아 있다 보니 다른 그늘로 옮겨 앉는 게 쉽지 않네... 번거롭고, 싫어.
희진	(아... 알겠다는 듯 살짝 주억거리고는) 저 밥 잘 먹는다구 어머님한테 꼭

전해주셔야 돼요?

15. 보나뻬띠 테라스(동 밤)

- 이영이 쇼핑백 들고 서성인다.
- 안에서 현무가 나온다.

이영 (쇼핑백을 턱 안긴다) 아홉 시 오 분 전이에요. 됐죠? (가는데)
현무 (붙잡으며) 도대체 삼순 씨는 왜 갑자기 관둔 거예요. 어머니는 왜 그러시고.
이영 (벌레를 내치듯 손을 확 쳐내며) 알려고 하지 마세요. 여러 사람 다치니까.
현무 거 참 해파리도 아니고 톡톡 쏘기는... 잠깐 기다려요, 입어보고 나올 테니까. (들어간다)
이영 ? 입어보긴 뭘 입어봐요? ... 이봐요! (그러나 현무는 벌써 들어갔다) ! ... 뭐 저딴 게 다 있나?

16. 거리(동 밤)

- 그 청바지를 입은 현무가 앞서 성큼성큼 가고 이영이 뒤따라온다.

이영 글쎄 어딜 가는 건데 내가 따라가야 되냐구요.
현무 아 그거 참, 온 식구가 딱따구리를 삶아 먹었나 되게 시끄럽네 정말. 손해 볼 거 없으니까 그냥 따라와요.
이영 (기가 막혀 쫙 째려보다가 팽 돌아서서 간다)
현무 (돌아보고는 얼른 쫓아와 핸드백을 낚아챈다)
이영 어머? 왜 이래요 정말!
현무 청바지를 며칠씩이나 빌려 입었으면 술이라도 한잔 사야 되는 거 아녜요?

이영	(그런 거였어?) ... 지금 저한테 수작 거는 거예요?
현무	싯, 순진한 싱글한테 수작이라니! 난 수작 안 걸어요, 곧바로 작업 들어가지! (핸드백을 든 채 도망치듯이 총총히 간다)
이영	뭐야 쟤? ... 야! 핸드백 안 내놔? 야! (아랑곳없이 가는 뒷모습 보며) 허, 감히 어따 대고... (불불이 쫓아간다) 야 핸드백 내놔!

17. 오뎅 바

- 현무의 잔이 가만있는 이영의 잔에 짠 부딪치고.
- 술 마시는 현무. 어이없어하는 이영.

이영	오늘 밤에 꼭 입어야 된다는 게 이거였어요?
현무	내가 말예요, 이 청바지만 입으면 백전백승이거든요.
이영	오오 백 번씩이나 작업 거셨어요? 그런데 왜 장갈 못 갔을까?
현무	돌아온 싱글이에요.
이영	(좀 놀라서는) ... 큼... 저랑 똑같네요.
현무	(의외다) 정말이에요?
이영	그럼 이혼했다고 거짓말하는 처녀도 있어요?
현무	(너무 좋아한다) 아 그럼 진작에 말할 것이지. 이렇게 반가울 수가 있나. 왠지 뭐가 통할 것 같더라고.
이영	(삐죽삐죽) 통할 게 따로 있지, 그게 뭐 자랑이라고.
현무	아 적어도 왜 이혼했냐는 질문은 안 할 거 아녜요. 성격찬지 성의 격찬지 그게 그렇게 궁금해?
이영	(피식 웃으며) 그건 그러네요.

18. 베이커리실(동 밤)

- 퇴근하던 진헌, 주방을 지나치다가 문득 멈추어 불을 켠다.
- 텅 빈 베이커리실이 썰렁해 보인다.

- 진헌, 안으로 들어가 괜히 둘러보고 작업대를 만져보고 하다가... 구석에 놓여 있는 공책을 발견한다. 뭐지? 집어들고 본다.
- (인서트) 아주 오래되어 빛이 바랜 공책(중고생용 공책 세 권쯤을 까만 끈으로 묶은) 겉표지에 '김삼순'이라고 씌어 있다.
- 넘겨보는 진헌.
- (인서트) 빽빽하게 그녀만의 TIP들(이수열 과장님께 부탁)이 담겨 있다. 오랜 세월이 느껴지는... 군데군데 재밌는 낙서와 만화들도 그려져 있다.
- 진헌, 미소가 감돈다. 그녀가 참 미덥다. 몇 장을 더 넘기다가 일기 같은 낙서를 유심히 본다.

삼순 (5년 전의 앳된 목소리. E) 밀가루 반죽에는 용도에 따라 두 가지가 있다. 이스트를 넣은 것과 넣지 않은 것. 이스트를 넣으면 금방 발효하지만 그렇지 않을 땐 밀가루가 자기 혼자 숨을 쉬며 부풀어 오른다. 난 그게 너무 너무 귀엽다. (혼자 다짐하는 투) 이스트를 넣지 않은 사람이 되어야지?

- 진헌, 피식 웃는다. 네가 더 귀엽다는 듯이... 진헌, 공책을 덮어 제자리에 두고 핸드폰 꺼내들고 문자를 누른다.

19. 삼순네 뜰(동 밤)

- 운동하는 삼순. 핸드폰이 진동을 하자 주머니에서 꺼내어 본다.
- 〈월급 10프로 인상〉

삼순 아직도 정신을 못 차렸지? 돈지랄을 해요 아주. (삭제해버린다)

20. 베이커리실

- 진헌, 문자를 다시 보낸다.

21. **뜰**

- 삼순, 문자를 확인한다.
- 〈20프로 인상〉
- 삼순, 또 삭제해버리고는 계속 운동하다가 멈칫, 뭔가 생각하다가 집으로 들어간다.

22. **삼순 방**

- 옷장에서 인사 가느라 진헌이 사주었던 투피스를 꺼내는 삼순. 나가다가 말고 돌아서서 벽에 걸어놓은 꽃다발을 본다. 잘 말려서 걸어놓았다. 고민하다가 꽃다발도 집어들고 나가는 삼순.

23. **베이커리실**

- 진헌, 지루하게 서성이며 답장을 기다린다. 지난번에 삼순이 그랬던 것처럼... 잠시 후, 안 되겠는지 통화 버튼을 누른다.

24. **삼순 방**

- 핸드폰이 울린다. 발신자가 〈삼식이〉라고 뜬다.

25. **집 앞 골목**

- 삼순, 쇼핑백 안의 투피스를 보며 갈등하다가... 재활용 수거함에 집어넣고 돌아선다.

26. 베이커리실

- 음성사서함으로 넘어가자 핸드폰을 닫는 진헌. 약이 오른다. 감히 내 전화를 안 받어?

27. 오뎅 바

- 손님이 반쯤은 빠진 늦은 시간. 두 사람 앞에는 나무꼬치가 꽤 많이 쌓여 있다. 술도 꽤 취했다. 각자 오뎅 꼬치 하나씩 들고 있다.

현무 그렇게 해서 마르세유에 도착했는데 돈은 없고 배는 고프고 어떡해, 여기서 하던 대로 시장엘 갔지. 가서 무작정 허드렛일 도와주고 밥이나 얻어먹자 그랬는데?

이영 (시큰둥) ...

현무 왜 있잖아요. 우리도 어시장 같은 데 가면 시장 사람들이 생선 대가리랑 무랑 대충 텀벙텀벙 집어넣고 고추장 풀어서 얼큰하게 끓여 먹는 거. 글쎄 거기서도 그러더라니까요? 캬~ 그 냄새. 뱃속이 어찌나 환장하게 뒤집어지든지.

이영 밤새네 밤새. 그래서요, 얻어먹었어요?

현무 먹었죠, 먹다마다요! (웅변하듯이) 내 영혼을 울린 한 그릇의 생선스프, 부야베스(Bouillabaisse)!

이영 (피식 웃는다)

현무 그리고 그 어시장 구석탱이에 있는 오래된 식당에서 아르바이트를 하기 시작했는데 그 식당 메뉴판에 이런 문구가 있었어요. '네가 먹은 것이 무엇인지 말해주면 나는 네가 어떤 사람인지 말해주마'.

이영 브리야 샤바랭?

현무 (놀라서) 샤바랭을 알아요?

이영 동생이 파티쉐인데 그 정돈 알고 있어야죠. 샤바랭이라는 과자가 그 사람

현무	이름을 딴 거라면서요? (감탄 또 감탄- 꼬실려고) 역시 내가 보는 눈은 있다니까? 얼굴 돼, 몸 돼, 머리 돼, 도대체 안 되는 게 뭐가 있어요? 이런 경우를 두고 샤바랭이 한 말이죠. (손을 덥석 잡으며 대뜸) 우리 잡시다.
이영	(마침 오뎅 썹다가 목에 켁 걸린다)

28. 거리(동 밤)

- 좀 전보다 더 많이 취해 흐트러진 모습으로 마주 서 있는 이영과 현무. 현무가 계속 자자고 조르는 모양이다.

이영	(혀도 꼬여서는) 글쎄 내가 왜 너랑 자야 되냐구.
현무	(역시 혀 꼬인) 아니 본능에 충실하면 됐지 꼭 이유를 붙여야 되냐?
이영	명분은 있어야 될 거 아냐. 아무리 막가는 세상이래두 겨우 세 번째 만났는데 끅...
현무	명분? 명분은 없고 저기 화분 있네 화분. (버려진 조그만 화분을 주워든다) 자 화분...
이영	흐흐 짜식 썰렁하기는... 그러지 말고 세 가지만 대봐. 내가 왜 너랑 자야 되는지.
현무	그까이 꺼 끅... 첫째, 내 청바지를 입었으니까.
이영	흥, 궁상덩어리 청바지?
현무	둘째, 손 주면 다 준 거 아닌가?
이영	체, 니가 뺏었지 내가 줬냐?
현무	셋째, (대답이 궁하다) 셋째... 셋째...
이영	(흘긴다. 기껏 기회를 줬건만)
현무	아- 미치겠네 이거? 셋째...
이영	(안 되겠다. 나선다) 셋째, (턱짓) 저게 있으니까.
현무	(돌아보면)

- 모텔이 떡 자리 잡고 있다.

이영   (현무의 옷자락을 와락 잡아채며) 너 오늘 나한테 죽어봐. (끌고 간다) 따라와!

29. **보나빼띠 주차장(동 밤)**

 - 차에 오르는 진헌. 키를 꽂는데 핸드폰이 울린다. 삼순이구나! 얼른 핸드폰을 꺼내 발신자를 확인할 것도 없이 받는다.

진헌   네 김삼순 씨. (대답 없자) 김삼순 씨.
희진   (F) 김삼순 씨 전화 기다렸어?
진헌   (아 당황!)

30. **희진 거실 & 차 안**

 - 셀러리를 통째로 든 채 먹다 말고 통화하는 희진.

희진   (썩 기분이 좋지 않다) 진헌아.
진헌   어. 좀 통화할 일이 있어서...
희진   이렇게 늦게?
진헌   어? 어...
희진   ... 중요한 일인가 보네.
진헌   어 좀...
희진   ... 지금 어디야?
진헌   어 퇴근하는 중이야.
희진   많이 늦었네?
진헌   응...
희진   내일 있잖아, 미주 놀이치료 가는 날이라며. 나도 같이 가면 안 될까?
진헌   (잠시 생각하다가) 좋지.

희진	그럼 미주 데리고 우리 집 앞으로 와. 출발할 때 전화하고.
진헌	그래. 알았어.
희진	조심해서 들어가.
진헌	음.

- 희진, 전화 끊고 갸웃... 무언가 찜찜하다.

31. 차 안

- 진헌도 역시 찜찜하다. 털어버리고 시동을 켠다.
- 차가 출발한다.

32. 삼순네 뜰(동 밤)

- 삼순이 말린 꽃다발을 들고 나온다. 울적한 얼굴로 텃밭으로 가 쭈그리고 앉는다. 그리고 꽃들을 하나하나 떼어내어 부수듯이 하며 뿌린다. 마치 비료를 주듯이.

삼순 (Na.) 아버지는 뭐 하나 허투로 버리는 법이 없었다. 남은 음식은 당연히 텃밭 차지였다. 물기를 빼고 그늘진 곳에 잘 말려서 이렇게 골고루 뿌려주곤 했다. 잘 먹고 잘 크라며... 이 꽃을 먹고 자란 야채가 밥상에 오르면, 맛있게 먹고 깨끗이 잊어주겠다.

- 하지만 삼순의 표정은 그리 쉽게 잊을 것 같지가 않다.
- F.O

33. 오피스텔(아침, F.I)

- 아침 햇살이 쏟아져 들어온다. 한쪽에 삼순의 자전거가 생뚱맞게 자리 잡고 있다.
- 잠자는 진헌.

삼순 (E) 삼식아.
진헌 (자는)
삼순 (E) 야 삼식아!
진헌 (번쩍 눈 뜨는)
삼순 (E) 빨리 일어나. 밥 먹고 출근해야지.
진헌 (후다닥 일어나 앉아 두리번거리다)
삼순 (E) 뭘 그렇게 놀래. 빨리 인나 세수해.
진헌 (두리번거리다가 흠칫!)

- 꿀꿀이한테서 나오는 말이다.

삼순 (E) 또. 또. 또 순진한 척하긴. 나 처음 봐?
진헌 (입이 딱 벌어진다!)
삼순 (E) 근데 어떻게 된 게 오늘은 냉장고에 계란도 없냐?
진헌 (이럴 수가!)
삼순 (E) 놀래긴 짜식, 믿어지지 않겠지만 그냥 받아들여. 니가 날 버리는 바람에 이렇게 되고 말았어.

- 진헌, 얼른 침대에서 빠져나와 꿀꿀이를 집어들고 재빠르게 현관으로 간다.

삼순 (E) 야, 너 뭐 할려구? 설마 날 버리는 건 아니지? 삼식아! 삼식아!

- 진헌, 현관문을 열어 꿀꿀이를 휙 던지고는 문을 쾅 닫는다. 휴- 안도의 한숨을 내쉬고는 안으로 들어오다가 자지러지게 놀란다.
- 어딘가에 떠억 앉아 있는 꿀꿀이. 손에는 감자깎이! 축 늘어져 있던 눈은 위로 쭉 째지고!

삼순　(E) 감히 니가 날 버려? 방앗간집 셋째 딸 삼순이를 버린 죄가 얼마나 큰 건지 보여주겠어. (감자처럼 껍질을) 벗겨버릴 거야!

　　　- 꿀꿀이가 카메라를 향해 휘익 날아온다.

34.　**오피스텔(아침)**

　　　- 잠자던 진헌이 눈을 번쩍 뜬다. 아.. 꿈이구나. 그럼 그렇지. 안도하며 돌아눕다가 또다시 허억 놀란다. 그의 품에 안긴 꿀꿀이. 밤새 끌어안고 잔 게 틀림없다. 진헌, 진저리를 치듯 꿀꿀이를 퍽 내친다.
　　　- 꿀꿀이가 침대 밑으로 떨어진다.
　　　- 아 재수 없어! 머리를 흩트리는 진헌.

삼순　(E) 우리나라에 예수가 몇 명인 줄 알어?

35.　**삼순네 마루(아침)**

　　　- 아침 식사하던 봉숙과 이영이 생뚱맞은 질문에 삼순을 쳐다본다.

삼순　(사뭇 진지하다) 두 명이야. 성인은 네 명, 허준은 삼백 명, 노숙자는 백한 명, 철수는 만이백사십팔 명, 영희는 이만구천칠백이십칠 명. 그 외에도 피해자, 안테나, 박치기, 주길년, 주기자, 장풍, 강아지, 고양이,
이영　어머, 강아지 고양이도 있어?
삼순　강아지는 다섯 명, 고양이는 한 명.
이영　너무 무책임하다 걔네 부모님들.
삼순　우리 앞에도 있어.
봉숙　(째려보며) 또 개명 타령이니?
삼순　작년엔 창원 사는 58년생 이삼순이가 이하늘로 개명했어. 58년생도 새

인생 살겠다구 바꾸는데 난 이제 겨우 서른이야. 개명할 거니까 말리지 마.

봉숙   (덤덤하게) 안 말려. 맘대로 해.
삼순   (뜻밖이다) !!! ...
이영   (역시 놀라지만 곧 표정 바꾸며) 엄마 농담이지. 할아버지랑 아버지도 그렇게 반대했는데 왜 갑자기?
봉숙   30년을 김삼순으로 살았으니까 남은 인생은 니가 그렇게 좋아하는 김희진으로 살아봐.
삼순   (흥분했다) 엄마 정말이다? 딴말하기 없기다?
봉숙   이름이라도 바꿔야 남자들한테 안 채일 거 같아서 그래. 이름 바꾸고도 또 채일 거면 그냥 호적 파 가.
삼순   (감동해서) 엄마...
봉숙   법무산지 뭔지 거기다 맡길 거야? 돈 있어?
삼순   아니, 이번엔 내가 직접 쓸려구. 선은 법원 들렀다가 갈 거니까 걱정 마.
이영   너 오늘 선봐?
봉숙   (불똥이 이영에게로 튄다) 너 새벽에 들어왔지. 어디서 뭐 했어?

36.   **모텔방(동 아침)**

- 시트를 뒤집어쓴 현무가 욕실 문을 열어본다. 아무도 없자 갸웃하며 이리저리 둘러보는데 어딘가에 놓인 메모지가 눈에 뜨인다. 반으로 접힌 그 종이를 집어들고 보면,

이영   (E) 어제 즐거웠어요. 서비스 좋던데요?

- 현무, 접힌 종이를 편다. 십만 원짜리 수표가 들어 있다.

현무   !!! ... 뭐 이딴 여자가 다 있어?

37. 오피스텔 쓰레기장(동 오전)

- 쌓여 있는 쓰레기봉지 더미 위로 꿀꿀이가 툭 던져진다.
- 출근 차림의 진헌이 그렇게 꿀꿀이를 버리고 가는데.

수위	(E) 이봐 총각! 어이!
진헌	(돌아본다)
수위	(쓰레기장 정리하던 중이다) 아 이걸 이렇게 버리고 가면 어떡해? (꿀꿀이를 집어들며) 쓰레기봉투에 담아서 버리든가, 재활용센타에 갖다주든가.
진헌	(뚜해서 다가와 꿀꿀이를 받아들고 간다)

38. 나 사장 집무실(동 오전)

- 나 사장, 윤 비서의 보고를 받고 놀란다.

나 사장	뭐? 삼순 양이 그만뒀다고?
윤 비서	네.
나 사장	왜?
윤 비서	희진이 때문 아니겠어요? 헤어졌는데 계속 다니긴 뭐하잖아요.
나 사장	이런 망할 놈의 자식. 내가 그렇게 얘길 했는데.
윤 비서	근데요, 어제 삼순 양 어머니가 레스토랑에서 난동을 부렸다는데요.
나 사장	? 난동? 삼순 양 어머니가?
윤 비서	네.
나 사장	그건 또 무슨 소리야? 이놈이 무슨 실수 한 거 아냐?
윤 비서	? ... 혹시...
나 사장	혹시 뭐.
윤 비서	임신시킨 거 아닐까요?
나 사장	(뒤로 넘어갈 듯이) 아이구 머리야.

39.   거리(동 오전)

- 초등학교 저학년쯤 돼 보이는 여자아이가 가방을 메고 하드를 빨며 온다.
- 그 앞에 썩 나서는 진헌. 꿀꿀이를 안고 있다.

아이   (놀라서 우뚝 멈추며 올려다본다)
진헌   (꿀꿀이 들이밀며) 꼬마야, 너 이거 가질래?
아이   나 꼬마 아닌데요?
진헌   (눈알 굴리다가) ... 학생, 이거 너 가져.
아이   왜요?
진헌   왜? 음.. 그냥 니가 이뻐서.
아이   싫어요.
진헌   ? ... 왜 싫은데?
아이   난 원래 인형 안 좋아해요.
진헌   ! ... (약 올라서 짐짓 험상궂게) 너 학교 안 가고 뭐 해. 땡땡이 치면 혼난다?
아이   오후반이에요. (인상 쓰며) 이상한 아저씨야. (간다)
진헌   (황당! 부어서 툴툴댄다) 씨.. 쪼그만 게... 커서 삼순이처럼 돼라.

- 진헌, 인형 든 채 길가로 나와 택시를 잡는다. 손님을 태운 택시가 한 대 지나가고,

소리   (E) 삼식아- - -
진헌   (깜짝 놀라 돌아본다)
소리   (E) 아 삼식아아- - -
진헌   (두리번거린다)
소리   (E) 아 워디 갔다 이제 오는겨. 쟤 손 좀 봐요. 새까만 게 까마귀가 보면 할아버지- 허겠어. 빨리 가 손 씻고 밥 먹어어.
진헌   (정말로 때 꼈나 싶어서 자기도 모르게 손을 보고는 다시 두리번)

- 북소리에 이어 꽹과리 소리까지...
- 이게 무슨 소리야, 소리를 찾아 두리번거리다가 멈칫하더니 어딘가로 다가간다.
- 천막이 쳐진 과일행상 트럭으로 다가오는 진헌. 유심히 보면, 트럭 기둥에 매달린 고물 라디오에서 흘러나오는 노래다. 장사익의 〈삼식이〉

진헌 (별 희한한 노래도 다 있군! 참 어이없다!)

40. 베이커리실(동 오전)

- 꿀꿀이를 들고 들어오는 진헌.

진헌 김삼순 씨, 이거 도로 가져가요. 그리고 자전거는 언제 가져갈 거예요?

- 등을 보이고 일하던 인혜가 돌아본다.

인혜 삼순이 언니 그만뒀잖아요.
진헌 (당황)! ... 아.. 미안해요. (나가다가 다시 돌아보며) 혼자 할 수 있겠어요?
인혜 지두 걱정이구만요.
진헌 며칠만 참아요. 곧 해결할 테니까. (나간다)
인혜 (혼자 어떡하나 난감하면서도 위로의 말 한 마디에 좋아 죽는다)

41. 미용실(동 낮)

- 머리 자르는(또는 퍼머하는) 삼순. 이것저것 주문을 하고...
- 점차 변화해가는 삼순의 머리...

42. **커피전문점(동 낮)**

- 또박또박 걸어오는 삼순의 다리. 카운터 앞에서 멈춘다.
- 달라진 헤어스타일에 화사한 옷을 입은 삼순이 메뉴판을 올려다본다.

삼순   (거침없이) 블랙커피 하나 주세요. 시럽은 필요 없어요.

43. **가정법원 앞(동 낮)**

- 커피를 마시며 걸어오는 삼순. 멈추어 바라본다.
- 가정법원 정면이 보인다.
- 삼순, 벅차게 바라본다. 고단한 삼순이 인생은 끝이다! 힘차게 들어간다.

44. **법원 호적과**

- (인서트) 개명허가신청서에 씌어지는 인적사항. 본적 서울시 종로구 부암동 17/주소 상동/신청인 겸 사건본인 김삼순(金三珣)/생년월일 1976. 7. 7.
- 삼순, 민원인 테이블에 앉아 또박또박 정성스럽게 기입하고 있다. 신청취지를 쓰며 읽는다.

삼순   신청인 겸 사건본인의 이름 삼순으로 기재된 것을 희진으로 (하다가 멈칫) ... 아- 여기서 걸리네? ... (골똘히 생각하며) 유희진... 김희진... 유희진... (낭패스럽다) 왜 하필이면 희진이냐? (볼펜으로 머리를 북북 긁는다. 정말 고민스럽다)

- (시간 경과) 삼순은 이제 신청원인사실(신청이유)을 쓰고 있다. 오랫

동안 생각하던 터라 막힘없이 술술 써 내려간다.

삼순 (쓰면서 속으로 읽는, 차분하게, E) 왜 이름을 바꿔야 하냐구요? 혹시 삼순이에 대한 슬픈 전설을 아시나요? 삼순이라는 이름을 가진 한 여대생이 엠티를 갔습니다. 술을 마시자 남학생들은 이름을 갖고 놀려댔고 상처를 받은 그 여학생은 울며 뛰쳐나와 택시를 잡아탔습니다.

45. 교외 도로, 택시 안

- 여대생 삼순이 뒷자리에서 훌쩍훌쩍 울고 있다.
- 기사가 힐끔힐끔 보다가 안 되겠는지 물어본다.

기사 학생, 복스럽게 생겨갖구 왜 그렇게 울어? 남자친구가 속 썩여?
삼순 흑... 아뇨...
기사 근데 왜 그래 한창 좋은 나이에.
삼순 흑... 친구들이 이름이 촌스럽다고 막 놀려요...
기사 허허 그런다고 울어? 애도 아니고.
삼순 아저씨가 한번 당해보세요. 흑...
기사 이름이 뭐 어때서. 삼순이만 아니면 됐지.
삼순 (헉 쳐다보는)

46. 교외 덤불숲

- 시체가 된 삼순이 눈을 부릅뜨고 있다.

삼순 (E) 결국 삼순이는 택시에서 뛰어내려 자살을 하고 말았답니다.

47. 호적과

- 창구에 서류뭉치를 내미는 삼순.
- 직원이 서류를 받아 빠진 게 없나 확인하고는 접수도장을 찍으려는데.

삼순　(내내 찌푸드드한 표정으로 보고 있다가) 잠깐만요! 저기.. 고칠 게 있거든요? 잠깐 줘보세요. (건네는 걸 받아들고, 볼펜 집어들고 신청서의 어딘가에 줄을 북북 긋는다)

- (인서트) 신청서의 〈'호라(好㰾)'로 개명하는 것을 허가한다. 라는 결정을 구합니다〉라는 문구에서 호라를 북북 지우고 그 위에 희진(熙珍)이라고 쓴다.
- 삼순, 결국은 오랫동안 선망하던 그 이름을 적어서 당당하게 창구에 내민다.
- 직원이 쾅쾅 접수도장을 찍어 접수증을 내민다.
- 삼순, 그걸 받아들고 본다. 30년 역사가 이렇게 일단락되는구나! 감회가 새삼스럽다.

48.　병원, 놀이치료실(동 낮)

- 상담사와 미주와 몇 명 아이들이 놀고 있다. 모래놀이나 블록쌓기 등등...
- 미주, 아이들과 곧잘 어울려 논다.

49.　치료실 복도

- 유리 너머로 지켜보는 희진과 진헌.

희진　여기 다닌 지는 얼마나 됐어?
진헌　한 2년쯤?

희진　맨날 니가 데리고 다녔어?
진헌　음. 거의.
희진　힘들었겠다. 일주일에 두 번씩이나 보통 일이 아닌데.
진헌　이젠 삼순이 니가 있잖아.
희진　(삼순이라는 말에 놀라 쳐다본다)
진헌　(모르고, 계속 유리 너머 보며) 너랑 나랑 번갈아가면서 일주일에 한 번씩 다니면 괜찮겠다. (하며 고개 돌리다가 놀란 희진의 얼굴과 마주치자) ?... 왜.
희진　어? 아, 아냐... (얼른 유리 너머로 고개 돌리는)
진헌　(무심히 유리 너머를 본다)

50.　**진헌의 차 안**

- 동승석에 희진이, 뒤에 미주가 앉아 있다.

희진　(힐긋 안색 살피고는) ... 김삼순 씨랑은 통화했어?
진헌　? 어?
희진　뭐 중요한 일 있다며.
진헌　어어...
희진　무슨 일인데?
진헌　... 그냥... 레스토랑 일이야.
희진　레스토랑 일 뭐.
진헌　... 그만뒀거든.
희진　? 왜?
진헌　(덤덤한 척) 그냥 사정이 좀 생겨서...
희진　... 혹시 나 때문이야?
진헌　?... 왜 너 때문이라고 생각해?
희진　그냥 뭐... 아무리 계약연애라지만... 나 땜에 혹시 불편해서 그런가 싶어서.
진헌　(거짓말하기는 그렇고 할 말을 잃는) ...

희진	혹시... 둘이 무슨 일 있었어?
진헌	... 아냐. 신경 쓰지 마.
희진	김삼순 씨가 너 좋아하니?
진헌	! ...
희진	제주도에서 가짜로 연기하는 것 같진 않았어.
진헌	! ...
희진	(보며) 어?
진헌	글쎄... 난 잘 모르겠는데. (무마하느라 피식 웃으며) 알고 싶은 게 뭔데.
희진	... 아냐. 됐어. (하지만 마음이 불편하다)
진헌	(역시 불편한)

51. 대형서점(동 낮)

- 서점 내 완구점에서 희진이 병원놀이 세트를 고른다.

희진	이거 어때?
미주	(좋아라 끄떡인다)
희진	그래, 좋아할 줄 알았어. 나중엔 언니랑 진짜 병원놀이 하자?
미주	(끄떡끄떡하더니 옆에 있는 어떤 것을 가리킨다)

- 희진과 진헌이 쳐다본다.

희진	(꺼내든다) 주방놀이네? 이것도 사줘?
미주	(끄떡끄떡)
진헌	(삼순이 때문에 저러나 싶어서) ! ...

52. 서점 통로

- 두 개의 놀이세트를 하나씩 들고 걸어오는 세 사람.

- 문득 미주가 뭔가를 보더니 진헌의 손을 잡아 이끈다.

|진헌| (갸웃하며 끌려간다)
|미주| (진열되어 있는 어떤 책을 가리킨다)
|진헌| (보고 놀란다)

- 모모.

|희진| 이걸 니가 볼려구? (진헌에게) 얘 한글 뗐어?
|진헌| 글은 빨리 깨쳤어. 읽고 쓰고 다 해.
|희진| 그래도 이건 어려울 텐데.
|미주| (한 권을 집어들고 사달라는 표정)
|희진| (웃음이 난다) 알았어, 사줄게. 어려우면 나중에 읽지 뭐. (책을 받아들고 미주를 데려가며) 가자.

- 진헌도 따라가다가... 멈칫... 돌아보더니... 다가와 마치 도둑질하는 사람처럼 주위를 두리번거리고는 한 권을 집어들고 간다.

53. 호텔 커피숍(동 오후)

- 실망 가득, 잔뜩 부은 얼굴의 삼순
- 마주 앉은 맞선남, 8대 2 가르마에 족히 40은 되어 보인다.

|맞선남| (커피를 후르룩 소리 나게 마시고는, 무표정) 월수는 얼마예요?
|삼순| (허) ... 그러는 댁은 연봉이 얼만데요?
|맞선남| 뭐.. 벌 만큼 벌어요.
|삼순| 저도 벌 만큼 벌어요.
|맞선남| 근데 어머님이 혼자시던데 혹시 결혼하면 어머님을 모셔야 되나요?
|삼순| 모시는 게 아니라 같이 사는 거죠.
|맞선남| 셋째 딸이라면서요. 언니들 있잖아요.

삼순	언니들보단 저랑 궁합이 잘 맞거든요.
맞선남	(맘에 안 든다) ...
삼순	(역시 맘에 안 든다) ...
맞선남	글래머 스타일이라고 들었는데 생각보다 통통하시네요.
삼순	! ... 저도 핸섬하신 분이라고 들었는데 그 머리, 울트라캡숑짱이네요.
맞선남	! ... 아니 나이가 몇인데 그런 교양머리 없는 말을 써요?
삼순	(입을 톡톡 치며) 어머 실수! 죄송해요, 제 주둥이에 방망이가 달려서.

54. 로비

- 들어오는 현우와 채리. 커피숍을 지나치다가 채리가 먼저 문득 걸음을 멈추고 본다. 현우도 보다가 놀란다.
- 멀리로 맞선 보는 삼순이 보인다.

채리	허! 헤어진 지 얼마나 됐다고.
현우	? 그게 무슨 소리야?
채리	진헌 오빠랑 헤어졌대. 희진 언니라고 옛날에 사귀던 여자가 돌아왔거든.
현우	! ...
채리	가자. (현우의 팔짱을 끼며 간다)
현우	(헤어졌구나, 곱씹는)

55. 호텔 헬스

- 현우, 웨이트 트레이닝을 하고 있다. 문득 승리의 미소가 스며 나온다. 그럼 그렇지, 결국 헤어졌구나!
- 채리, 러닝머신에 오르며 핸드폰 버튼을 누른다. 잠시 후.

채리	오빠? 나 채리.

56. 사장실 & 헬스

- 진헌, 책을 보던 중에 전화를 받은 듯 손에 모모가 들려 있다.

진헌   오랜만이다? 웬일이야?
채리   (F) 아주 재밌는 걸 봐서. 오빠 전 애인 있잖아, 삼순이.
진헌   ? ...
채리   (F) 운동하러 왔는데 지금 여기서 선보고 있네?
진헌   ! ...
채리   오빠랑 헤어진 지 얼마나 됐다구 벌써 선보러 다니구. 거봐, 내 말이 맞지? 오빠 조건 보고 접근한 거라구.
진헌   (쾅 수화기를 내려놓는다)
채리   ? ... 오빠! ... 오빠! ... 뭐야아.

- 진헌, 왠지 기분이 더럽다.

57. 호텔 커피숍

맞선남   어린 나이도 아니고 맞선 보러 나와서 이거 너무하는 거 아녜요?
삼순   (말투는 다소곳이) 어머 또 죄송하네. 예의를 국 끓여 먹은 지 오래돼서.
맞선남   지금 날 놀리는 거죠?
삼순   호호호 저 센스!
맞선남   이 여자가 정말!
삼순   어머나, 어린 나이도 아닌데 여자로 봐주시구, 몸 둘 바를 모르겠네.
맞선남   아 재수 없어 정말! (일어나 팽 나간다)
삼순   (인상 팍 쓰는) 나도 재수 없어. 지가 조인성이 뭐야? 8대 2 가르마는 아무나 하는 줄 알어?
2회남   (E) 김희진 씨.

삼순	?! (휙 돌아본다)

- 2회에서 진헌 때문에 놓친 맞선남이 미소 짓고 있다.

2회남	여전히 터프하시네요.
삼순	! ... 아니 여길 어떻게...
2회남	저도 선보러 왔다가 퇴짜 맞았습니다.
삼순	(얼떨떨) 아 예에...
2회남	좀 앉아도 되겠습니까?
삼순	(방금 전의 남자에게 하던 것과는 정반대의 싹싹함) 예? 아 예 그럼요. 의자는 앉으라고 있는 건데...
2회남	(자리에 앉는다)
삼순	(창피하고 민망하고 얼떨떨한) ...
2회남	그때 그 남자분이랑 잘 안 됐나 봐요.
삼순	! ... 아니 그게 사실은요...

58. 홀

- 6시쯤의 아직은 한가한 시간...
- 세련된 30대 여자 둘이 있는 테이블. 그중 하나가 두리번거리며 웨이트리스를 찾는다.
- 한쪽에서 손 모으고 서 있던 진헌, 마침 마주 오는 영자에게 가보라고 모션을 취한다.
- 영자가 그 테이블로 온다.

영자	필요한 거 있으세요 손님?
여자1	혹시 여기 파티쉐 바꼈어요?
영자	! ... (곤혹스런) 네 좀 사정이 생겨서...
여자1	어쩐지, 옛날 그 맛이 아니다 했지.
여자2	(불평) 케잌 먹을려고 일부러 여기까지 왔는데.

- 그 소리를 다 듣고 있는 진헌. 잠시 생각하다가 주방 쪽으로 간다.

59. 베이커리실

- 진헌이 다가와 베이커리실을 들여다본다.
- 혼자서 분주한 인혜. 주문서를 보며 디저트로 나갈 케이크들을 잘라 접시에 담고 슈가파우더를 뿌리는 등의 마무리도 하고 즉석에서 해야 할 일들도 해가며 곤혹스러움이 역력하다.

웨이터 X번 테이블에 초콜릿무스 안 나와?
인혜 아 참! 나가요.

- 인혜, 얼른 냉장고로 가 투명용기에 담아둔 초콜릿무스를 꺼내 건네고는 땡 소리 나자 오븐으로 달려간다. 팬을 꺼내다가 앗 뜨거! 데이면서 팬을 놓쳐 바닥에는 쿠키들이 흩어지고.

60. 호텔 커피숍

- 삼순, 오늘도 2회남과 말이 잘 통한다.

2회남 (다 이해한다는 듯) 거 참 나쁜 사장이네요. 나이도 어려 보이던데 부하 직원한테 그런 무례를 저지르고.
삼순 그러게 말예요. 그래서 조만간 관둘려구요.
2회남 생각 잘하셨어요. 희진 씨 실력이면 더 좋은 데 취직할 겁니다.
삼순 호홍.. 제 실력을 보지도 않구 어떻게...
2회남 나이 들어 좋은 게 그런 거 아닙니까? 척하면 삼천리.
삼순 오호호 그렇죠, 세월이 주는 선물이랄까...
2회남 근데 머리가 잘 어울리시네요. 혹시 금순이가 해준 거 아녜요?

삼순	(자지러진다) 어머, 호호호~ 안 그래도 부원장이 해준다는 걸 제가 우겨서 금순이한테 맡겼어요. 오호호... (좋아 죽는다. 마음의 소리. E) 그래! 지난번에 미끄러지다 만 거 오늘 미끄러지는 거야! 개명 신청도 했겠다, 김희진 화이팅!
진헌	(E) 삼순아.
삼순	!!! ... (너무나 진하게 밀려오는 이 기시감!)
2회남	(본다. 어? 그때 그놈?)
삼순	(획 고개 돌려 본다)
진헌	누나 왜 자꾸 이래? 선 안 보기로 했잖아. 어머니도 반쯤은 넘어오셨다구.
삼순	(으이 씨 이 미친놈! 얼른 해명한다) 지금도 연극하는 거예요. 이 사람 원래 제정신 아니거든요? 절대 믿지 마세요. 내 말만 믿으세요, 내 말만!
2회남	(어리둥절한 채 끄떡끄떡)
진헌	어후 또 커피 마셨네. 커피 마시지 말라 그랬지, 뱃속의 아기한테 해롭다구.
삼순	(으헉!!!)
2회남	(뭐? 아기?)
진헌	(손 잡아끌며) 가자 누나.
삼순	야! 너 왜 또 그래 왜! 내 손에 죽어볼래?!!!
진헌	인혜 씨가 다쳤단 말야.
삼순	(뭐?)
진헌	화상당해서 베이커리 올 스톱이야.
삼순	(헉!)

61. 베이커리실(이하 밤)

- 다다다 달려 들어오는 삼순.

삼순	인혜야 많이 다쳤니? 어딜 데인 거야. (몸을 두루두루 만지고 훑고 180도로 획획 돌리고- 인혜는 황당해하고) 많이 데였어? 몸을 온도계로

	만들랬다고 화상을 입으면 어떡해. 어디야. 병원 안 가도 돼?
인혜	? 그것 땀시 왔어요?
삼순	어디야 어디. 응?
인혜	(팔뚝을 내민다)
삼순	팔 데였어?
인혜	(더 내민다. 손목에 달랑 일회용 밴드 하나가 붙어 있다)
삼순	???
인혜	약 바르고 괜찮은데 뭐 하러 오셨어요.
삼순	!!! ... (이 인간! 파르르)
인혜	? ... 언니...
삼순	(뛰쳐나간다)

62. 사장실

- 무섭게 들이닥치는 삼순.
- 진헌, 서류 보고 있다가 고개 든다.

삼순	(무섭게 노려본다)
진헌	(맞받아 쳐다본다) 남자가 그렇게 좋아요? 선본다고 머리하고 옷 사 입고.
삼순	(말없이 노려본다)
진헌	계약서 조항 까먹었어요? 나 외의 다른 남자는 만나지 않는다.
삼순	(파르르) 계약 파기했잖아.
진헌	오천만 원 아직 안 갚았잖아요. 갚을 때까진 지켜야죠.
삼순	집문서는 왜 받았어 그럼!
진헌	어머니한테 맞아 죽을까 봐.
삼순	(눈 한번 깜빡이지 않고 무섭게 쏘아본다)
진헌	(기가 질려 슬쩍 시선 피하며) 오천만 원 갚을 때까진 근신하세요.
삼순	(진헌의 손에 들린 서류를 확 뺏는다)
진헌	(그 기세에 흠칫!)

삼순	(진헌의 손에 들린 볼펜도 뺏는다)
진헌	(역시 움찔!)
삼순	(서류의 뒷면을 책상에 탕 놓고 뭔가를 쓴다)
진헌	(보다가 황당해하는 표정)
삼순	(그 종이를 진헌 앞에 탁 놓는다)

  - (인서트) 자기앞수표 일금 50,000,000원정

진헌	장난해요 지금?
삼순	(심각하게 쏘아보며) 장난은 니가 하고 있잖아. 돈지랄! (쌩 돌아서서 나간다)

  - 진헌, 잠시 생각하더니 일어나 쫓아간다.

63. 현관 앞

  - 나오는 삼순. 뒤도 안 돌아보고 성큼성큼 온다.
  - 뒤쫓아 나오는 진헌.

진헌	김삼순 씨!
삼순	(아랑곳없이)
진헌	(쫓아와 붙잡는다) 잠깐 얘기 좀 해요.
삼순	(무서운 기세로 뿌리치고 걷는다)
진헌	(다시 달려와 잡는다)
삼순	(휙 쏘아보는) ... 맞을래?
진헌	(무섭다) ...
삼순	놔라?
진헌	... (스르륵 놓는다)

  - 미련 없이 가는 삼순.

- 난감하게 바라보다가 쫓아가는 진헌.

64. **버스정거장**

- 성큼성큼 오는 삼순.
- 잰걸음으로 따라오는 진헌.
- 버스가 달려와 멈춘다.
- 삼순, 걸음을 재촉해 버스에 오른다.
- 진헌, 놓칠세라 얼른 달려와 버스에 오른다.

65. **버스 안**

- 삼순, 자리에 앉다가 버스에 오르는 진헌을 발견하고 잠깐 쏘아보고는 외면한다.
- 진헌, 삼순을 지나쳐 두어 자리 뒤에 앉는다.

66. **달리는 버스**

67. **버스 안**

- 창밖만 보는 삼순.
- 역시 창밖을 무심히 보는 진헌.

68. **게스트하우스 마루(동 밤)**

- 희진, 마루에 걸터앉아 골똘히 생각에 잠겨 있다.

69. 커피숍(6회 #5)

삼순	너무 뻔뻔하다고 생각하지 않아요? 3년 동안 연락 한 번 없다가 불쑥 나타나서 내놓으라니, 이게 무슨 경우예요?
희진	원랜 내 남자였어요!
삼순	이젠 내 남자예요!
희진	우린 헤어진 적이 없다구요!
삼순	어쨌든 나랑 사귀고 있잖아요!
희진	겨우 100일 됐다면서요. 우린 8년째예요!
삼순	아직 어려서 뭘 모르나 본데, 추억은 추억일 뿐이에요. 아무 힘도 없다구요!

70. 게스트하우스

- 희진, 생각이 점점 깊어진다.

71. 제주도, 호텔(7회 #55)

삼순	(진헌의 손목을 잡으며) 가지 마요.
진헌	?! ...
희진	! ... 그거 놔요.
삼순	못 놔. 니가 놔.
희진	놔!
삼순	니가 놔! (진헌 보며) 그리고 너!
진헌	(그 기세에 움찔)
삼순	너도 딴 여자랑 눈 맞추지 마. 내 말만 듣고 나한테만 귀 기울여!

72. 게스트하우스

- 희진, 의아해진다. 계약연애라는데 그날의 모습은 진짜 같았으니...
- 헨리가 방에서 나오며 툭 친다.

헨리   무슨 생각을 그렇게 해?
희진   어? 아니... 다 됐어?
헨리   오케이. 가자. (신발을 신는다)

73. 무교동 낙지집(동 밤)

- 아줌마가 매운 낙지볶음 접시를 서빙한다. (가능하면 우리말 섞어서)

희진   (좋아서 괴성을 지르며 손뼉을 친다) 낙지볶음이다~~~ (아줌마에게) 감사합니다.
헨리   (피식 웃으며) 이게 그렇게 먹고 싶었어?
희진   당연하지. 얼마나 맛있는데. (젓가락 가져가며) 너도 매운 거 좋아하잖아. 먹어봐.
헨리   (재빨리 막는다)
희진   왜.
헨리   기다려봐. (서툰 젓가락질로 하나를 입에 넣고는 매워서 죽을상을 쓴다)
희진   (그 표정이 웃겨 까르르 웃고)
헨리   (대충 삼키고 물 마시고 매운 혀를 헥헥거리고)
희진   (더 가관이라 마구 웃어대고)
헨리   너무 매워. 김치나 떡볶이는 괜찮은데 이건 안 돼. 먹지 마.
희진   싫어. 얼마나 먹고 싶었는데.
헨리   그럼 위가 힘들어.
희진   (입이 쑥 나와서는 구시렁구시렁) 한국 사람들은 이 정도는 상관없는데...

- 그때 아줌마가 산낙지 접시를 서빙한다.

희진   (또 좋아라 박수를 친다) 와- 산낙지다! 낙지야~ 낙지야~
헨리   (이건 또 뭐야? 찌푸리며) 움직이잖아.
희진   (젓가락 가져가며) 안 움직이면 산낙지가 아니지. 이건 이렇게 먹는 거야 원래. (낙지가 접시에 붙어서 안 떨어지자 기를 쓰고 떼어낸다)
헨리   (오우 이런 건 처음이야 하는 표정)
희진   (간신히 떼어내 참기름장에 찍어 내민다) 먹어봐. 이게 바로 웰빙 식품이야.
헨리   (손 내저으며) 됐어.
희진   어어? 내가 먹어도 되는지 안 되는지 테스트해봐야 될 거 아냐.
헨리   (그 말 한 마디에 껌뻑 죽어 받아먹고는 씹다가 소스라치게 놀라며) 아 내 혀! 내 혀를 뜯어먹잖아!
희진   (까르르 웃으며) 괜찮아. 씹든가 그냥 삼키든가.
헨리   (꿀꺽 삼키고는 물을 벌컥벌컥 마신다)
희진   (배꼽을 잡고 웃어댄다)
헨리   (놀란 가슴을 진정시키고)
희진   (남은 웃음을 머금은 채 낙지를 집어 입에 넣고 오물오물 씹는다) 흐흐 맛있다. 너무 맛있다. 맛있는 거 먹으면서 오래오래 살아야지?
헨리   ... 오늘 무슨 일 있었구나?
희진   어? 어떻게 알았어?
헨리   안 좋은 일 있으면 더 많이 웃잖아.
희진   (서서히 웃음기 사라지는) ... 어떻게 나보다 더 잘 아냐?
헨리   무슨 일인데.
희진   그냥... 쓸데없는 생각.
헨리   쓸데없는 생각 뭐.
희진   음... (자기 생각에 빠져드는) 처음엔 반짝반짝 빛이 나던 게 시간이 가고 비바람을 맞으면 퇴색하잖아.
헨리   (경청하는)
희진   반짝반짝... 갑자기 그 말이 생각나서.

헨리	반짝반짝?
희진	... 나도 옛날엔 반짝반짝 빛이 났는데... 치료받으면서 윤기가 다 없어졌어.
헨리	지금도 충분히 반짝거려.
희진	아니, 내 말은 그게 아니고...
헨리	? ...
희진	(피식 웃으며) 아냐, 그냥 쓸데없는 생각이야. 먹자. (낙지를 먹는다)
헨리	(무슨 일일까 걱정스러운)

74. 집 앞 버스정거장(동 밤)

- 버스가 달려와 멈춘다.
- 삼순이 내리고... 마지막으로 진헌도 내린다.
- 터덜터덜 걸어오는 삼순.
- 따라오는 진헌.
- 삼순, 구멍가게로 들어간다.
- 진헌, 멈춰 기다린다.

삼순	(E) 담배랑 라이터 좀 줘.

- 진헌, 놀란다.

청년	(E) 누나 담배 끊었잖아.
삼순	(E) 한 가치만 피울려구.
청년	(E) 그럼 내 거 펴.

- 곧 삼순이 담배 한 가치와 라이터를 들고 나와 야외용 테이블에 앉는다.
- 담배를 입에 물고 불을 켜는 순간, 진헌의 손이 불쑥 담배를 채간다.
- 삼순, 티껍게 쳐다본다.

- 진헌, 담배를 똑 부러뜨려 내버린다.

삼순 (흘기고는) 야, 창수야! 담배 하나 더 줘!

- 곧 청년이 담뱃갑을 들고 나온다. 삼순에게 건네려는데 진헌이 그것도 채가 와락 뭉개버린다.
- 삼순, 기막힌 듯 쳐다보고.
- 청년, 의아하게 둘을 번갈아 보다가 눈치 빠르게 들어간다.

진헌 (빼딱하게, 막힘 없이 읊어댄다) 담배에는 사천 가지가 넘는 화학물질이 들어 있어요. 타르, 일산화탄소, 니코틴, 비소, 암모니아, 카드뮴, 청산가리, 포름알데히드, 메탄올...
삼순 (말 자르며) 공익광고 찍니?
진헌 담배 피지 마요. 나 담배 피는 사람 싫어요.
삼순 아주 희롱을 해라 희롱을... 담배 같은 놈... (일어나 간다)
진헌 (담배 같은 놈? 찌푸린 채 따라간다)

75. **집 앞**

- 삼순이 걸어온다.
- 여전히 진헌이 따라온다.
- 삼순, 멈춰 돌아본다.
- 진헌도 멈춘다.

삼순 ... 내가 오천만 원을 왜 빌렸는지 아니?
진헌 ...
삼순 이 집... 우리 아버지가 평생 뼈 빠지게 일해서 만든 이 집... 이거 지킬려구...
진헌 (아)...
삼순 근데 넌 그걸 갖구 나를 희롱해?

진헌 (좀 미안해진다)
삼순 그리고 아까 그 남자... 나한테 그게 무슨 뜻인지 아니?
진헌 ...
삼순 선보러 나가서 두 번씩이나 만나는 게 보통 인연인 줄 알아? 그날도, 오늘도, 우린 정말 잘 통했다구. 근데 너 뭐야. 내가 좋구, 날 좋아하구, 그런 남잘 또 만날 수 있을 것 같애? ... 너 땜에 망쳤어. 내 인생에 마지막 기회였을지도 모를 남자를 니가 쫓아냈다구! (눈물이 글썽하다)
진헌 ... 왜 자꾸 마지막이라고 생각해요.
삼순 아직도 희롱하고 싶니?
진헌 그 남자보다 더 나은 사람, 얼마든지 만날 수 있어요.
삼순 (약 올라) 얼마든지? (꽥) 얼마든지?!
진헌 ... 응.
삼순 (갑작스런 반말에 놀라는) ! ...
진헌 당신, ... 매력 있어.
삼순 ?! ...
진헌 자기가 얼마나 매력 있는지 모르는 게 당신 매력이야.
삼순 ???!!!
진헌 (빤히 바라본다)
삼순 (또다시 가슴이 두근거린다) ... 내, 내가 허튼 말 하지 말라 그랬지.
진헌 허튼 말, 아냐.
삼순 (이럼 안 되지, 얼른 정신 차리는) ... 이, 이젠 안 속아. 너 제주도에서도 사람 헷갈리게 해놓고 내뺐잖아.
진헌 (빤히 본다)
삼순 (그래도 가슴은 떨려서) 그, 그렇게 보면 어쩔 건데.
진헌 (단호하게) 다른 남자, 만나지 마. 선도 보지 말구.
삼순 !!! ...

- 10회 끝.

11회

실수라고 말하지 말아요. 이건 두 번째 키스니까요.

1. 자막 - 제11회 실수라고 말하지 말아요. 이건 두 번째 키스니까요.

2. 삼순 집 앞(10회 엔딩, 이하 동 밤)

삼순　선보러 나가서 두 번씩이나 만나는 게 보통 인연인 줄 알아? 그날도, 오늘도, 우린 정말 잘 통했다구. 근데 너 뭐야. 내가 좋구, 날 좋아하구, 그런 남잘 또 만날 수 있을 것 같애? ... 너 땜에 망쳤어. 내 인생에 마지막 기회였을지도 모를 남자를 니가 쫓아냈다구! (눈물이 글썽하다)
진헌　... 왜 자꾸 마지막이라고 생각해요.
삼순　아직도 희롱하고 싶니?
진헌　그 남자보다 더 나은 사람, 얼마든지 만날 수 있어요.
삼순　(약 올라) 얼마든지? (꽥) 얼마든지?!
진헌　... 응.
삼순　(갑작스런 반말에 놀라는) !...
진헌　당신, ... 매력 있어.
삼순　?! ...

진헌	자기가 얼마나 매력 있는지 모르는 게 당신 매력이야.
삼순	???!!!
진헌	(빤히 바라본다)
삼순	(또다시 가슴이 두근거린다) ... 내, 내가 허튼 말 하지 말라 그랬지.
진헌	허튼 말, 아냐.
삼순	(이럼 안 되지, 얼른 정신 차리는) ... 이, 이젠 안 속아. 너 제주도에서도 사람 헷갈리게 해놓고 내뺐잖아.
진헌	(빤히 본다)
삼순	(그래도 가슴은 떨려서) 그, 그렇게 보면 어쩔 건데.
진헌	(단호하게) 다른 남자, 만나지 마. 선도 보지 말구.
삼순	!!! ...
진헌	(거침없이) 당신이 다른 남자 만나는 거 싫어.
삼순	!!!
진헌	정말 싫어.
삼순	! ... 그래서... 그래서 뭐 어쩌자구.
진헌	말했잖아. 다른 남자 만나지 말라구. (다 된 밥에 코 빠트리는 격으로) 오천만 원 갚을 때까지.
삼순	(뭐???)

- 진헌, 마치 당연한 요구를 한 듯한 얼굴이다.
- 삼순, 두근대던 감정이 분노로 돌변한다. 표정 일그러지며 미친놈 소리가 튀어나오기 일보 직전인데.

현우	(E) 미친놈.
삼순	(놀라 휙 돌아본다)
진헌	(역시 돌아본다)

- 삼순을 기다리던 현우가 다가선다.

현우	그런 거였어? 오천만 원 때문에?
삼순	(아.. 이런 수모를 당하다니!)

진헌	(이런 낭패가!)
현우	(다가들며) 이런 순 날나리 같은 자식! (주먹을 휘두른다)

- 맞고 쓰러지는 진헌.
- 악! 짧은 비명을 지르는 삼순.
- 열받은 진헌, 발딱 일어나 달려들어 현우의 멱살을 움켜쥔다. 현우도 진헌의 멱살을 움켜쥔다.

진헌	(쏘아보며) 넌 꺼져.
현우	니가 꺼져 이 새끼야.
진헌	(부르르 노려본다)
현우	그렇게 보면 어쩔 건데? 돈으로 장난치니까 재밌냐?
진헌	(확 주먹을 휘두른다)

- 현우, 한 대 맞고 휘청이더니 곧 달려드는데.
- 삼순이 "스탑!!! 스탑!" 소리치며 막아선다.
- 현우, 또 이 자식 편을 드는가 싶어서 으이 씨! 하는 표정이고.
- 진헌, 씩씩거리며 쏘아보는데.
- 삼순이 진헌을 향해 휙 돌아서더니 소리친다.

삼순	너 가.
진헌	? ...
삼순	가라구. 이제 너랑 볼일 없어. 그러니까 얼른 가.
진헌	???
현우	(역시 놀라는)
삼순	(가슴을 퍽퍽 밀며 야멸차게) 가란 말 안 들려? 가! 가라구! 가!
진헌	(충격에) !!! ...
현우	얼른 가시지?
진헌	(현우를 본다)
현우	(가라고 눈짓)
진헌	(삼순을 본다)

삼순	귀먹었어? 가란 말야! 가라구! 가!
진헌	!!! ...
삼순	(쏘아보는)

- 결국 돌아서는 진헌. 넋 나간 표정! 그 뒤로 계속 쏘아보는 삼순의 표정.
- 오기가 돋힌 진헌, 성큼성큼 간다.
- 복잡한 마음으로 쏘아보는 삼순. 이윽고 현우를 향해 돌아선다.

삼순	너도 가.
현우	? 저 녀석 보내고 나랑 할 말 있는 거 아니었어?
삼순	니 편 들어준 거 아니니까 착각하지 마.
현우	그렇다고 그놈 편 들어준 건 아니잖아.
삼순	(쏘아본다)
현우	앞으로 돈 필요하면 나한테 얘기해. (싱긋 웃어준다)
삼순	꼴값을 떨어요.
현우	오랜만에 들으니까 흥분되는데.
삼순	지랄한다.
현우	(흥분된 가슴을 누르며) 오우-

3. **자하문**

- 몹시 화가 난 걸음걸이로 성큼성큼 문을 통과하는 진헌의 실루엣.

4. **삼순 집 앞**

삼순	우리 엄마한테 걸리면 뼈도 못 추리니까 말로 할 때 가라? (하고는 대문 앞으로 가 초인종을 누르려는데)
현우	(얼른 잡더니 담벼락에 몰아붙인다)

삼순	!!!
현우	니가 지금 얼마나 섹시한 지 알아? (입을 맞추려는데)
삼순	(홱 고개 돌리며 소리 지른다) 엄마~~~
현우	???
삼순	엄마 변태가 막 쫓아와~ 엄마~~~
현우	(얼른 입을 막는다) 너 미쳤어?
삼순	(그 손을 확 깨문다)
현우	악! (펄쩍 뛰고)

- 안에서 현관문 열리고 다급히 슬리퍼 끌고 나오는 소리와 함께.

봉숙	(E) 삼순이니? 삼순아-
현우	(헉! 얼른 내뺀다)

- 문 열리며 호미를 든 봉숙이 뛰쳐나온다.

봉숙	누구야! 누가 우리 딸을 건드려! (두리번거리며) 어느 놈이야. 어딨어!
삼순	(도망가는 현우 가리키며) 조기. 아주 악질인 거 있지.
봉숙	야! 너 거기 안 서?! 야! (쫓아간다)

- 현우, 잔뜩 겁먹은 얼굴로 한 번 돌아본다.
- 야 이놈아! 소리치며 쫓아오는 봉숙.
- 허겁지겁 도망가는 현우.
- 삼순, 맥이 탁 풀린다.

5. **사장실(동 밤)**

- 맞은 턱이 얼얼한 듯 만지며 터덜터덜 들어오는 진헌. 의자에 털썩 앉아 멍하다... 버림받은 기분... 자존심이 완전히 뭉개진 느낌... 문득 꿀꿀이가 보인다. 진헌의 눈빛이 달라진다. 일어나 녀석을 집어들고 나간다.

6.   보나뻬띠 쓰레기장

- 쓰레기봉지들 위로 툭 던져지는 꿀꿀이.
- 진헌, 화풀이하듯 그렇게 던져놓고 간다.
- 꿀꿀이가 밑으로 툭 미끄러져 내린다.
- 멈추는 진헌. 일이 초쯤 있다가 돌아서서 본다. 아 정말 버려지지 않는 저 녀석... 짜증 난다... 다시 다가와 꿀꿀이를 집어들고 간다.

7.   삼순 방(동 밤)

- 뒤척이는 삼순. 벌떡 일어나 앉는다.

삼순   두 놈이 달려들면 뭐 하냐구요. 한 놈은 입만 열면 오천만 원, 한 놈은 변태 에로물. ... 왜 나한텐 멀쩡한 놈이 안 붙냐구요, 왜에... 아 열불 나. (일어나 나간다)

8.   오피스텔(동 밤)

- 꿀꿀이를 들고 들어오는 진헌. 아무 데나 휙 던져버리고는 냉장고로 가 캔맥주를 꺼내 한 모금 마신다. 꿀꿀이를 본다. 삼순이 같아서 얄밉다! 다가와 꿀꿀이를 퍽 찬다.
- 꿀꿀이가 저만치 나가 떨어진다.
- 진헌이 다시 다가와 또 찬다. 퍽!!!

9.   삼순네 주방

- 아!!! 얼음통을 앞에 놓고 앉아 얼음 씹다가 혀 깨물고는 "아 아파라" 아파하는 삼순.

10. **오피스텔**

- 잠을 못 이루고 뒤척이는 진헌. 몇 번을 뒤집어 눕다가 꿀꿀이와 눈이 마주친다.
- 항상 있던 그 자리에서 천연덕스럽게 바라보고 있는 꿀꿀이.

진헌 (팍 인상 쓰며) ... 보면 어쩔 건데... 눈도 없는 게... 뚱뚱해갖구는... (돌아 누우며 이불을 뒤집어쓴다)

- 꿀꿀이에서 화면 어두워진다.
- F.O

11. **북악스카이웨이 인근 조깅 코스나 공원(아침, F.I)**

- 적당한 오르막 숲길을 몇몇 사람이 걷거나 뛰고 있다.
- 조깅하는 삼순과 이영.
- 삼순은 벌써 뒤로 처지며 할딱할딱 숨이 가쁘다.

이영 (돌아보고는) 야, 벌써 그럼 어떡해. 이제 겨우 1키론데.
삼순 (걸어오며) 뛰지 말고 걷자 언니야. 나 관절에 무리 오는 것 같애.
이영 쯧쯧 그 몸으로 무리지.

12. **북악스카이웨이**

- 경보 선수처럼 속보로 걷느라 뒤뚱뒤뚱 우스꽝스러운 삼순과 이영.

이영	잘했어. 그런 바람둥이는 아주 확 밟아놔야 돼. 안 그러면 지가 멋있는 줄 안다니까?
삼순	(뚜해서) ... 바람둥인 아니다 뭐. 옛날 여자한테 돌아간 게 바람둥이냐?
이영	다른 남자 만나지 말라 그랬다며. 그럼 유희진이랑 헤어진대?
삼순	? ... 그건 안 물어봤는데.
이영	물어보고 말고 할 게 어딨어. 그 자식한테 니가 뭔 줄 알아? 내가 갖긴 아쉽고 남 주긴 아깝고, 심심풀이 땅콩이야 땅콩.
삼순	(멈추며) 정말 징하다. 그런 잔인한 말을 자꾸 하고 싶냐?
이영	(멈추며) 으유 응답도 없으면서 곰스런 짓은 혼자 다 하지. 좀만 기다려. 아파트 팔리면 샵 내자. (간다)
삼순	??? 샵?

13. 나 사장 집무실(동 아침)

- 진헌, 나 사장의 책상 앞에 서 있다.

나 사장	뭐? 빵이 아니라 아예 파티쉐를 빌려달라구?
진헌	네.
나 사장	그러게 왜 삼순 양을 그만두게 만들어?
진헌	(비싯 웃으며) 엑스맨이 그래요?
나 사장	? 뭐? 에, 엑스맨?
진헌	나 사장이 박아논 스파이.
나 사장	(아니 그걸 어떻게!) ...
진헌	뭘 그렇게 놀래요? 짜고 치는 고스톱 아니었어요?
나 사장	(머쑥) ! ... 어쨌든, 삼순 양은 왜 그만둔 거냐.
진헌	그건 나 사장이 알 필요 없구요. 후임자 구할 때까지만 빌려주세요.
나 사장	시끄럿! 니 사업이니까 니가 알아서 해. 난 몰라.
진헌	그럼 크리스한테 직접 부탁할까요?
나 사장	재주껏 해봐 한번.

진헌	그러죠 뭐. (나가다가 돌아보며) 아, 엑스맨이 누군지 알아냈으니까 이제 고스톱 그만 치세요. 피박 쓰지 마시고. (윙크하고 나간다)
나 사장	??? ... (부글부글) 저 자식이... (인터폰 누르고) 들어와.

- 곧 윤 비서가 들어온다.

나 사장	엑스맨 들켰어?
윤 비서	? 엑스맨이라뇨?
나 사장	아 걔 말야, 레스토랑에.
윤 비서	아... 근데, 들키다뇨?
나 사장	진헌이 이 자식이 누군지 알아냈다고 그러잖아.
윤 비서	? ... 어떻게요?
나 사장	그러니까 묻잖아 지금!

14. 진헌의 차 안(동 아침)

- 진헌, 운전하며 핸즈프리로 통화 중이다. 소개업체와.

진헌	네, 그 정도 경력이면 좋겠구요, 성실하고 책임감 있는 사람이면 더 좋겠습니다. 실력만 좋으면 연봉은 얼마든지 협상 가능합니다. ... 네, 네. 그럼 부탁드리겠습니다. (끊고는) 파티쉐가 당신만 있는 건 아니지.

- 황색불이 들어온다.
- 진헌, 신호대기 하면서 무심히 밖을 보다가 어? 놀란다.
- 빌딩 옥상의 대형 전광판 화장품 광고. 삼순이 백만 불짜리 몸매를 뽐내고 있다. 섹쉬하게~
- 진헌, 정신 차리고 다시 본다.
- 전지현이다.
- 아.. 내가 왜 이러지? 어이없어하는 진헌. 뒤에서 클랙슨 소리가 나자 얼른 출발한다.

15. **근린공원(동 아침)**

- 마무리 스트레칭을 하는 삼순과 이영.

이영   일단 인터넷으로 온라인 샵부터 시작하는 거야. 봐서 반응이 좋으면 진짜 샵도 내고.
삼순   정말? 정말이지?
이영   아파트, 시세보다 싸게 내놨으니까 금방 나갈 거야. 나가면 오천만 원 바로 갚아버리고 남은 걸로 사고 한번 치는 거야.
삼순   (감동) 언니…
이영   감동할 거 없어. 니가 케잌 하나는 기가 막히게 굽잖아. 넌 케잌 굽고 난 운영하고. 필이 오지 않냐?
삼순   필 온다! 팍팍 온다! 드디어 이 방앗간집 딸들이 날개를 펴는구만?

16. **요가학원 강습실(동 낮)**

- 10여 명의 수강생들 틈에서 요가 하는 희진.

17. **복도**

- 유리창 너머로 들여다보고 있는 나 사장과 윤 비서.

나 사장   …
윤 비서   부를까요?
나 사장   기다려봐.
윤 비서   …
나 사장   (퉁명스레) 제일 이쁘네.

윤 비서 그러게요.
나 사장 (마음이 짠해져서는) ... 아까워 죽겠네. (한숨만 나온다)
윤 비서 살만 좀 붙으면 옥주현 뺨치겠는데요.
나 사장 ? 옥주현이 누구야?
윤 비서 모르세요? 핑클이요.
나 사장 핑클은 또 뭐야? 새로 나온 아이스케끼야?
윤 비서 (못 말려, 도리도리 고개 저으며 유리 너머로 시선 돌린다)
나 사장 (잠시 유리 너머를 보다가) ... 가자. (간다)
윤 비서 (얼른 따르며) 희진이 안 만나시구요?
나 사장 오늘은 기분이 그렇다.

- 맞은편에서 헨리가 온다.
- 나 사장과 윤 비서, 어? 하더니 넋 놓고 본다. 옆을 지나쳐 가자 너무나 자연스럽게 고개 돌려 본다.

나 사장 (넋 놓고 계속 걸으면서) 뉘 댁 자식이 저리 잘생겼을꼬.
윤 비서 (마찬가지) 그러게요.

- 그러다가 마악 열리는 문에 쾅 부딪히는 나 사장.
- 으~ 찡그리는 윤 비서.
- 헨리, 창 앞에 멈추어 안을 들여다본다.
- 희진, 문득 이쪽을 보다가 헨리를 발견하자 손을 들어 보인다.
- 싱긋 웃으며 손 흔들어주는 헨리.

18. 홀(동 오후)

- 현관문 열리며 희진과 헨리가 들어온다.
- 오 지배인이 '어서 오세요' 하며 인사하다가 희진인 걸 알고는 좀 놀란다.

| 희진 | 안녕하셨어요. |
| 오 지배인 | (미소) 어서 와요. 반가워요. |

19. 홀

- 영자가 쟁반을 들고 희진과 헨리의 테이블(진헌은 아직 없는)로 온다.
- 영자, 희진 앞에 물 잔을 거칠게 내려놓는다. 살짝 흘기면서.

| 희진 | (왜 이러지) ??? |

- 영자, 헨리 앞에는 공손히 내려놓는다. 의미심장한 눈길을 보내면서.

| 헨리 | (싱긋 웃어주며, 우리말) 고마워. |

- 영자, 그 미소에 뻑 간다. 넋이 나간 얼굴로 돌아선다.

20. 홀 일각

- 넋 나간 영자가 벌렁대는 가슴을 누르며 모여 있는 인혜와 여직원들에게로 온다.

| 여직원1 | 어때요? 가까이서 보니까 더 멋있어요? |
| 영자 | (얼얼한 채 끄덕끄덕) 아트가 따로 없어. 이건 사람이 아니라 조각이야 조각! |

- 어머! 탄성을 지르고 웅성대면서.

| 여직원4 | 그러니까 삼순이 언니를 밀어낸 게 바로 저 여자라 이거죠? |
| 여직원1 | 밀어낸 게 맞긴 한데 옛날 애인이래. |

여직원2	어쩜... 삼순이 언닌 쨉도 안 되네.
여직원3	그러게. 나래두 저 여자한테 가겠다.
인혜	(팩 토라져서는) 난 그래두 삼순이 언니가 낫네요. 저게 뭐야 삐쩍 말라가지구.
영자	근데 저 여잔 무슨 복을 타고 나서 우리 사장님을 애인으로 두고 저렇게 잘생긴 남자를 친구로 뒀을까.
여직원들	(한숨 섞어) 내 말이.

21. 홀

- 메인 요리를 먹는 희진과 헨리. 무척 흡족한 표정들이다.
- 진헌은 희진의 옆에 앉아 차를 마신다.

진헌	(헨리에게) 어때? 괜찮어?
헨리	(우리말) 맛있어. (손가락을 치켜 세운다)
진헌	(우쭐해서는) 뭐 이 정도 갖고.
헨리	(영어) 근데 소피는 어딨어? 나 소피한테 부탁할 거 있는데.
진헌	! ...
희진	(힐긋 진헌을 보더니 대신 대답해준다. 영어) 그만뒀어.
헨리	! ... (아.. 그제야 상황 파악하고는 미안해한다)
진헌	(영) 무슨 부탁을 하려고.
헨리	(영) 아냐 됐어. 신경 쓰지 마.
희진	게스트하우스에 누가 생일인가 봐. 케일 때문에.
진헌	(못마땅해서는) 그렇게 한가한 사람 아냐. 아무 데서나 사.
헨리	(못 알아듣고? 해서 보는)
희진	(역시? 해서 진헌을 본다. 말뜻이 좀 거슬린다)
진헌	(희진의 시선에 좀 민망해져서는) 새 직장 찾느라고 바쁠 거야.

22. 삼순네 주방(동 오후)

- 양념 안 한 스테이크를 썰어 입에 넣고 우물우물 씹는 삼순(옆에는 자몽이 통째로). 눈길은 맞은편 양푼비빔밥에 가 있다.
- 노란색 구식 양푼에 비빈 비빔밥을 통째로 놓고 맛있게 먹는 봉숙과 이영.

삼순 (선망의 눈초리. 아 맛있겠다) ... 맛있어?
봉숙 왜. 밥 줘?
삼순 아니.
봉숙 하여튼 백수 주제에 스테이크 썰고 있는 년은 대한민국에 너 하나밖에 없을 거다.
삼순 누군 좋아서 이러는 줄 알아? 간도 안 한 고기 먹어봐. 이건 고문이야 고문.
봉숙 그러게 왜 하고많은 것 중에 그딴 다이어트를 해.
삼순 몇 번을 말하냐? 탄수화물은 다이어트의 적이라구, 적!
봉숙 스테이크도 모자라 한 개에 삼천 원 하는 자몽까지. 속없는 것 같으니라구.
이영 놔둬. 마지막 몸부림이잖아.

- 봉숙과 이영, 참 맛나게도 먹는다.
- 삼순, 입이 쭉 나와서는 고기를 썰다가 괜히 화풀이한다.

삼순 이 씨, 왜 이렇게 질겨. 밭 갈던 소 아냐 이거?

23. **희진 아파트 앞(동 밤)**

- 진헌의 차가 달려와 멈춘다.

희진 (벨트 풀며) 자고 갈래?
진헌 아니, 집에 가서 할 일 있어.

희진	무슨 일?
진헌	그냥 이것저것.
희진	그럼 차 마시고 가.
진헌	오늘 차를 너무 많이 마셨어. 더 마시면 못 잘 거 같애.
희진	(곱게 흘기며 입이 쑥 나온다) 꼭 떼쓰는 과부 같잖아.
진헌	(뺨을 톡 치며) 이렇게 이쁜 과부가 어딨어. 벌써 보쌈해 갔지.
희진	(웃으며) 치... (뺨에 쪽 뽀뽀하고는) 잘 가. 운전 조심하고.
진헌	응.

- 희진이 내린다.
- 진헌, 손 흔들어주고 출발한다.
- 희진, 바라보다가 안으로 들어간다.

24. 오피스텔(동 밤)

- 들어오는 진헌. 제일 먼저 자전거가 눈에 띈다. 눈엣가시처럼 보다가 다가온다. 툭툭 몇 번 차더니 핸드폰을 연다.

25. 삼순네 주방(동 밤)

- 양푼을 껴안고 비빔밥을 먹는 삼순. 옆에는 소주병. 소주도 한 잔 마시고.

삼순	캬~ 죽인다. 천국이 따로 없네. 인생 뭐 별거 있어?. 오늘까지만 먹고 내일부터 다시 시작하는 거야. (입안 가득 밥을 떠 넣고 우물우물)

- 그때 핸드폰이 울리자 무심히 액정을 확인하다가 놀란다.
- 액정에 〈삼식이〉
- 삼순, 잠시 갈등하다가 엎어놓고 계속 밥을 먹는다.

26. 오피스텔

- 음성사서함 멘트가 나오자 약이 올라 탁 덮는 진헌. 잠시 생각하더니 유선전화기를 집어들고 버튼 누른다.

27. 주방 & 오피스텔

- 액정 확인하는 삼순. 발신자 없이 번호만 뜨자 갸웃하며 받는다.

삼순	(양푼 안은 채) 여보세요.
진헌	왜 전화 안 받아요.
삼순	! ...
진헌	왜 전화 안 받냐구요.
삼순	받기 싫어서요.
진헌	(약이 올라 퉁명스레) 자전거 언제 가져갈 거예요?
삼순	? 아 맞어...
진헌	지금 당장 가져가요.
삼순	너무 늦었어요. 내일 가져갈게요.
진헌	안 돼요. 지금 당장 가져가요.
삼순	지금이 몇 신 줄이나 알아요?
진헌	이 자전거 때문에 내가 얼마나 스트레스를 받는 줄 알아요?
삼순	왜요. 자전거가 말이라도 시켜요?
진헌	그래요. 잠도 못 자게 얼마나 떠드는 줄 알아요? 빨리 가져가요.
삼순	하루만 참아요. 아침 일찍 가지러 갈게요.
진헌	지금 당장 가져가요! 안 그러면 엿 바꿔 먹을 거니까! (탁 끊는다)
삼순	(허! 어이가 없다)

28.　오피스텔 복도(동 밤)

- 엘리베이터 문이 열린다. 뚜하게 부은 삼순이 나와서 걸어간다.

29.　오피스텔

- 자전거를 타고 넓은 실내를 뱅뱅 돌고 있는 진헌.

30.　복도

- 초인종 누르는 삼순.

31.　오피스텔

- 초인종 소리에 얼른 내리는 진헌. 한쪽에 세워놓고 시침 딱 떼고 현관으로 간다. 문을 연다.

삼순　(흘기는)
진헌　(모른 척 문을 활짝 연다)

- 삼순이 들어온다. 진헌도 들어온다.
- 삼순, 자전거를 끌고 간다.

진헌　이것도 가져가요.
삼순　(보면)
진헌　(꿀꿀이를 내민다)
삼순　… (확 낚아채 짐받이에 꿀꿀이를 묶는다)
진헌　노니까 좋아요?

삼순	닐니리맘보죠.
진헌	놀면 더 살찔 텐데.
삼순	웬 걱정?
진헌	벌써 찐 거 같은데.
삼순	(흘기며) 신경 끄시죠 사장 씨. (매듭을 짓는다)
진헌	(계속 퉁명스레 보는)
삼순	(끌고 나간다)
진헌	현관 안 긁히게 조심해요.
삼순	(벨이 꼬여서) 봐서요. (하다가 어? 멈추며 뭔가를 본다)
진헌	(그 시선을 따라간다)

- 어딘가에 놓인 '모모'

진헌	(순간 당황) ! ...
삼순	(니가 샀니? 하듯 진헌을 보는)
진헌	(순식간에 태연하게) 미주가 사달라 그래서요.

- 삼순, 무심히 넘기고 자전거 끌고 나가다가 멈춘다. 뭔가 이상하다. 자전거를 요리조리 살핀다.

진헌	? ...
삼순	혹시 이거 건드렸어요?
진헌	? ... 아뇨.
삼순	(앞바퀴 타이어를 만진다) 바람 빠졌잖아요.
진헌	그래요?
삼순	혹시 펑크 낸 거 아녜요?
진헌	내가 애에요?
삼순	장가가서 아빠가 되기 전엔 다 애에요 남자는.
진헌	그러셔요 아주머니?
삼순	뭐?
진헌	여잔 서른 넘으면 아주머니 아닌가?

삼순	(씨.. 흘기고는) 바람 넣는 거 있어요?
진헌	안 키워요 그런 거.
삼순	안 되겠네 그럼. 실어다 줄 거죠?
진헌	네?
삼순	그럼 이걸 집까지 끌고 가라구요?

32.   차 안(이하 동 밤)

- 짜증스런 얼굴로 운전하는 진헌.
- 꿀꿀이를 안고 있는 삼순.

삼순	음악 없어요?
진헌	그냥 가요.
삼순	(보는) ... 왜 자꾸 화를 내요?
진헌	내가 언제요.
삼순	아까부터 계속 짜증 내고 있잖아요.
진헌	신경 끄시죠 아주머니.
삼순	(삐죽삐죽)
진헌	... 그날 민현우 씨랑 뭐 했어요.
삼순	(뭐? 보는)
진헌	뭐 했어요.
삼순	신경 끄시죠 사장 씨.
진헌	(새삼 화가 난다. 앞차가 끼어들기라도 하는지 성질부리듯 클랙슨을 빵빵 누른다)
삼순	(깜짝 놀란다)

33.   달리는 차

- 달리는 차의 트렁크에 자전거가 실려 있고 문도 활짝 열려 있다.

34. 차 안

- 삼순, 힐끔 그를 본다.
- 입 다문 옆모습.
- 삼순, 마음이 이상해진다. 운전하는 그는 처음이다. 낯설기도 하고 왠지 멋있어도 보인다.

삼순 (마음의 소리. E) 짜식이 말야, 간신히 진정하고 있는데 괜히 불러내갖고... (힐끔 보고는. E) 옆모습 잘생겼다고 자랑하는 거야 뭐야... (손을 힐끔거리며. E) 손가락은 왜 저렇게 길어? (자신의 손을 힐긋 내려다보고는. E) 나보다 더 하얗잖아? (다시 힐끔거리며. E) 하여튼 얄미운 짓만 골라서 해요.
진헌 (앞만 보며) 뭘 봐요.
삼순 (놀라 얼른 앞을 본다) ... 운전.. 안 무서워요?
진헌 안 무서워요.
삼순 그럴 거면서 택시는 왜 타고 다녔어요?
진헌 조용히 갑시다.

- 삼순, 삐죽거리고는 다시 힐긋 본다. 자꾸 눈길이 간다. 그 눈에 핸들을 잡은 손이 매혹적으로 보인다.
- 〈삼순, 그 손을 덥석 잡는다〉
- 〈진헌, 흠칫 놀라 쳐다본다〉
- 상상하던 삼순, 이럼 안 되지 고개를 설레설레 젓는다.

삼순 (혼잣말) 변태야 변태...
진헌 (확 흘기며) 지금 나한테 그러는 거예요?
삼순 ! ... 귀도 밝어. 신경 꺼요, 나 혼잣말하는 거 처음 들어요?
진헌 (쯧, 다시 앞을 본다) ... (꼭 시비 걸듯이) 왜 이름이 삼순이예요?

삼순	(보는) ? ...
진헌	언니들도 일순이, 이순이에요?
삼순	일찍도 물어보네... 아들인 줄 알았는데 기집애가 튀어나오니까 할아버지가 홧김에 호적에 올리셨대요.
진헌	(그렇군) ... 집하고 오천만 원은 무슨 상관이에요.
삼순	아버지가 돌아가시기 전에 빚보증 선 게 이제 와서 탈이 났어요.
진헌	(그렇군) ...
삼순	(문득 이상해서) 근데 그런 걸 왜 자꾸 물어요?
진헌	그냥.
삼순	치- 그럼 나도 하나 물어볼래요. 그날 화장실에서 어떻게 나왔어요.
진헌	... 엑스맨이 도와줬어요.
삼순	??? (달려들듯이) 엑스맨이요? 엑스맨을 찾았어요?
진헌	네.
삼순	어떻게요? 누군데요?
진헌	맨입으로 안 가르쳐주죠.
삼순	! ... 어우 유치해.
진헌	다시 출근하면 가르쳐주죠.
삼순	! ... 치사빤쓰다 정말. 관둬요!

- 그때 핸즈프리에 걸어놓은 진헌의 핸드폰이 울린다.
- 진헌, 힐긋 보고 무심히 넘긴다.
- 삼순, 신경 쓰인다.

삼순	받아요.
진헌	됐어요.
삼순	내가 받아줘요?
진헌	됐다구요.
삼순	(무심히 액정을 들여다본다) ? ... 웃음의 여왕이 누구예요?
진헌	(화가 나서 꽥) 됐다구 했잖아요!
삼순	(움찔! 했다가 그래도 못 참겠어서) ... 유희진 씨예요?
진헌	...

삼순	받아요 빨리. 꼭 바람피는 사람 같잖아요.
진헌	(발끈해서) 누가 바람을 펴요?!
삼순	그러니까 받으라구요.
진헌	(에이 정말! 화풀이하듯 손을 뻗어 버튼을 누른다) ... 어, 나야.

- 스피커를 통해 희진의 목소리가 흘러나온다.

희진	(F) 그냥 잠이 안 와서 해봤어.

35. 희진 침실

- 스탠드 불만 켜놓은 채 이불 속에서 뒹굴거리며 통화하는 희진.

희진	뭐 해?

36. 차 안

진헌	(당황) 어... 그냥 뭐... 음악 듣지.
삼순	(뭐? 음악을 들어? 이런 날강도!)
희진	(F) 뭐 듣는데?
진헌	어... FM...

- 삼순, 약 올리듯 버튼 눌러 FM을 켠다. 93.1MHz의 클래식이 나온다.
- 진헌, 기가 막혀 힐긋 본다.

37. 희진 침실

희진	그럼 나도 들어야지. (리모컨을 들어 오디오를 켠다. 같은 음악이 나온다.

기분이 좋다) 이러니까 옛날 생각 난다. 밤새도록 같은 음악 들으면서 수다 떨다가 잠들었잖아.

38. 차 안

진헌   (삼순이 다 듣고 있으므로 죽을상이다) 어...

- 고스란히 듣고 있는 삼순, 놀고 있네, 하는 표정이다가 전방을 보고는 놀라서 자기도 모르게 진헌의 팔을 퍽퍽 치며 소리친다.

삼순   빨간불, 빨간불! 스탑! 스탑!
진헌   (놀라 브레이크 밟고)

39. 희진 침실

- 희진, 여자 목소리에 놀란다.

삼순   (F) 조심해요, 큰일 날 뻔했잖아요.
희진   !... (일어나 앉으며) 옆에 누구 있니?

40. 차 안

진헌   (아뿔싸!) ...
삼순   (그제야 실수를 깨닫고 역시 아뿔싸!) ...
희진   (F) 진헌아.
진헌   (아 미치겠다)
삼순   (덩달아 당황스럽고)
희진   (F) 진헌아.

| 진헌 | ... 희진아, 미안한데 나 운전 중이거든? 좀 있다 다시 할게. (끊는다)

41. 희진 침실

- 희진, 얼빠진 표정으로 전화를 끊는다. 가슴이 울렁댄다. 분명 여자였는데! 삼순이 같은데!

42. 집 근처 도로 & 차 안

- 한쪽에 끽 서는 차.
- 화가 난 진헌이 삼순을 휙 쳐다본다.

| 삼순 | (좀 미안해서 딴청)
| 진헌 | (계속 쏘아본다)
| 삼순 | (힐끔 보고는 다시 얄미워져서) ... 뭐요.
| 진헌 | (참자) ... 내려요.
| 삼순 | 온 김에 집 앞까지 올라가지?
| 진헌 | 내려서 끌고 가.
| 삼순 | (이게 또 반말이네?) ... 싫어. 니가 불러냈으니까 끝까지 책임져.

- 단단히 화가 난 진헌이 내린다. 이쪽으로 돌아와 차 문을 연다.

| 진헌 | 내려.
| 삼순 | (얄미워서 뭉개며 깐죽거린다) 아.. 남자들이 이런 식으로 거짓말을 하는구나. 옆에 딴 여자 앉혀놓고 혼자 있는 척.
| 진헌 | (끓어오른다)
| 삼순 | 공부 잘했다 삼식아. 수업료 줄까?
| 진헌 | (완력으로 끌어낸다)
| 삼순 | 어머! 어머머머... 야! 니가 잘못해놓고 어따 대고 화풀이야?!

진헌   김삼순 씨!
삼순   왜, 사장 씨!
진헌   케잌만 굽지 말고 교양도 좀 굽지?
삼순   걱정 마. 교양은 없어도 양다리는 안 걸치니까.
진헌   누가 양다릴 걸쳤다 그래!
삼순   방금 걸쳤잖아. 너 거짓말했어. 얼굴도 하얗게 질려서 얼마나 웃겼는지 알어?
진헌   !... 내, 내가 언제!
삼순   봐, 말 더듬잖아. 그리고 왜 또 날 바보로 만들어? 왜 하필이면 날 옆에 앉혀놓고 거짓말을 하냐구 기분 더럽게!
진헌   그래서 안 받는다 그랬잖아!
삼순   전화 안 받는 게 바람피는 거잖아!
진헌   (아 씨 정말...)

- 진헌, 안 되겠는지 뒤로 돌아가 트렁크에서 자전거를 끌어낸다. 혼자 내리기엔 좀 벅차다.
- 삼순, 흘겨보다가 차 안에 꿀꿀이를 놓고 문 닫고 총총히 다가와 함께 자전거를 끌어내린다.
- 진헌, 트렁크 문을 닫고 쳐다도 안 보고 운전석으로 간다.

삼순   (잠시 보다가, 정색하고) 너 나 좋아하니?
진헌   (멈칫) !...
삼순   오늘 너, 얼마나 수상한지 알어?
진헌   (티껍다는 듯 돌아본다)
삼순   머리 굴리지 말고 그냥 딱 떠오르는 생각을 말해. 너 나 좋아해?
진헌   (다가온다)
삼순   (보는)
진헌   (비싯 비웃는)
삼순   (이게?)
진헌   전에 말하지 않았나? 누가 당신 같은 여자를 안고 싶어 하겠냐고?
삼순   (일그러진다)

진헌	당신, ... (비아냥) 내 타입 아냐. 왠 줄 알어? (삼순의 손목을 잡아 올려 눈 앞에 들이대며) 손이 못생겼거든. 족발이야? (쓰레기 버리듯 확 놓는다)
삼순	(약 올라) 너도 내 타입 아냐. 왠 줄 알어?
진헌	(말해보시지, 자신만만한)
삼순	솔직하지가 못하거든.
진헌	(무슨 뜻인지 몰라서) ? ...
삼순	너 솔직하게 말해. 나한테 1분 1초도 딴맘 가진 적 없어?
진헌	(허를 찔린 듯) ! ...
삼순	있어 없어.
진헌	(머리카락이 쭈뼛 서는 것 같다)
삼순	(뚫어지게 보는)
진헌	(정신없이 얼른 내뱉어버린다) 없어.
삼순	(그래? 정말로?) ...
진헌	(그래! 정말로!) ...
삼순	그럼 하나 더 가르쳐줄게. 이런 짓, 하지 마. 괜히 밤중에 불러내고 틱틱거리고 호구조사하고. 그게 무슨 뜻인지 알아? 난 당신한테 관심 있습니다.
진헌	! ...
삼순	관심도 없으면서 이런 쓸데없는 짓 하지 말라구. 괜히 여자들 착각하게 만들지 말고.
진헌	... (지기는 싫어서) 그래서. 착각했어?
삼순	(좀 당황... 곧 인정한다) 그래. 한 59초쯤.
진헌	미안, 착각하게 해서. (비웃음 한 번 날려주고 돌아서서 차로 간다)
삼순	(흘긴다)

- 진헌, 홱 돌아서더니 다시 온다.
- 삼순, 왜 저래?
- 다가온 진헌, 자전거를 뺑 걷어차고 간다.
- 삼순, 기가 막히고!
- 진헌, 운전석에 올라 문을 탕 닫고 곧바로 출발한다.

삼순   저 싸가지! ... 십 리도 못 가서 빵구나 나라. (자전거를 일으켜 세운다)

43.   **희진 침실**

- 앉아 골똘히 생각하고 있는 희진.
- (플래시백) 자신을 삼순이라고 부르던 진헌.
- 희진, 머리를 흔든다. 쓸데없는 생각 하지 말자는 듯이...

44.   **자하문**

- 자전거 끌고 오는 삼순의 실루엣.

삼순   ... 나쁜 자식... 가만있는 사람 불러내서 염장이나 지르고... 아- 도로아미 타불 됐잖아. 며칠 잘 참았는데...

45.   **차 안**

- 진헌은 더더욱 심란하다. 화도 나고, 내가 정말 좋아하나 의심도 들고, 기가 막히고, 신경질 나고... 그러다 문득 옆을 보며 놀란다.
- 조수석의 꿀꿀이!
- 아 저 자식! 찰거머리 같은 놈! 끓어오르는 진헌!
- F.O

46.   **삼순네 뜰**(아침, F.I)

- 삼순이 이것저것 야채를 뜯고 있다. 퇴비로 준 마른 꽃의 흔적이 아직 남아 있다.

47. 삼순네 주방

- 아침 먹는 세 모녀.
- 삼순은 야채 바구니를 아예 앞에 놓고 계속 야채만 먹어댄다. 밥도 안 넣고 야채만 여러 겹에 쌈장을 얹어 꾸역꾸역 먹어댄다.

봉숙　덴마크 다이어튼가 뭔가 그거 포기했어? 야채로 하기로 했어?
삼순　... 응.
봉숙　진작에 그럴 것이지. 괜히 고기 값만 나갔잖아.
삼순　(묵묵히 먹는다)
봉숙　(이상하다)
이영　(역시 이상하게 보는)

48. 삼순네 뜰(동 아침)

- 삼순, 타이어에 바람을 넣고 있다.
- 타이어를 만져본다. 땅땅하다.
- 기구를 빼고 구멍을 막고 손을 탈탈 털다가 문득 찡그리며 배를 움켜쥔다.

삼순　아 배야... 아... (집으로 뛰어 들어간다)

49. 마루

- 현관문 열고 우당탕탕 뛰어 들어오는 삼순. 신발을 벗어 던지며(한 짝은 안 벗겨지거나) 화장실로 뛰어간다.
- 걸레질하던 봉숙이 쳐다본다.

봉숙   ? ... 왜 그래. 배탈 났니?
삼순   (E) 어 그런가 봐. 아으...
봉숙   그러게 염소처럼 풀은 왜 뜯어 먹어. 뭐든 적당해야지, 그런다고 살 빠질 거 같애?

50.   화장실

삼순   (변기 위에 앉아서) 아 모르면 가만 계셔어. 그게 그냥 야챈 줄 알아? 내 피눈물을 먹고 자란 야채라구. 남의 속도 모르고 쯧...

      - 삼순, 배 아파 찡그리고... 설사가 지나간 듯 후- 숨을 내쉰다. 그러고 있자니 자신이 한심해진다.

삼순   ... 뱃속까지 들어와서 괴롭히구... 질긴 놈... 거머리 같은 놈...

51.   희진의 아파트 앞 & 차 안(동 아침)

      - 차 안에서 기다리고 있는 진헌. 곧 심판을 받아야 하므로 마음이 편치 않다.
      - 희진이 평상복 차림으로 안에서 나온다.

진헌   (힐긋 보고 딴 데 보는) ...

      - 희진, 차에 오른다.

진헌   ...
희진   (돌아앉아 보며) ... 미안해, 출근하는데 불러서.
진헌   아냐, 가는 길인데...

희진	... 이제 말해봐.
진헌	...
희진	여자 목소리던데, 김삼순 씨랑 같이 있었어?
진헌	... 응.
희진	왜.
진헌	... 자전거 가지러 왔었어.
희진	... 실어다 줬니?
진헌	... 응.
희진	근데 왜 거짓말해?
진헌	... 미안.
희진	왜. 내가 기분 나빠 할까 봐?
진헌	(참 할 말 없다) ... 미안.
희진	사실대로 말했으면 이해했을 거야. 근데 나 어제 밤새도록 기분 되게 나빴어.
진헌	... 그것도 미안.
희진	... 말 좀 해에.
진헌	...
희진	변명이든 해명이든 해보라구.
진헌	...
희진	어?
진헌	... (기껏 한다는 말이) 정말 미안.
희진	! ... (어유, 피식 웃고 만다)
진헌	(스윽 본다. 엄마 눈치를 보는 아이처럼)
희진	(진헌의 머리를 마구 흩트리며) 으이구... 딴짓할려면 감쪽같이 하든가.
진헌	(짐짓 불쌍한 표정)
희진	(웃음이 난다) 그러면 누가 봐줄까 봐? 한 번만 더 걸려? 죽음인 줄 알어?
진헌	(씨익 웃는다)

- 출발하는 차.
- 애써 웃으며 손 흔들어주는 희진.
- 룸미러로 기분 좋게 보는 진헌.

- 그러나 희진은 차가 시야에서 사라지자 표정이 어두워진다. 둘이 무슨 일 있었느냐고 차마 묻지 못한 그녀, 두려움이 밀려온다.

52. **삼순네 마루(동 낮)**

- 화장실 문이 열리고 탈진한 삼순이 기어 나온다. 벌써 여러 번째다.
- 이영이 방에서 나와 주방으로 가며, 무심히.

이영　괜찮어? 약 사다 줄까?
삼순　아니 안 괜찮아... 그래도 투철한 정신력으로 버틸 거야.
이영　(E) 하여튼 약 안 먹고 버티는 것도 삼순이스러워.
삼순　(힘없이 흘기는)

- 그때 핸드폰 울린다. 삼순, 쓰러진 채 핸드폰을 꺼내 발신자를 확인하고는 얼른 받는다.

삼순　네, 이 부장님. 안녕하셨어요?

53. **물품반입구(동 낮)**

- 직원들이 부지런히 물품을 실어 나르고 있다.
- 한쪽에서 통화 중인 현무.

현무　나야 뭐 안녕하지. 근데 삼순 씨가 안 보이니까 섭섭하네. 심심하기도 하고.
삼순　(F) 저두요. 거긴 별일 없죠?
현무　뭐 아직은.
삼순　(F) 인혜는 어떡하고 있어요. 잘해요?
현무　그럭저럭. 케잌은 아직 호텔에서 공수해 오고.

- 때마침 호텔 트럭이 들어온다.

54. 마루

삼순   (그렇구나) 네에...
현무   (F) 근데 저기 말야 (좀 망설이며) 언니.. 전화번호 좀 알 수 있을까?
삼순   언니요?

- 그때 이영이 주방에서 물컵 들고 나오다가 나? 누군데? 하는 표정으로 본다.

삼순   언니 전화번호는 왜요?
현무   (심드렁한 척. F) 좀 물어볼 게 있어서. 뭐 중요한 건 아니고.
삼순   잠깐만 기다리세요. (이영에게 내민다) 받어봐.
이영   누군데.
삼순   받아보면 알 거 아냐. (건네고 쓰러져 엎어지는)
이영   (갸웃하며 받는다) 네, 전화 바꿨습니다.
현무   (F) 나요.
이영   ? 나가 누군데요?
현무   (F) 십만 원짜리 남자요.
이영   ? ... (아!) ... 근데 웬일이세요?

55. 물품반입구

현무   좀 만납시다.
이영   (F) 왜요?
현무   이 수표 이거, 위조 수푠 거 몰랐어요?
이영   (F) 위조 수표요?

현무	경찰서에 가서 참고인 진술해야 되니까 오늘 밤 아홉 시까지 레스토랑 앞으로 나오세요. (탁 끊는다)

56. 마루

- 이영, 어이없어하며 끊는다.

이영	수작 부리고 있네. 밤 아홉 시에 무슨 경찰서를 가.
삼순	이 부장님하고 무슨 일 있어?
이영	있을 게 뭐 있어. 심심풀이 땅콩인데.
삼순	(자격지심에 꽥 지르고 싶지만 힘이 없어서) 내 앞에서 땅콩 얘기 하지 마. 땅콩이 얼마나 비싼데. 그 비싼 걸 어떻게 심심풀이로 먹어.
이영	(방으로 들어가며) 슈퍼 나가 봐. 쪼그만 거 한 봉지에 천 원이야.
삼순	그건 중국산이지... 국산은 얼마나 비싼데... 얼마나 고소하고 비싼데 씨...

57. 사장실(동 밤)

- 진헌, 서류를 검토하다가 집중이 안 되는 듯 덮는다. 온갖 생각이 밀려온다.

58. 도로(#42)

삼순	너 솔직하게 말해. 나한테 1분 1초도 딴맘 가진 적 없어?
진헌	(허를 찔린 듯) ! ...
삼순	있어 없어.
진헌	(머리카락이 쭈뼛 서는 것 같다)
삼순	(뚫어지게 보는)
진헌	(정신없이 얼른 내뱉어버린다) 없어.

삼순	(그래? 정말로?) ...
진헌	(그래! 정말로!) ...
삼순	그럼 하나 더 가르쳐줄게. 이런 짓, 하지 마. 괜히 밤중에 불러내고 틱틱거리고 호구조사하고. 그게 무슨 뜻인지 알아? 난 당신한테 관심 있습니다.

59. 사장실

- 고심하는 진헌. 벌떡 일어나 옷을 챙겨들고 나간다. 나가면서 불을 끈다.

60. 공원(동 밤)

- 허공에서 나풀거리는 수표.

현무	(수표 흔들며) 내 몸값이 이것밖에 안 돼요? 몸값을 줄이려면 제대로 주든가. 구십만 원 더 내놔요.
이영	백만 원짜리 몸이시다?
현무	그래요.
이영	그럼 천만 원 내놓으시지.
현무	???
이영	내 몸값은 천만 원이거든. (수표를 달랑 뺏으며) 이건 원래 내 거. (손바닥 디밀며) 천만 원.
현무	(기가 막혀서) 와- 이 여자 정말- 와- 허- 뭐 이딴 여자가- (버럭) 야!!!
이영	왜!!!
현무	처녀도 아닌 게 뭐가 그렇게 비싸!
이영	처녀가 아니니까 비싸지! 넌 완숙미도 모르니?!
현무	완숙 좋아하시네. 넌 반숙이야 임마!
이영	내가 반숙이면 넌 날달걀이니? 비린내 나 짜식아!

현무	와- 미치겠네 정말. 어떻게 한 마디도 안 지냐? 집에서 거 뭐야 투견장 하나? 싸움닭 키워? 어머니는 플라이급, 댁은 미들급? 그럼 삼순이는 헤비급인가?
이영	할 말 없으면 조용히 돌아가시지? 그래야 본전이라도 찾지. (하며 돌아서는데)
현무	(얼른 잡으며 수표를 빼앗는다) 이걸로 술이나 마시자. (이영의 손을 확 잡아끌고 간다)
이영	(어? 얼결에 끌려가는)

61. 베이커리실

- 나오는 진헌. 베이커리실 앞에서 멈칫. 머뭇거리더니 불을 켜고 안으로 들어간다.
- 진헌, 둘러볼 것도 없이 항상 그 자리에 놓여 있는 삼순의 노트를 집어 든다. 한 장 한 장 넘기다가 어느 장에 멈추어 읽어본다.

삼순	(E) 졸려 죽겠다. 배도 고프고. 아직 자면 안 되는데... 외워야 할 게 산더미 같은데.. 아- 삼겹살 먹고 싶다. 참기름장에 톡 찍어서 구운 마늘이랑 한 입 먹으면 잠이 쏙 달아날 것 같은데... 그래도 오늘 하나 건졌다. 누군가와 함께 식사를 한다는 건 서로의 영혼을 나누는 것! 뽈 선생님의 명강의!

- 진헌, 저도 모르게 미소를 짓는다. 노트를 덮고 제자리에 놓는다. 내가 왜 이러나... 고개를 설레설레 젓고 나간다.

62. 삼순 집 앞(동 밤)

- 대문 열고 나오는 삼순. 보면,
- 차 앞에 현우가 서 있다.

- 삼순, 뚱한 얼굴로 다가온다.

현우	? 어디 아프니? 핼쑥해졌다?
삼순	용건부터 말해.
현우	(문 열며) 타.
삼순	... 엄마 부를까?
현우	마지막이야.
삼순	(놀라지도 않는다) 난 작년 크리스마스가 마지막이었어.
현우	마지막 의식쯤은 치러야 되지 않겠니?
삼순	(같잖다) 작년 크리스마스에 화려하게 치렀어. 기억 안 나?
현우	정말 마지막이야. 타.
삼순	(흘긴다)
현우	정말이라니까?
삼순	어디 갈 건데.
현우	마지막 의식을 치루기에 좋은 곳.
삼순	아우 귀찮어. 할려면 우리 집 마당에서 해. 엄마랑 언니 참관인으로 모셔놓고.
현우	너희 어머니 무섭잖아.
삼순	(귀찮다)
현우	정말 마지막인데 너무하는 거 아냐?
삼순	... 좋아. 딴 수작 부리면 나도 가만 안 있을 거니까 알아서 해. (차에 오른다)
현우	(싱긋 웃고는 차에 오른다)

- 곧 차가 출발한다.

63. 유흥가 골목(동 밤)

- 술에 취해 어깨동무를 하고 홍야홍야~ 걸어오는 현무와 이영.

이영	두 번째 원칙이 뭐냐! 날 모욕하는 건 못 참는다 이거지.
현무	머? 목욕?
이영	목욕이 아니라 모욕. 글쎄 그 자식이 지 애인을 우리 집에 초대한 거 있지.
현무	와- 간이 배 밖으로 튀어나왔네. 그래서, 그래서 어떡했어.
이영	마침 끓고 있던 숨을 확 부어버렸지. 둘 다 화상 좀 입었어.
현무	으하하- 역시 삼순이 언니다워.
이영	얌마, 삼순이가 내 동생다운 거지. (가리키며) 어 저짓다!

- 모텔이다.

현무	하여튼 개똥도 약에 쓸려면 없다고, 간신히 찾았네.

- 죽이 맞아 기운차게 들어가는 두 사람.

64. 서울호텔 현관 & 차 안(이하 동 밤)

- 멈추는 현우의 차.

삼순	(기가 막혀서) 너 지금 뭐 하자는 플레이야? 기껏 온다는 게 호텔 방이니?
현우	무슨 상상을 하는 거야. 빠에 갈 건데.
삼순	(그래도 흘긴다)
현우	여기 빠가 좋아. 멤버쉽 카드도 있고. 조용히 얘기하기엔 여기가 적당해.
삼순	... 딴 데로 가.
현우	왜. 그 자식 때문에?
삼순	...
현우	가짜연애였다며. 신경 쓰여?
삼순	... 아무튼 딴 데로 가.
현우	딴 덴 아는 데가 없어서. 내려. (내린다)

삼순   (흘기다가 내린다)

65.   **호텔 로비**

      - 걸어오는 삼순과 현우. 엘리베이터 앞에 멈춘다. 내내 골똘히 생각 중
      이던 삼순, 도저히 안 되겠는지.

삼순   안 되겠어, 딴 데로 가. 여긴 기분 나빠. (돌아서다가 멈칫)

      - 이미 늦었다. 진헌이 마악 다가 멈추다가 삼순을 보고 놀란다.

진헌   ! ...
삼순   ! ...
현우   (돌아보다가 역시 놀라는) ! ...
진헌   (옆의 현우를 보고 또 놀라는) ! ...
현우   (싱긋) 자주 만나네요?
진헌   (어떻게 된 거냐는 듯 삼순을 본다)
삼순   (아 정말... 외면해버리는)
현우   빠에 술 한잔하러 왔습니다. 같이 하실래요?
진헌   (현우를 부라리고는 앞을 본다)
삼순   (아 정말) ...

      - 엘리베이터가 열린다.
      - 현우가 삼순의 등을 감싸 안으며 탄다. 삼순, 툭 손을 치며 탄다.
      - 마주 보게 된 삼순과 진헌.

삼순   ...
진헌   ...
현우   다음에 타실려구?

- 문이 닫힌다. 진헌, 문을 가로막으며 오른다. 짐짓 무심한 표정으로.

66. 엘리베이터 안

- 세 사람 사이에 팽팽한 긴장감...

진헌 (기분 더럽지만 무심한 척) ...
삼순 (마찬가지) ...
현우 (여유만만) 레스토랑, 요즘도 잘나가죠?
진헌 그럼요.
현우 삼순이가 갑자기 그만둬서 곤란하시겠어요.
진헌 파티쉐가 어디 한둘인가요?
삼순 (뭐? 혼자 흘기는)
현우 그래도 우리나라 최고의 파티쉐가 될 삼순이만 하겠어요?
진헌 난 양다리 걸치는 파티쉐는 필요 없습니다.
삼순 (뭐? 쳐다본다)
진헌 어떤 남자한테 좋다고 고백해놓고 옛날 남자를 만나는 것도 양다리죠.
현우 (고백? 삼순을 쳐다본다)
삼순 (앞만 노려보며 으~ 부글부글 끓어오른다)

67. 사장실 층

- 엘리베이터가 열린다. 진헌이 내린다. 마치 문득 생각난 듯 돌아보며.

진헌 아, 새 직장 찾기 좀 어려울 겁니다. 웬만한 데는 내가 다 얘길 해놔서.
삼순 (무슨 소리야?)
진헌 후임자도 안 구하고 갑자기 그만두는 무책임한 사람이라고. (빙긋 웃어주고는 간다)
삼순 (아우 저걸 그냥!)

- 엘리베이터가 닫힌다.
- 걸어오는 진헌. 표정 무섭게 변한다. 질투심이, 폭발하기 직전의 활화산처럼 끓어오른다.

68. **호텔 내 바**

- 현우가 삼순의 손목을 잡고 온다. 삼순, 확 뿌리치고 제 발로 걸어온다. 현우, 단골인 듯 바텐더와 서로 아는 체를 하고 스툴을 빼준다.
- 스툴에 앉는 삼순. 현우도 옆에 앉는다.

69. **나 사장 집무실**

- 퇴근 준비하느라 책상 정리하는 나 사장. 앞에 진헌이 서 있다. 여느 때와 달리 무섭게 표정 굳어 있다.

진헌   파티쉐 언제 빌려줄 거예요.
나 사장 왜. 크리스한테 직접 말한다며.
진헌   나 사장 결재 없인 안 된대요.
나 사장 걷어치우고 들어와. 나도 지친다.
진헌   빌려주세요.
나 사장 알아보니까 느이 레스토랑 사고 싶어 하는 사람 많더라. 구기동 김 회장님 댁 막내딸도 (탐내더라)
진헌   (말 자르며, 강하게) 빌려줘 나 사장.
나 사장 ! ... 이 자식이 정말? '님' 자 안 붙여?!
진헌   나 지금 상태 안 좋거든요?

70. **집무실 앞**

- 벌컥 문 열고 나오는 진헌. 굳은 표정으로 성큼성큼 간다.

71. 호텔 현관

- 문을 빠져나오는 진헌. 파킹맨이 건네주는 키를 받아 대기하고 있는 차에 오른다. 성질 급하게 출발한다.

72. 호텔 내 바

- 반지 케이스가 열린다. 꽤 근사한 다이아 반지다.
- 현우, 케이스를 자랑스럽게 디민다.

삼순	(노래 흉내) 웬 다~~~이아~
현우	야! 넌 무드 없게!
삼순	내가 너랑 무드 찾게 생겼니?
현우	결혼하자 우리.
삼순	(뭐?) ! ...
현우	결혼하자구.
삼순	허! ... 채리는 어떡하구.
현우	이거 받으면 파혼할게.
삼순	! ... 니가? 파혼? 해삼 늘어지는 소리 하고 있네.
현우	(답답하다는 듯이) 넌 왜 내 말을 안 믿니?
삼순	(참 기가 막힌다) ... 그래, 믿어줄게. 대신, 먼저 파혼해.
현우	! ...
삼순	파혼하고, 채리가 나한테 달려와서 울고불고 머리끄댕이 잡고, 내 눈으로 그거 확인하면 받아줄게. 알았어?
현우	정말이야? 파혼하면 받아줄 거야?
삼순	넌 파혼 안 해. 왠 줄 알아? 니 유전자에는 진심이란 게 없거든. 쯧쯧 어떡

하니, 황우석 박사님도 그건 구제 못 한다는데.*

73.   달리는 진헌의 차

74.   진헌의 차 안

- 굳은 얼굴로 운전하는 진헌.
- (플래시백) 솔직하게 말해. 너 1분 1초도 나한테 딴맘 가진 적 없어? 하던 삼순.
- 도무지 알 수 없는 진헌의 표정... 그러나 어느 순간 핸들을 확 꺾어버린다.

75.   급하게 유턴해서 달려가는 차

76.   호텔 내 바

현우	(사뭇 심각한) ... 좋아. 당장 파혼할게.
삼순	그럼 지금 전화해.
현우	지금은 너무 늦었잖아.
삼순	선수들은 이 시간이면 초저녁 아냐? 직접 하기 그러면 내가 대신 해줄게. (핸드폰을 꺼내 버튼 누른다)
현우	??? 야.
삼순	(신호음 떨어지자) 채리니? 나 삼순이 언닌데.
현우	(뺏으려 하며, 낮게) 야 너 뭐 하는 거야.

---

* 최첨단 의과학으로도 구제하기 힘들다는 뜻. 황우석 박사는 당시 줄기세포 연구의 선구자였다. 2005년 가을부터 논문 조작 의혹이 일기 시작했으며, 대본은 그전에 쓴 것이다.

삼순	(현우의 손을 결사적으로 막으며 통화) 내가 이 짓은 정말 하기 싫었는데, 니 약혼자가 나한테 자꾸 들이댄다. 나 피곤해 죽겠거든? 다리몽둥이를 부러뜨리든지 유전자를 싹 갈아치우든지 인간 좀 맹글어라. 알았니? 기다려, 바꿔줄게. (태연하게 핸드폰을 내민다)
현우	(사색이 되어서 핸드폰을 빼앗아 덮어버리며) 야 김삼순!!!
진헌	(E) 어따 대고 소릴 질러?

- 삼순과 현우, 놀라서 돌아본다.

진헌	(현우의 손에서 핸드폰을 빼앗으며) 내 여자 물건에 손대지 마.
삼순	!!!
현우	!!!
진헌	(삼순을 보며) 내가 딴 남자 만나지 말라 그랬지.
삼순	!!!
진헌	(삼순의 손을 낚아채 일으키는데)
현우	(얼른 잡으며, 참 생뚱맞은) 너 아직 오천만 원 못 갚았니? 내가 갚아줘?

- 그 순간, 진헌의 발이 현우가 앉은 스툴을 힘껏 찬다.
- 스툴과 함께 넘어지는 현우.
- 진헌, 삼순을 끌고 나간다.

77. 호텔 로비

- 진헌이 삼순을 끌고 온다. 분노가 극에 달한 삼순, 온 힘으로 손을 빼려 버둥거리지만 역시 화가 난 진헌에게 질질 끌려오면서 욕을 해댄다.

삼순	야, 이거 안 놔? 야! 니가 뭔데 왜 또 지랄이야 지랄이! 놔!
진헌	(굳게 입 다물고 몹시 화난 채 아랑곳없다)
삼순	너 아직도 내가 만만해 보여? 내가 니 장난감이야? 왜 툭하면 나타나서 염장을 질러! 왜! 이 나쁜 새끼야, 내가 돌멩이 던지지 말라 그랬지! 허튼

짓 하지 말라 그랬지! 돈 갚으면 될 거 아냐! 갚어! 갚는다구!

- 진헌, 몰려드는 사람들을 피해 남자화장실로 끌고 들어간다.

78. 남자화장실

- 끌고 들어오는 진헌.
- 두세 명의 남자들이 쳐다보다가 놀란다.
- 삼순도 공간개념 없이 고래고래 소리를 지른다.

삼순   너 나를 물로 보다 못해 아주 쫄로 보는 모양인데! 사람 잘못 봤어! 내가 다시 말 섞으면 사람도 아니다. 놔! 안 놔?! 놔 이 말탱구리야!

- 순간, 확 끌어당겨 입 맞추는 진헌.
- 삼순, 흡! 놀라고.
- 격렬하게 입 맞추는 진헌.
- 11회 끝.

12회

뭐 어때? 난 이제 겨우 서른 살인데!

1. **자막 - 제12회 뭐 어때? 난 이제 겨우 서른 살인데!**

2. **호텔 로비(11회 엔딩)**

    - 진헌이 삼순을 끌고 온다. 분노가 극에 달한 삼순, 온 힘으로 손을 빼려 버둥거리지만 역시 화가 난 진헌에게 질질 끌려오면서 욕을 해댄다.

    삼순 야, 이거 안 놔? 야! 니가 뭔데 왜 또 지랄이야 지랄이! 놔!
    진헌 (굳게 입 다물고 몹시 화난 채 아랑곳없다)
    삼순 너 아직도 내가 만만해 보여? 내가 니 장난감이야? 왜 툭하면 나타나서 염장을 질러! 왜! 이 나쁜 새끼야, 내가 돌멩이 던지지 말라 그랬지! 허튼 짓 하지 말라 그랬지! 돈 갚으면 될 거 아냐! 갚어! 갚는다구!

    - 진헌, 몰려드는 사람들을 피해 남자화장실로 끌고 들어간다.

3. **남자화장실(11회 엔딩)**

- 끌고 들어오는 진헌.
- 두세 명의 남자들이 쳐다보다가 놀란다.
- 삼순도 공간개념 없이 고래고래 소리를 지른다.

삼순 너 나를 물로 보다 못해 아주 졸로 보는 모양인데! 사람 잘못 봤어! 내가 다시 말 섞으면 사람도 아니다. 놔! 안 놔?! 놔 이 말탱구리야!

- 순간, 확 끌어당겨 입 맞추는 진헌.
- 삼순, 흡! 놀라고.
- 격렬하게 입 맞추는 진헌.
- 몸부림치는 삼순... 몸부림이 잦아들고... 그러나 어느 순간 확 밀어내는 삼순.

삼순 (반쯤 정신 잃고 쳐다본다)
진헌 (뚫어지게 본다)
삼순 약 먹었니?
진헌 (단호한) 아니.
삼순 술 마셨어?
진헌 아니.
삼순 아님, 또 이성을 잃었어? 실수야?
진헌 아니.
삼순 (제정신이 든다) ... 그럼 뭐야. 민현우 그 자식처럼 너도 나랑 바람피고 싶니?
진헌 그딴 자식이랑 비교하지 마.
삼순 너도 똑같애. 아니 더 악질이야.
진헌 (버럭) 아니라니까!
삼순 그럼 뭔데!
진헌 당신이 좋아졌어!
삼순 ???!!!
진헌 당신이 좋아! 자꾸 생각나서 미치겠어! 왜 내 머릿속에 들어와서 자꾸 날

	괴롭혀 왜! 여기서 당신을 만난 게 저주스러워! 차라리 꺼져버리든가!
삼순	!!! ...
진헌	(흥분 가라앉히는) ...
삼순	알았어, 꺼져줄게. (돌아서는)
진헌	(얼른 잡고는) 마지막 말은 취소야.
삼순	(손을 확 뿌리치며 울먹울먹) 니가 뭔데 소릴 질러 이 나쁜 놈아.
진헌	?! ...
삼순	내가 니 머리 뚜껑 열었니? 내가 일부러 널 괴롭혔어? 뭘 잘했다고 소릴 질러 뭘 잘했다고.
진헌	(아) ! ... (툭 내뱉듯) 미안.
삼순	(훌쩍훌쩍 운다)
진헌	? ... 미안하다고 했잖아. 그만 울어.
삼순	(아이처럼 잉잉잉 운다. 좋아서, 옛날 생각에 서러워서)

- 남자가 들어오다가 놀라서 나간다.

진헌	(그 남자를 힐끔 보고는) 그만해, 여기 남자화장실이야.
삼순	그러니까!
진헌	? ...
삼순	왜 하필 여기야. 나 여기에 한 맺힌 거 몰라? 무드는 바라지도 않아. 그래도 기본이라는 게 있지. 왜 하필이면 여기냐구.
진헌	(그러고 보니 그렇다. 뻘쭘해서) ... 알았어, 미안해.
삼순	뭐가 이렇게 어렵니.
진헌	(이번엔 또 뭐야) ? ...
삼순	좋으면 좋고 싫으면 싫은 거지, 뭐가 이렇게 어렵고 복잡하냐구. 힘들어. 힘들어 죽겠어 정말.
진헌	(진짜 미안해진다. 손을 뻗어 눈물을 닦아준다)
삼순	(보며) ? ...
진헌	(다정하게 닦아주며 미소) 오늘은 검은 눈물이 아니네?
삼순	(마음이 녹는다) ... 그럼 이 밤중에 화장하고 나오니?
진헌	(살포시 안아준다)

삼순	(아직도 믿기지 않고 어리둥절하다)
진헌	(힘을 준다)
삼순	(어설프게 손을 뻗어 등을 감싸 안는다)

- 두 사람 모두 흐뭇한 미소가 감돈다. 진정한 화해 모드! 그러나 산통 깨는 삼순.

삼순	유희진 씨는 어떡할 거야?
진헌	! ... (이제야 현실을 깨우친다)
삼순	응?
진헌	(떨어져 나간다)
삼순	???
진헌	(시선 돌리며 난감한 표정)
삼순	(이건 무슨 뜻) ? ... 표정이 왜 그래?
진헌	...
삼순	유희진 씨는 어떡할 거냐구.
진헌	(똑 부러지게) 생각 중이야.
삼순	! ... 그럼 생각도 안 하고 일부터 저질렀니?
진헌	아직 나도 잘 모르겠으니까.
삼순	! ... 니가 모르면 누가 알어. 꿀꿀이 삼숙이가 알어?
진헌	? 지금 농담이 나와?
삼순	숨 막혀서 그런다. 너무 긴장돼서.
진헌	그렇게 내가 좋아? 숨 막힐 만큼?
삼순	재롱을 떤다, 재롱을 떨어.

4. **삼순 집 앞 & 차 안(동 밤)**

- 달려오는 차. 집에 다다르기도 전에 갑자기 끽 선다.

5.   차 안

진헌   (놀라서 쳐다보는) 뭐? 개명 신청을 했다고?
삼순   응, 김희진으로.
진헌   누구 맘대로.
삼순   내 맘대로. 엄마도 허락하구.
진헌   그거 신청만 하면 되는 거야?
삼순   아니. 심사하는 데 한 달쯤 걸려. 기각될 수도 있고.
진헌   당장 취소해.
삼순   (뭐? 보는)
진헌   당장 취소해. 난 삼순이가 좋단 말야.
삼순   니가 뭔데?
진헌   ? 지금까지 뭘 들은 거야.
삼순   양다리 청산하기 전엔 꿈도 꾸지 마. (차에서 내린다)
진헌   (어? 얼른 내린다) 당장 취소해. 안 그럼 내가 가서 취소할 거야.
삼순   니가 삼식이로 개명해. 그럼 취소할게.
진헌   내가 좋아하는 건 김희진이 아니라 김삼순이라구.
삼순   이름이 바뀌면 사람도 달라지니?
진헌   그러니까 뭐 하러 바꿔. 그냥 김삼순으로 가.
삼순   싫어. 개명은 내 인생의 첫 번째 목표였다구. 그리구, 양다리 청산하기 전엔 내 일에 참견 마. (간다)
진헌   (아 정말) ... (뒤에다 대고 소리친다) 뭐가 그렇게 복잡해! 왜 이렇게 힘들게 만드는 거야 왜!
삼순   (대문 앞에서 돌아서서 소리친다) 나처럼 단순한 사람 있으면 나와보라 그래! 복잡한 건 너야!

- 삼순, 초인종을 누른다. 곧 열리자 들어간다.
- 진헌, 짜증스럽다. 뭐가 이렇게 어렵고 힘든 건지. 그때.

이영   (E) 야 현 사장.
진헌   (휙 돌아본다)

이영	(썩 다가서며 독사처럼 노려본다) 나랑 얘기 좀 하지?
진헌	?! ...

6. 근처 골목

- 가로등 밑에 선 진헌과 이영.

이영	삼순이 만나지 마.
진헌	?! ...
이영	만나지 마.
진헌	싫은데요.
이영	뭐?
진헌	이유가 뭡니까. 왜 만나면 안 되는데요.
이영	몰라서 묻니?
진헌	모르겠는데요.
이영	나, 너 같은 부류를 잘 알거든. 너, 삼순이가 특별해 보이지?
진헌	... 네.
이영	그렇겠지. 니들 세계엔 그런 애 없으니까.
진헌	? ... 지금 신분 갖고 역차별하시는 겁니까?
이영	비난하는 거 아냐. 차이를 말하는 거야. 내가 말하고 싶은 건, 좀 달라 보인다고 관심 갖지 말란 얘기야. 그 관심, 육 개월도 못 가.
진헌	(답답한) ... 누님.
이영	어따 대고 누님이야?
진헌	(아 정말) ... 어쨌든 누님, 삼순이랑 저, 둘만으로도 복잡하거든요? 누님까지 나서서 이렇게 꼬지 않았으면 좋겠는데요.
이영	너한텐 희진 씨가 딱이야.
진헌	! ...
이영	희진 씨, 비행기 안에서 만난 게 전부지만 어떤 사람인지 짐작이 가. 많이 아팠다며. 그렇게 강한 여자, 드물어.
진헌	...

이영	너 같은 사람한텐 희진 씨가 딱이라구. 그러니까 이쯤에서 관둬. 난 내 동생이 또 상처받는 꼴 못 봐. 알아들었어?
진헌	(불만스런 표정이 역력하다)
이영	못 알아들었으면 한 마디 더 할게. 나, 너 재수 없어. 딱 오천만 원만큼 재수 없어.
진헌	! ...
이영	(찬바람 나게 돌아서서 간다)

- 진헌, 속에서 무언가 끓어오른다. 결국 애꿎은 가로등을 걷어차고는 아파서 절절맨다.

7. 삼순네 화장실(동 밤)

- 삼순, 세수 마치고 물 묻은 얼굴을 들어 거울을 본다. 손바닥으로 물기를 쓸어내리고 거울을 빤히 본다. 자기 마음속을 들여다보듯. 마치 화답하듯이 거울이 말을 걸어온다.

거울	(삼순의 목소리. E) 으유 한심한 것. 좋아하는 남자한테 고백받고 초 치는 여자는 너밖에 없을 거다.
삼순	(부어서) ... 신경질 나잖아. 내가 제일 싫어하는 게 양다린데.
거울	(E) 이 바보야. 사람 마음이 옮겨가는 게 그렇게 쉬운 일인 줄 알아? 현우 그 자식처럼 아침 다르고 저녁 다르고 그랬으면 좋겠니?
삼순	(뚱) ... 아니.
거울	(E) 지금이야, 이럴 때 확 붙들어야 돼.
삼순	? ...
거울	(E) 기회가 아무 때나 오는 줄 알아? 삼식이는 지금 너 때문에 흔들리고 있다구. 확 잡아버려.
삼순	... 그럼 유희진 씨는.
거울	(E) 아우 이 곰탱이. 니가 지금 남 걱정할 때야? 사람 마음 훔치는 건 범죄가 아니야. 못 훔치는 게 등신이지.

삼순 (그런가?) ... (곰곰 생각하는) 어떻게 꼬시지?

8. **보나뻬띠 홀(밤, 상상)**

 - 어두운 홀에 피아노 반주가 흐른다.
 - 진헌이 피아노를 치고 있다. 진헌, 고개를 들어 무언가를 사랑스럽게 바라본다. 반주에 맞춘 삼순의 노래가 시작된다.
 - 섹시한 드레스를 입은 삼순이 피아노 위에 교태스런 자태로 누워 노래를 부르고 있다. 영화 '사랑의 행로'에서 My Funny Valentine을 부르던 미셸 파이퍼처럼... 이윽고 피아노 위에서 내려와 진헌에게로 다가간다.
 - 진헌의 눈길에 사랑이 가득하다.
 - 삼순, 피아노 의자에 앉으며 교태롭게 비비적대며 노래를 부른다.
 - 황홀하게 바라보는 진헌.
 - 무척 섹시한 삼순... 노래도 섹시하게 부르고... 자태는 우아하고... 그러나 어느 순간 우지끈하는 소리와 함께 가라앉는다!
 - 의자 다리가 부러져 널브러진 삼순. 삼순을 깔고 엎어진 진헌.

진헌 (짜증) 그러니까 살 좀 빼라 그랬잖아.
삼순 뱃살 좋다며! 3중 베개 버리고 목침 베고 잘래? 아 비켜! 니가 더 무거워!

9. **삼순네 화장실**

 - 끔찍한 결말에 으~ 고개 젓는 삼순.

삼순 이건 아니야. 아니야. 진정해. (그러다가 문득) ... 맞어, 헨리가 있었지?

10. **게스트하우스 룸(낮, 상상)**

- 삼순, 트렁크에 헨리의 짐을 마구 욱여넣고 있다.

헨리   (황당해서) 소피? ... 소피.
삼순   소피 마려우면 화장실 가든가 왜 그렇게 불러대.
헨리   (말리며) 소피, 이건 실례야. 이러지 마.
삼순   (뿌리치며) 넌 굿이나 보고 떡이나 먹어. 다 너 좋자고 하는 거니까. (계속 짐을 싼다)
헨리   (화가 난다. 우리말) 내가 봉이냐.
삼순   (뭐? 돌아본다)
헨리   (우리말) 내가 봉이냐. (하더니 트렁크를 빼앗는다)
삼순   ! ... 짜식 어디서 그런 건 배워가지고. ... 헨리.
헨리   (짐을 도로 꺼내다 말고 보는)
삼순   너 희진이 사랑하잖아. 그럼 희진이 집에 있어야지 왜 여기서 달라를 축내고 있어. 너 부자야? 너희 집 달라 장사해?
헨리   (못 알아들으니) ???
삼순   아우 답답해. 음... 유 러브 희진.
헨리   ? ...
삼순   유! 희진을 러브러브 하잖아. 오케이, 안 오케이.
헨리   (피식 웃는다)
삼순   짜식이 잘생긴 게 그렇게 웃으면 어쩌자는 거야. 노처녀 가슴에 불을 질러라 질러.
헨리   (삼순이가 재밌다는 듯 그저 웃는다)
삼순   허... 삼식이 줘버리고 그냥 여기서 확 자빠져?
헨리   (웃는)
삼순   헨리, 너 지금 이러고 있을 때가 아냐. 보기만 하는 사랑은 사랑이 아니라구. 플라토닉? 오 노우! 아이 엠 낫 플라토닉! 노! 네버!
헨리   (웃는)
삼순   얘가 자꾸 실실 쪼개네? 야, 니가 지금 젊어서 그렇지 좀만 있어봐. 내 맘에 딱 드는 사람이 아무 때나 오는 줄 알아?
헨리   소피?
삼순   왜.

헨리	희진이 사랑하는 사람은 내가 아니야. 난 희진의 사랑을 지켜주고 싶어.
삼순	? ... 뭐라 그러는 거야. 희진이 뭐 어쨌다구?

11. 삼순네 화장실

- 고개를 설레설레 젓는 삼순.

삼순	아니야. 이것도 아니야. 무슨 말이 통해야 말이지.

12. 오피스텔(동 밤)

- 진헌이 들어온다. 불 켜진 걸 보고 의아한데.
- 앞치마 두르고 짠 나타나는 희진.

희진	짜잔~
진헌	(놀라는)
희진	놀랬지. 어머, 진짜 놀랬나 봐.
진헌	(당황스런) 웬일.. 이야?
희진	(곱게 흘기며) 웬일은? 내가 못 올 데 왔어? 청소도 하고 빨래도 좀 하고. (팔 잡아끌며) 이리 와봐. 안 그래도 방금 끝났거든?

- 희진, 식탁으로 진헌을 끌고 온다.
- 김치 담근 흔적들... 막 완성된 김치가 아직 볼에 담겨 있다.

희진	예행연습으로 일단 한 포기만 담아봤어. 한번 먹어볼래? (1회용 비닐장갑 끼고 김치를 쭉 찢어 내민다)
진헌	(어정쩡하게 받아먹는다)
희진	어때? 맛있어? 안 맵지.
진헌	(눈도 못 맞추고 대충) 응 괜찮아. 맛있어.

희진	호호 그럴 줄 알았어. 처음인데 어쩜 이렇게 잘 담그냐? 나 타고났나 봐.
진헌	(픽 웃고는 오디오로) 음악 들을래? 뭐 틀어줄까.
희진	아무거나. (김치를 김치통에 담는다)

    - 진헌, CD를 고른다. 꼭 음악 들을 작정은 아니다. 희진을 대하기가 불편해서이다.

진헌	앞으론 이러지 마. 청소하고 빨래해주는 사람 있어.
희진	그냥 예행연습인데 뭐...
진헌	(건성으로 계속 고르는)
희진	... 진헌아.
진헌	응?
희진	우리 처음 손잡던 날 기억나?
진헌	(갑작스러운 말이라 돌아보는)
희진	(피식 웃으며) 너무 뜬금없나? 어쨌든 너 그날 되게 웃겼어. 조조영화 보자고 불러내서는 하루 종일 걸어 다니면서 괜히 짜증만 부리고.
진헌	(그래, 그랬지) ...
희진	손은 잡고 싶은데 용기는 안 나고, 사실 나 눈치챘었는데 니가 어떡하나 볼려구 모른 척하고 있었다? 결국 열두 시간 사십 분 만에 잡더라?
진헌	(맞어, 그랬어) ...
희진	가끔... 그때가 그리워.
진헌	...
희진	우리 새파랬잖아. 모든 게 처음이고 설레이고...
진헌	(어두워진다)
희진	할아버지 할머니 돼서도 그렇게 살았으면 좋겠어.
진헌	... (보며) 희진아.
희진	(보는) 응?
진헌	(몹시 망설이는)
희진	? ...
진헌	(그래도 망설이는)
희진	나한테 뭐 할 말 있어?

진헌	... 응.
희진	(웃으며) 할 말 있으면 하면 되지 새삼스럽긴...
진헌	(빤히 본다) ...
희진	(이상한 느낌이 온다) ! ...
진헌	... 나.. 말야...
희진	? ... (조마조마하다. 무슨 말이 나올지 두렵다) ... 하기 힘든 말이면 나중에 해.
진헌	... 실은...
희진	(가슴이 두근댄다)
진헌	김치가 좀 싱거워.
희진	(에?)

13. 엘리베이터 안(동 밤)

- 희진, 진헌의 엉뚱한 말을 생각하며 피식 웃는다. 그러나 곧 웃음이 가신다. 혹시 다른 말을 하고 싶었던 건 아닐까?

14. 오피스텔

- 진헌, 김치통을 열어본다.
- 김치가 맛깔스럽게 담겨 있다.
- 뚜껑을 닫으며 착잡해하는 진헌.

15. 삼순네 뜰(낮)

- 삼순, 꽃밭에 물을 주고 있다. 핸드폰이 울리자 주머니에서 꺼내 액정 확인하고는 갸웃하며 받는다.

삼순	여보세요. (대답 없자) 여보세요.
희진	(F) 저예요, 유희진.
삼순	?! ...

16.   커피숍(동 낮)

- 마주 앉은 삼순과 희진.

희진	죄송해요, 또 보자고 해서.
삼순	아뇨 괜찮아요. 어차피 백순데요 뭐.
희진	(잠시 망설이다가) 긴말 안 할게요. 진헌이, 더 이상 흔들지 마세요.
삼순	! ...
희진	아실 거예요. 걔 지금 흔들리고 있는 거.
삼순	! ...
희진	그냥 놔두세요. 너무 힘들어해요.
삼순	(성질이 나기 시작한다. 후 숨 몰아쉬고는) 유희진 씨.
희진	네.
삼순	난 흔든 적 없거든요? 그리고 댁이 나더러 이래라저래라 할 권리는 없잖아요.
희진	! ... 죄송해요. 난 그냥... 직접 말씀드리는 게 좋을 것 같아서...
삼순	(덩달아 미안해지는) ! ... (좀 누그러진) 그리고 저기.. 난 남의 물건 탐낸 적은 없어요. 뺏을 생각도 없구요. 하지만.
희진	(하지만?)
삼순	나한테 오겠다 그러면 받아줄 생각은 있어요.
희진	! ... 언니.
삼순	(헉 놀라는) ! ... 내, 내가 왜 언니예요? 난 댁 같은 동생 둔 적 없어요.
희진	봉우리만 보면서 거기 오르려고 기를 썼는데, 봉우리가 없어지면 난 어떡해야 돼요?
삼순	! ...
희진	(간절하게 쳐다보는)

삼순	(당황해 말이 막 나온다) 희, 희진 씬 젊잖아요.
희진	??? ...
삼순	젊고 예쁘고 돈도 많고, 거기다 북어 대가리처럼 뻐쩍 마르고. 여기 있는 사람들한테 다 물어봐요, 누가 낫나.
희진	(생뚱맞아서) ???
삼순	난 나이도 많고 예쁘지도 않고 뚱뚱하고. 희진 씬 기회가 많지만 난 아녜요. 내 인생에 진헌 씨가 마지막일지도 모른다구요.
희진	(황당하기도 하고 놀랍기도 한) ! ...
삼순	(목이 타는 듯 음료를 마시는데)
희진	언니는 건강하잖아요.
삼순	(마시다가 사레들린다)
희진	먹고 싶은 거 마시고 싶은 거, 그거 맘대로 못 먹는 게 얼마나 큰 고통인 줄 알아요? (정말 서러워 눈물까지 난다) 난 언니처럼 뚱뚱해졌으면 좋겠어요. 언니처럼 혈색도 좋고 건강해 보이고 활기차고, 그랬으면 좋겠다구요.
삼순	(병-) ...
희진	(얼른 눈물 훔친다)
삼순	(미안해져서는) 울지 마요, 누가 보면 내가 때린 줄 알겠네.
희진	(마저 닦아내는)
삼순	... (안쓰럽지만 단호한) 그런다고 내가 봐줄 거라고 생각하지 말아요.
희진	? ...
삼순	나, 그쪽이 아프다고 양보할 만큼 착한 사람이 아니거든요.
희진	! ...
삼순	페어플레이 하자구요. 선택은 진헌 씨가 하게 놔두구요.
희진	! ...
삼순	그리고 오늘은 그쪽이 내요. 나 백수라 돈 없어요. 양심적으로다가 제일 싼 거 시켰어요. (일어나 나간다)
희진	...

- 삼순이 돌아서서 다가온다.

희진	? ...
삼순	(정색하고) 방금 한 말 농담 아녜요. 나... 그 사람이 정말 마지막인 거 같애요. (간다)
희진	(뒤통수를 얻어맞은 듯한 기분으로) ! ...

17. 삼순 집 골목(동 낮)

- 그렇게 큰소리 치고 나온 삼순, 마음이 불편해 잔뜩 부어서 걸어오다가 문득 멈춘다.
- 피아노학원 앞이다. 아이들이 떵떵거리는 피아노 소리도 흘러나온다.
- 삼순, 다가가 슬쩍 문을 열어 안을 들여다본다.

18. 피아노학원 안

- 원장과 마주 앉은 삼순.

삼순	악보도 전혀 못 보고요, 할 줄 아는 건 젓가락행진곡뿐이거든요? 저 같은 사람도 받아줘요?
원장	그럼요. 성인도 한 열 명쯤 되는걸요.
삼순	그래요? 그럼.. 저기 제 목표는 그거거든요? CAN'T HELP FALLING IN LOVE 그거 칠려면 얼마나 걸릴까요.
원장	사람마다 다르죠. 그것만 집중적으로 열심히 하시면 몇 달밖에 안 걸릴 수도 있구요.
삼순	(끄덕끄덕) 아.. 그럼 당장 지금부터 배우고 싶은데. 참, 수강료는 얼마예요?

19. 동 학원

- 피아노 건반이 땡땡땡.
- 삼순, 초보용 악보를 치며 어설프게 건반을 치고 있다. 참 어설프다.

진헌   (E) 발로 쳐요?

20.   **홀(6회 #49)**

삼순   이렇게 긴 발가락 봤어요?
진헌   (손을 흘깃 보더니) 손도 못생겼네.
삼순   (흘기며) 10년 가까이 밀가루 반죽하고 오븐 만져봐요. 손이 남아나나.
진헌   이번엔 잘해요? (다시 친다)
삼순   (따라서 친다)

- 이제 얼추 맞는다. 점점 잘 맞는다.

삼순   어 된다 된다! 와 이렇게 하는 거구나!
진헌   (피식 웃는다)

21.   **피아노학원**

- 어설프지만 참 열심인 삼순. 어서 배워서 그에게 들려주고 싶다.

22.   **게스트하우스 룸(동 늦은 오후)**

- 헨리가 기타를 치며 간단한 팝을 부르고 있다.
- 기분 좋게 바라보는 희진.
- 필받아 신나게 부르는 헨리.
- 그러나 어느 순간부터 자기 생각에 빠지는 희진.

- 한참 노래 부르던 헨리, 문득 그런 희진을 보고는 노래를 멈춘다.

희진	...
헨리	무슨 생각 해?
희진	(제 생각에 빠진 채) 요즘 비가 자주 와서 그런가 기분이 그러네... 왜 사람들은 날씨에 따라서 기분이 달라질까?
헨리	난 어릴 때 말야, 지렁이가 하늘에서 떨어지는 건 줄 알았어.
희진	(찡그리며) 뭐?
헨리	비만 오면 지렁이들이 기어 다니니까.
희진	(푸하하 웃는다) 너무해. 너 엉뚱한 아이였구나?
헨리	(으쓱하며) 좀.
희진	헨리.
헨리	응?
희진	니가 나라면 어떡했을 것 같애?
헨리	뭐가?
희진	3년 전에 말야. 니가 나라면 그렇게 말없이 떠났을까?
헨리	음... 아니.
희진	(다음 말을 기다리는)
헨리	나라면 같이 견뎠을 거야. 아무리 힘들고 어려워도 서로 위로해주면서.
희진	(후회스러운 표정이 역력하다) ... 나도 그래. 나도 3년 전으로 돌아가고 싶어.
헨리	(무슨 일이 있었구나 짐작하는) ...
희진	그럼 그렇게 바보 같은 짓은 안 할 텐데... 아무리 아프고 힘들어도 그냥 옆에 있는 건데... 그냥... 같이 견디는 건데...
헨리	이미 지나간 일이야.
희진	알아... 그래서 화가 나... 왜 그런 선택을 했는지 화가 나 죽겠어.
헨리	미스터 현하고 무슨 일 있어?
희진	...
헨리	내가 혼내줄까?
희진	(보는) ? ...
헨리	호이짜~ (화상고 흉내를 낸다) 다 죽여버리겠다~ 호이짜~

- 희진, 언제 그랬냐는 듯 자지러지게 웃는다.
- 그녀가 웃자 헨리도 좋아한다.

23. 홀(동 밤)

- 현관 쪽으로 가던 진헌, 불빛을 보고 멈추어 본다.

24. 홀 내 바

- 바로 다가오는 진헌.
- 혼자 술 마시고 있는 현무가 돌아본다.

현무　어? 아직 퇴근 안 했어?
진헌　혼자 뭐 하세요.
현무　뭐 하긴, 술 마시지. 잘됐네, 잔 갖고 와.
진헌　(안에서 잔을 꺼내 옆에 앉는다)
현무　(술을 따라주며) 베이커리는 어떡할 거야. 아주 조마조마해 죽겠어.
진헌　내일부터 호텔에서 파티쉐가 파견 나올 겁니다.
현무　그래? 새 사람 안 구하고?
진헌　당분간은요.
현무　근데 도대체 삼순 씨랑은 어떻게 된 거야? 사생활이라 그냥 모른 척하고 있었는데 갑자기 왜 그런 거야?
진헌　(그저 멋쩍게 웃는)
현무　하긴 뭐.. 삼순 씨가 여자로선 좀 젬병이지.
진헌　(거슬려 쳐다본다)
현무　(모르고 계속한다) 여자가 말야, 안으면 품 안에 쏙 들어와야 제맛이지. 덩치는 산만 하지 성미 거칠지, 거기다 입은 또 어떻구.
진헌　(심기 불편해서) 이 부장님.

현무	(돌아보고는 얘 왜 이래? 하는 표정)
진헌	김삼순 씨, 품 안에 쏙 들어와요.
현무	(황당)? ... 허 짜식.. 말이 그렇단 거지. (생각할수록 기분 나쁘다는 듯) 이 자식 보게? 어디다 눈을 부릅뜨고. 야, 너 칼있으마? 나 칼없으마. 됐냐?
진헌	(피식 웃으며 술을 마신다)
현무	근데 현 사장. 혹시... (아무도 없는 주위를 괜히 둘러보고 낮게, 실은 이걸 물어보고 싶어서 삼순이 얘기를 꺼낸 것이다) 삼순이 언니에 대해서 뭐 좀 아는 거 있어?
진헌	? 네?
현무	아 삼순이 언니 말이야. 김이영.
진헌	(언니? 그날의 기분 나쁜 대면이 생각난다) ... 잘 모르는데요.
현무	그래? 그럼 됐고.
진헌	(궁금해져서) 삼순 씨 언니는 왜요?
현무	어? 어 아냐. 그냥 뭐... 근데 그 집 여자들은 왜 그래? 전생에 다 투견이었나 왜 그렇게들 사나워? 무슨 마녀들도 아니고.
진헌	(술을 마시고 곰곰 생각한다)

25. 골목(#6)

이영	너 같은 사람한텐 희진 씨가 딱이라구. 그러니까 이쯤에서 관둬. 난 내 동생이 또 상처받는 꼴 못 봐. 알아들었어?
진헌	(불만스런 표정이 역력하다)
이영	못 알아들었으면 한 마디 더 할게. 나, 너 재수 없어. 딱 오천만 원만큼 재수 없어.

26. 달리는 차 안(동 밤)

- 뒷좌석에 혼자 앉아 생각에서 빠져나오는 진헌.
- 운전석에는 대리운전 기사.

12회 **119**

- 진헌, 이영과의 그 일이 자꾸 걸린다. 생각할수록 불쾌한데... 스릴러 영
           화처럼 팔이 쑥 튀어나와 진헌의 목을 확 감싼다. 진헌, 깜짝 놀라 쳐다보
           면.

현무   (눈은 헤롱헤롱, 완전 혀 꼬부라진) 여기 어디야... 어이 현 사장 뭐 해,
           3차 가야지.
진헌   (팔을 떼어내며) 오늘은 그만하세요, 너무 많이 드셨어요.
현무   (머리통을 부비부비) 야 이놈아 힘 빼고 살어. 쪼그만 게 쫏... 넌 반숙도
           아냐 임마. 메추리알이 어디서 까불고 있어. (하더니 우욱 올리는)
진헌   (사색이 된다)! ... (외친다) 차 세워요! 빨리요!

           - 차가 끽 선다.
           - 그러나 이미 올리고 마는 현무.
           - 진헌, 허벅지가 뜨끈해지는 걸 느끼며 으~~~

27.   **복덕방(오전)**

           - 중개사가 매매 계약서에 인감을 꾹꾹 찍는다.
           - 보고 있는 삼순과 이영.
           - 중개사가 인감을 이영에게 건네고 돈 봉투도 건넨다.

중개사 확인해보세요. 말씀하신 대로 오천만 원은 수표를 따로 끊었습니다.

           - 이영, 봉투를 열고 수표들을 꺼내 확인한다.
           - 삼순도 목 빼고 넘겨다본다.

28.   **커피전문점**

           - 이영, 오천만 원짜리 수표가 든 봉투를 건넨다.

이영	지금 당장 가서 갚어. 싹 갚아버리고 삼식이 그 자식도 확 끊어버리는 거야.
삼순	(받으며 썩 달갑지 않은 표정) ...
이영	? 표정이 왜 그래? 갚기 싫어?
삼순	언니.
이영	왜.
삼순	삼식이가 나 좋대.
이영	???
삼순	(진헌의 마음을 반신반의하는 만큼 복잡미묘한 표정으로) 좋아졌대.
이영	(등짝을 따악!)
삼순	아! 왜 또 때려어! 내가 니 북이냐?
이영	오천만 원으로 사람 사는 놈이야. 그 말을 믿어?
삼순	믿고 싶어.
이영	몇 번씩이나 널 갖고 장난친 놈이야. 그래도 믿고 싶어?
삼순	그래 믿어 싶어. 그리고 앞으로 삼식이 욕하지 마. 욕만 해봐. 언니든 엄마든 가만 안 둘 거니까. (휙 돌아서서 가는데)
이영	(기막히게 쳐다보다가 소리친다) 유희진이랑은 정리했대?
삼순	(멈칫) ...
이영	거봐, 안 했지? 그놈은 그런 놈이야. 돈 갚아버리고 집문서나 찾아와 이 한심한 기집애야!
삼순	(흥! 마음 독하게 먹고 간다)

29. 사장실(동 오후)

- 책상에 수표 봉투를 놓는 삼순.
- 진헌, 이게 뭐냐는 듯 봉투와 삼순을 번갈아 본다.

삼순	(잘해보자고 작정을 했다. 살짝 애교스런 미소를 띠고) 오천만 원이에요. 확인해보세요.

진헌 ?! ...
삼순 오늘 언니 아파트가 팔렸거든요.
진헌 (아) ...
삼순 집문서 주세요.

- 진헌, 중요문서가 담긴 서랍을 키로 열고 그 안에서 집문서를 꺼내어 내놓는다.
- 삼순, 집문서를 집어 가방 안에 넣는데.
- 진헌, 수표 봉투를 집어들고 착착 찢는다.

삼순 ???!!! 너 미쳤어?!
진헌 (쓰레기통에 버린다)
삼순 야 이 미친놈아! 그게 어떤 돈인데!
진헌 내 돈이야.
삼순 ? 뭐?
진헌 당신은 돈을 갚았고, 난 받았고, 그리고 내 돈을 찢은 거라구.
삼순 ! ... 야! 너 왜 이래! 오늘은 또 뭐가 꼬여서 지랄이야!
진헌 (여유만만하게) 내 말을 안 믿으니까.
삼순 뭐???
진헌 내가 얼마나 돈을 좋아하는 사람인데. 근데 난 지금 오천만 원보다 당신이 더 좋거든. 이젠 믿어져?
삼순 !!! ...
진헌 아, 내친김에 개명 신청도 취소하지?
삼순 ! ...
진헌 ? ... 너무 감동시켰나?
삼순 너 정말 구제 불능이구나. 너 소꿉장난하니? 아직도 장난질이야?
진헌 (왜 이러나) ? ... 돈 오천만 원이 장난인 줄 알아?
삼순 그래, 너 말 잘했다. 돈 오천이 장난이니? 집 한 채 넘어갈 돈이 장난이야?
진헌 내 마음이라구.
삼순 그럼 차라리 레스토랑을 팔지? 팔아서 그 돈을 다 태워버리지?

진헌	(단호히) 할 수 있어.
삼순	! ... 어떻게 1초도 망설임이 없어? 이 레스토랑, 너한테 전부 아냐? 근데 어떻게 망설이지도 않고 그럴 수가 있어?
진헌	그만큼 당신이 좋다고!
삼순	돈으로 마음 사는 게 좋아하는 거야?!
진헌	아니라니까! 복잡하게 꼬지 말고 그냥 받아들여!
삼순	(흥분으로 씨근덕대며 노려보는) ...
진헌	(지지 않고 쏘아보는) ...
삼순	진작부터 알아봤지만 이렇게까지 제멋대로인 줄은 몰랐어. 이기적이고 유아적이고 세상 물정 모르고. 너 같은 놈, 우리 아버지한테 보여주기 싫어. (간다)
진헌	(아 뭐가 이렇게 복잡해 머리를 헤집는데)

- 성큼성큼 나오던 삼순, 멈칫한다.
- 마악 들어오던 희진도 놀라서 멈칫!
- 진헌도 보고 놀라는!

삼순	! ...
희진	! ... 또 뵙네요.
삼순	네... 볼일이 좀 있어서.
희진	저두요. 오늘 영화 보기로 했거든요.

- 삼순, 진헌을 돌아본다. 그래, 너 아직 정리 못 했지? 넌 그런 놈이야, 하는 눈빛.
- 진헌, 시선을 피한다. 왜 이렇게 꼬이는 건지.
- 희진, 두 사람을 번갈아 보며 기류를 짐작한다.
- 삼순, 희진을 지나쳐 나간다.
- 희진, 나가는 삼순을 보고 진헌을 본다.
- 진헌, 희진의 시선을 피하며 책상 정리를 한다.

희진	(보며) ...

30. **사장실 앞**

- 문 앞에 다닥다닥 붙어 엿듣고 있는 인혜와 여직원들과 영자. 벌컥 문 열리며 삼순이 나오자 비명 지르며 도미노처럼 쓰러진다.

삼순　?...

- 아이들, 일어나면서 몹시 민망해한다.
- 삼순, 아이들을 흘겨보고 나간다.
- 인혜가 얼른 따라간다.
- 나머지 여직원들은 금세 문에 달라붙는다.

31. **베이커리실**

- 나오던 삼순이 멈칫.
- 호텔에서 파견 나온 파티쉐가 일을 하다가 삼순을 힐긋 본다.
- 직접 목격한 삼순, 이 상황이 몹시 서운하고 충격적이기까지 하다.

인혜　(다가와 안타깝게) 언니.
삼순　(나온다)
인혜　(따라 나온다)
삼순　(멈칫) ... 새로 구했니?
인혜　아녀라. 임시로 호텔에서 파견 나왔어라.
삼순　... 내 노트 주라.
인혜　!... 나중에 돌려주면 쓰겄는디. 보고 배울 게 많은디.
삼순　미안해. 지금 줘.
인혜　야. (얼른 들어간다)

- 삼순, 굳은 표정으로…
- 인혜, 재빨리 들고 나온 노트를 건넨다.

삼순	(받고는 어깨를 툭툭 치며) 잘 배워라. (간다)
인혜	(안타깝게 보는)

32. 사장실

- 진헌, 외출하려고 책상 정리를 한다.

희진	김삼순 씨, 무슨 일로 왔어?
진헌	(책상 정리하느라 눈 안 맞추는) … 돈 문제.
희진	… 다 해결된 거야?
진헌	응.
희진	… 다행이다. … 나가자.

33. 피아노학원(동 오후)

- 땡땡땡 거칠게 피아노를 치는 삼순. 점점 거칠어지다가 제멋대로 마구 쳐댄다.

34. 스파게티집(동 오후)

- 진헌과 희진, 마주 앉아 스파게티를 먹고 있다. 어쩔 수 없이 어색한 분위기. 그만큼 먹는 것도 시원치 않다.
- 희진, 먹기를 포기하고 포크를 좀 거칠게 내려놓는다.

진헌	? … 왜.

희진	(지나가던 웨이트리스를 붙잡는) 잠깐만요. 혹시 여기 주방장 바뀌었어요?
웨이트리스	아닌데요. 왜요?
희진	아녜요, 됐어요. (웨이트리스 빠지자) 옛날 맛이 아니야. 넌?
진헌	글쎄...
희진	근데 왜 먹는 게 그래.
진헌	그냥 입맛이 없어서.
희진	아냐, 맛이 바꼈어. 바껴서 그래. 나가자.
진헌	? ...
희진	나가자구. 딴 데 가. 우리가 다니던 데가 한두 군데니? (일어나는데)
진헌	(잡아 앉히며) 이왕 온 거 그냥 먹어.
희진	(뿌리치며) 싫어. 기분 나빠서 못 먹겠어. 빨리 나와. (나간다)
진헌	희진아. (희진이 뒤도 안 돌아보고 나가자 갸웃하며 따라 나간다)

35. 강남의 대로변 & 차 안(동 오후)

- 희진의 차가 달려온다.
- 운전석의 희진, 굳은 얼굴이다.

진헌	(힐끔 보고는) 오늘 굉장히 예민하다?
희진	맨날 먹던 맛이 아니잖아. 사람들 참 이상해. 왜 장사만 잘되면 음식 맛이 바뀌는 거야? 난 그런 집 싫어. 좀만 기다려... 다 왔으니까.

- 차가 멈춘다.
- 그러나 창밖을 보던 희진의 표정이 굳는다.
- 진헌도 창밖을 보고 갸웃.
- 유료 주차장이다.
- 희진이 내린다. 진헌도 내려 옆으로 다가온다.

희진	없어졌어.
진헌	...

희진	(중얼거리듯) 없어졌다구...
진헌	그래.
희진	(확 돌아보는) 근데 아무렇지도 않아?
진헌	?...
희진	아까 그 집이랑 여기, 너 스파게티는 두 군데 아니면 먹지도 않았잖아.
진헌	별것도 아닌 것 같고 왜 이래 오늘.
희진	별게 아니라구? 우리가 맨날 다니던 데가 없어졌는데 별게 아니야?
진헌	? 희진아.
희진	어떻게 그렇게 태연할 수가 있어? 없어졌잖아. 없어졌다구.
진헌	너 왜 그래.
희진	헨리 같으면 안 그래. 추억을 얼마나 소중하게 여기는데!
진헌	?!...
희진	(아!... 무언가 잘못된 것 같다. 스스로도 놀라는) !...
진헌	(방금 뭐라 그랬어? 하는 표정으로)
희진	(획 고개 돌린다)

- 그 순간, 지나가던 차가 물이 고인 웅덩이를 지나가며 흙탕물이 촤악!
- 제대로 뒤집어쓴 진헌과 희진, 얼이 빠진다.

36. 피아노학원(동 오후)

- 삼순, 제멋대로 엄청난 소음을 만들어내고 있다. 제스처까지 오바하며 괴팍한 예술가처럼.
- 아이가 다가온다.

아이	아줌마.
삼순	(못 듣고 계속)
아이	아줌마아.
삼순	(멈칫, 돌아본다)
아이	시끄러워요.

삼순	(무시하고 친다)
아이	(옆에 다가와 건반을 탁 치며) 시끄럽단 말예요. 피아노는 그렇게 치는 거 아네요.
삼순	야! 너까지 날 무시하는 거야?

37.   삼순 집 앞(동 오후)

- 터덜터덜 걸어오는 삼순. 집 앞에 멈추어 초인종을 누르려는데.

집배원	(E) 여기 김삼순 씨 댁이죠.
삼순	(돌아본다) ... 네, 맞는데요.
집배원	등기 왔습니다. (등기물과 수령증과 볼펜을 내민다) 사인해주세요.

- 삼순, 사인해주고 등기물을 받는다. 돌아가는 집배원에게 '수고하세요' 하고 등기물을 본다. 놀라는 표정!
- (인서트) 법원에서 날아온 공문서.
- 삼순, 얼른 봉투를 뜯어 내용물을 펼쳐 읽는다. 점점 놀라는 표정...

삼순	엄마! 언니!

38.   마루

- 봉숙과 이영, 개명허가통지서를 보고 있다.

이영	신청인 삼순을 희진으로 개명하는 것을 허가한다?
삼순	(흥분해서 왔다 갔다, 앉았다 일어났다, 두서없이) 김희진이야 김희진. 우하하하. 엄마 이젠 희진이라고 불러야 돼? 언니도? 우하하하. 가만, 근데 어떡하지? 주민등록증이랑 신용카드랑 그거 다 바꿀려면. 아 참, 은행 통장도 다 바꿔야 되네. 어머, 여권도. 아- 보통 일이 아니네. 그럼 어떼

　　　　김희진인데. 우하하하. (하다가 갑자기 울음으로 바뀐다) 흑... 흑...

　　　　- 봉숙과 이영, 이건 또 뭐야? 하는 표정이고.

삼순　흐흐흐 흑... 난 이제 김희진이야 흑 김희진...

　　　　- 봉숙과 이영, 모노드라마를 펼치는 삼순을 황당하게 본다.

봉숙　그렇게 좋니?
삼순　(끄떡이며 엉엉)
이영　그래도 어째 좀 심하다?
삼순　(엉엉 울어댄다) 어엉 어떡해... 어어엉... 난 이제 김희진인데 엉엉...

　　　　- 삼순, 허가서를 핑계 삼아 펑펑 울어댄다. 이제 정말 마지막인 것만 같아서.

39. 삼순네 주방(동 밤)

　　　　- 식탁에 마주 앉아 맥주 마시는 삼순과 이영.

이영　진짜야? 진짜 끝낸 거야?
삼순　(마음은 아니지만 담담한 척) 응.
이영　아까 낮에만 해도 안 그러더니 뭐가 갑자기 뒤틀렸어?
삼순　묻지 마. 얘기해봤자 내 얼굴에 침 뱉는 꼴이니까.
이영　호호 얘가 몇 시간 만에 사람 됐네? 왜, 오천만 원 주니까 태도가 싹 달라지디? 이젠 볼일 없대?
삼순　아 묻지 말라구!
이영　(침 튀겨서 얼굴 닦으며) 아우 알았어 알았어.
삼순　언니, 나 성형이나 해볼까?
이영　개명도 모자라서 성형을 해? 관둬라 관둬, 견적 안 나와.

삼순	(확 쌔린다)
이영	(정색하고) 솔직히 말하면 너 괜찮아.
삼순	?...
이영	키 크잖아. 그 키에 살만 좀 빼면 얼마나 훌륭하냐? 그리고 넌 얼굴도 댕글댕글, 눈도 댕글댕글, 귀여워서 어른들이 좋아할 상이야. 나중에 시어른들 사랑받을 거니까 걱정 마.
삼순	(좋긴 하다) 치- 구박할 땐 언제구...
이영	그거야 니가 자꾸 속을 뒤집어놓으니까 그런 거구. 그리구 너한텐 '삼순이네 케잌'이 있잖아.
삼순	? 뭐?
이영	샵 내기로 했잖어. 이름을 '삼순이네 케잌'으로 짓는 거야.
삼순	으이 씨.. 희진이네 케잌이지 왜 삼순이네 케잌이냐?
이영	이 맹충아, 요즘 복고가 뜨는 거 몰라? 희진이네 케잌하고 삼순이네 케잌이 나란히 있다고 생각해봐. 어디에 먼저 눈길이 가겠냐?
삼순	(잠깐 생각하다가 뚜해서) 삼순이네.
이영	그래 바로 그거야. 하도 촌스러워서 (얼른 정정) 아니 하도 정겨워서 한번 더 돌아보는 게 삼순이라니까?
삼순	그래도 싫어. 삼순이도 싫고 희진이도 싫고 딴 걸로 해.
이영	그건 천천히 생각하고, 남자 땜에 괜히 기운 빼지 마. 요즘 같은 세상에 결국 남는 건 일이고 실력이니까. 알았어? (나간다)
삼순	(뚜해서)...

40. **게스트룸(동 밤)**

- 구식 선풍기가 탈탈 돌아간다.
- 헨리의 티셔츠를 입은 희진, 감은 머리를 말리고 있다.

헨리	(E) 헤이.
희진	(돌아보면)
헨리	(빗을 던진다)

희진   (호흡이 잘 맞는 콤비처럼 두 손으로 착 받는다)
헨리   나이스!
희진   (피식 웃고는 선풍기를 끄고 머리를 빗는다)
헨리   오늘 데이트는 어땠어?
희진   보면 몰라? 흙탕물 뒤집어쓰고 끝났지.
헨리   그럼 집으로 가지 왜 여기로 왔어.
희진   왜, 내가 지겨워? 그만 올까?
헨리   (장난기) 나 보고 싶어서 왔지.
희진   (피식 웃는다)
헨리   (보는 것만으로도 좋은지 빙긋빙긋 웃는다)
희진   (그 표정을 힐긋 보고는) ... 난 가끔 니가 무서워.
헨리   ?...
희진   (담담하게) 나를 길들이는 것 같아서 무서워.
헨리   ?... (앙! 짐짓 무서운 표정을 짓는다)
희진   (쓸쓸하게 웃는다)

41. 나 사장 거실(동 밤)

- 윤 비서가 열어준 문으로 진헌이 들어온다. 흙탕물을 뒤집어쓴 그대로.

윤 비서   (놀라서) 이게 뭐야? 왜 이래.
진헌   (피식 웃고 들어간다)
윤 비서   (따라 들어가며) 자고 갈려구?
진헌   네.

42. 미주 방

- 깨끗이 씻은 진헌, 미주와 함께 침대에 나란히 기대어 앉아 모모를 읽어주고 있다.

진헌	모모는 자기 앞을 기어가는 거북을 따라 긴 복도를 지났다. 복도 끝에 이르자 거북은 조그만 문 앞에 멈춰 섰다. 모모도 몸을 구부려야 겨우 들어설 수 있는 작은 문이었다.
미주	(쫑긋해서 듣는)
진헌	〈다 왔어〉 거북의 등에 글자가 나타났다. 모모는 몸을 굽혀 바로 코앞 작은 문 위에 걸려 있는 문패를 보았다. 시간, 분, 초의 박사.

- 진헌, 거기까지 읽고 생각에 잠긴다.
- 미주가 쳐다본다. 다음이 궁금하다.
- 진헌, 골똘하다.
- (플래시백) 아까 사무실에서 희진과 삼순이 마주쳐서 서로를 의아하게 바라보던 모습.
- 미주가 진헌을 흔든다. 더 읽어달라고.

진헌	(정신 차리고) 오늘은 여기까지. 이제 자야지.
미주	(싫다고, 더 읽어달라고 떼를 쓴다)
진헌	삼촌이 피곤해서 그래.
미주	(그러자 조그만 손으로 팔을 조물락조물락 해준다)
진헌	(웃음이 난다) ... 머리도 아픈데.
미주	(머리도 조물락)
진헌	마음도.
미주	(무슨 뜻인지 몰라 갸우뚱)
진헌	(가슴에 손을 대며) 여기 있는 게 마음이야.
미주	(가슴을 손바닥으로 쓸어준다. 엄마의 약손처럼)
진헌	(흐뭇한) ... 미주는 나중에 커서 삼촌 같은 사람 만나지 마라?
미주	(뭘 아는지 모르는지 끄떡끄떡)
진헌	(뭐? 삐쳐서는) 임마, 이럴 땐 그래도 삼촌이 제일 멋있어요, 삼촌 같은 사람이랑 결혼할 거예요, 이래야지.
미주	(히히 웃는다)
진헌	웃기는? 너 세상에 삼촌같이 멋있는 남자가 있는 줄 알아?

미주	(그저 웃는다)
진헌	(볼 꼬집으며 웃고는) ... 이제 그만 자자.

- 진헌, 스탠드 불을 끄고 미주를 끌어안고 이불을 여민다.

진헌	삼촌이 자장가 불러줄까?
미주	(끄떡끄떡)
진헌	(섬집아기를 부른다) 엄마가 섬그늘에 굴 따러 가면/아기가 혼자 남아 집을 보다가/바다가 들려주는 자장노래에/팔 베고 스르르 잠이 듭니다.

- 화면 어두워진다.
- F.O

43. 삼순 방(오전, F.I)

- 침대 시트를 벗겨내는 삼순. 이불과 함께 들고 나간다.

44. 뜰

- 커다란 고무 대야에서 이불을 밟고 있는 삼순. 착잡한 마음을 씻어내려는 듯 참 열심이다.

45. 베이커리실(동 오전)

- 노트를 찾아 여기저기를 뒤지는 진헌. 이상하다, 어디 갔지?
- 인혜가 들어오다가 보고는 갸웃.

인혜	사장님.

진헌 (깜짝 놀라는)
인혜 뭐 찾으셔요?
진헌 예? 아, 아녜요. (얼른 나간다)

46. **사장실**

- 들어오는 진헌. 책상에 닿자 쓰레기통부터 집어들다가 사색이 된다.
- 비어 있는 쓰레기통.
- 진헌, 쓰레기통을 던지다시피 하고 뛰어나간다.

47. **홀**

- 뛰어나오는 진헌, 영자를 다급하게 붙잡는다.

진헌 오늘 사무실 청소 누가 했어요?
영자 (요염하게) 제가 했는데요 사장님.
진헌 쓰레기 어딨어요.
영자 네? 쓰레기요?
진헌 쓰레기통 비웠잖아요. 어딨어요.
영자 ? 당연히 쓰레기장에 있죠.
진헌 (뛰어나간다)
영자 (갸웃하더니) 어쩜 뒷모습도 예술이야~

48. **쓰레기장**

- 쓰레기봉지를 뜯는 진헌. 안의 내용물을 바닥에 흩어놓고 찾는다. 없는지 다음 봉지를 뜯는다.

49. 뜰

- 이불과 시트를 빨랫줄에 너는 삼순.

50. 삼순 방

- 힘주어 빡빡 걸레질을 하는 삼순. 힘이 드는지 멈추어 후- 숨을 몰아쉬다가 멈칫.
- 벽에 붙어 있는 달력의 그림, 한라산이다. 7월 7일에는 My Birthday라고 표시되어 있고.
- 삼순, 한라산을 빤히 쳐다본다.

진헌   (E) 한라산에 가본 적 있어?

51. 호텔 룸(7회 #45)

진헌   구름을 뚫고 정상에 서니까 발밑에 구름이 깔려서 꼭 구름을 밟고 서 있는 것 같았어. 그때 그랬지. 이젠 됐다... 그만하자... 자책도 원망도... 그리고 결심했어. 희진이가 돌아왔을 때 적어도 무기력한 모습은 보이지 말자고...

52. 삼순 방

- 아직도 한라산을 보고 있는 삼순. 서서히 어떤 결심이 선다.

53. 쓰레기장

- 찢어진 쓰레기봉지가 너댓 개 널려 있다.
- 진헌, 잔뜩 우그러진 얼굴로 여태 찾고 있다. 잠시 후, 표정 변하더니 쪼가리 하나를 집어든다. 좋아서 얼른 다른 조각들을 찾는다. 곧 나온다.

54. 홀

- 수표 조각들을 들고 들어오는 진헌. 덥고 지쳐 넥타이를 느슨하게 하며 사장실로 향하는데 노랫소리가 들린다. 진헌, 멈칫 선다. 〈아름다운 사람〉(Friends 1st Folk Festival 버전이면 어떨지)이 흐른다.
- 직원들이 노래를 들으며 런치 타임을 준비하고 있다.
- 멍해지는 진헌. 노래가 점점 진헌의 가슴속을 파고든다.
- 삼순의 목소리로 겹쳐진다.

55. 홀(6회 #56)

- 진헌의 피아노 반주에 맞춰 그 노래를 부르던 삼순. 술 취한 삼순. 참 멋없게도 부르던 삼순.

56. 홀

- 진헌, 가슴이 뭉클해진다. 밀려오는 뜨거움... 그녀의 모습들이 새록새록 생각난다.

57. 몽타주(회상)

- 호텔 화장실에서 검은 눈물을 흘리던 그녀.

- 면접을 보러 온.
- 술 취해서 캐시로비에서 귀염을 떨던.
- 천연덕스럽게 어머니 앞에서 하트를 날리던.
- DVD 방에서 눈 감던.
- 배 째, 하던.
- 홀에서의 첫 키스.
- 채리와 싸우며 뒹굴던.
- 배를 빌려주던.
- 희진과 대적해 너도 딴 여자랑 눈 맞추지 말라던.
- 해안도로에서 니가 좋아졌다고 고백하던.
- 엘리베이터 안에서 오천만 원으로 마음을 살 수 있냐고 하던 모습들.

58. 달리는 차 안(동 밤)

- 핸즈프리에 붙어 있는 핸드폰을 열고 단축 버튼 누르는 진헌. 삼순의 번호다. 받지 않는다. 진헌의 굳은 얼굴. 소리샘으로 넘어가자 탁 덮고 액셀을 밟는다.

59. 삼순 집 앞(동 밤)

- 이영이 대문 열고 나와 본다.
- 차 앞에 서 있던 진헌이 다가선다.

이영   (퉁명스레) 삼순인 왜 또.
진헌   할 말이 있습니다.
이영   다 끝난 걸로 아는데.
진헌   아직 안 끝났습니다.
이영   ! ... 너 지금 기어오르니?
진헌   죄송하지만, 전 지금 삼순이 빼고는 무서운 게 없습니다.

이영	! ... 할 말 있으면 나한테 해. 내가 전해줄게.
진헌	직접 해야 됩니다.
이영	글쎄 나한테 하라구. 없는 애를 어떻게 불러.
진헌	어디, 갔습니까?
이영	그건 알 필요 없고.
진헌	이러시면 곤란합니다. 후회하실지도 몰라요.
이영	허, 이젠 협박까지?
진헌	누님!
이영	어머어머! 어따 대고 누님이야?
진헌	너무 그러지 마세요. 혹시 알아요? 처형 제부 사이가 될지?
이영	???!!! ... 기가 막혀 세상에! 말조심해! 누구 혼삿길 막을 일 있어?!
봉숙	(E) 밖에 누구 왔니?
이영	허???
진헌	(역시 놀라는)
봉숙	(나오는 소리와 함께. E) 누군데 이 밤중에 시끄럽게 굴어.
이영	(숨죽여) 뭐 해 안 숨고. (이미 끌고 가며) 엄마한테 맞아 죽고 싶어?

- 이영, 진헌을 끌고 잽싸게 차 꽁무니로 숨는다. 진헌도 끌려가는 게 아니라 함께 숨는. 순간적으로 자기도 모르게 공범이 되는 심리.
- 대문 열리고 봉숙이 나온다. 이영이 안 보이자 갸우뚱.

봉숙	방금 소리 났는데? (차를 보고는 다가온다) 누가 여기다 주차를 해놨어?

- 이영과 진헌, 흡 놀라 긴장한다.

봉숙	(차를 요리조리 살피며) 아유 양심 없는 것들, 남의 집 대문 앞에다 이게 뭐야?

- 이영과 진헌, 봉숙의 발을 보며 초긴장!

봉숙	또 이러기만 해봐 그냥. 확 견인차 부를 테니까. (타이어를 발로 뻥 차고

　　　　　간다)

　　　　　- 이영, 안도의 한숨을 내쉬며 일어난다.
　　　　　- 진헌도 일어나며 갸웃한다.

진헌　　누님도 저 좋아하시나 봐요.
이영　　뭐, 뭐???
진헌　　그러니까 숨겨줬잖아요.

　　　　　- 어머 세상에! 내가 왜 숨겨줬지? 스스로도 당황해하는 이영.

진헌　　(빙긋 웃는다)
이영　　(창피해서 괜히 흘기며) 허 기가 막혀. 너 진짜 미지왕이구나? 너 같은 놈
　　　　한테 우리 삼순이 못 줘! (휙 돌아서서 들어간다)
진헌　　(아 피곤하다)

60.　**삼순 방**

　　　　　- 메모지를 집어들고 보는 이영.

삼순　　(E) 언니, 등산복이랑 등산화 빌려 간다. 한라산에 갔다 오려고. 갔다 와
　　　　서 다시 시작할 거야. 기대해. 사랑해.

　　　　　- 이영, 마음이 짠해진다. 메모지를 내려놓다가 옆에 놓인 핸드폰을 본다.
　　　　　- (인서트) 삼식이로부터 부재중 전화가 17통이라는 표시.
　　　　　- 이영, 놀란다. 열일곱 번이나? 그때 문자가 왔다는 신호음 들리자 흠칫
　　　　놀랐다가 열어본다.
　　　　　- (인서트) 감히 내 전화를 씹어? 빨리 받아.
　　　　　- 이영, 탁 닫아버린다.

61.   집 앞

- 진헌, 운전석에 앉아 또 문자를 찍고 있다.

62.   삼순 방

- 그걸 보는 이영.
- (인서트) 케잌에 또 이상한 거 넣은 거 아냐? 사방에서 당신 목소리가 들려.
- 갸웃하는 이영. 정말 좋아하나? 그때 또 문자가 왔다는 신호. 보면,
- (인서트) 어디 있는 거야. 나 죽는 꼴 보고 싶어?
- 점점 아리송해지는 이영. 그날 밤의 삼순이 생각난다.

63.   뜰(8회 #46)

삼순   ... 보고 싶어.
이영   !!!
삼순   보고 싶어 미치겠어.

64.   삼순 방

- 이영, 마음이 안 좋다. 그때 또 문자가 온다. 보면.
- (인서트) 야! 김삼순!
- 또 생각에 잠기는 이영.

65.   뜰(8회 #48)

삼순	(울먹이며) 내 배를 베고 좋아했단 말야...
이영	? 배?
삼순	나만 보면 웃음이 난다구... 형 얘기도 하구... 울었단 말야...
이영	! ...
삼순	내 품에 안겨서 울었다구... 남자가 그러는 건 그 여잘 좋아한다는 뜻이잖아.

66. 삼순 방

- 이영, 심란하다. 동생이 그렇게 좋아하는 남잔데... 알려줘 말어... 그때 문자가 또 온다.
- (인서트) 미안해.
- '미안해' 단 한 마디에 마음이 움직이는 이영.

67. 집 앞

- 지친 진헌, 또 문자를 꾹꾹 누르다가 대문 열리는 소리에 고개 든다.
- 이영이 나오고 있다.
- 진헌, 얼른 내린다.

이영	(쏘아보며) 뭐가 미안한데?
진헌	네?
이영	(삼순의 핸드폰을 보이며) 놓고 갔거든. 뭐가 미안한데.
진헌	... 다요.
이영	다 뭐.
진헌	그냥 다...
이영	(여전히 쏘아보며) ... 약속할 수 있어?
진헌	? ...

이영	다신 삼순이 울리지 않겠다고.
진헌	! ... 네!
이영	사겨도 좋다는 소리는 아냐. 그냥 어디 있는지 가르쳐주는 것뿐이야.
진헌	네!
이영	제주도 갔어.
진헌	? 제주도는 왜요?

68. 성판악 매표소

- 표를 받아들고 '수고하세요' 인사하고 씩씩하게 걸어가는 삼순.

69. 등산로 초입

- 쭉쭉 뻗은 활엽수림 사이로 난 평탄한 오솔길.
- 씩씩하게 걷는 삼순. 아직은 오를 만하다.

삼순 (Na.) 그래, 이젠 됐다. 그만하자, 자책도 원망도. 난 겨우 30년을 살았고 앞으로 살아갈 날들이 더 많으니까. 먼 훗날에라도 다시 만나게 되면 무기력한 모습은 보이지 말자. 너를 좋아했지만 너 없이도 잘 살아지더라고, 당당하게 말하자.

- 삼순, 멈추어 호흡을 가다듬는다.

삼순 (Na.) 그래, 이제부터 다시 시작하는 거야. 여자 김희진이 아니라 파티쉐 김희진으로...

- 다시 씩씩하게 걷는 삼순.
- 12회 끝.

13회

그녀와 이별하는 법...

1. 자막 - 제13회 그녀와 이별하는 법...

2. 성판악 매표소(12회 엔딩)

    - 표를 받아들고 '수고하세요' 인사하고 씩씩하게 걸어가는 삼순.

3. 등산로 초입(12회 엔딩)

    - 쭉쭉 뻗은 활엽수림 사이로 난 평탄한 오솔길.
    - 씩씩하게 걷는 삼순. 아직은 오를 만하다.

삼순   (Na.) 그래, 이젠 됐다. 그만하자, 자책도 원망도. 난 겨우 30년을 살았고 앞으로 살아갈 날들이 더 많으니까. 먼 훗날에라도 다시 만나게 되면 무기력한 모습은 보이지 말자. 너를 좋아했지만 너 없이도 잘 살아지더라고, 당당하게 말하자.

　　　　　- 삼순, 멈추어 호흡을 가다듬는다.

삼순　　(Na.) 그래, 이제부터 다시 시작하는 거야. 여자 김희진이 아니라 파티쉐 김희진으로...

　　　　　- 다시 씩씩하게 걷는 삼순.

4.　중턱

　　　　　- 수려한 경관이 펼쳐진다.
　　　　　- 좀 전과는 달리 할딱대며 올라오는 삼순.

삼순　　아- 죽겠다. 도대체 얼마를 더 가야 되는 거야. 으~ 괜히 그놈 말만 믿고... 다시 여길 오나 봐라. 그럼 평생 김삼순이다. (멈추며) 아- 힘들어.

　　　　　- 삼순, 생수를 벌컥벌컥 마신다. 손수건에 물을 부어 그걸로 얼굴도 닦고... 그러다 안내판을 발견한다.

삼순　　어?

　　　　　- (인서트) X시까지 성판악 대피소에 도착해야만 백록담에 올라갈 수 있다는 문구.

삼순　　(얼른 시계를 보고는) 얼레리요? 한 시간도 안 남았잖아. (후다닥 뛰어간다)

5.　정상

　　　　　- 정상 직전의 바윗길을 끙끙거리며 올라오는 삼순. 다리는 후들거리고,

배낭은 무겁고, 배는 고프고, 땀은 비 오듯 하고... 경사가 가파른 곳에서는 거의 엎드리다시피 엉금엉금 기기도 하면서.

| 삼순 | (이를 갈 듯이) 나쁜 자식... 뒤로 자빠지다 코나 깨져라. 뭐? 구름 위에 서 있는 기분이라구? 자기가 손오공이야? 어디서 그런 개뼉다구 같은 소리로 사람을 홀려? 꿈에서라도 만나기만 해봐라. 아주 작살을 낼 테니까. 으~ 내 팔자야... |

- 드디어 정상에 올라서는 삼순. 후들거리는 다리로 비틀비틀 걸어와 백록담 능선을 둘러싼 목책에 엎어진다.

| 삼순 | (완전히 지친) 아... 어떻게 그 다리로 여길 올라왔을까. 독한 놈... (맹하게 전망을 보며) 니가 백록담이냐? 난 김희진이다. 아... (정신이 좀 든다. 저 아래를 내려다본다) 뭐야 이거. |

- 삼순, 배낭을 내려놓고 저 아래를 조망한다.

| 삼순 | 애걔? 겨우 이거야? (날씨에 따라 애드립. 하나도 안 보인다든가) 물도 하나도 없잖아. |

- 삼순, 실망스런 얼굴로 주위를 둘러본다.
- 백록담 정상의 풍경들...
- 삼순, 차차 동화되어 표정이 풀어진다. 정상에 왔다는 실감도 나고 흐뭇해진다. 바람이 불어온다. 삼순, 두 팔을 벌리고 두 눈을 감고 바람을 맞는다. 흐음 냄새도 맡아본다.

| 삼순 | 좋다... (눈 뜨고 다시 주위를 보며) 뭐 백록담은 거시기하긴 하지만 그래도 올라오니까 좋네. 이래서 등산을 하는구만 사람들이. |

- 옆에서 사람들이 야호~ 를 외친다.

삼순	아차, 중요한 걸 빼먹을 뻔했네. (두 손을 입에 모으고 외친다) 야~호~~~~ 야~호~~~~ 김희진이가 왔다아~~~ 난 김희진이다아~~~

- 삼순, 그렇게 외치고 숨을 가다듬는다. 문득 진헌이 그리워진다. 다시 두 손을 모아 외쳐본다.

삼순	삼식아~~~ 삼식아~~~ 이젠 완전 쫑이다~~~
진헌	(E) 누구 맘대로!
삼순	(어? 돌아보면)

- 이미 올라와 있던 진헌이 여유만만하게 저쪽에서 다가온다.

삼순	! ... 이젠 아주 헛것이 보이네. (고개를 마구 저으며) 안 돼 안 돼. 탈진하면 안 돼. 내려갈 때까진 견뎌야 돼. (배낭을 챙기다가 아무래도 이상해서 휙 돌아본다)

- 헛것이 아닌 진짜 진헌이 앞에 다가와 선다.

삼순	뭐, 뭐야 너!
진헌	불러놓고 모른 척하기야?
삼순	너 또 무슨 수작이야! 너 혹시 날 밀어버릴려고 온 거 아냐?
진헌	누구 맘대로 김희진이야? 난 삼순이가 좋다 그랬지?
삼순	???

6. 대피소

진헌	빨리 내려가자. 배고프다.
삼순	(이를 간다) 개자식.
진헌	이젠 인이 박혀서 별로 놀랍지도 않네.
삼순	(무섭게 쏘아보더니 뺨을 확 갈긴다)

진헌	(그 손을 확 잡는다)
삼순	(어?)
진헌	이것도 인이 박혀서 요령이 생기네.
삼순	(다른 손을 확 쳐든다)
진헌	(그것도 잡는다)
삼순	(약이 올라 죽겠다) 넌 내 꿈을 짓밟았어.
진헌	계약서를 다시 써야겠어.
삼순	???
진헌	현진헌과 김삼순은 백 년 동안 연애하는 척을 한다.
삼순	놀고 있네.
진헌	단, 스킨쉽은 허용한다.
삼순	아주 굿을 해라 굿을.
진헌	대신 현진헌은 김삼순에게 백억을 빌려준다.
삼순	(뭐?)
진헌	백 년 동안 천천히 빌려준다.
삼순	흥, 이젠 오천만 원이 아니라 백억으로 나를 사려고?
진헌	상환은 해도 되고 안 해도 되고.
삼순	백억 하면 내가 억! 하고 달려들 줄 알았니? 이거 안 놔?!
진헌	(놓아준다)
삼순	(여전히 노려보는)
진헌	내려가자, 해 지겠다. (삼순의 배낭까지 들고 간다)
삼순	(노려보는)
진헌	(돌아보며) 안 가?
삼순	... 먹을 거 있으면 내놔봐.

- 적당한 데 퍼질러 앉아 초코파이를 먹어대는 삼순. 앞에는 초코파이가 박스째로 있고 진헌은 산악용 칼로 오이를 깎고 있다.

삼순	(입안 가득 우물우물) 애도 아니고 어떻게 초코파이를 박스째로 사들고 오냐?
진헌	산에서는 초코파이가 제일 맛있거든. 오이하고. (깎은 오이를 건넨다)

삼순	(불평하면서도 잘도 받아먹는다- 진헌은 옆에서 무언가 꼼지락대면서) 내가 니 초코파이를 얻어먹었다고 그 말도 안 되는 계약서에 또 사인할 거라고 꿈도 꾸지 마. 내려가기만 하면 바로 빠이빠이니까. (돌아보며) 알았어? (하다가 놀란다)

- 진헌, 커다란 보온병에 싸 온 미역국을 뚜껑에 따르고 있다.

삼순	???
진헌	(미역국을 건네며) 오늘 생일이잖아.
삼순	(얼빠지는)! ... 어떻게 알았어?
진헌	누님이 가르쳐주시던데?
삼순	(언니가? 언니가 웬일로?)
진헌	(받으라고 디민다)
삼순	(뻘쭘하게 받아서 두 손으로 감싼다) ... 성게미역국이네?
진헌	제주도니까.
삼순	(마음이 울컥) ...
진헌	감동했구나.
삼순	(휙 흘기며) 그런다고 사인할 줄 알고? 그치만 미역국은 짐을 더는 의미로 다 먹어주겠어. (미역국을 마신다)
진헌	많이 먹어둬. 나중에 쓸 데가 있을지 모르니까.
삼순	뭐?
진헌	(의미심장하게 웃는다)

7. **호텔 룸(동 밤)**

- 나란히 놓인 등산화. 울려 퍼지는 삼순의 비명.

삼순	(E) 아! 아! 아! 아퍼어 살살 해 좀.
진헌	(E) 가만있어봐.

- 나란히 놓인 배낭과 윈드자켓 위에도 삼순의 비명.

삼순	(E) 아!!! 살살 하라니까!
진헌	(E) 엄살 부리지 말고 좀 참아봐.
삼순	(E) 진짜 아프단 말야.

- 진헌, 아픈 왼쪽 다리는 쭉 뻗은 채 삼순을 침대에 엎어놓고 알 배긴 종아리를 주물러주고 있다.

삼순	(아프다) ㅎㅇㅇㅇㅇ... ㅎㅇㅇㅇㅇ... (하다가 문득 생각나) 넌 괜찮아?
진헌	아니.
삼순	아퍼?
진헌	응.
삼순	(일어나며) 이젠 니가 누워, 내가 주물러줄게.
진헌	(벌러덩 눕히고 주무른다) 참을 만해.
삼순	(안쓰러워서) ... 그러게 뭐 하러 올라와. 밑에서 기다리든가 하지.
진헌	김삼순이니까.
삼순	? ...
진헌	김희진이면 안 올라갔지. 세상에 하나뿐인 김삼순이 내 말만 믿고 올라갔을 텐데 그 정도 성의는 보여야지.
삼순	(마음이 좋다) ... 너 대단해.
진헌	(보는)
삼순	참 대단한 놈이야.
진헌	? ...
삼순	지금도 그런데 그땐 어떻게 올라갔을까?
진헌	(피식) 적어도 죽진 않잖아.
삼순	...
진헌	힘든 일이 생기면 그렇게 생각하는 버릇이 생겼어. 적어도 죽진 않는다고.
삼순	(아프다) ...
진헌	(삼순 옆에 드러눕는다)
삼순	? ...

진헌	(에로틱하게 쳐다본다)
삼순	? 너 지금 응큼한 생각 하지.
진헌	계약서 조항 까먹었어? 스킨쉽은 허용한다. (하며 안으려는데)
삼순	(무술인처럼 한 바퀴 뺑 굴러 침대 끝으로 도망간다. 근육통 때문에 아파하면서) 건들지 마?
진헌	내숭 떨지 마!
삼순	내숭 떠는 게 아니라 (머뭇) 그럴 만한 사정이 있단 말야.
진헌	? 뭔데.
삼순	(머뭇머뭇) ... 살 뺄 때까지 기다려.
진헌	? 뭐?
삼순	여기서 한 10키로 아니 5키로만 빼면 돼. 그럼 봐줄 만해.
진헌	(어이가 없다) 그걸 말이라고 해 지금?
삼순	나한텐 중요한 문제야. 살 빼고 마사지도 좀 받고 이만하면 됐다 싶을 때 사인 보낼 테니까 그때까지 기다려.
진헌	안 돼. 못 기다려. (다가드는데)
삼순	(얼른 베개로 막으며) 잠깐!!!
진헌	(얼결에 주춤)
삼순	중요한 걸 까먹었어. 기다려. (침대 밑으로 내려오다가 근육통 때문에) 아~~~
진헌	(심통 난다) 지금 이것보다 중요한 게 어딨어?
삼순	글쎄 기다려봐.

- 삼순, 근육통 때문에 아프고 뻑적지근한 몸을 로봇처럼 놀려서 배낭 있는 곳으로 온다. (아프다고 구시렁거리면서, 다리 굽히는 데도 엄청난 에너지가 필요하고, 비명과 투정이 마구 쏟아져 나오고, 겨우겨우) 배낭 안을 뒤진다.

삼순	젖었으면 안 되는데. (꺼내는데 살짝 젖어 있자) 어? 젖었어. 안 돼 안 돼. (펼쳐서 후후 분다)
진헌	뭔데에.
삼순	개명허가서. (팔랑팔랑 흔들고 불고 난리법석)

진헌   (뭐어?)

- 그러거나 말거나 삼순은 허가서를 아주 소중하게 말리고, 진헌이 불쑥 다가오더니 허가서를 확 빼앗는다.

삼순   어?
진헌   (스윽 훑는다)
삼순   내놔, 말려야 된단 말야. 구청에 신고해야 돼.

- 진헌, 개명허가서를 쫙쫙 찢는다.
- 삼순, 눈이 튀어나오겠다. 허???!!!

진헌   (찢은 걸 똘똘 뭉쳐 아무 데나 휙 던지고는) 누구 맘대로 개명이야?

- 삼순, 눈에 불똥이 튄다. 근육통도 잊어버리고 미친 듯이 달려들어 패기 시작한다.

삼순   야 이 미친놈아! 그게 어떤 건데! 내가 30년을 어떻게 살았는데! 너 내 손에 죽어볼래? 죽어! 죽어! 죽어 이 나쁜 놈! 그게 어떤 건데!

- 진헌, 두 손으로 삼순의 몸을 툭 친다.
- 삼순, 중심 잃고 어어어? 하다가 침대에 발라당 자빠진다.
- 진헌, 재빨리 옆에 누우며,

진헌   (은근히) 지금은 이름보다 중요한 게 있잖아. (살인 윙크)
삼순   (잡아먹을 듯이 노려본다) 흥, 그런다고 누가 넘어갈 줄 알고? 눈탱이가 밤탱이가 되기 전에 비켜라?

- 진헌, 아랑곳없이 삼순을 안는데 삼순, 재빨리 베개를 집어 진헌을 내려치고. 진헌, 어쭈 베개를 뺏으려 하지만 삼순의 힘에 여의치 않다. 베개를 갖고 실랑이하는 두 사람.

- 장식용으로 놓인 신랑 각시 인형이 웃고 있다. 그 위로 두 사람이 힘겨루기하는 소리가 들린다. 이 쉬끼가! 미역국 한 사발 먹여놓고 뽕을 뽑을려 그러네! 어쭈! 놔 안 놔? 어어? 무슨 여자가 이렇게 힘이 세. 난 이제 김희진이야, 김희진으로 불러. 난 삼순이가 좋다니까? 등등 마음대로. 그러더니 어느 순간 퍽! 제대로 맞는 소리와 진헌의 비명 소리!
- 삼순, 침대 위에서 바닥을 내려다본다. 허!
- 바닥에 대자로 뻗은 진헌. 코피가 흐르고 정신은 몽롱하다.

8. 호텔 룸

- 불 꺼진 방. 창으로 달빛이 흘러든다.
- 바닥에 이불 펴고 누워 있는 진헌. 단단히 부어 있다. 약이 오르는지 벌떡 일어나 앉아 침대 위를 본다.
- 푸르르~ 잘도 자는 삼순.
- 진헌, 베개 들고 살포시 침대 위로 올라가 옆에 눕는다.
- 모르고 자는 삼순.
- 진헌, 슬쩍슬쩍 살펴보더니 조심스럽게 손을 뻗어 삼순을 안는다. 성공한다. 씨익 웃는데.

삼순	(눈 감은 채, 반수면 상태) 손 치워라?
진헌	(깜짝 놀라 얼른 손 거두는)
삼순	(졸린 눈을 뜨며) 내려가라?
진헌	그냥 안고만 잘게.
삼순	허가서만 안 찢었어도 어떻게 봐주겠는데 도무지 용서가 안 돼.
진헌	(벌러덩 누우며) 아후...
삼순	빨랑 안 내려가?
진헌	아 손 안 대! 아니꼽고 치사해서 정말!
삼순	내가 덮칠까 봐 그래.
진헌	???
삼순	내가 덮칠까 봐 그런다구 내가. 이 끓는 피를 주체 못 해서.

진헌	(금세 좋아져서) 얼마든지 받아주지.
삼순	살 빼면.
진헌	(또 신경질 난다) 도대체 얼마를 기다려야 되는데. 한 달?
삼순	한 달은 너무 무리고 두 달 안에 어떻게 해볼게.
진헌	(아후...)
삼순	너무 그러지 마라. 오래 굶은 이 누나는 피눈물이 난다. (옆으로 돌아눕는다)
진헌	(아...)

- (시간 경과)
- 너무나 편한 자세로 자고 있는 삼순과 진헌. 진헌의 발이 삼순의 배에 올라가 있다. 두 사람 위로 달빛이 비쳐든다.
- F.O

9. 창경궁 명정전(낮, F.I)

- 명정문을 통과해 명정전으로 들어서는 희진과 헨리.
- 안내문을 훑어보는 희진과 헨리.

헨리	(우리말) 구... 국. 보.
희진	(우리말) 국보 제226호.
헨리	(따라 한다. 우리말) 국. 보. 제이백이십유코.
희진	우리나라의 이백이십육 번째 보물이라는 뜻이야. (안내문 보고 방금 안) 여기서 신하들이 임금님한테 새해 인사를 드렸다네?
헨리	(끄떡끄떡) 아... 킹을 여기선 뭐라 그래?
희진	(우리말) 왕.
헨리	(우리말) 왕? 왕...
희진	아니면 이건 좀 어려운데 (우리말) 임금님.
헨리	(우리말) 임. 금. 님. 임. 금. 님. (우리말) 오우 어려워.
희진	(하하 웃는다)

10.   창경궁 내 연못가

- 연못가의 매점. 차가운 캔커피 두 개를 받아드는 헨리.

헨리   (우리말) 얼마예요?

- 매점 아줌마가 달라는 대로 돈을 꺼내어 주고 '감사합니다' 하며 가는 헨리.
- 벤치에 앉은 희진, 진헌에게 전화를 한다. 그러나 꺼져 있다는 안내음. 힘 빠져서 핸드폰 덮는 희진. 다시 핸드폰을 열고 문자를 누른다.
- (인서트) 전화가 계속 꺼져 있네? 바빠?
- 헨리가 옆에 와 앉는다.
- 희진, 전송이 완료됐다는 표시가 뜨자 핸드폰을 덮고 헨리가 건네는 캔커피를 받는다.

헨리   아직도 안 받아?
희진   응.
헨리   너무 걱정 마. 바쁜 일이 있는 거겠지.
희진   (어두운 얼굴로 연못만 바라본다) ... 불안해.
헨리   ? ...
희진   링거에서 포도당이 한 방울... 두 방울... 딴 데로 새는 것 같애...
헨리   ... 그건 내가 도와줄 수 없는 문젠데.
희진   (보며) 도와줄 거 있어.
헨리   ???
희진   (심각한 표정으로) 잉어 좀 잡아 와.
헨리   뭐???
희진   (연못을 가리키며) 저기 잉어 있잖아. 잉어가 여자 몸에 좋거든. 가서 잡아 와, 고아 먹게.
헨리   (너무너무 어처구니가 없다는 표정)

희진	(심각하게 헨리를 밀며) 빨리이. 한국에선 원래 그러는 거야.
헨리	(어처구니없어하며 엉거주춤, 나 못해 하는 표정)
희진	(그 표정에 까르르 웃는다) 농담이야 농담. 아우 저 표정 좀 봐. 하하하...
헨리	(아직도 어처구니없어하는)

11. 나 사장 집무실(동 낮)

- 윤 비서, 나 사장에게 보고하고 있다.

나 사장	뭐? 진헌이 이놈이 여자랑 제주도에 나타났다고?
윤 비서	네, 어젯밤에 체크인 하고 방금 전에 체크아웃 했대요.
나 사장	여자 누구. 희진이?
윤 비서	인상착의로 봐선 희진이는 아닌 것 같애요. 키가 크고 통통하다니까 아마 삼순 양이겠죠.
나 사장	뭐어? 삼순 양? 아니 이놈이 사람 헷갈리게 왜 이래? 언제는 희진이랬다 이젠 또 삼순 양이야?
윤 비서	그러게요.
나 사장	내 이 자식을 그냥. 갠 뭐래. 레스토랑에서 뭐 들은 거 없어?
윤 비서	들켰잖아요. 다신 그런 짓 안 하겠대요.
나 사장	그러게 들키긴 왜 들켜.
윤 비서	그런데요 사장님.
나 사장	(보는)
윤 비서	이러다 정말 아이라도 생기면 어떡해요.
나 사장	끔찍한 소리 좀 그만해!

12. 비행기 안(동 낮)

- 곳곳에 커플티를 입은 신혼부부들.
- 나란히 앉은 진헌과 삼순. 스튜어디스가 음료를 서빙하고 빠진다. 삼

순, 고맙습니다, 하고.

진헌   내일부터 다시 출근할 거지?
삼순   (당연하다는 듯이) 내가 왜?
진헌   (어이없다) ? 왜라니. 당연한 거 아냐?
삼순   그게 왜 당연해? 니 일은 니 일이고, 내 일은 내 일이고. 언니랑 샵 낼 거야.
진헌   ? 샵?
삼순   온라인 샵. 잘되면 오프라인 샵도 내고.
진헌   그럼 난! 난 어떡하구!
삼순   그걸 왜 나한테 물어? 니 일이니까 니가 알아서 해야지.
진헌   치사하게 이러기야 정말?
삼순   너 여자 김삼순이 아니라 파티쉐 김삼순을 찾으러 온 거지, 그치.
진헌   둘 다.
삼순   (삐죽거리며) 어쩐지... 미역국 싸 와서 느끼하게 굴 때부터 알아봤어. 그건 그렇고, 도대체 엑스맨이 누구야?
진헌   (삐쳤다) 몰라, 말 안 해.
삼순   애개개~ 또 삐지기는. 하여튼 삐돌이라니까? 빨리 말해, 궁금해 죽겠단 말야.
진헌   (삐쳐서 외면한 채) ...
삼순   어쭈구리. 한번 해보겠다? (달려들어 간지럼을 태운다) 빨리 말 안 해?

- 하지 말라며 몹시 간지럼을 타는 진헌. 죽어라 간지럼 태우며 빨리 불라고 하는 삼순.

진헌   (못 참겠다) 알았어 알았어, 말할게. 그만, 그만!

13.   **보나뻬띠 화장실(9회 #36)**

- 칸에서 나오는 삼순. 손을 씻는다.

진헌	뭐 해요?
삼순	양말 빨아요. 한 짝만 쓰고 한 짝은 남았는데 빌려드릴까요?
진헌	휴지.. 갖다줄 거죠?
삼순	(수도꼭지 잠그고 타월에 손 닦으며) 당근이죠. 좀만 기다리세요. (메롱~ 하고 나간다)

- 진헌, 속절없이 기다린다.
- (시간 경과)
- 핸드폰 문자 찍는 진헌.
- (인서트) 휴지 빨리 갖다줘요.
- 전송해놓고 침을 찍어 코에 바른다. 오래 앉아 있자니 다리가 저린다. 그때 문자 왔다는 표시. 얼른 열어 보면.
- (인서트) 메롱~ 하는 삼순의 직찍 사진. 또는 문자로 〈너 B형이지? 메롱~〉
- 속았군! 아 미치겠다! 열불 나는데 문 열리는 소리가 나자 눈이 반짝인다. '저기요' 하고 마악 부르려고 하는 찰나,

소리	(서성이면서, E) 저예요 윤 비서님.
진헌	???
소리	(E) 삼순이 누나가 조만간 관둘 것 같은 눈치던데요?
진헌	(엑스맨이구나) !!!
소리	(E) 보조한테 막 하드 트레이닝 시키고 그러던데요.
진헌	(이놈 두고 보자)

14. 비행기 안

삼순	(정말 궁금하다) 그게 누군데. 어? 누군데에.
진헌	출근하면 가르쳐주구.
삼순	이게! 빨리 말 안 해? 여기서 확 던져버린다?
진헌	(빙긋 웃더니) 누구냐 하면.

15. **화장실**(13회 #13)

- 문이 열리고 엑스맨의 다리가 들어온다. 서성이면서.

소리   (E) 저예요 윤 비서님. ... 삼순이 누나가 조만간 관둘 것 같은 눈치던데요? ... 보조한테 막 하드 트레이닝 시키고 그러던데요. ... 왜 그런지는 저도 잘 모르죠. 사장님이랑 한판 붙은 것 같긴 한데...
진헌   (E) 전화 끊으시죠.

- 서성이던 다리가 딱 멈춘다.

진헌   (E) 전화 끊으라구요.

- 얼마나 놀랐는지 타일 바닥에 핸드폰이 탕 떨어진다. 카메라가 서서히 올라가면... 털보다. 하얗게 질려 푸르르 떨고 있다.

진헌   마음 같아선 해고하고 싶은데.
털보   (헉 해고?)
진헌   이번 한 번은 봐주겠어요.
털보   (아! 안도하는데)
진헌   대신 휴지 갖다주세요.
털보   (엥? 휴지?)
진헌   (꽉 인상 쓰며) 빨리요.

16. **비행기 안**

삼순   (흥분한다) 뭐어? 기방이가? 이 쉬끼 이거 웃긴 놈이네? 겸손하게 생겼다고 내가 얼마나 잘해줬는데. 지난번엔 어머니 생일이라고 내가 케잌까

	지 만들어줬는데 은혜를 원수로 갚어? 이 쉬끼 걸리기만 해봐, 아주 아작을 낼 테니까. (씩씩거리는데)
진헌	가르쳐줬으니까 출근할 거지?
삼순	아 집어쳐, 안 한다니까? 그리구 그 말 같지도 않은 계약서에 사인한 거 아니니까 착각하지 마.
진헌	? 한 침대에서 자고 오리발 내밀기야?
삼순	너 아직 청산 안 했잖아.
진헌	! ...
삼순	(그 표정 보고) ? ...
진헌	(희진 생각에 외면하며 어두워진다) ...
삼순	(그렇겠지, 짐작이 간다. 못을 박는다) 청산하기 전엔 나한테 아무것도 기대하지 마. 너랑 나, 아무 사이도 아니야.
진헌	...

- 말이 없는 두 사람. 분위기 서늘하다.

17. 삼순 방(동 낮)

- 바닥에 앉아 배낭을 푸는 삼순.

이영	(다그치는) 그래서. 내려와서 뭐 했는데.
삼순	(귀찮다) 궁금한 게 뭔데.
이영	(대뜸) 잤니?
삼순	응.
이영	! ... 야! 내가 둘이 사귀라고 가르쳐준 줄 알어? 아직 속도 모르는데 대뜸 그러면 어떡해.
삼순	으유 응큼하긴. 그냥 잠만 잤다, 잠만.
이영	뭐?
삼순	밤새도록 허벅지 꼬집느라고 내가 얼마나 피눈물이 났는 줄 알어? 꼬집는 것도 모자라서 공업용 미싱으로 드르륵 박았다. 멍든 거 보여줘? (다

	리 까며) 봐. 봐.
이영	(다리 탁 치며) 아우 됐어 됐어.
삼순	아무것도 모르면서 쯧…
이영	하여튼 난 개 반대야. 싫어.
삼순	그럼 뭐 하러 가르쳐줬냐? 생일도 가르쳐줬다며?
이영	뭐, 서른 번째 생일인데 혼자 지내는 것보다야 나으니까 그랬지. 그건 그렇고, 유희진이랑은 어떻게 됐대?
삼순	! …
이영	(눈치채고) 거봐 거봐. 속이 시꺼멓다니까?
삼순	(다부진) 흰둥이든 검둥이든 이젠 내 일에 참견 마. 내가 알아서 할 거니까. (빨랫감을 들고 나간다)
이영	재수 없는 포수는 곰을 잡아도 웅담이 없다는데, 저걸 어떡하냐. (따라 나간다)

18.   보나빼띠 홀(동 오후)

- 현관을 들어서는 진헌(집에서 옷 갈아입고 온). 영자와 여직원들이 인사를 한다.
- 인사를 받으며 들어오는 진헌. 문득 멈춘다.
- 나 사장과 오 지배인과 윤 비서가 한 테이블에 앉아 담소를 나누고 있다가 오 지배인이 진헌을 발견하고 얼른 일어난다.
- 진헌, 의아해하며 다가와 앉는다.

진헌	웬일이세요.
나 사장	제주도에서 올라오는 길이냐?
진헌	? … 거기도 엑스맨 박아놓으셨어요?
나 사장	같이 간 여자가 누구냐.
진헌	…
나 사장	누구냐구!
진헌	김삼순 씨요.

나 사장   ! ...
윤 비서   (그렇군) ...
나 사장   이 자식이 정말? 너 사람 헷갈리게 왜 왔다 갔다 해! 니가 탁구공이야?
진헌   (귀찮다. 외면한다)
나 사장   삼순 양도 안 된다.
진헌   ? ... 그럼 절에는 왜 데려오셨어요?
나 사장   희진이 뗄려구.
진헌   ! ... 왜 그렇게 사세요? 힘 안 들어요?
나 사장   (아랑곳없이) 이번 주에 맞선 자리 만들어놨다.
진헌   ! ...
나 사장   이번엔 실수하지 말고 제대로 해. 안 그럼 불도저 불러서 이 건물 확 밀어 버릴 테니까.
진헌   내가 언제 나 사장 말 듣는 거 봤어요?
나 사장   ! 이 자식이 정말? 너 나 죽는 꼴 보고 싶어?!
진헌   (피식) 나 사장이? 나 사장 수명 길잖아. 구십 세에 십 년 대운이 들었다고 하지 않았나?
나 사장   (분노의 폭발) 야!!!

- 그 순간, 쾅! 쨍그랑! 소리.
- 모두 놀라 쳐다본다.
- 한쪽에 서 있던 오 지배인도 제 할 일을 하던 직원들도 놀라 쳐다본다.
- 벽에 걸려 있던 액자가 떨어져 산산조각이 났다.

나 사장   (민망해 얼른 딴청 한다)
진헌   어휴, 드디어 신공이 경지에 이르셨네.
나 사장   (이 자식이 정말! 휙 쏘아보는)
진헌   액자 값 물어놓고 가세요. (일어나 사장실로)
나 사장   이번 주 일요일 세 시야! 안 나가기만 해!
윤 비서   이기지도 못할 걸 왜 자꾸 건드세요.
나 사장   (휙 쏘아본다) 너까지 왜 이래!
윤 비서   (딴청)

나 사장 너, 삼순 양 집 좀 알아봐라.

19.   사장실

- 들어와 앉는 진헌. 핸드폰을 꺼내 전원을 켜서 한쪽에 놔두고 밀려 있는 서류들을 체크한다.
- 핸드폰에 문자 왔다는 신호음과 표시가 들어온다.
- 진헌, 쳐다보면.
- 연이어 계속 들어온다.
- 진헌, 열어서 체크한다.
- (인서트) 문자와 음성녹음들이 있다는 표시. 대부분 희진으로부터다.
- 진헌, 착잡한 마음으로 음성녹음 확인 버튼을 누르고 듣는다.

희진 (F) 아무리 바빠도 밥은 먹고 다녀야지. 김치 그대로 있더라. 니 입에 안 맞는 거 같아서 그냥 내가 가져가. 다음엔 맛있게 담아줄게.

- 진헌, 핸드폰을 덮는다. 착잡하다. 일어나 나간다.

20.   화장실

- 착잡한 마음을 씻듯이 세수하는 진헌. 타월로 얼굴을 닦다가 문득 멈추고 거울을 본다. 그러다 뺨의 점을 보게 된다. 문득! 그도 잊었던 기억이 되살아난다.

21.   잔디밭(낮, 회상)

- 대학생 진헌과 희진이 잔디밭에 앉아 김밥을 먹던 중이다.

희진	어? (뺨의 점을 만지며) 여기 점 있네?
진헌	그걸 이제 알았어?
희진	그러게. 꽤 큰데.
진헌	이거 빼버릴까?
희진	뭐 하러. 이뻐. 그냥 놔둬.

- 희진, 그러다가 뭔가 재미난 생각이 난 듯, 진헌이 김밥을 먹는 사이에 몰래 김을 뜯어낸다. 그러고는,

희진	이그 애처럼 밥풀이나 묻히고. (마치 입가의 밥풀을 떼어주는 척 깨알만 한 김 조각을 입술 위에 붙인다)

- 멋모르는 진헌의 입술 위에 마릴린 먼로처럼 점이 붙어 있다.
- 혼자 키득대는 희진.
- 진헌, 왜에? 하는 표정이고.
- 희진, 아니야 아니야 하면서도 자꾸만 웃음이 난다.

22. 화장실

- 그 기억을 떠올리며 의아해하는 진헌.

진헌	...

- 그때 털보가 들어온다.
- 진헌, 생각에서 깨어나 돌아본다.
- 털보, 진헌을 보자 지레 놀라 너무나 유연하게 춤추듯이 몸을 돌려 나간다.
- 진헌, 다시 거울 보며 생각에 빠진다.

23. **조깅 코스(다른 날 오전)**

- 땀 흘리며 열심히 뛰는 삼순. 전에 이영과 뛸 때보다 훨 낫다.
- 마무리 스트레칭도 한다. 옆에서 아줌마가 이상한 기합을 넣으며 나무에다 대고 배치기를 하자 곧 따라 하기도 한다.

24. **건물 내 1층(동 낮)**

- 삼순, 비어 있는 공간의 가로 세로 길이를 줄자로 재고 있다.

이영 이게 몇 평이에요?
중개인 스무 평인데 실평수는 한 열두 평쯤 나와요. 근데 케잌 가게를 낼려면 이거보다 몇 배는 커야 될 텐데…
이영 아뇨, 인터넷 상점이니까 그렇게는 필요 없어요.
삼순 (잰 것을 수첩에 적고는, 돌아다니며 어림짐작) 여기다 주방을 놓고… 오며가며 들르는 사람들도 있을 테니까? 저기 창가에다 빠를 설치하고… 잘하면 테이블도 한두 개쯤은 놓을 수 있겠다 언니야.
이영 그러게. 지금까지 본 것 중에 제일 낫네. 옆에 아파트 단지도 있고. 여기, 얼마에 얼마예요?

25. **신당동(황학동) 중앙시장**

- 주방용품점이 늘어선 진기한 골목 풍경.
- 기웃기웃하며 오는 삼순과 이영. 어느 가게로 들어간다.

26. **주방용품점**

- 이것저것 살펴보고 가격도 물어본다. 가격을 듣고는 놀라 도리도리 고

개를 젓기도 하다가.

주인 그 가격에 다 맞출려면 신품으론 안 되지. 차라리 중고를 하든가.
삼순 중고도 있어요?
주인 없는 게 어딨어. (중고로 안내하고)
삼순 (구경하며) 중고는 얼만데요.
주인 보통 신품의 60프로쯤 해요. 1년 동안 에이에스도 해주고.

- 등등 활기찬 모습들.

27. 시장통

- 생과일주스를 마시며 걸어오는 삼순과 이영. 삼순은 통화 중.

삼순 네, 호적과죠? 제가 이번에 개명 신청을 해서 허가서를 받았는데요, 그걸 분실했거든요? 혹시 재발급이 되나 해서요. ... (화색이 돈다) 어머 정말요? ... 신분증 갖고 네, 네, 예, 알겠습니다. 감사합니다~ (끊으며 예스!) 그럼 그렇지. 니가 날 막을 수 있을 것 같애?
이영 에휴 그 좋은 이름을.
삼순 아 글쎄 삼순이는 싫다니까? 삼수니닷컴? 누가 들어오겠냐.
이영 나 같으면 궁금해서라도 들어간다.
삼순 글쎄 싫다구.
이영 그럼 개성도 없이 희진이로 해?
삼순 모모로 해.
이영 모모?
삼순 MOMO.CO.KR
이영 그게 남아 있겠니?
삼순 없으면 모모모모로 하든가 아니면 아이모모(I-MOMO), 이모모(E-MOMO) 많잖아.
이영 뭐 계정이 남아 있으면 모르지만 내 생각엔 힘들걸?

삼순	어쨌든 안 돼. 싫어.

- 그때 핸드폰 울리자 발신자 확인하고 찌푸리는 이영.
- 삼순, 놓치지 않고 그 표정을 본다.
- 이영, 옆으로 피하며 받는다.

이영	네, 여보세요.
삼순	(솔깃해서 도둑고양이처럼 훔쳐 듣는다)
이영	(얘가 왜 이래, 피하며) 잠깐 볼일이 있어서 나왔어요. ... 지금요?
삼순	(누구지? 누굴까?)

28. 오래된 라면집(동 낮)

- 현무, 라면을 맛있게 먹고 있다.
- 맞은편의 이영, 먹는 둥 마는 둥 불만스럽게 쳐다본다.

이영	겨우 라면 먹을려고 바쁜 사람 불러냈어요?
현무	나보다 더 바빠요? 쉬는 시간에 잠깐 나왔는데?
이영	(흘겨본다)
현무	아 도와주는 셈 치고 그냥 먹어요. 맨날 기름진 냄새 맡으면 이렇게 라면으로 속 풀어줘야 된다구요.
이영	용건이 뭐예요.
현무	맨날 밤에만 보니까 조명발인가 싶어서 확인할려고 불렀어요 왜요.
이영	그래서, 대낮에 보니까 실망스러워요?
현무	기미가 좀 보이네.
이영	나이가 몇인데 당연한 거 아녜요?
현무	내 말이. 기미와 주름살, 시간이 파놓은 흔적. 캬~ 죽인다.
이영	허, 도대체 나하고 뭘 하자는 거예요?
현무	정식으로 사겨봅시다.
이영	?! ...

현무	아니 만리장성을 쌓아도 여러 번 쌓았는데 연애는 해야 될 거 아녜요.
이영	! ... 이봐요, 이현무 씨.
현무	그냥 자기라고 불러요.
이영	점점... 이봐요, 몇 번 잤다고 자기 여자 취급하는데 나 그거 아주 딱 질색이거든요?
현무	이런이런, 자기만 그런 줄 아나. 나도 아무 여자한테나 이러는 거 아녜요.
이영	그러니까 쿨하게 끝내자구요, 끈적거리지 말고.
현무	아무리 술김이라지만 너도 내가 싫진 않은 거잖아.
이영	(거슬려서) 반말하지 맙시다?
현무	싫으면 너도 놔. 술 취하니까 잘만 놓더만. (이영이 흘기든 말든) 근데 밤이랑 낮이랑 어떻게 그렇게 다르냐, 응? 전생에 뭐 밤의 여신이었나? 아니면 둔갑술을 쓰나?
이영	어쨌든 댁하고 엮일 생각 없으니까 다신 전화하지 마세요. (일어나는데)
현무	(얼른 팔목 잡는다)
이영	날도 더운데 놓으시죠.
현무	그럼 오늘은 왜 나왔어. 내가 끌고 왔나? 니 발로 걸어왔잖아. 너도 내가 싫진 않지?
이영	미안하지만, 싫지도 않고 좋지도 않고, 아무 감정이 없거든?
현무	아무 감정 없으면, 그냥 즐긴 거야?
이영	그래.
현무	아니 어떻게 여자 입에서 그런 말이 막 나와? 어?
이영	아 신경질 나 정말. 너 왜 이렇게 후지니?
현무	???
이영	후져 정말. 후지다구! (손을 확 뿌리치고 나간다)
현무	(병– 해서)

29. 주방(동 낮)

- 요리사들을 주욱 세워놓고 화풀이하는 현무.

현무	말해봐. 내가 후졌냐?
요리사1	왜 또 이러세요.
현무	(확 흘기며) 왜 또? (밀며) 넌 빠져. (요리사2에게) 너는. 내가 그렇게 후진 놈이야?
요리사2	아뇨.
현무	(요리사3에게) 너는.
요리사3	아뇨. 후지긴요.
현무	(털보에게) 너는.
털보	멋지십니다! 왕입니다요!
현무	(맘에 안 든다) 이 짜식이 아부는. (문득 생각난 듯 얼굴을 요리조리 돌려보며) 근데 널 볼 때마다 내 마음이 왜 이렇게 짠하냐? 어쩜 이렇게 리얼리티 있게 생겼을까? 응?

30. 삼순 집 앞 & 차 안(동 낮)

- 대문 열리고 봉숙이 의아한 표정으로 나온다.
- 나 사장의 차가 서 있고 윤 비서만 나와 있다.

윤 비서	김삼순 양 어머니시죠.
봉숙	? 그런데요. 누구신데 우리 삼순이를 찾아요?
윤 비서	(차를 가리키며) 잠깐 타시죠.
봉숙	(차를 본다)

- 나 사장, 도도하게 앉아 있다.

봉숙	? ... 글쎄 누구신데요.
윤 비서	일단 타세요. 타시면 압니다.
봉숙	(뭐어?) 글쎄 누구냐구! 니들이 뭔데 나더러 타라 마라야!
윤 비서	(놀라는)

- 고함 소리에 돌아보는 나 사장.

봉숙	아니, 경우도 없이 누군지 밝히지도 않고 무조건 타라 그러면 다야? 당신 뭐 하는 사람이야? 납치범이야?
윤 비서	(황당해 미간 찌푸린다)

- 안 되겠다. 나 사장이 내린다.
- 차에서 내려서 다가오는 나 사장을 보고 갸웃하는 봉숙.

나 사장	(정중하게) 우리 윤 비서가 실례를 했군요. (명함) 저, 이런 사람입니다.
봉숙	??? (명함을 받아 읽어본다) 서울호텔 사장 나현숙? 근데요?
나 사장	혹시 현진헌이라는 청년을 아시는지요. 보나뻬띠라는 레스토랑을 운영하고 있는데.
봉숙	? ... 삼식인지 뭔지 그 호랑말코 같은 놈이요?
나 사장	(뭐? 삼식이? 호랑말코?) ??? ... 제가 그 에미 되는 사람입니다만...
봉숙	! ... 그럼 그 여관장사 한다던. (얼른 입 다문다)
나 사장	(뭐? 여관장사?) ! ...
윤 비서	(큭 웃음 터지려는 걸 참는다)
봉숙	(너무 실례했나 싶어서 좀 누그러지며) 죄송합니다. 초면에 실례가 많네요.
나 사장	따님이 어머니를 닮았군요.
봉숙	? 우리 삼순이를 아세요?
나 사장	실은 그 일 때문에 찾아뵀습니다.
봉숙	? ...
나 사장	이렇게 길거리에서 할 얘기가 아닌데 일단 타시죠.
봉숙	(차를 힐긋 보더니) 차는 좀 그렇고 누추하지만 안으로 드시죠.
나 사장	그건 제가 좀 그렇네요.
봉숙	그럼 여기서 말씀을 하시든가요.

- 나 사장, 강적이군! 기싸움 하듯 강렬하게 쳐다본다.
- 봉숙, 내가 그렇게 만만할 줄 알고? 역시 강렬하게 쳐다본다.
- 팽팽하게 마주 보는 봉숙과 나 사장.

- 두 사람을 뚱하게 번갈아 보는 윤 비서.

나 사장 (안 되겠다) 그러죠, 여기서 얘기하죠. (오가는 사람이 있나 괜히 주위를 살펴보고는) 저희 진헌이...
봉숙 ...
나 사장 이미 집에서 정해놓은 신붓감이 있습니다.
봉숙 ? ...
나 사장 젊은 애들이라 저희들끼리 좋아 지내는 모양인데 혼사란 게 그렇지 않습니까? 집안과 집안의 약속이고 (하는데)
봉숙 (툭 말 가로채는) 누가 우리 삼순일 준대요?
나 사장 ?! ...
윤 비서 (딴청 하다가 힐긋 보는)
봉숙 죄송하지만 돈 오천으로 사람을 사고파는 그런 녀석한텐 우리 삼순이 주고 싶지가 않네요. 진짜연애도 아니었지만.
나 사장 ???
윤 비서 ???
나 사장 진짜.. 연애가 아니라뇨?
봉숙 모르셨어요? 하긴 뭐... 근데 제 입으로 얘기하고 싶진 않네요. 에미가 못나서 딸을 그 지경을 만들었는데 제가 무슨 낯으로 이 벌건 대낮에 그 일을 떠들겠습니까. 어쨌든 얘긴 끝났으니까 그만 돌아들 가세요. (집으로 들어가며 대문을 쾅 닫는다)

- 나 사장과 윤 비서, 무슨 허무개그를 당한 것처럼 맹하게 서로를 쳐다본다.

31. 사장실(동 낮)

- 불불이 들이닥치는 나 사장. 윤 비서가 뒤따르고.

나 사장 진헌이 이놈 어딨냐. 이리 나와. 뭐? 오천만 원으로 뭘 어째? (하다가 자

            리가 비어 있자 멈칫)
오 지배인   (급히 뒤따라 들어온) 사장님 외출했는데요.
나 사장   어디로요?

32.   게스트하우스(동 낮)

- 다가와 대문 앞에 서는 진헌. 마당을 들여다보다가 들어선다.
- 마당에 들어선 진헌, 한 바퀴 둘러본다.

33.   보나뻬띠 주차장(동 낮)

- 희진의 차가 들어온다.
- 희진, 내려서 현관으로 향한다.
- 현관문 열리며 나 사장과 윤 비서가 나온다.

나 사장   어딜 간 거야 도대체. 내가 이 자식을 그냥. (하다가 멈칫)

- 걸어오던 희진도 멈칫. 곧 환하게 웃으며 인사한다.
- 나 사장, 얘가 여긴 웬일이야? 못마땅하게 쳐다본다.

34.   일식집(동 낮)

- 희진, 초밥을 오물오물 먹다가 빤히 쳐다보는 나 사장과 눈이 마주치자 헤죽 웃는다.

희진   맛있어요 어머니. 어머닌 안 드세요?
나 사장   점심 먹은 지가 얼마 안 돼서. 너나 많이 먹어라.
희진   네. (맛있게 먹는다)

나 사장	(빤히 보며. 마음의 소리. E) 아까와 죽겠네 정말. 저렇게 이쁜 걸...
윤 비서	(그런 나 사장의 마음을 눈치챘는지 힐긋 보는)
희진	(계속 먹는다. 보란 듯이)
나 사장	요즘도 요가 하니?
희진	네. 하루도 안 빼먹고 해요. 재밌거든요.
나 사장	그래, 니가 제일 잘하더라. (실수! 얼른 입을 다문다)
윤 비서	(나 사장을 힐난의 눈초리로 보는)
희진	(그런 둘을 번갈아 보며) ??? ... 저 요가 하는 거 보셨어요?
나 사장	보긴 뭘 봐. 잘할 것 같다 이거지. 밥이나 먹어.
희진	(무심히 넘기고 다시 먹는)
나 사장	(마음의 소리. E) 그냥 눈 딱 감고 며느리 삼어? 밥도 저렇게 잘 먹고 요가도 잘 하고 멀쩡한데... 거기다 삼순이에 비하면 호박꽃에 장미데... 아휴 속 쓰려 죽겠네 정말.

- 희진, 갑자기 먹던 걸 멈추고 표정이 굳는다. 안색이 창백하고 갑자기 식은땀이 난다.

나 사장	(놀라서) 왜. 얹혔니?
희진	(억지로 웃으며) 그런가 봐요. (물을 마신다)
나 사장	그러게 천천히 먹지 뭐가 그렇게 급해.
희진	(안 되겠는지 일어나며) 화장실 좀 갔다올게요. (얼른 나간다)

- 나 사장과 윤 비서, 나가는 희진을 쳐다본다.

나 사장	(금세 마음이 바뀌어서는) 안 되지, 안 되고말고. 깜빡 속아 넘어갈 뻔했네.
윤 비서	뭐가요?
나 사장	뒷북치지 말고 삼순 양을 어떻게 떼놓을지 그거나 궁리해.
윤 비서	그게 어디 쉽겠어요?
나 사장	무슨 소리야?
윤 비서	개싸움 가보세요. 한번 물으면 죽을 때까지 안 놓는다구요.
나 사장	우리 진헌이가 그럼 개야?!

35. 일식집 화장실

- 희진, 벽에 머리를 기댄다. 울렁대는 가슴을 손바닥으로 지그시 누른다. 어지럽고 무기력한 상태로 영양분이 소장으로 너무 빨리 흡수되어 생기는 덤핑증후군이다.

희진   아... (가끔 있는 일인 듯 아무렇지도 않게) 좀 천천히 먹을걸.

36. 게스트하우스(동 낮)

- 진헌, 헨리의 방에 덩그러니 앉아 안을 둘러본다.
- 벽에 걸려 있는 하회탈도 보이고 색동저고리도 보이고 한쪽에 세워져 있는 기타와 한글책 등...
- 진헌, 한글책을 집어들고 후르르 넘겨보다가 어딘가에 멈춘다.
- (인서트) 쓰기 연습을 한 듯 어설픈 글씨로 희진, 헨리, 진헌, 낙지볶음 이라는 단어들이 반복적으로 씌어 있다.
- 헨리가 농구공을 들고 마당으로 들어서다가 방 안의 진헌을 발견하고 멈칫! 갸웃!
- 진헌도 인기척에 돌아본다.

헨리   ? ...
진헌   (책을 제자리에 놓고 본다)
헨리   하이.
진헌   농구했니?
헨리   응.
진헌   잘하냐?
헨리   조금.
진헌   ... 나랑 농구나 한 게임 할래?

헨리   (잠깐 의아해하다가 좋다며 짧은 대꾸)

37. 고교 실내체육관

- 들어서는 진헌(헨리의 티셔츠로 갈아입은)과 헨리.
- 그러나 농구부 선수들이 이미 한쪽 골대를 차지하고 훈련을 하고 있다.

진헌   (우리말) 안 되겠다. 다른 데로 가자. (돌아서서 간다)

- 헨리, 눈치로 알아듣고 돌아선다.
- 그때 공이 이쪽으로 쪼르르 굴러온다.

선수   공 좀 주세요!

- 돌아보는 진헌과 헨리. 공이 벌써 헨리 쪽으로 온다. 헨리가 얼른 발로 공을 잡는다. 공을 집어들고 몇 번 튕기더니 드리블하며 코트로 간다.

진헌   (어?) ...

- 헨리, 멋지게 드리블해 가서 비어 있는 다른 쪽 골대에 슛! 골인!
- 선수들이 와- 하고 탄성을 지른다.
- 진헌도 놀란다. 보통 실력이 아니다.
- (시간 경과)
- 선수들과 헨리가 팀을 나누어 농구를 한다.
- 팔짱 끼고 서서 구경하는 진헌. 농구로 콧대를 납작하게 해주고 싶었는데 완전히 우거지상이다.
- 골이 들어갈 때마다 진헌의 표정이 가관이다. 괜히 덤볐다가 낭패 볼 뻔했다.
- 헨리, 마지막으로 덩크슛!
- 선수들, 입을 쩍 벌린다.

- 진헌의 입도 벌어진다.
- 헨리, 선수들에게 잘 놀았다고 인사하고 셔츠로 얼굴의 땀을 훔치며 진헌에게로 온다.

헨리   너도 같이 하면 좋았을 텐데.
진헌   (거만하게, 우리말) 유치하게 애들이랑... 덥지? 수영이나 하러 갈까?

38. 수영장

- 하나씩 레인을 차지하고 수영하는 진헌과 헨리. 앞서거니 뒤서거니...
- 여자들의 시선이 온통 두 남자에게 꽂혀 있다.
- 어느 순간부터 진헌이 앞서간다.
- 수월하게 먼저 닿는 진헌. 물안경을 벗으며 의기양양.

진헌   (왜 이러나 싶을 만큼 우쭐) 내가 수영은 좀 하지.

- 뒤늦게 헨리가 도착한다.

헨리   (물안경 벗으며) 미스터 현?
진헌   (우리말) 왜.
헨리   (씨익 웃으며 뺨을 톡 친다. 우리말) 귀여워.
진헌   ??? ... (미간을 찌푸린다)
헨리   (어깨를 툭 치며) 그만하고 나가자. (돌아서는데)

- 진헌, 붙잡고 확 주먹을 내지른다.
- 휘청하는 헨리. 얼른 중심 잡고 놀란 얼굴로 쳐다본다.

헨리   너 미쳤어? 왜 이래?
진헌   (호전적으로, 우리말) 불만 있으면 덤벼. 덤벼 짜식아.
헨리   (아픈 턱을 어루만지며, 참자, 하는 표정인데)

진헌	(영어) 난 니가 싫어. 재수 없거든.

- 그러자 주먹을 내지르는 헨리.
- 휘청하며 물속에 풍덩 빠지는 진헌.
- 물에 빠진 진헌, 헨리에게 달려들어 몸을 잡고 넘어뜨린다. 물속에 빠져 들어오는 헨리. 둘이 엉겨 붙어 싸운다. 물속이라 힘겹고 유치하고 1차원적인 몸싸움.

39. 탈의실

- 헨리, 선풍기 앞에서 머리를 말린다.
- 진헌이 다가오더니 헨리를 툭 밀치며 자기 머리를 말린다. 두 놈 다 입술이 터졌다.
- 헨리, 이것 봐라? 하는 표정으로 진헌을 밀친다.
- 진헌, 힘껏 밀친다.
- 성질 난 헨리, 확 인상 쓰더니 더러워서 피한다는 표정으로 옆의 선풍기로 가 머리를 말린다.

진헌	...
헨리	...
진헌	(거울로 보며) 헨리.
헨리	(쳐다도 안 본다)
진헌	(영어) 희진이 사랑하냐.
헨리	?! (그제야 거울로 본다)
진헌	(영어) 희진이 사랑하냐구.
헨리	(거울 속의 진헌과 눈 맞춘 채) ...
진헌	(우리말) 빨리 대답해, 주먹 날아가기 전에.
헨리	... 그래, 사랑해.
진헌	(알았다는 듯 무심히 계속 머리를 말리며, 혼잣말처럼 우리말) 바보는 아니구나.

헨리	(속을 모르겠다는 듯 고개 돌려 보는)
진헌	(시선을 느끼고 스윽 보며, 우리말) 뭘 봐. 너도 나한테 반했냐?

40. 설렁탕집

- 설렁탕 뚝배기가 나온다.
- 진헌, 숟가락으로 소금을 친다.
- 헨리, 그대로 따라 한다.
- 진헌, 파를 넣는다.
- 헨리도 따라 한다.
- 진헌, 깍두기 국물을 자기 그릇에 넣으려다 말고 헨리한테 먼저 넣어준다.

헨리	?...
진헌	(우리말) 이건 원래 이렇게 먹는 거야. (자기 뚝배기에도 깍두기 국물을 붓고 휘휘 저어 먹기 시작한다)
헨리	(본 대로 국물을 휘휘 저어 먹기 시작한다)
진헌	(고개 숙인 채 꾸역꾸역 먹는다)
헨리	(먹다가 힐긋 본다. 아무래도 오늘 이상하다)
진헌	(계속 먹으며) 헨리?
헨리	왜.
진헌	(안 보고, 무심히, 우리말) 너도 귀여워.
헨리	(못 알아듣고) ?...
진헌	(보며, 우리말) 너도 귀엽다고. 큐트하다고.
헨리	(알아듣고 생뚱맞아서 으쓱하는데)
진헌	(무심히, 우리말) 희진이한테 잘해줘. 지금까지 한 대로만 하면 돼.
헨리	(못 알아듣고 멀뚱멀뚱 으쓱)

41. 삼순 집 버스정거장(동 오후)

- 버스에서 내리는 삼순. 새로 발급받은 개명허가서를 보며 온다. 흐뭇하다. 접어서 가방 안에 넣고 가방을 툭툭 치며,

삼순	다이어트가 따로 없네. 안 먹어도 배부르네.
채리	(E) 야 김삼순!
삼순	(돌아본다)

- 정자마루에 앉아 기다리던 채리가 밀가루를 확 뿌린다.
- 삼순, 밀가루 세례를 받고 멍-

채리	(바락바락 악을 쓴다) 감히 니가 날 건드려? 니가 그렇게 잘났어? 뭐가 잘났는데! 뭐가 잘나서 남의 결혼을 망쳐! 왜! 왜!
삼순	(한숨을 포옥 쉬더니 머리를 들이댄다) 뜯어라 뜯어. 아무래도 한번 뜯어야 끝이 날 것 같다.
채리	(그럴 기력도 없다는 듯이 정자마루에 철푸덕 주저앉아 앙- 울음을 터트린다. 다리를 버둥거리며 마구 울어댄다) 다 끝났단 말야 다... 너 땜에 다 끝났다구... 엉엉...
삼순	(머리를 툭툭 털고는) 야 장채리. 내가 인생 선배로서 말하는 건데... 목욕이나 가자.

42. 찜질방

- 한증막 속에 나란히 앉아 있는 삼순과 채리. 삼순은 땀이 졸졸 흐르는데 채리는 멀쩡하다.

삼순	(땀 닦으며) 야, 이쁜 것들은 원래 그렇게 땀도 안 나냐? 어?
채리	(흘기는) 남이사.
삼순	야, 민현우가 그렇게 좋냐? 결혼 못 해서 환장하겠냐?
채리	(삐죽삐죽) 남이사.

삼순	(머리를 콩 쥐어박는다) 이게 언니한테.
채리	이 씨 자꾸 손댈래?
삼순	버르장머리 없으니까 그렇지 쯧... 야, 우리 어릴 때, 내가 너희 집에 울 아버지랑 배달 가고 그럴 때, 기억나냐?
채리	흥.
삼순	너 맨날 공주옷 입고 맨날 인형놀이 하고 있었잖아.
채리	흥.
삼순	그때 너 얼마나 이뻤는 줄 아냐?
채리	(솔깃)
삼순	너 그땐 착했어 임마. 하얀 공주옷 입고 천사 같았어.
채리	(우쭐)
삼순	그 천사가 어쩌다 요 모양 요 꼴이 됐는지 모르겠다만 너한테 민현우는 아니야. 너처럼 철없는 애를 다 받아줄 만한 그릇이 아니란 거지. 그러니까 년 나한테 고마워해야 돼.
채리	흥, 그럼 왜 현우 오빠랑 연애했어?
삼순	그거야 뭐... 야, 어릴 때 사람 보는 눈이 있냐? 서른 되니까 이제야 쬐끔 보인다. 아니다, 보이긴 뭐가 보여. 결국은 자기한테 속는 거지. (툭 치며) 야 어쨌든지 간에 내가 니 인생을 수렁에서 건져줬으니까 미역국이나 사, 응?

43. 삼순 집 앞(동 밤)

- 목욕 마치고 올라오는 중인 삼순.

삼순	아 기집애, 단순해가지구는 살살 꼬시니까 지대로 넘어오네. 아 배불러. (하다가 멈칫)

- 대문 옆에 술 취한 남자가 웅크리고 있다.
- 삼순, 그 남자를 슬금슬금 피해 대문으로 가다가 멈칫한다. 혹시? 요리조리 살핀다.

삼순	(맞다)! ... 야 민현우.
현우	(고개를 든다. 많이 취했다)
삼순	여기서 뭐 해. 술 마셨니?
현우	(훌쩍이며) 삼순아...
삼순	(에? 이건 또 무슨 수작?)
현우	나 파혼당했어 흑...
삼순	?! ... 어떻게 니들은 쇼를 해도 꼭 쌍으로 하냐? 미치겠네 정말.

44. 포장마차

- 소주를 원샷 하는 현우.
- 삼순, 걱정스런 얼굴로 술을 채워준다.

삼순	천천히 마셔. 전작도 상당한 것 같구만.
현우	(이하 언제나 그랬던 것처럼 사뭇 진지한) 걱정돼냐?
삼순	... 그날 내가 전화한 것 땜에 그런 거잖아.
현우	책임감 느끼냐?
삼순	뭐.. 조금...
현우	(옆자리로 와 앉는다)
삼순	(움츠리며) 왜 또 이래에.
현우	(그윽하게) 삼순아. 내가 존경하는 오스카 와일드가 이런 말을 했다. 남자는 심심해서 결혼하고 여자는 호기심에 결혼한다.
삼순	(또 무슨 수작이야? 찡그리는)
현우	내가 채리랑 결혼하려고 했던 거... 심심해서였다.
삼순	? ...
현우	사랑한다 삼순아.
삼순	! ...
현우	사랑해 삼순아. 흑... (하며 삼순의 품에 풀썩 쓰러지다가) 윽!!!
삼순	(독하게 잘근잘근) 내가 존경하는 박봉숙 여사는 이런 말을 남겼지.

현우	(우욱, 너무 아파 숨넘어갈 듯한 표정)
삼순	한 번 바람둥이는 영원한 바람둥이다. (현우를 찌르고 있던 나무젓가락을 빼서 휙 던져버린다)

- 급소를 찔린 현우, 두 손으로 부여잡고 토끼처럼 껑충껑충 뛴다.

삼순	병원 필요하면 얘기해라? 내가 잘 아는 데 소개해줄 테니까. (미련 없이 간다)

45. 희진 아파트 앞(동 밤)

- 희진의 차가 들어와 멈춘다.
- 희진, 차에서 내린다. 손에는 쇼핑백 두세 개가 들려 있다.
- 희진, 현관으로 들어서다가 멈칫.
- 진헌이 기다리고 있다.

희진	? ... 언제 왔어?
진헌	(그저 웃는다)
희진	전화하지 그랬어. 많이 기다렸어?
진헌	아니, 방금 전에 왔어. 어디, 갔다 와?
희진	응. 여기저기. 쇼핑도 하구. 참, 니 것도 하나 샀어. 들어가자. 입어봐야지.

- 희진, 진헌을 데리고 들어간다.

46. 희진 거실

- 희진, 선 채로 쇼핑백에서 아까 고른 셔츠를 꺼내어 소파에 앉은 진헌에게 대본다.

희진	색깔 어때? 괜찮아?
진헌	... 응.
희진	근데 입술은 왜 그래? 또 싸웠어?
진헌	...
희진	? ... 말하기 싫음 말구. 한번 입어봐. 옛날 사이즈로 샀는데 지금은 어떨지 모르겠다.
진헌	(셔츠 치우며) 나중에.
희진	온 김에 입어봐. 안 맞으면 내일이라도 바꾸게.
진헌	(셔츠를 한쪽에 치워둔다)
희진	? ... 무슨 일 있어?
진헌	(보며) ...
희진	핸드폰... 그래서 꺼놨어?
진헌	...
희진	(두렵다) ! ... (회피하고 싶다) 아 피곤해. 너무 많이 돌아다녔나 봐. 족탕부터 해야겠다. (욕실 쪽으로 가는데)
진헌	(손목을 잡으며 와락 안아 허리에 얼굴을 파묻는다)
희진	?! ...
진헌	... 기다려. 내가 해줄게.
희진	! ...
진헌	(얼굴 파묻은 채, 마음 아픈) ...

- (시간 경과)
- 소파에 앉은 희진, 좀 황당한 듯이 웃는다.

희진	너 오늘 이상한 거 알아? 왜 그래.

- 진헌, 말없이 희진의 발을 들어 뜨거운 물이 담긴 대야에 담근다.

희진	...
진헌	(희진의 발을 닦는다)
희진	(느낌이 안 좋다)

진헌	(정성껏 닦는다)
희진	... 나한테 할 말 있니?
진헌	(멈칫했다가 다시 닦는) ...
희진	(그렇구나, 혹시? 두려움) ...
진헌	(애써 담담한) 갑자기 생각난 게 있어서.
희진	? ...
진헌	뺨에 난 점... 너 그거 알고 있었어.
희진	? ...
진헌	옛날에 그거 갖고 얘기한 적이 있었거든.
희진	? ... 그래? 난 기억 안 나는데.
진헌	까먹었겠지.
희진	? ...
진헌	원래 알고 있던 걸 넌... 3년 동안 까먹은 거야.
희진	?! ... 그랬구나... 치료받느라고, 약 먹느라고 그랬을 거야 아마.
진헌	...
희진	근데... 할 얘기란 게 그거야?
진헌	... 니가 그걸 까먹는 동안... 나도 변했어...
희진	?! ...
진헌	(발을 수건으로 닦으며) 우리... (힘겨운) 그만하자.
희진	?! ...
진헌	그만하자.
희진	!!!
진헌	(다른 쪽 발을 담그려 한다)
희진	(발을 확 뺀다)
진헌	...
희진	나 봐.
진헌	...
희진	나 보라구.
진헌	(고개를 든다. 눈동자가 흔들린다)
희진	(의외로 담담한) 김삼순 씨 때문이니?
진헌	... 어.

희진	... 사랑하니?
진헌	...
희진	어?
진헌	... 자꾸 생각나.
희진	사랑하냐구.
진헌	... 보고 싶어.
희진	사랑하냐구!
진헌	... 같이 있으면... 즐거워.
희진	!!! ... (눈물이 글썽해진다)
진헌	(참담해서 고개를 떨군다)
희진	(냉정해지려 애쓰며) ... 그래, 지금은 반짝반짝하겠지. 그치만 시간이 가면 다 똑같애. 그 여자가 지금 아무리 반짝거려 보여도 시간이 가면 아무 것도 아닌 게 된다구. 지금 우리처럼.
진헌	...
희진	영원한 건 없다구. 응? 진헌아.
진헌	...
희진	그래도 갈래?
진헌	... 사람들은... 죽을 걸 알면서도 살잖아.
희진	! ... (머리통을 때린다)
진헌	! ...
희진	니가 나한테 이럴 수 있어? 니가 뭔데! (두서없이 때리기 시작한다) 니가 뭔데 나한테 이래! 니가 뭔데! 니가 뭔데! 니가 뭔데 이 나쁜 놈아!

- 진헌, 고스란히 맞다가 와락 안는다.
- 희진, 몸부림치며 때린다.
- 진헌, 힘주어 안는다. 눈이 붉다.
- 희진, 힘 빠져 멈추며 운다. 엉엉 운다.
- 진헌, 눈물이 흘러내린다.
- 13회 끝.

14회

연애질의 기초

1. 자막 - 제14회 연애질의 기초

2. 희진 거실(13회 엔딩)

희진 (냉정해지려 애쓰며) ... 그래, 지금은 반짝반짝하겠지. 그치만 시간이 가면 다 똑같애. 그 여자가 지금 아무리 반짝거려 보여도 시간이 가면 아무 것도 아닌 게 된다구. 지금 우리처럼.
진헌 ...
희진 영원한 건 없다구. 응? 진헌아.
진헌 ...
희진 그래도 갈래?
진헌 ... 사람들은... 죽을 걸 알면서도 살잖아.
희진 ! ... (머리통을 때린다)
진헌 ! ...
희진 니가 나한테 이럴 수 있어? 니가 뭔데! (두서없이 때리기 시작한다) 니가 뭔데 나한테 이래! 니가 뭔데... 니가 뭔데... 니가 뭔데 이 나쁜 놈아...

- 진헌, 고스란히 맞다가 와락 안는다.
- 희진, 몸부림치며 때린다.
- 진헌, 힘주어 안는다. 눈이 붉다.
- 희진, 힘 빠져 멈추며 운다. 엉엉 운다.
- 진헌, 소리 없이 눈물이 흘러내린다.

3. **달리는 차 안(동 밤)**

   - 무섭게 굳은 얼굴로 운전하는 진헌.

4. **희진 거실(회상)**

   - 뇌를 들고 호르몬에 대해 이야기하다 장난치던 그들.

5. **교실(5회 #14)**

   - 고3 시절, 책상 밑에서 발장난 치던 그들.

6. **희진 거실(현재)**

   - 울고 있는 희진.

7. **보나뻬띠(4회 #63)**

   - 오버 더 레인보우를 연주하던 진헌. 3년 만에 나타난 희진.

8. **커피숍(5회 #5)**

   - 가지 말라며 진헌의 손가락을 잡던 희진. 뿌리치고 가던 진헌.

9. **제주호텔 룸(8회 #13)**

   - 뺨을 때리던 진헌. 울며 속마음을 털어놓던 그들.

10. **차 안(현재)**

    - 벨 소리가 울리자 핸드폰을 쳐다보는 진헌. 집이구나. 받지 않고 내내 감정에 빠져 있다. 벨이 계속 울리자 어쩔 수 없다는 듯 버튼을 누른다. 그래놓고도 금방 말이 나오질 않는다.

    나 사장   (F) 여보세요? 전활 받은 거야 뭐야.
    진헌   ... (목이 잠긴) 말씀하세요.
    나 사장   (엄한. F) 당장 집으로 와. 30분 내로 와. (툭 끊는 소리)
    진헌   (그럴 기분이 아닌데, 괴롭다) ...

11. **나 사장 거실(동 밤)**

    - 윤 비서가 현관문을 열어준다. 진헌이 들어온다.
    - 나 사장이 거실 한가운데 서서 무섭게 쏘아보고 있다.
    - 진헌, 힐긋 보더니 다가온다.
    - 나 사장, 진헌이 앞에 서자마자 무서운 기세로 철썩 뺨을 때린다.
    - 윤 비서가 흠칫 놀란다.
    - 계단을 내려오던 미주도 놀라 멈춘다.

- 진헌, 뺨 돌아간 채 미동이 없다.

나 사장 (새삼 분노가 치밀어 오른다) 지금까지 너 하는 짓이 이뻐서 봐준 줄 알어? 느이 형 그렇게 되고 엇나갈까 봐 노심초사, 철없이 굴어도 쟤가 일부러 저러지, 생각 없는 놈도 아니고 때 되면 알아서 돌아오겠지. 그런데 뭐? 계약연애? (멱살 잡으며) 에미한테 사기를 치는 것도 모자라서 돈으로 장난을 쳐? 그게 사람이 할 짓이야? (하다가 놀란다)

- 진헌, 말없이 눈물만 흘리고 있다.
- 나 사장, 놀라서 멱살 잡은 손을 스르르 놓는다.
- 진헌, 끅끅 울음이 비어져 나온다.
- 나 사장, 어이가 없고.
- 윤 비서도 황당해하고.
- 미주는 벌써 훌쩍이고 있다.
- 진헌, 끅끅거리며 참았던 울음을 쏟아낸다.

12. 삼순 방(동 밤)

- 핸드폰이 열린다. 단축 버튼 0을 길게 누른다.
- 삼순, 이불 속에서 신호음을 들으며 기다린다.

13. 진헌의 차 안

- 핸즈프리에 그대로 붙어 있는 핸드폰이 울린다.

14. 삼순 방

- 삼순, 갸웃하며 끊고는 이불을 뒤집어쓰며 눕는다.

15. **나 사장 거실**

- 무릎 꿇은 채 주저앉아 소리 내어 울고 있는 진헌.
- 나 사장과 윤 비서, 얘가 왜 이래? 수습도 못 하고 멍하니 바라보고 있다.
- 계단의 미주도 엉엉 소리 내어 운다.
- F.O

16. **보나뻬띠 테라스(오전, F.I)**

- 통화 중인 현무.

현무   아니 영화 한 편 보는데 뭐가 그렇게 까다로워? 나 아니면 영화 보자는 사람 있어? 있으면 데리고 와. 내가 그 자식을 그냥 (하다가 무언가를 보고) 어?

- 저만치서 씩씩거리며 오는 삼순.

삼순   도대체 연애를 하자는 거야 말자는 거야. 감히 내 전화를 씹어?
현무   (가까이 오자) 삼순 씨가 아침부터 웬일이야?
삼순   인사는 나중에 드릴게요. (성큼 들어간다)

17. **삼순네 주방**

- 설거지하다가 전화받은 이영, 전화기 너머 들려오는 소리를 듣고는 놀란다.

이영   삼순이 거기 갔어요?

18. 홀

- 벌컥 문 열고 들어오는 삼순. 영자와 여직원들이 놀란다. 어? 언니, 하면서.

삼순   (안으로 들어가며) 인사는 나중에 하자.

- 사장실을 향해 돌격하는 삼순. 오 지배인이 마주 오다가 놀라서.

오 지배인   어머 삼순 양. 다시 출근하기로 했어요?
삼순   인사는 나중에 드릴게요 오 지배인님. (다짜고짜 들어가고)

19. 사장실

삼순   (들이닥치며) 너 왜 내 전화 씹어. 전화는 왜 이틀씩이나 꺼놓구. (멈칫)

- 자리가 비어 있다.
- 아직 출근 안 했나? 싶은 삼순.

영자   (E) 사장님한테 용무 있어요?
삼순   (돌아본다)
영자   어제도 출근을 안 하시던데 오늘은 하시려나 모르겠네.
삼순   ?... 왜 출근을 안 했대요?
영자   뭐 좀 아픈가 봐요.
삼순   !...

20. 홀 & 주방

- 다시 나오는 삼순. 홀을 가로지르다가 문득 멈춘다.
- 무언가 짐을 옮기던 털보와 눈이 딱 마주친다. 털보, 놀라 우뚝 선다.

삼순 (잡아먹을 듯이) 기방이 너...

- 털보, 짐을 내팽개치고 도망간다.

삼순 (얼른 쫓아가며) 너 이 자식 이리 안 와?!

- 테이블 사이사이로 도망가는 털보. 요리조리 쫓아다니는 삼순. 홀 사람들은 왜 이래? 황당하게 보고. 난장판을 만들면서.

털보 (울상이다) 잘못했어요 누나. 한 번만 용서해주세요.
삼순 용서할 게 따로 있지. 그런 비겁한 짓을 해? 빨리 일루 안 와? 너 돈 얼마나 처먹었어. 그거 도로 뱉어내. 니 면상에다 확 도배해버릴 테니까.

- 주방과 베이커리실 쪽으로 도망 오는 털보, 쫓아오는 삼순.
- 요리사들과 인혜가 놀라고.

털보 살려주세요 누나! 누나!
삼순 살려줄 테니까 서란 말야 이 멍청한 놈아. 빨리 안 서?

- 요리조리 피해 마악 들어오던 현무를 밀치고 다시 홀로 도망가는 털보.
- 비명 지르며 나동그라진 현무를 피해 쫓아가는 삼순.

삼순 쥐새끼 같은 놈. 거기 안 서?
현무 (황당) ??? 방금 뭐가 지나간 거야?

21. 화장실 앞

- 안으로 뛰어 들어가는 털보. 문이 쾅 닫힌다.
- 달려온 삼순이 문을 열려 하지만 안 열린다.

삼순　너 빨리 안 열어? 야 김기방!

22.　**화장실 안 & 밖**

- 몸으로 문을 막고 있는 털보. 삼순이 온몸으로 문을 열려고 하는 소리와 함께.

삼순　(E) 빨리 안 나와? 너 반항하다 잡히면 수염 다 밀어버린다? 말로 할 때 나와라?
털보　(버티며 온갖 불쌍한 표정으로) 호텔 주방에 취직시켜준다 그랬단 말예요. 중학교 때부터 그게 얼마나 꿈이었는데. 근데 들켜서 안 해준대요. 나도 피해자라구요. 으흑... (훌쩍훌쩍) ...

- 털보, 문득 훌쩍임을 멈춘다. 조용하다.

털보　? ... 누나. ... 누나.
삼순　그렇게 호텔 주방에 들어가고 싶었냐?
털보　... 네.
삼순　호텔 주방이 그렇게 좋아?
털보　폼나잖아요.
삼순　겸손하게 생긴 게 폼은? 빨리 문 열어, 나 화장실 급해.
털보　... 안 때릴 거죠?
삼순　때릴 거면 벌써 문 부줬다. 빨리 열어.
털보　정말이죠?
삼순　아 안 때린다니까? 털끝 하나 건들면 내가 니 손녀딸이다.

- 털보, 긴가민가하면서도 조심스럽게 문을 연다.
- 이때다! 쓰나미처럼 들이닥치는 삼순! 눈 깜짝할 사이에 헤드락을 건다.

털보 (버둥버둥) 켁. 살려주세요 누나 켁.
삼순 (팔에 힘주며) 오냐 살려주마. 죽지 않을 만큼만 때려주고 살려주마. (머리를 쿵쿵쿵쿵쿵 쥐어박는다) 이 쉬끼가 감히! 감히! 감히! 뭐? 호텔 주방? 지옥 주방이나 가라 이놈아. (털을 뽑으며) 이 수염도 폼으로 키우냐? 이 나쁜 쉬끼!

23. **화장실 앞**

- (E) 털보의 처절한 비명 소리.
- 엿들으며 으~ 찡그리는 직원들.

24. **오피스텔 복도(동 낮)**

- 문이 열리고 삼순이 내린다. 걱정 반, 미움 반으로 현관을 향해 걸어간다.
- 현관 앞에 다다른 삼순, 심호흡을 하고 초인종을 누른다. 응답 없자 다시 누르려다가 멈칫! 가슴 아픈 기억이 떠오른다.

25. **동 복도(8회 #62)**

- 문이 열리고 진헌이 모습을 드러낸다. 삼순을 보고 놀란다.

진헌 ?! …
삼순 미, 미안해요 아침 일찍… 많이 아팠어요?

진헌	(어이없는 표정)
삼순	(그 표정에 주눅들어) 주, 죽을 좀 쒀 왔어요. 들깨죽인데 백 퍼센트 국산 들깨, 아니 그게 아니고, 저기 뭘뫼유도 만들었거든요?
희진	(E) 누구야?
삼순	(여자 목소리에 어리둥절)

- 진헌의 등 뒤로 역시 자다 일어난 희진이 나타난다.

희진	새벽부터 누군데. (하다가 삼순을 보고 놀란다)
삼순	!!! ...
희진	! ...

26. 동 복도

- 혹시 또? ... 불안해지는 삼순. 마른침이 절로 넘어간다. 잠시 그렇게 망설이다가 용기를 내어 초인종을 누른다. 대답 없자 귀를 대본다. 그때 철 커덕 소리. 삼순, 얼른 몸을 떼고 본다.
- 문이 열리고... 눈에 띄게 핼쑥해진 진헌이 나타난다.

삼순	????!!!
진헌	(무표정) ...
삼순	너 얼굴이 왜 그래. (두 손으로 감싸며) 왜 반쪽이 됐어. 감기 걸렸니? 몸살 났어? 밥은 먹은 거야? 병원 안 가도 돼?
진헌	(무심하게 보는)
삼순	???

27. 죽집(동 낮)

- 헨리가 메뉴판을 올려다보고 있다. 주욱 훑다가.

헨리 (우리말) 제일 좋은 죽 주세요.

28. **희진 주방(동 낮)**

- 진헌만큼 핼쑥해진 희진이 전복죽을 앞에 놓고 쳐다만 본다.
- 마주 앉은 헨리가 희진의 손에 숟가락을 쥐여준다.

희진 미안해. 별로 생각이 없어.
헨리 (걱정스런) ...
희진 미안해.
헨리 재밌는 얘기 하나 해줄까?
희진 (보는)
헨리 아주 어릴 때 되게 아팠던 적이 있었는데 며칠 동안 거의 아무것도 못 먹었거든? 하루는 엄마가 쌀에다 물을 잔뜩 넣어서 그걸 끓이시더라구.
희진 ...
헨리 나중에 커서 그게 죽(우리말)인 걸 알았지. 아플 때는 (죽)을 먹어야 한다는 걸 기억하고 계셨던 거야.
희진 (희미하게 웃는다)
헨리 아무리 힘들어도 굶으면 안 돼. 그건 니 위를 배신하는 거야.
희진 (피식 웃는다) ... 알았어. (숟가락을 가져간다. 한술 뜬다)
헨리 (흐뭇하게 바라본다)

- 두 번째 숟가락을 입에 넣고 씹는 순간, 욱- 입을 막는 희진.
- 놀라는 헨리.
- 희진, 참아본다. 가슴을 쓰다듬으며 입에 있던 걸 억지로 삼킨다.

헨리 괜찮아?
희진 ... 응. 괜찮아.
헨리 증상이 어떤데. 구역질 나?

희진	아냐, 별거 아냐. 그냥 오랜만에 먹으니까 놀랬나 봐.
헨리	평소하고 다른 게 있으면 그때그때 얘기해. 그냥 넘기지 말고.
희진	(미소) 알어.

29. 오피스텔

- 아무것도 넣지 않은 흰죽이 끓고 있다.
- 삼순, 죽을 젓다가 잘 퍼졌는지 후후 불어 먹어본다.
- 진헌은 소파에 길게 드러누워 있다.
- 삼순, 불을 끄고 그릇에 죽을 덜고 간장 종지와 함께 쟁반에 받쳐 들고 간다.

삼순	일어나. 죽 먹자.
진헌	(그저) …
삼순	(소파 끝자락에 앉아 죽에 간장을 넣어 섞으며) 이틀 동안 아무것도 안 먹었다며. 딱 열 숟가락만 먹자.
진헌	…
삼순	응?

- 진헌, 마지못해 일어나 앉는다.
- 삼순, 한 숟갈 떠서 후후 불어 입에 대준다.
- 진헌, 숟가락을 받아들고 자기가 먹는다.
- 삼순, 안쓰럽고 미안한 마음으로 본다.

삼순	… 그게 그렇게 힘들었어?
진헌	(그냥 먹는다)
삼순	(혼잣말처럼) 괜히 나까지 미안해지잖아…
진헌	(멈추고 본다)
삼순	아냐, 됐어. 그냥 먹어.
진헌	(숟가락을 놓는다)

삼순	(입방정을 떤 거 같아서) 미안미안. 입 다물고 있을게. 그냥 먹자. 응?

- 진헌, 쟁반을 테이블에 놓고 삼순의 무릎을 베고 눕는다.
- 삼순, 좀 민망하고 뻘쭘하지만 좋기도 하다.

삼순	(어색해서는) 더 먹지...
진헌	(배에 얼굴을 파묻는다)
삼순	(본능적으로 홉 배에 힘이 들어간다)
진헌	힘 빼.
삼순	(뚱해서는 자세 편하게)
진헌	(몸도 마음도 아주 편안하다. 구름 속에 파묻힌 듯) ...
삼순	(다정하게 머리를 쓸어 넘겨준다) ...
진헌	(담담한) ... 내일 쉬는 날인데 뭐 할까?
삼순	? 나갈 수 있어?
진헌	여기서 놀면 더 좋고.
삼순	안 돼. 살 뺄 때까지는 밀폐된 공간은 사절이야.
진헌	살 얼마나 빠졌는데.
삼순	... 600그람.
진헌	소고기 한 근이네?
삼순	이 씨.. 이젠 기운이 뻗치냐?
진헌	두 달을 어떻게 기다리냐.
삼순	걱정 마, 할 일이 태산이니까.
진헌	? ...
삼순	삼순이가 애인이 생기면 꼭 하고 싶은 일들, 탑 세븐!
진헌	???

30. 명동 거리(낮)

- 손에 음료라도 하나씩 들고, 손잡고 쇼윈도를 아이쇼핑 하며 걸어오는 두 사람.

삼순   (E) 7위, 손잡고 거리 걷기!

- 좌판의 액세서리도 고르고, 길거리 음식도 먹고, 삼순이는 뭐든 다 하려고 하고 진헌은 창피해서 싫다고 하면서 투닥투닥 싸우기도 하고… 둘이 마음대로 놀기.

31. 동 거리 일각

- 폰카를 들이대며 사진 찍으려고 하는 삼순.

삼순   (E) 6위, 핸드폰에 내 남친 사진 넣기!

- 싫다고 도망가는 진헌. 얼른 잡아와 바짝 붙는 삼순. 포즈 취하라고 가르쳐주고. 진헌은 채신머리없게 길거리에서 이게 뭐냐고 짜증을 내고. 삼순이 확 인상을 쓰며 쥐어 팰 듯이 하면 알았어 알았어 마지못해 옆에 붙어 있고. 삼순이가 폰카로 찍는다. 하나, 둘, 셋. 언제 그랬냐는 듯 귀엽게 포즈 잡는 진헌.
- 둘의 모습이 찰칵!
- 그 사진이 삼순의 핸드폰 초기화면으로 디졸브된다. 문구는 〈삼순♡삼식〉

32. 달리는 새마을호 기차(아침)

33. 새마을호 식당칸

- 창밖으로 풍경이 스쳐 간다.
- 진헌과 삼순, 테이블에 마주 앉아 맥주 놓고 아무 말도 없이 서로를 그

　　　　　 윽하게 쳐다본다. 눈만 맞춰도 좋다.

삼순　(E) 5위, 새마을호 식당칸에서 맥주 마시면서 부산 갖다 오기! KTX는 사절! 자갈치 곰장어는 필수!

34.　**대전역(상행선, 늦은 오후)**

　　　　　- 부산 찍고 돌아오는 길. 역사 내 우동 코너에서 우동 먹다가 고개 쳐드는 진헌.

진헌　뭐라구?
삼순　사람들 앞에서 '나는 김희진을 사랑한다'고 외치라구.
진헌　(기가 막혀서) 미쳤어? 나보고 그 유치한 짓을 하라구?
삼순　당근 유치하지. 그게 안 유치하면 사람이냐? 그래도 남들 다 하는 유치한 짓 안 해보는 것도 억울하지 않냐?
진헌　그게 어떻게 남들 다 하는 짓이야. 미친놈들이나 하는 짓이지.
삼순　하여튼 난 하고 싶다고. 더 나이 먹기 전에. 어?
진헌　유치할려면 혼자서 해. 난 못 해.
삼순　야, 그게 4위란 말야. 기차 탄 김에 지하철 말고 기차에서 해.
진헌　싫어. 아까 먹은 곰장어가 넘어오겠다.
삼순　(이 씨.. 우동 그릇을 확 뺏는다) 그럼 먹지 마. 내가 샀어.
진헌　(우동 그릇 빼앗으며) 기차표는 내가 샀어.
삼순　삶은 계란이랑 콜라는 내가 샀다?
진헌　이자 안 갚았잖아.
삼순　뭐?
진헌　은행 이자 쳐준대놓고 왜 입 닦어?
삼순　와- 정말 치사빤쓰다 치사빤쓰야. 그걸 받아 처먹을려고 그랬냐?
진헌　먼저 말한 게 누군데? 일수 이자 안 받는 걸 다행으로 알어.
삼순　그럼 백억에서 까.
진헌　뭐?

삼순	평생 동안 백억 빌려준다며. 거기서 까면 되잖아.
진헌	쳇, 백억이 장난이야?
삼순	? 백억 빌려준다며. 벌어다 줄 거 아니었어?
진헌	꼬실려면 뭔 짓을 못 해.
삼순	아니 이 짜식이 누나를 희롱하네 아주?
진헌	나이 많은 티를 내요 꼭.
삼순	뭐? 이 종간나 같은 게.
진헌	욕도 참 다양해. 어떻게 퍼도 퍼도 마르지가 않냐?
삼순	할 거야 말 거야.
진헌	먹기나 해. 기차 놓치겠다.

35. 상행선 기차 안

- 나란히 앉아 있는 진헌과 삼순.

삼순	빨리 해라?
진헌	싫어.
삼순	해.
진헌	하면 뭐 해줄 건데.
삼순	꼭 조건을 달아야겠냐?
진헌	세상에 공짜가 어딨어? 두 달을 한 달로 줄이든가.
삼순	니 머릿속엔 그 생각밖에 없지.
진헌	어.
삼순	어으... (큰맘 먹었다는 듯이) 좋아. 한 달.

- 말 떨어지자마자 벌떡 일어나는 진헌.
- 그 재빠른 반응에 오히려 놀라는 삼순.
- 승객들을 향해 소리치는 진헌.

진헌	존경하는 신사 숙녀 여러분!

- 승객들이 다 쳐다본다.
- 삼순, 어떻게 하나 보자, 기다리고.

진헌 제 여자친구를 소개합니다! (하더니 삼순을 와락 일으키고는. 삼순이 뻘쭘해하든 말든) 제 여자친구의 이름은 일순이도 아니고,
삼순 (어머 얘 뭐 하는 거야?)
진헌 이순이도 아니고 삼순입니다! 김삼순!

- 사람들이 키득거린다.
- 삼순, 옆구리를 찔러보지만 진헌은 아랑곳없다.

진헌 그런데 삼순이가 개명하려고 합니다! 여러분은 삼순이가 싫습니까!
삼순 (이 자식이 하라는 짓은 안 하고? 붉으락푸르락)

- 사람들이 삼순이가 어때서, 이름 좋다고 제각각 한 마디씩 한다.

진헌 감사합니다 여러분! 그럼 전 삼순이와 잘 먹고 잘 살겠습니다!

- 사람들의 박수를 받으며 자리에 앉는 진헌과 삼순.
- 삼순, 잡아먹을 듯이 흘긴다.

진헌 거봐, 삼순이가 좋대잖아.
삼순 흥, 그런다고 내가 포기할 줄 알고? 어디 니가 이기나 내가 이기나 해보자 한번.
진헌 5위까지 했어. 그다음은 뭐야.

36. 극장(다른 날)

- 겁나게 무시무시한 장면이 스크린에 흐른다.

- 비명 지르는 관객들.
- 그러거나 말거나 엉겨 붙어 키스하고 있는 삼순과 진헌. 진헌의 등만 보이게.

삼순 (E) 4위, 공포영화 보면서 에로물 찍기!

- 또 놀랄 만한 장면이 나온다.
- 바로 뒷줄에서 두어 좌석 떨어져 앉은 이영, 찌푸리면서도 눈 하나 깜짝하지 않고 본다.
- 현무, 자지러지게 놀라며 이영에게 달라붙는다.

이영 (왜 이래? 벌레 털듯이 밀어낸다)
현무 아 좀 붙어 있자. 에어컨 때문에 얼마나 추운 줄 알아?
이영 영화 보러 왔지 데이트하러 온 거 아녜요.
현무 이 여자 정말. 빨리 나가서 술을 멕이든가 해야지. (하다가 저 앞자리에 붙어 있는 남녀를 보고는) 저거 뭐야. 와- 그림 조옿네!
이영 (따라서 보고는) 어머머, 쟤네들 뭐야?
현무 (부럽다. 입만 쩝쩝 다시며) 아- 제대로 하네 저것들. (이영을 힐끔거린다)
이영 ??? 그 눈 안 치워요?
현무 히유... (팝콘만 먹어댄다)
이영 (문득 그들을 다시 본다. 어? 이상하다. 유심히 본다. 맞다!) 야 김삼순!!!

- 삼순과 진헌, 후다닥 떨어져 쳐다본다.

이영 (눈을 부라린다) 너어?
삼순 허???
진헌 (아뿔싸) !!!
현무 (눈은 동그래지고 입은 떡 벌어져서는) 할렐루야.

37. 극장 일각

- 이영이 삼순을 끌고 온다.

이영 어떻게 된 거야. 너희들 정말 사귀는 거야?
삼순 (거만하게 끄떡)
이영 세상에 세상에 그런다고! 늦게 배운 도둑이 밤새는 줄 모른다더니! 허 기가 막혀 정말.
삼순 (역공 들어간다) 그러는 언니는? 이 부장님하고 뭐 하고 있는 거야 여기서?
이영 (아차!)
삼순 빨리 불어. 둘이 사겨?
이영 (당연하다는 듯이) 사귀긴 뭘 사겨. 그냥 영화 보러 왔지.
삼순 (실눈으로 탐색한다)
이영 어머 얘 좀 봐? 심심풀이 땅콩이라니까?
삼순 그럼 이 부장님한테도 언니가 심심풀이 땅콩이야?
이영 (그건 기분 나쁘다) 아니 지 주제에 내가 어떻게 땅콩이야? 어따 대고?
삼순 언니야, 삼식이 바람둥이라고 욕할 때 양심에 찔리지 않았냐?
이영 야! 누가 바람둥이야? 내가 양다리 걸쳤니?
삼순 맘에도 없으면서 끌고 다니는 것도 바람둥이야. 나, 장난으로 사람 끌고 다니는 거 언니라도 용서 못 해. 알았어?
이영 용서 못 하면. 못 하면 어쩔 건데?
삼순 그 파란만장한 연애 전력, 다 불어버릴 거야.
이영 불어라? 누가 겁나냐?

38. 동 일각

- 저 멀리 뒤로 실랑이하는 삼순과 이영이 보이면서 진헌과 현무도 이 상황을 어이없어한다.

현무	아니 삼순 씨랑 헤어졌다면서 이런 시츄에이션을 연출하면 안 되지. 이게 뭐야. 깜짝 이벤트도 아니고, 응?
진헌	(아무 정보도 없던 터라 참 어처구니없다) 그러는 이 부장님은요. 도대체 언제부터예요?
현무	언제부터든. 무슨 재료 구입하는 것도 아니고 내가 너한테 보고하고 여자 만나야 되냐?
진헌	미리 눈치라도 줬어야죠. 잘하면 동서지간이 될지도 모르는데.
현무	동서???
진헌	그래요, 동서.
현무	!!! (황당하지만 싫지 않아서) 허허허… 하하하… (진헌의 뒷목을 쓰다듬으며) 와- 이 깜찍한 녀석 보게? 제대로 깜찍했어 아주. (확 끌어당겨 속닥이는) 너를 내 사랑의 전도사로 임명한다!
진헌	???

39. 보석상(동 밤)

- 커플링을 고르는 삼순. 진헌은 옆에서 건성이다.

삼순	(E) 2위, 커플링 하기!

- 드디어 하나를 고르는 삼순.

삼순	이게 제일 나은 거 같애. 손 내놔봐.
진헌	아 유치해 정말.
삼순	내숭은? 시키면 다 하면서. (진헌의 손을 가져와 반지를 끼우려는데)
진헌	(손 빼며) 나 이거 싫어. 차라리 (눈짓) 저걸로 해.
삼순	(진열대를 보며) 뭐. 어떤 거.
진헌	(가리키며) 이거.
삼순	이것도 괜찮네. (판매원에게) 이것 좀 보여주세요. (판매원이 꺼내는 동안 진헌에게 가자미눈으로) 거봐 거봐. 싫다면서 할 건 다 한다니까?

진헌	(놀리듯 우스꽝스런 표정을 지어 보인다)

40. 달리는 차 안(동 밤)

- 운전하는 진헌의 손가락에 커플링.

삼순	그다음, 대망의 1위는 뭐시갱이냐! 두구두구두구두구 기대하시라 개봉박두!
진헌	뭔데 그렇게 뜸을 들여.
삼순	뭐 짐작 가는 거 없어?
진헌	? 없는데.
삼순	술은 내가 취했는데 어떻게 니가 까먹냐. 내가 그날 밤 얘기해줬잖아.
진헌	? 언제? 뭘.
삼순	하 참, 이거 또 기억을 더듬어야 되나? 때는 꽃피는 춘삼월.

41. 포장마차(2회 #52)

진헌	그러니까 이상형을 말해보라구요. 주변에서 찾아본다니까요.
삼순	헹~ 이상형? 그럼 내가 속아 넘어갈 줄 알고? 그래두 그렇게 궁금하다면 알려주지. 내 이상형은 말야, 그냥 탄탄한 직장 다니면서 꼬박꼬박 월급 타오는 남자, 그거면 되지 끄...
진헌	너무 광범위해요. 범위를 줄여봐요.
삼순	키스 잘하는 남자.
진헌	(픽 웃으며) 늙은 여우 맞네.
삼순	(확 째린다)
진헌	그리고 또요.
삼순	꺄불고 있어 쯧... 그리고? 응 그리고... 우리 부모님이랑 언니들한테 자랑스럽게 내 남자예요, 말할 수 있는 사람... 자기 부모님이랑 친구들한테 내 여자예요, 하면서 자랑스럽게 나를 소개시켜줄 수 있는 사람 끄...

진헌	쉽네.
삼순	뭐, 쉬워? 야 이 쭈꾸미 같은 놈아. 그게 얼마나 어려운 건 줄 알어? 무지 무지 어려워. 왜냐, 그 자식은 안 그랬거든 끄... 그 자식은 날 꽁꽁 숨겨놓고 아무한테도 안 보여줬다구.

42. 차 안

삼순	그러니까 내일 우리 집에 가는 거야.
진헌	(떨떠름한 표정이다)
삼순	표정이 왜 그러냐? 싫어?
진헌	그게 아니구...
삼순	그게 아니면 뭐.
진헌	아이 참...
삼순	아이 참 뭐어. 말을 해 말을.
진헌	아... 나 어머니 무서운데...

43. 삼순네 마루(낮)

봉숙	뭐? 남자친구? 니가 남자친구가 어딨어?
삼순	어딨긴. 내 옆구리에 있지.
봉숙	장난하지 말구. 그새 남자친구가 어떻게 생겼냐구. 하늘에서 떨어졌을 리도 없구.
삼순	그러게, 엄마 딸도 구르는 재주가 있더라구.
봉숙	(이영에게) 넌 알고 있었어?
이영	(뜨끔) 어? 어...
봉숙	(삼순에게) 누구야. 뭐 하는 놈이야. 나이는. 집안은.
삼순	이따 올 거야. 그때 물어봐.
봉숙	뭐? 얘는 갑자기 부르면 어떡해. 찬거리도 없는데.
삼순	찬은 무슨. 그냥 우리 먹는 거 내놓면 되지.

봉숙	아유 안 돼. 빨리 장 봐 와야겠다. (안방으로 가며) 그 호랑말코 같은 놈하고 비슷하게라도 생겼으면 난 절대 안 본다?

- 삼순과 이영, 놀라서 눈 맞춘다. 어떡해...

44. 오피스텔(동 낮)

- 꿀꿀이가 쳐다본다.
- 진헌, 컴퓨터 앞에 앉아 키보드를 친다.
- 검색창에 '예비 장모에게 잘 보이는 법'이라고 씌어진다. 엔터 키 누르고.
- 진지하게 들여다보는 진헌.
- (시간 경과)
- 샤워가운을 입은 진헌, 옷장문을 열고 옷을 고른다. 뭘 입어야 이뻐 보일까 고심하며 이것저것 고른다. 타이도 고르고.
- 옷을 입는 진헌. 타이도 매고.
- 옷을 쫙 빼입은 진헌, 나가다 말고 꿀꿀이를 돌아본다.

진헌	집 잘 보고 있어. 오빠 나갔다 올게. (나가다가 다시 돌아보며) 올 때 뭐 사 올까.

45. 삼순 집 앞(동 오후)

- 초인종을 누르는 진헌. 손에는 푸짐한 꽃바구니가 들려 있다. 긴장, 초조, 불안에 휩싸여서 후후 심호흡을 한다.
- 대문이 열리고 삼순이 나온다.

삼순	(옷차림새를 보고는) 와- 때깔 나는데! (한 바퀴 돌며) 와- 우리 애인 멋지다아!

진헌	자기야.
삼순	어?
진헌	나, 떨고 있냐.
삼순	(스윽 훑어보더니 끄떡끄떡) 어.
진헌	(아 씨) ...
삼순	너무 떨지 마라. 설마 잡아먹기야 하시겠냐. 들어가자. (들어간다)
진헌	(따라 들어가다가 아차) 잠깐만. (돌아보는 삼순에게 꽃바구니를 건네며) 잠깐 들고 있어. (얼른 차로 간다)
삼순	(왜 저러지?)

- 진헌, 차 뒷문을 열고 몸을 굽혀 무언가를 잡는다.
- 삼순, 뭐지???
- 진헌의 손에 잡혀 나오는 개목걸이. 매우 잘생긴 진돗개 한 마리가 그 줄에 끌려나온다.

삼순	???!!!
진헌	(진돗개를 데리고 온다) 들어가자.
삼순	??? 이, 이건 뭐야?
진헌	예비 장모님 선물.
삼순	(황당무계) !!!

46. 뜰

- 두서없이 터져 나오는 목소리들.

봉숙	(E) 아니 너! 여기가 어디라구 들어와!
삼순	(E) 엄마 잠깐 내 얘기 좀 들어봐.
봉숙	(E) 듣긴 뭘 들어! 너 빨리 안 나가?
진헌	(E) 장모님, 절부터 받으세요.
봉숙	(E) 누가 장모님이야 누가! 빨리 안 꺼져?! (빗자루로 퍽퍽 때리는 소리

	와 함께) 빨리 안 나가? 나가 이 호랑말코 같은 놈아!
진헌	(E) 아! 장모님! 아!
삼순	(E) 엄마 왜 이래 정말! 내 얘기 좀 들어보라니까?
이영	(E) 그래 엄마, 진정하고 얘기나 들어보자구.
봉숙	(E) 나가 이 호랑말코 같은 놈아! 나가!!!
진헌	(E) 악~~~

47. 마루

- 무섭게 째려보는 봉숙.
- 진헌, 씩씩하게 큰절을 한다.
- 흥, 외면하는 봉숙.
- 지켜보는 삼순과 이영.
- 진헌, 무릎 꿇고 앉아 맞은 곳을 살짝 문지른다.

봉숙	(턱짓하며) 저건 뭐야.

- 진돗개가 현관에 얌전히 앉아 있다.

삼순	엄마 줄 선물이래.
봉숙	???
진헌	(어렵고 무섭지만 씩씩하게) 여자들만 사니까 불안해서요. 한 마리 키우세요.
봉숙	(어이가 없고)
이영	(킥 웃으며) 이름을 오천만 원이라고 지으면 되겠네.
봉숙	(이영을 부라리고는) 자네 지금 나를 놀리는 거야?
진헌	(놀라서) 그럴 리가요. 제가 어떻게 감히.
봉숙	암캐야 수캐야.
진헌	암캐고 나이는 1년하고 6개월 됐습니다.
봉숙	쯧쯧쯧 자넨 그래서 안 돼.

진헌	???
봉숙	딸 셋 키워봐. 아우 암컷이라면 징글징글해.
진헌	그럼 수캐로 바꿔 올까요?
봉숙	암캐든 수캐든 난 자네 자체가 싫어. 그렇게 세상 물정 모르는 자네한테 어떻게 우리 딸을 맡기나. 안 그래? 그러니까 헛수고하지 말고 돌아가. (일어나 안방으로)
삼순	(울상) 엄마아.
진헌	(확 질러버린다) 그럼 뱃속의 아기는 어떡합니까.
봉숙	(뭐? 안방 문 열다 말고 놀라서 쳐다본다)
삼순	(헉!)
이영	(이런!)
진헌	(얼른 분위기를 살피더니 삼순에게) 자기야, 빨리 말씀드려. (눈을 찡긋)
삼순	(얼떨떨)
봉숙	(파르르) 삼순이 너, 그게 정말이야?
삼순	어? 어.. 그게.. 어. (시침 딱 떼고 천연덕스럽게) 어제 병원 갔더니 팔 주 됐대. 초음파 사진 보여줄까?
봉숙	!!!
이영	(이것들이? 의심이 가면서도 둘이 너무 태연해서 긴가민가)
봉숙	(눈에 불꽃이 튀고 이가 갈린다) 이년이? (어느새 빗자루 집어들며) 차라리 너 죽고 나 죽자. 차라리 같이 죽어버려! (하며 달려드는데)

- 비명 지르며 움츠리는 삼순을 몸을 날려 막는 진헌. 그 순간 이마빡에 정통으로 빗자루가 꽂히며 빡! 소리.
- 헤롱헤롱 눈을 까뒤집으며 기절하는 진헌.

삼순	자기야! 자기야! 자기야 정신 차려봐. 삼식아! 삼식아! (하다가 황망해하고 있는 봉숙에게 달려든다) 왜 내 남자 때려! 왜! 엄마가 뭔데 남의 남잘 건드려!
봉숙	(확 쥐어박으며) 정신 차려, 내가 니 에미다 이년아.

48. 삼순 방

- 진헌이 침대에 드러누워 있다. 정신은 차렸지만 아직 몽롱하다.
- 삼순, 피멍이 맺힌 이마에 일회용 밴드를 붙여준다.

삼순	(애달픈) 괜찮어?
진헌	어.
삼순	(자기가 아픈 듯) 많이 아프지 자기야.
진헌	아냐... 몸으로라도 때워야지.
삼순	(울상) 흥... 내가 대신 아팠으면 좋겠다.
진헌	(팔을 벌리며) 이리 와.
삼순	(어깨 흔들며 앙탈) 아잉~ 어떻게~
진헌	와아.
삼순	(스리슬쩍 옆에 드러누우며 품에 안긴다)
진헌	(꼬옥 껴안고)
삼순	(아 좋다!)
진헌	(방을 둘러보며) 여기가 자기 방이구나.
삼순	자기 방에 비하면 초가집이지.
진헌	냄새 난다.
삼순	? 무슨 냄새?
진헌	자기 냄새. 방에서도 베개에서도 자기 냄새 난다.
삼순	(아이 좋아! 꼬옥 끌어안는데)

- 벌컥 문 열리며.

이영	안 나오고 뭐 해?

- 두 사람, 후다닥 일어나며 떨어진다.

이영	(흘기며) 그렇게 좋냐?
삼순	좋다! 어쩔래! 노크 좀 하면 손이 부러지냐?

이영	빨리 나와. (삐죽거리며 문 닫는다)
삼순	자기야 각오해. 이번에도 보통 어려운 관문이 아니니까.
진헌	관문?
삼순	큰형부랑 작은형부도 간신히 통과했어.
진헌	???

49. 마루나 주방

- 현관의 진돗개가 바닥에 엎드려 심심해하고 있다.
- 식탁에 커다란 과일주를 탕! 내려놓는 봉숙. 집에서 담근 아주 커다란 병이다.
- 술? 찡그리는 진헌.

봉숙	애들 아버지가 사위들 볼 때 꼭 술버릇을 보셨어. 이거 마시면서 내가 묻는 거에 대답만 해.
진헌	네.

- (시간 경과)
- 병의 술을 따르기 좋게 담아놓은 술 주전자(스텐)를 들고 봉숙이 진헌에게 술을 따라준다.
- 진헌, 얌전하게 받고 술 주전자를 받아들려 하는데.

봉숙	(그 손 치우며) 됐어.

- 자기 잔에 직접 따르려 하자 이영이 얼른 채가 따라준다.

진헌	(뻘쭘하고)
삼순	(그런 엄마가 야속하고)
봉숙	뭐 해 마시지 않고.
진헌	(술잔 부딪히려 하며) 저.. 건배.

봉숙	(이미 마셔버린다)
진헌	(이런 민망!)
삼순	(우 씨, 찡그리고)
진헌	(고개 돌려 얌전히 마신다)
봉숙	그래, 이름이 뭐라고?
진헌	현진헌입니다. 참진 자에 바칠 헌을 씁니다.
봉숙	나이는.
진헌	스물일곱입니다.
봉숙	뭐? 그것밖에 안 됐어?
삼순	엄마, 요즘은 연상연하가 트렌드야.
진헌	(맞다고 얼른 끄떡끄떡)
봉숙	(흘기며) 넌 가만있어. 대학은 졸업했고?
진헌	네.
봉숙	마셔.
진헌	네. (남은 걸 마신다)
봉숙	(술 채워주고) 형광등은 갈아봤어?
진헌	네?
봉숙	형광등 갈아봤냐구.
진헌	? 아뇨.
봉숙	못은 박아봤어?
진헌	? 아뇨.
봉숙	김장독 구덩이도 안 파봤겠네?
진헌	? 네.
삼순	엄마, 요즘 누가 김장독을 묻어. 김치냉장고 있는데.
봉숙	그럼 난 요즘 사람 아니니?
삼순	(못마땅해서) 그딴 걸 물어보냐.
진헌	앞으로 열심히 배우겠습니다. 형광등도 갈고 못도 박고, 겨울에 불러만 주십시오. 김장독 제가 다 파묻겠습니다.
이영	(얼라리요? 웃음 참는)

- 진돗개의 눈이 가물가물 졸리웁다.

- 술병의 술이 반쯤 남았다. 봉숙은 말짱하고 진헌은 꽤 취했다.
- 이영과 삼순은 지쳐간다.

봉숙	어머니는 호텔을 하시던데.
진헌	네.
봉숙	왜 호텔 일 안 하고 레스토랑을 하나?
진헌	그건 어머니 일이니까요.
봉숙	계속 레스토랑을 할 건가?
진헌	당분간은요.
봉숙	당분간? 그럼 나중엔 호텔로 들어갈 생각인 거야?
진헌	네.
삼순	(처음 듣는 얘기라 쳐다보는)
봉숙	형제는 어떻게 되나.
진헌	저 하납니다.
봉숙	그럼 삼순이가 모셔야 되나?
진헌	나중엔 아마...
봉숙	어머니가 꽤 깐깐해 보이시던데.
진헌	?!
삼순	엄마가 그걸 어떻게 알아?
봉숙	넌 입 다물고 있으라니까. (다시 진헌 보며) 보다시피 자네 집하고 우리 집하고 사는 모양새가 아주 다르네. 여관장사도 아니고 호텔장산데 어머니가 이 결혼 승낙하실 것 같은가?
진헌	어머니만 허락하신다면 어렵지 않습니다. 맡겨만 주십시오.
봉숙	못 맡기겠다면.
진헌	?!
삼순	엄마.
진헌	그럼... (이미 시작한 거 거침없다) 우리 애기 어떡하죠? 이름까지 지어놨는데.
봉숙	뭐?
삼순	(점점!)
이영	(내내 술을 홀짝이고 있다가 가관이군 싶다)

진헌	큰애는 산. 둘째는 들. 셋째는 바다.
봉숙	셋이나 낳을려구?
진헌	예. 힘닿는 데까지 낳을려구요.
삼순	야, 난 싫어. 둘만 낳을 거야.
진헌	(술도 취했겠다 남자답게) 난 식구 많은 게 좋아.
봉숙	(혼잣말처럼) 그건 맘에 드네.
진헌	(반가워서) 노력하겠습니다 장모님!
봉숙	아직 장모 아냐. 마셔.
진헌	예. (원샷 하고)

50. 노래방(동 밤)

- 광란의 몸부림이 벌어지고 있다. 봉숙은 흘러간 뽕짝을 신나게 부르고 있고, 세 모녀가 노래방에만 오면 매일 하던 짓인지 삼순과 이영은 엄마의 흥을 돋우느라 별의별 짓을 다 한다. 진헌도 넥타이를 이마에 묶은 채 봉숙의 옆에서 탬버린 흔들고 춤추고 앗싸 후르르 추임새 넣으며 온갖 재롱을 떨어댄다.
- 노래가 끝나자 이영과 삼순이 함성을 지르며 박수를 친다.

진헌	(혀 꼬부라진) 장모님! 아름다우십니다! 최고십니다!
봉숙	(그렇게 술을 마셔놓고 멀쩡한) 이번엔 자네가 해봐. 노래 못하는 사위는 안 들이는 게 우리 집안 전통이니까 한번 보자구.
진헌	예, 장모님! 안 그래도 다음 곡이 제 겁니다!

- 노래가 나온다. 역시 신나는 뽕짝이요, 예비 장모용 선곡이다.
- 신나게 노래 부르는 진헌. 세 모녀, 옆에서 난리부루스를 춘다. 흥이 흥을 돋우고 열기는 점점 광란의 도가니로 치닫는다!

51. 뜰(동 밤)

- 뜰 한쪽에서 진돗개가 잠자고 있다.

52. **마루**

- 이부자리 속에서 곯아떨어진 진헌.

53. **삼순 방**

- 푸르르~ 자는 삼순.

54. **마루**

- 불이 켜진다.
- 봉숙, 안방에서 들고 나온 전자모기향을 마루의 콘센트에 꽂는다. 방으로 들어가려다 말고 돌아보더니 잠자는 진헌에게로 온다. 쪼그리고 앉아 가만히 들여다본다.

봉숙 (소근소근) 볼수록 잘생겼단 말야? ... 얼굴도 하얗고... 어머, 속눈썹 긴 거 봐... 아까 보니까 보조개도 있던데... 여긴가? (살짝 찔러보기까지 한다)

- 세상모르고 자는 진헌.

봉숙 (절로 웃음이 난다) 우리 삼순이가 어쩌다가 이런 놈을 낚았을까? 세상 참 오래 살고 볼 일이야 흐흐. (일어나 불 끄고 들어간다)

- 불이 꺼지고 안방 문이 닫히자 살짝 눈을 뜨는 진헌. 씨익 웃는다.
- F.O

55. 게스트하우스 룸(이른 아침, F.I)

- 핸드폰 벨이 울린다.
- 잠자던 헨리, 부스스 눈을 뜬다. 손을 뻗어 머리맡의 핸드폰을 집어들고 받는다.

헨리   (졸린) 헬로우.
희진   (F) 미안, 잠 깨웠지.
헨리   아냐 괜찮아. (일어나 앉으며 벽시계를 본다)

- 6시쯤을 가리키는 시계.

헨리   이렇게 일찍 웬일이야.
희진   (F) 괜찮으면 조조영화 보러 가자구.
헨리   (황당) 뭐?

56. 극장

- 조조라 사람이 별로 없다.
- 희진, 영화는 보는 둥 마는 둥 딴생각에 잠겨 있다.
- 헨리가 힐긋 보더니 툭 친다.

희진   (정신 차리며) 어?
헨리   (영화 보라고 눈짓을 한다)
희진   어. (스크린에 시선을 준다)
헨리   (영화 보는)
희진   (곧 딴생각에 빠지는)
헨리   (보고는 이상하다) ? ...

희진	(정신 차리고 낮게) 나가자.
헨리	? ...
희진	공기가 안 좋아. 답답해. (일어나 나간다)
헨리	(갸웃하며 따라 나간다)

57. 극장 내 패스트푸드점

- 희진이 팥빙수 두 개가 든 쟁반을 들고 와 헨리 앞에 앉는다.

희진	미안, 변덕 부려서. 근데 아깐 정말 가슴이 답답했어. 환기를 잘 안 하나 봐.
헨리	잠 안 잤지.
희진	어?
헨리	밤 꼬박 새고 나온 거 아냐?
희진	(웃으며) 어. 잠은 안 오고 침대에서 뒹굴뒹굴하니까 허리가 너무 아픈 거 있지. 먹자. 시원한 게 먹고 싶었어. (팥빙수를 먹는다)
헨리	(아무래도 이상해, 고개를 설레설레 젓고 팥빙수를 먹는다)

- 희진, 두어 숟가락 떠먹더니 욱! 입을 막는다.
- 헨리, 놀라 쳐다본다.
- 희진, 입을 막고 뛰쳐나간다.
- 헨리, 곧 따라간다.

58. 극장 내 화장실

- 뛰어 들어오는 희진. 변기 칸으로 들어가자마자 구토하는 소리.
- 변기에다 구토하고 있는 희진.
- 헨리가 뛰어 들어온다. 화장 고치던 여자가 쳐다보든 말든 두리번거리더니 소리가 나는 칸 문을 두들긴다.

헨리	희진아. 희진아.

- 대답 없이 구토하는 소리만.

헨리	(애가 탄다) 희진아. 희진아.

- 다 토하고 털썩 주저앉는 희진. 지쳤다.

59. 삼순네 주방(동 아침)

- 콩나물국으로 아침식사를 하는 네 사람.
- 진헌, 콩나물국만 연거푸 떠먹는다.

봉숙	어때, 해장이 좀 돼?
진헌	네. 이렇게 맛있는 콩나물국은 처음입니다.
봉숙	호호 다행이네. 우리 헌이 입맛에 맞는다니.

- 진헌, 다정한 말에 놀라고.
- 삼순과 이영도 병- 해서 봉숙을 쳐다본다.

봉숙	니들도 이제 삼식이라고 부르지 마. 이쁜 이름 놔두고 왜 삼식이야? 얼마나 이뻐. 헌이.
삼순	(좋아서) 엄마...
이영	(웃겨 죽겠다) 하여튼 못 말려 박봉숙 여사님.
진헌	(벌떡 일어나 꾸벅 절한다) 감사합니다 장모님!
봉숙	아우 됐어. 밥이나 먹어.
진헌	네. (앉아서 밥을 콩나물국에 말아 퍽퍽 떠먹는다)
봉숙	아유 우리 헌이 밥 먹는 것도 복스럽네.
진헌	(탄력받아 히죽 웃더니 더 열심히 먹고)

삼순	(좋아 죽는 표정)

- 그때 마루에서 핸드폰 벨 소리가 들려온다.

삼순	이거 자기 거 아냐?
진헌	어? 어. 어머님, 전화 좀 받고 오겠습니다. (나간다)
봉숙	(낮게 경고) 니들 다시 한번 삼식이라 그랬단 봐?

- 어유, 삼순과 이영은 웃겨 죽겠다.
- 마루로 나온 진헌, 좌탁 위의 핸드폰을 집어들고 발신자를 확인하며 받는다.

진헌	어, 병태야. ... 지금? 왜? ... (안색이 변한다)

- 삼순, 무심히 돌아본다. 무슨 전화지?

60. 병원 복도(동 낮)

- 뛰어오는 진헌. 멈춰 두리번거린다.
- 저만치서 헨리와 병태가 무언가 이야기를 나누고 있다.
- 진헌, 뛰어온다.

진헌	무슨 일이야. 희진이가 왜.
병태	이 친구한테 물어봐.
진헌	(헨리를 본다)
헨리	(걱정 가득한)

61. 검사실

- 검사받고 있는 희진.

62. **병원 복도**

- 한 자리쯤 떨어져 앉은 진헌과 헨리. 진헌은 몹시 괴로운 듯 두 손에 얼굴을 파묻고 있다.

헨리	너무 걱정 마. 종합검진 받은 지 얼마 안 됐으니까 심각한 건 아닐 거야.
진헌	...
헨리	내 생각엔 신경성 거식증(Anorexia Nervosa)인 거 같애.
진헌	(그제야 고개 들고 본다)
헨리	며칠 동안 밥은 안 먹고 우유로 버티더라.
진헌	! ...
헨리	아마 너랑 그러고 나서 스트레스를 심하게 받은 거 같애.
진헌	(괴롭다) ...

63. **병실**

- 문 열고 들어서는 진헌. 조용히 들어와 침상 앞에 선다.
- 잠들어 있는 희진. 팔에 링거 바늘이 꽂혀 있다.
- 진헌, 안쓰럽게 내려다본다.
- 열린 문틈으로 헨리가 나타나 이쪽을 들여다본다. 잠시 그러다가 조용히 문을 닫아준다.
- 진헌, 희진을 하염없이 바라본다.

64. **종로구청 앞(동 낮)**

- 사뿐사뿐 걸어오는 삼순. 구청에 신고만 하면 김희진이다! 행복하다!

- 삼순이 정문을 들어서는데 누군가 앞을 막는다. 멈춰 보면.
- 심부름센터에서 나온 험한 인상의 깍두기가 위압적으로 쳐다본다.

깍두기 심삼순 씨죠.
삼순 ? 삼순이는 맞는데 심이 아니라 김인데요.
깍두기 (어? 그런가? 손에 든 사진과 비교한다)
삼순 (뭐야 이 사람)
깍두기 (맞다는 걸 확인하고는 다짜고짜 가방을 빼앗아 뒤진다)
삼순 ??? 뭐 하는 거예요 아저씨? 어머 이 아저씨 이상한 사람이네? 왜 남의 가방을 뒤져요? (하며 뺏으려는데)
깍두기 (확 뿌리치고 계속 뒤지는)
삼순 !!! 뭐야 이거. 야! 너 뭐 하는 거야! 안 내놔?
깍두기 (드디어 개명허가서가 든 봉투를 꺼내들고는 가방을 턱 안긴다)
삼순 ??? 뭐야. 그건 왜 꺼내. 그거 안 내놔? (깍두기가 봉투에서 서류를 꺼내 확인하는 동안 뺏으려 안간힘을 쓰면서) 야 너 뭐야. 너 뭔데 남의 걸 함부로 건드려. 이리 안 내놔? 경찰에 신고한다?
깍두기 (확인한 서류를 쫙쫙 찢는다)
삼순 허???!!! 야 이 새끼야!!! 그게 어떤 건데!!!
깍두기 (명함을 내민다)
삼순 (엥???)
깍두기 (삼순의 손에 명함을 쥐어준다)
삼순 (얼결에 명함을 본다)

- (인서트) 진헌의 명함.

삼순 (어이없다) 아저씨가 이 명함을 왜 갖고 있어요?
깍두기 (뒤를 보라는 눈짓)
삼순 (대충 알아듣고 뒷면을 본다)

- (인서트) 진헌의 필체로 쓰여진 문장. '한 달 안에 등록 안 하면 무효라며? 한 달 동안 지키고 있을 테니까 포기하시지.'

- 삼순, 입이 딱 벌어진다.

65. 구청 앞 거리

- 걸어오며 투덜대는 삼순.

삼순　이 쉬끼, 돈지랄을 하다 못해 이젠 깡패까지 동원해? 와- 진짜 구제 불능이네. 이 자식을 그냥.

- 삼순, 핸드폰을 꺼내 버튼 누른다. 신호음.

66. 병실

- 진헌, 물끄러미 희진을 바라보고 있다가 핸드폰 울리자 희진이 깰세라 얼른 꺼내 본다. 발신자를 확인하고는 잠시 갈등하다가 배터리를 빼버린다.

67. 구청 앞 거리

- '전화를 받을 수 없어....' 안내 멘트로 넘어가자,

삼순　뭐? 전화를 받을 수가 없어? 왜 못 받는데 왜. 이 쉬끼가 정말. (다시 건다)

- 신호음도 안 가고 바로 '전원이 꺼져 있어...'가 나온다.

삼순　(멈추며) ?! ... 뭐야 이거. 좀 전엔 켜져 있었는데? (곰곰 생각하다가) 내 전활 안 받겠단 말야?

68. 병실 복도

- 진헌과 병태와 헨리.

병태 검사 결과는 지난번하고 똑같애. 깨끗해.
진헌 그럼 원인이 뭐야.
헨리 (못 알아들으니 궁금한 얼굴로 둘을 번갈아 보는)
병태 희진이가 음식을 거부하는 것 같애.
진헌 !...
병태 근데 갑자기 왜 저래? 너 다시 만나면서 좋아지는 것 같더니.
진헌 (착잡한)
헨리 (궁금증을 못 이겨 진헌을 툭 친다. 뭐라는 거야, 하는 눈빛)
진헌 (영어) 니 생각이 맞았어.
헨리 !...
진헌 ...

69. 피아노학원(동 낮)

- 피아노 연습하는 삼순. 처음보다 조금 나아진 정도. 잠시 연습하다가 멈추고는 핸드폰을 집어들고 버튼 누른다. 또 꺼져 있다는 안내음.

삼순 (열불 난다) 미치겠네 정말. 주가 관리하는 거야 뭐야. 왜 툭하면 꺼놔. 아-

- 신경질적으로 피아노를 친다.

70. 병실(동 밤)

- 희진이 눈을 뜬다. 잠시 몽롱한 눈으로 현실을 감지하다가 고개 돌린다.
- 진헌이 침상에 엎드려 잠들어 있다.
- 가만 바라보는 희진. 그러다 문득 링거병으로 눈길이 간다.
- 액체가 한 방울 두 방울 떨어진다.
- 희진, 다시 진헌을 본다. 손을 들어 가만히 머릿결을 만져본다.
- 진헌이 벌떡 일어난다.

희진	(보는) ...
진헌	일어났어?
희진	...
진헌	괜찮아?
희진	... 뭐 하러 왔어.
진헌	내가 이러면, 넌 안 올 거야?
희진	(희미한 쓴웃음) ... 헨리는.
진헌	아까까지 기다리다 갔어.
희진	(물끄러미 본다) ...
진헌	(무슨 말을 하랴. 그저 미안한) ...
희진	미안해.
진헌	? ...
희진	3년이라는 시간... 우리 앞에서는 아무것도 아닌 줄 알았어. 눈에서 멀어지면 마음도 멀어진다는 말... 보기 좋게 한 방 먹이고 싶었는데...
진헌	...
희진	시간이 약이라더니 우리한텐 병이 돼버렸네...
진헌	...
희진	(이불을 걷고 나온다) 집에 갈래.
진헌	(얼른 막으며) 안 돼. 너 지금 상태 안 좋아. 여기서 며칠 쉬어.
희진	싫어, 갈래.
진헌	너 지금 체중이 얼마 나가는 줄 알어? 정상 체중의 80프로밖에 안 된대. 더 떨어지면 큰일 나.

희진	여기 있다고 나아지는 거 아냐. 갈래. (바닥에 내려서다가 휘청)
진헌	(얼른 잡는다)
희진	(멋쩍게 웃으며) 나 꼭 영화 주인공 같다. 그치.
진헌	(웃을 기분이 아니다) 그럼 차라리 우리 집으로 가.
희진	?! ...

71. 뜰(동 밤)

- 개밥 그릇을 들고 나오는 삼순. 개집 안에 있던 진돗개가 얼른 나오며 꼬리를 친다.

삼순	짜식, 눈치 빠르기는. (쪼그려 앉으며 개밥 그릇을 놓아준다. 잘 먹는 걸 보며) 야, 오천만 원. 우리 집은 사료 살 돈 없으니까 그냥 우리 먹던 거 먹어. 그래두 임마, 이거 고깃국이야. 이 그릇은 내가 10년 동안 라면 끓여 먹던 거구. ... 근데 너희 주인은 지금 어디서 뭘 하고 있는 거냐? (먹는 데 열중한 진돗개의 고개를 쳐들며) 이게 마님이 물어보는데. 대답 안 해? (진돗개가 초롱초롱 쳐다보자) 짜식 주인 닮아 잘생겼네. 먹어.

- 삼순, 먹으라고 놓아주고는 또 전화를 한다. 여전히 꺼져 있다는 안내 멘트. 삼순은 이제 화를 넘어 걱정을 시작한다.

삼순	무슨 일 있는 거 아냐 이거? 출근도 안 했다 그러구... 아침에 그게 무슨 전화였지? ... 아 미치겠네 정말. (안 되겠는지 얼른 집 안으로 들어간다)

72. 진헌의 차 안(동 밤)

희진	싫어, 우리 집으로 가.
진헌	혼자 두면 마음이 안 놓여서 그래.
희진	니 맘 편할려구?

진헌	! ... 그래, 그렇게 생각해.
희진	(한숨) ... 진헌아.
진헌	(보는)
희진	이젠 니가 상관할 일 아니잖아. 이런 식의 친절, 받고 싶지 않아.
진헌	오늘만 우리 집에서 쉬어. 내일 헨리한테 데려다줄게.
희진	김삼순 씨가 알면 싫어할 거야.
진헌	이해해줄 거야.
희진	진헌아.
진헌	나... 너 평생 못 잊어.
희진	? ...
진헌	화석처럼 굳어서 가슴 한쪽에 박혀 있어.
희진	? ...
진헌	그것도 이해해줄 거야.
희진	...

73. 오피스텔 현관 앞(동 밤)

- 삼순, 초인종을 연거푸 누른다. 몇 번째 누르는 중이다. 대답 없자 문을 두드린다.

삼순	야 헌아.... 헌아.... 너 정말 없는 거야? ... 삼식아.

- 그래도 대답 없자 어깨가 축 늘어져 돌아서는 삼순. 걱정이 가득한 얼굴로 온다.

74. 엘리베이터 앞

- 시무룩한 얼굴로 엘리베이터 기다리는 삼순.
- 땡 소리가 나며 엘리베이터 문이 열리기 시작한다.

- 열리는 문틈으로 진헌과 희진이 보인다. 삼순이 놀란다.
- 역시 열리는 문틈으로 삼순이 보인다. 희진도, 희진을 부축하고 있는 진헌도 모두 놀란다.
- 엘리베이터 문이 완전히 열린다.
- 삼순, 하얗게 질려 바라본다.
- 진헌, 난감한 표정이다. 희진도 둘을 번갈아 보며 당혹스럽다.
- 14회 끝.

15회

연애질의 정석

1. 자막 - 제15회 연애질의 정석

2. 오피스텔 현관 앞(14회 엔딩)

   - 삼순, 초인종을 연거푸 누른다. 몇 번째 누르는 중이다. 대답 없자 문을 두드린다.

삼순 야 헌아... 헌아.... 너 정말 없는 거야? ... 삼식아.

   - 그래도 대답 없자 어깨가 축 늘어져 돌아서는 삼순. 걱정이 가득한 얼굴로 온다.

3. 엘리베이터 앞(14회 엔딩)

   - 시무룩한 얼굴로 엘리베이터 기다리는 삼순.
   - 땡 소리가 나며 엘리베이터 문이 열리기 시작한다.

- 열리는 문틈으로 진헌과 희진이 보인다. 삼순이 놀란다.
- 역시 열리는 문틈으로 삼순이 보인다. 희진도, 희진을 부축하고 있는 진헌도 모두 놀란다.
- 엘리베이터 문이 완전히 열린다.
- 삼순, 하얗게 질려 바라본다.
- 진헌, 난감한 표정이다. 희진도 둘을 번갈아 보며 당혹스럽다.

삼순   (너무 놀라 멍한) …

- 진헌, 희진을 데리고 나온다.

진헌   (나름대로는 다정하게) 잠깐만 기다려.
삼순   (다정하게 들릴 리가 없다) ! …
희진   (어찌할 바를 모르는) …

- 진헌, 희진을 데리고 간다. 희진, 이러면 안 돼 하듯이 멈추지만 진헌이 부추겨 데리고 간다.
- 삼순, 멍하게 쳐다본다. 그러다 곧 성큼성큼 따라간다.
- 진헌과 희진이 안으로 들어간다.
- 곧 다가온 삼순의 앞에서 문이 닫힌다. 삼순, 거침없이 초인종을 누른다.

4.   오피스텔

- 초인종 울리는 소리 들리면서. 진헌, 희진을 침대에 앉힌다.

진헌   좀 누워.
희진   (일어나며) 나 갈래.
진헌   (억지로 앉히며) 괜찮아.
희진   난 안 괜찮아.

진헌	(단호하게) 누워 있어. 잠깐 얘기 좀 하고 올게. (나간다)
희진	(심란하다)

5. 현관 앞

- 삼순, 다시 초인종을 누르는데 문이 열리고 진헌이 나온다.

삼순	(무섭게 쏘아본다)
진헌	오해하지 마. 그럴 만한 사정이 생겼어.
삼순	무슨 사정.
진헌	희진이가 좀 아파.
삼순	나도 아파. 지금 속이 너무 아파서 쓰러지기 일보 직전이야.
진헌	(간절한) 진짜 아퍼.
삼순	(그 표정에 좀 누그러지는) ... 어디가 어떻게 아픈데. 심각한 거야?
진헌	... 아무것도 못 먹어.
삼순	? 왜?
진헌	... 거식증이야.
삼순	! ... 그래서, 밤새 같이 있을려구?
진헌	아픈 사람을 어떻게 혼자 내버려둬.
삼순	헨리 있잖아. 의사도 아니면서 니가 왜 데리고 있어.
진헌	내일 보낼 거야.
삼순	난 싫어. 지금 보내.
진헌	(난감한)
삼순	왜. 보내기 싫어?
진헌	나 못 믿어?
삼순	! ...
진헌	(뚫어지게 보는)
삼순	... 널 못 믿는 게 아니라 너희들이 같이 보낸 시간을 못 믿겠어. 차라리 셋이 같이 있어. (비밀번호를 누른다. 4448. 삼순의 통장 비밀번호)
진헌	(그 손을 제어하며, 좀 이해해달라는 듯이) 삼순아.

삼순	(그 손을 뿌리치고 문을 열고 들어간다)
진헌	(황망하게 따라 들어가고)

6. 오피스텔

- 삼순이 성큼 들어온다. 그 뒤로 진헌.

희진	(침대에 앉은 채) ?! ...
삼순	그 몸에 아무것도 못 먹으면 어떻게 견딜려구. 내가 맛있는 거 해줄게요. 뭐 먹고 싶어요.
희진	(황당해서, 어떡해? 하듯 진헌을 보는)
진헌	삼순아, 오늘은 좀 무린 거 같다.
삼순	몸이 건강해야 마음도 건강한 거예요. 뭐든 말만 해요. 내가 다 해줄게요.
희진	(난처한)
진헌	(말리듯) 삼순아.
희진	(얼른) 해주세요.
진헌	(놀란 듯 희진을 보는)
삼순	(역시 희진을 보는)
희진	맛있는 거 해주세요. 먹을게요.
진헌	! ...
삼순	...
희진	대신 내일 해주세요, 지금은 너무 늦었으니까.
삼순	좋아요. 내일 아침에 일나자마자 해줄게요. 그럴려면 나도 여기서 자야겠네. 나 소파에서 자면 되지? (그리로 간다)
진헌	(황당하고)
희진	(마찬가지)
삼순	(소파에 앉으며) 나 이불 좀 줘.
진헌	(소파 쪽으로 나온다. 참 난감하게 본다) ...
삼순	이불 달라고.
진헌	(너 왜 이래 하듯 보는) ...

삼순   (외면하는) ...
희진   (E) 내가 갈게요.

　　　- 진헌과 삼순이 쳐다본다.

희진   (단호한) 내가 갈게요. 안 그래도 갈려 그랬어요.
삼순   ! ...
진헌   ! ...
희진   (진헌에게) 나, 갈게. 나오지 마. (현관으로)
삼순   (당황한 듯 얼른 일어나며) 가지 마요.
희진   (멈칫)
삼순   왜요. 나랑 한 지붕 밑에 있기 싫어요?
희진   (돌아보지는 않고) ... 네, 불편해요.
삼순   ... 정 못 있겠어요?
희진   ... 네.
삼순   (진헌을 본다)
진헌   (이해해달라는 듯한 눈빛)
삼순   ... 그럼... 내가 갈게요.
희진   (돌아보는) ! ...
진헌   ! ...
삼순   (진헌에게) 나 갈게... 잘 보살펴줘.

　　　- 삼순, 말릴 새도 없이 모질게 마음먹고 나간다.
　　　- 진헌, 현관까지 쫓아가다가 멈추고.
　　　- 희진, 황망하다.

7.   삼순 뜰(동 밤)

　　　- 대문 열고 들어오는 삼순.
　　　- 개집 안에 있던 진돗개가 뛰쳐나오며 왈 한 번 짖더니 멈추고는 꼬리를

흔든다.
- 삼순, 터덜터덜 개집 앞으로 와 쭈그리고 앉는다.

삼순 짜식 영리하긴. 이제 내가 주인 같냐? ... 야 오천만 원, 넌 연애해봤냐? 해봤어 안 해봤어. ... 연애 한번 하기가 왜 이렇게 힘이 드냐. 응? 넌 연애하지 마라. 그거 골치 아프다. 연애하지 말고 집 잘 지키고 주인이나 잘 모셔. 알았어.

- 그때 핸드폰 울린다. 삼순, 발신자를 확인한다.
- 액정에 〈울 헌이〉

삼순 (받는다) 어.

8. 오피스텔 화장실 & 뜰

진헌 잘 들어갔어?
삼순 (시큰둥) 어.
진헌 뭐 타고 갔어.
삼순 (퉁명) 버스가 끊겨서 택시 타고 왔다 왜.
진헌 다음부턴 모범 타. 위험해.
삼순 (뾰루퉁) 피-
진헌 삼순아.
삼순 어.
진헌 고마워.
삼순 ... 뭐가.
진헌 그냥 다...
삼순 치- 말로만.
진헌 (핸드폰에 쪽 뽀뽀한다)
삼순 (어? 놀라는)
진헌 잘 자.

삼순	(아직도 뾰루퉁해서) 몰라. 잘 자든가 말든가. 끊어.

- 그래도 씨익 웃으며 핸드폰 덮는 삼순. 다시 진돗개를 보며.

삼순	너도 빨리 연애해. 연애가 얼마나 좋은 건 줄 알아? 쯧쯧.. 너도 보니까 오래 굶은 얼굴이다. 좀만 기다려라. 니가 좀 더 성숙해지면 내가 짝을 한번 찾아보마. 잘 자, 오천만 원. (기분 좋게 들어간다)

9. 오피스텔(동 밤)

- 소파에서 자고 있는 진헌.
- 옆에 서서 말끄러미 내려다보는 희진. 잠시 애틋하게 보다가 돌아선다.
- 잠자는 진헌의 모습 위로 현관문 여닫히는 소리가 들린다.
- 화면 어두워진다.
- F.O

10. 삼순네 주방(새벽, F.I)

- 끓고 있는 들깨죽을 젓는 삼순. 불을 줄이고 이미 꺼내놓은 커다란 김치통을 열고 조그만 김치통에 몇 포기를 담는다.

봉숙	(E) 너 뭐 해?
삼순	(깜짝 놀라는) 옴마야~
봉숙	도둑질하니? 뭘 그렇게 놀래.
삼순	으 인기척 좀 하지.
봉숙	(늘어놓은 걸 보고는) 김치는 왜. (냄비에 뭔가 끓는 걸 보고는 다가가며) 저건 또 뭐야? (보고는) 죽이잖아.
삼순	(난감) 저기.. 누가 좀 아프다 그래서.
봉숙	누구? 헌이가 아프대?

삼순	어? 어...
봉숙	그럼 진작 얘길 하지. 세상에 우리 헌이가 왜 아플까. 감기몸살이야?
삼순	어? 어.
봉숙	(죽을 맛보고는) 맛이 이게 뭐야, 너무 묽잖아. 진작 얘기했으면 내가 끓이는 건데.
삼순	(기분 좋아서 히죽 웃는다)
봉숙	(죽 저으며 덤덤하게) 너 애 들어섰다는 거 거짓말이지?
삼순	!!!
봉숙	내가 너희들 가졌을 땐 김치 냄새도 못 맡았어.
삼순	(아 맞어! 눈치 본다)
봉숙	더 나이 들기 전에 치울려고 속아주는 거야.
삼순	(씨익 웃으며) 미안해 엄마.
봉숙	(근심스런) 그래도 걱정이다. 만만찮은 집안인데 주제넘게 그런 집에 시집보내서 셋째 딸 맘고생시킨다고 아버지한테 야단맞는 거 아닐까 모르겠다.
삼순	(미안해진다) ... 잘할게 엄마.

11. 오피스텔(동 아침)

- 문 열어주는 진헌.
- 삼순이 꽤 큰 보자기를 품에 안고 서 있다.

삼순	너무 일찍 왔나? 죽 쒀 왔는데.
진헌	(피식 웃으며) 들어와.

- 진헌과 삼순이 들어온다. 삼순, 식탁에 보자기를 내려놓는다.

삼순	(낮게) 희진 씬 아직 자?
진헌	갔어.
삼순	? 언제?

진헌	일어나보니까 안 보이더라. 새벽에 몰래 간 거 같애.
삼순	! ... 어제 내가 그래서 맘 상했나?
진헌	나랑 같이 있는 것도 편하진 않겠지.
삼순	(잠깐 생각하다가) 집이 어디야? 주소 좀 알려줘.
진헌	? 갈려구?
삼순	죽 쒀 왔다니까?
진헌	가지 마. 불편해하잖아.
삼순	알어. 그래두 마음 불편한 건 둘째고 일단 몸부터 추슬러야 될 거 아냐.
진헌	(난감한) ...
삼순	나 못 믿어?
진헌	(못 말린다는 듯 웃는다)

12. 희진 거실 & 주방(동 아침)

- 소파에 늘어져 있는 희진.
- (E) 초인종 소리.
- 희진, 개의치 않고 그냥 늘어져 있다.
- (E) 초인종 소리.
- 희진, 귀찮다는 듯 겨우 일어나 인터폰을 누른다.
- 인터폰으로 보이는 삼순의 얼굴.
- 놀라는 희진.

삼순	(E) 희진 씨 나예요.
희진	! ... 웬일이세요?
삼순	(E) 문 좀 열어줘요. 죽만 주고 갈게요.
희진	? 죽이요?
삼순	(E) 내가 아침에 맛있는 거 해주기로 했잖아요. 죽 좀 쒀 왔어요.
희진	(어이가 없다) ... 미안한데, 나 아무 생각 없거든요?
삼순	(E) 그러지 말고 좀 열어봐요. 문밖에 이렇게 세워놓고 예의가 아니죠.

- 희진, 너무나 피곤하다는 표정으로 마지못해 현관문을 열어준다.
- 삼순이 보자기를 들고 서 있다.

삼순 (희진의 표정이 거슬려서) 나도 좋아서 이러는 거 아니니까 너무 그러지 마요. (들어와 신발 벗으며) 주방이 어디예요?

- 삼순, 두리번거리며 알아서 주방으로 간다.
- 희진이 따라 들어온다.
- 삼순, 식탁에 보자기를 놓고 푼다. 죽이 든 보온병과 김치통과 고추장 된장이 든 유리병들이 나온다.
- 희진, 이게 다 뭐야? 황당하고.

삼순 우리 엄마가 김치랑 장을 잘 담궈요. 친구가 아프다니까 이것저것 싸 주시더라구요. 뒀다가 두고두고 먹어요. (김치통을 들고 냉장고 문을 열다가) 세상에!
희진 (보는)

- 냉장고에는 두세 개의 작은 반찬통과 생수, 우유, 요구르트뿐이다.

삼순 이게 뭐야 이게. 텅텅 비었잖아? 밥도 안 해 먹어요?
희진 (참 귀찮은 여자다)
삼순 (김치통이랑 장들을 넣으며) 하여튼 이쁜 것들은 냉장고도 텅텅 비어 있다니까? 이슬만 먹고 사나?
희진 죽은 나중에 먹을게요. 그만 돌아가주세요.
삼순 먹는 거 보고 갈게요.
희진 나중에 먹는다구요.
삼순 먹는 거 보구요.
희진 (불끈 화가 난다) 김삼순 씨, 누구 놀려요 지금?
삼순 내가 왜요?
희진 입장 바꿔 생각해보세요. 지금 내 마음이 편하겠어요?
삼순 누군 뭐 편한 줄 알아요? 희진 씨 아프면 나도 아파요. 그러니까 나 보는

	앞에서 먹어요. (싱크대로 간다)
희진	? ...
삼순	(싱크대에서 그릇이랑 숟가락을 찾으며) 그래도 숟가락은 있네. (식탁으로 와 보온통의 죽을 덜어낸다)
희진	(내내 기막히게 쳐다본다)
삼순	(자리에 앉으며) 뭐 해요, 와서 안 먹구.
희진	안 먹어요. 그만 가세요.
삼순	딱 열 숟가락만 먹으면 갈게요.
희진	가세요.
삼순	다섯 숟가락.
희진	가라구요.
삼순	그럼 한 숟가락.

- 희진, 죽그릇과 보온병을 들고 싱크대로 간다. 죽그릇의 죽을 싱크대에 부어버리고 물을 틀어 흘려보낸다.

삼순	(헉 놀라 달려들며) 야! 그걸 왜 버려!
희진	(아랑곳없이 보온병의 것마저 버리려고 뚜껑을 연다)
삼순	(보온병을 확 뺏어 옆에 두고) 야 너 미쳤어?! 음식을 왜 버려.
희진	셋 셀 동안 나가요. 하나.
삼순	안 먹으면 너만 손해지. 안 먹긴 왜 안 먹어.
희진	둘.
삼순	그깟 남자가 대수야? 몸보다 더 중요해?
희진	셋.
삼순	뭐? 거식증? 아프리카 가서 쫄쫄 굶어봐야 정신 차리지.
희진	(삼순의 말이 채 끝나기도 전에 삼순의 머리를 확 움켜쥐고 끌고 나간다) 셋 셀 동안 나가라 그랬지.
삼순	(비명 지르며 끌려 나가는) 아! 이게 정말? (얼른 희진의 머리채를 움켜쥐며) 그래 니가 이기나 내가 이기나 해보자.

- 두 여자, 서로의 머리채를 잡고 유치한 몸싸움을 한다.

희진　꼴도 보기 싫으니까 가란 말야.
삼순　나도 너 꼴 보기 싫어 이년아.
희진　가란 말야! 가!
삼순　먹기 전엔 못 가!
희진　먹든 말든 당신이 무슨 상관이야. 빨리 안 가?
삼순　미안해서 그런다 왜. 누군 마냥 좋은 줄 알어?
헨리　(E) 희진? 소피!

- 두 여자, 머리를 잡은 채 쳐다본다.
- 헨리가 (링거병이 든 봉지를 들고) 기막힌 채 보고 있다.
- 희진과 삼순, 누가 먼저랄 것도 없이 손을 놓는다. 그러나 씩씩거리며 서로 노려보는.

13.　홀(동 오전)

- 부지런히 다니며 이것저것 체크 중인 진헌. 영자가 수첩을 들고 졸졸 쫓아다닌다.

진헌　음악을 전체적으로 바꿨으면 좋겠어요. 유선업자 한번 알아보세요.
영자　(적으며) 네 사장님.
진헌　전에 식기 보충한다더니 그건 어떻게 됐어요?
영자　이번 토요일에 들어옵니다 사장님.
진헌　에어컨은 점검했죠?
영자　네, 어제 다 마쳤습니다 사장님.
진헌　제습 문제는요.
영자　오후에 업자가 오기로 했습니다 사장님.
진헌　(멈춰 돌아본다) 장 캡틴.
영자　(너무 가까이 붙어 따라오는 바람에 부딪힐 뻔하고는) 네? 사장님.
진헌　저 사장인 거 아니까 말끝마다 안 붙여도 됩니다.

영자	네 사장님. (했다가 어머 실수! 배시시 웃는다)
진헌	(다시 가며) 여직원들 뭐 불편한 거 없습니까?
영자	불편하긴요. 사장님만 계시면 (하다가 앗 또 실수!) 불편한 거 없습니다 사장님.

- 마주 오던 오 지배인이 파일들을 건넨다.

오 지배인	식품창고 재고 정리한 거하고 이사(2/4) 분기 매출 실적이에요.
진헌	(받으며) 감사합니다. (훑으며 가고)

- 진헌과 몇 발짝 비켜서 인혜가 밀가루 포대를 들고 낑낑거리며 온다.
- 갑자기 나타난 털보가 밀가루 포대를 덥석 뺏어 간다.
- 인혜, 어? 놀라 쳐다보다가 따라간다.

14. 베이커리실

- 파견 나온 파티쉐가 바쁘게 일하고 있고.
- 털보가 들어와 밀가루 포대를 내려놓는다. 인혜가 의아한 얼굴로 따라 들어오자 얼른 주먹을 내민다.

인혜	왜요?

- 털보, 인혜의 손을 덥석 잡아 손바닥에 무언가를 쥐여주고 냉큼 달아난다.
- 인혜가 손을 펴보면 예쁜 머리핀.

인혜	?! ..

- 뒤늦게 의미를 알아채는 인혜. 아 싫다! 온갖 상을 찌푸리며 으~ 진저리를 친다.

15.   사장실

- 진헌, 방금 받은 파일들을 꼼꼼히 보고 있다. 누군가 책상을 톡톡 친다. 고개 들고 보면.

현무 (괜히 주위를 둘러보고는 소곤댄다) 내가 전도사로 임명했는데 왜 하는 일이 아무것도 없어.
진헌 (피식 웃는다) 그게 누가 작정한다고 되는 일입니까?
현무 (팍 인상 쓰며) 작정해서 안 되는 일이 어딨어. 현 사장은 비결이 뭐야.
진헌 ? 비결이요?
현무 삼순 씨랑 잘되는 비결 말야. 똑같은 싸움닭들인데 왜 현 사장만 잘되냔 말야.
진헌 (비싯 웃으며) 비결이라... 아, 하나 있긴 한데.
현무 ? 뭐야, 빨리 말해.
진헌 맨입으로요?

16.   희진 거실

- 옷걸이에 걸어놓은 링거에서 수액이 떨어진다. 그 선을 따라가면 희진의 팔에 주삿바늘이 꽂혀 있고, 희진은 소파에 드러누워 기가 막힌 표정으로 보고 있다.
- 삼순이 헨리에게 화투패를 설명하는 중이다.

삼순 (풍 들고) 이건 텐이야. 우리말로 십. 단풍이라고도 하지. 어쨌든 십만 외워. 십!
헨리 십!
삼순 오케이. (오동 들고) 이건 음.. 일레븐. 우리말로 십일.
헨리 십일.

삼순	좋아 좋아 통과. (비 들고) 이건 트웰브. 십이.
헨리	십이.
삼순	이건 아주아주 중요한 거니까 잘 봐둬. 이 비는 말야, 때에 따라서는 아주 좋은 거지만 위기의 순간에는 제일 먼저 버려야 되는 거야. 비풍초똥팔삼. 따라해봐. 팔로우 미. 비풍초똥팔삼.
헨리	(어설픈 대로) 비풍초똥팔삼.
삼순	그래 그거야. 베리베리 임포턴트. 오케이?
헨리	(잘 모르겠지만 끄떡이는)

- 희진, 두 사람 하는 양이 어이가 없다.

삼순	(비를 잡은 김에 오광을 주욱 늘어놓으며) 또 중요한 건 이거야. 오광. 파이브 스타! 아니, 파이브 썬인가? 어쨌든 이거 잘 봐. 여기 달 떴지. 문(MOON) 말야. 이것만 나오면 기냥 먹어야 돼. (일광 보여주며) 이 그림은 뭐라 그랬지? 일이삼사오?
헨리	일!
삼순	그래, 일이야. 일에 달 떴으니까 일광이야. 따라 해봐. 일광!
헨리	일광!
삼순	좋아 좋아. (다음 걸 계속 보여주며) 이건 삼광, 이건 팔광, 이건 똥광. 그리고 이건 비광.
헨리	(오- 뭔가 중요한 건가 보다 유심히 보는)
삼순	특히 이 똥광. 캬~ 보기만 해도 배부르지 않냐? 이건 예술이야 예술.

- 희진, 체념하고 머리를 기댄다. 정말 못 말리는 여자다.
- (시간 경과)
- 삼순이 패를 내고 먹는다. (점에 백 원 내기하느라 천 원짜리와 백 원짜리가 깔려 있다. 삼순 쪽이 훨씬 많다)
- 헨리, 패를 내놓고 고심한다. 바닥에 같은 무늬 두 장이 깔려 있다.

삼순	(어떡하나 가자미눈으로 보는)
희진	(소파에 누운 채 자기도 모르게 판 구경을 하고 있다)

헨리	(오 짜리를 들고 간다)
삼순	(오호 속는구나!) 그렇지. 그렇게 무늬가 같은 걸 가져가는 거야. 유어 헤드 베리 굿!
희진	안 돼, 그거 먹지 마. 그 옆에 있는 거 가져가.
헨리	(옆에 십 짜리를 들어 보이며) 이거?
희진	어. 그건 십 짜리고 아까 그건 오 짜리야. 수가 더 큰 게 좋은 거야.
삼순	(째리며) 왜 참견해요?
희진	치사하게 그런 것도 안 가르쳐줘요?
삼순	몸으로 부딪히면서 배워야 자기 게 되죠. 아프다면서 참견할 힘은 있나부지?
희진	(찌푸리더니 팔뚝에서 주삿바늘을 뺀다)
삼순	(어? 덤비려나?)
헨리	안 돼. 아직 많이 남았어.
희진	(헨리 옆에 내려앉으며) 우리 둘이 편먹고 할게요.
삼순	어머? 이런 법이 어딨어요? 둘이 덤비면 난 어떡하라구요?
희진	헨린 초보잖아요. 판 다시 돌려요.

- 희진, 삼순과 헨리의 손에서 패를 뺏어가 마구 섞는다.

삼순	어머머 웃겨 정말. 죽도 안 먹으면서 패 돌릴 힘은 어디 있대?

17. 입점할 점포(동 낮)

- 아직 주방기구들이 들어오지 않아 텅 빈 실내에 조그만 테이블 하나 놓여 있고 이영이 중개인과 마주 앉아 계약서에 도장을 찍고 있다.

이영	(돈 봉투 내밀며) 보증금이에요. 확인해보세요. (중개인이 액수를 확인하는 동안 핸드폰 버튼 누르며) 이 기집애는 어디서 뭘 하고 있는 거야.

18.   희진 거실

희진   (패를 센다) 오광에 고도리, 열 끗 다섯 장, 홍단 구사에 오 끗짜리 일곱 장, 피 열일곱 장. (재빨리 머릿속으로 셈하는)
삼순   (어이가 없다. 핸드폰 울리지만 아랑곳없다)
희진   XX점에 쓰리 고에 흔들고 광박이니까 곱하기 X해서 XXX점, XXXX원이에요.
삼순   (인상 팍 찌그러지고 열도 확 오르고) 아니 요즘 의대에서는 고스톱만 가르쳐요?
희진   전화나 받으세요.
삼순   (마지못해 발신자 확인하며 받는다) 왜.
이영   (F) 너 오늘 가게 계약하기로 해놓고 어디서 뭘 하는 거야?
삼순   (눈에 뵈는 게 없다) 끊어! (핸드폰을 던지듯이 하고는 패 섞으며) 좋아, 할려면 제대로 해. 첫빽 첫따닥 총통 비고도리 멍텅구리 다 해 다!
희진   돈부터 주세요.
삼순   ! ... 아 진짜 정말, 누가 떼먹냐? (지갑을 열다가 헉)

        - 빈 지갑을 탈탈 털어보는 삼순.

19.   희진 아파트 앞(동 오후)

        - 터덜터덜 걸어 나오는 삼순. 아무래도 억울하고 분해서 돌아보며.

삼순   아- 죽 쒀서 개 줬네 정말. (손에 들린 만 원짜리 보며) 뭐? 개평? 놀고들 있네. 저것들 부부도박단 아니야? 확 신고할까 부다. 에이! (터덜터덜 간다)

20.   희진 거실

- 희진, 지친 듯 소파에 늘어져 있다.
- 헨리, 너무나 진지한 얼굴로 패를 맞추며 복습하고 있다.

희진   (물끄러미 보다가) 재밌어?
헨리   응. (구 쌍피를 들어 보이며) 이게 뭐라고?
희진   (우리말) 구 쌍피.
헨리   (우리말로 중얼중얼) 구 쌍피... 구 쌍피...
희진   '구'는 nine이라는 뜻이고 '쌍'은 double이라는 뜻이야.
헨리   (끄떡끄떡) 아... 근데 왜 이건 십이 됐다 피가 됐다 그러는 거야?
희진   글쎄... (일어나 앉으며) 처음 그 놀이를 만든 사람들이 그렇게 약속했겠지.
헨리   우문현답. (하며 눈부시게 웃는다)
희진   (그 표정에 비시시 웃고 만다)
헨리   너 나한테 거짓말한 거 있지.
희진   ? 거짓말? 내가 언제?
헨리   있는 거 같은데?
희진   무슨 소릴 하는 거야.
헨리   음... 아주 가끔 말야... 날 보면서 가슴이 두근거린 적, 있었지.
희진   ! ...
헨리   응?
희진   (피식 웃으며) 난 또 뭐라고. 아니야.
헨리   정말?
희진   (머뭇하다가) 정말.
헨리   뭐 그럼 할 수 없고. (하며 패를 맞춘다)
희진   (순간 표정이 굳는다. 그의 말이 가시처럼 박힌다)
헨리   (패 맞추며 담담하게) 다른 사람들 시계는 부지런히 움직이고 있는데 니 시계만 멈춰 있는 거 알아?
희진   ! ...
헨리   (보며) 배터리 갈아줄까? 골라봐. 수은 전지, 니켈 전지, 카드뮴 전지. (박자 맞추며 우리말) 골라아~ 골라~
희진   (못 말린다는 듯 웃으며 쿠션을 던진다)

헨리	(받아내며) 나이스 샷!
희진	(웃고 만다) ... 헨리?
헨리	응.
희진	나, 미국으로 돌아갈래.
헨리	?! ...
희진	엄마 아빠한테 갈래.
헨리	학교는 어떡하구.
희진	학교도 거기서 다닐래. 편입하면 되잖아.
헨리	?! ... 아주 떠나는 거야?
희진	왜, 싫어? 내가 귀찮게 할까 봐?
헨리	학교 졸업하면 우리 병원으로 와. 수제자로 키워줄게.
희진	(훗 웃고 만다)

21. 거리, 차 안(동 밤)

- 현무가 와인상점에서 와인을 들고 나온다. 동승석에 올라 와인을 들이대며.

현무	이거면 되지?
진헌	(빙긋) 네.
현무	빨리 말해. 비결이 뭐야.

22. 다른 거리, 차 안

- 진헌, 팬시점에서 방금 산 꿀꿀이를 들고 와 운전석에 오른다. 현무에게 건넨다.

현무	? 뭐야 이거. 개야 돼지야. 근데 이걸 나 가지라고?
진헌	비결이 궁금하다면서요.

현무	? 이게 비결이야? 이거 선물하면 돼?
진헌	네.
현무	하 나 참. 아니 이걸 준다고 쳐. (어이없는 웃음) 야 내가 이 나이에 이걸 어떻게 들고 다녀.
진헌	옆구리에 끼고 가세요.
현무	? 너 지금 장난치냐? 비결이란 게 겨우 이따위 인형이야?
진헌	한번 물면 절대 놓지 않는 거머리 같은 놈이에요.
현무	? 누굴 무는데. 여자를 무냐?
진헌	그 녀석이 알아서 할 거예요. 술은 좋아하시니까 됐고, 아, 노래 연습 좀 해두세요. 이왕이면 뽕짝으로. 울릉도 트위스트만 빼구요.
현무	? 이 짜식이 정말 장난치나.
진헌	다 깊은 뜻이 있습니다. 나중에 아시게 될 거예요. (핸드폰 울리자 확인하며 받는다. 핸즈프리 말고) 어. 나야. (옆에서 현무는 이까짓 게 뭔데? 꿀꿀이를 요리조리 살피는)

23. 희진 거실 & 주방

희진	할 얘기가 있어. 잠깐만 와줘.
진헌	(F) 알았어 지금 갈게.

  - 희진, 전화 끊고는 주방으로 간다.
  - 냉장고에서 우유 한 팩을 꺼내는 희진. 식탁으로 와 우유를 까다가 문득 보온통을 발견한다.
  - 전자레인지가 땡! 소리를 낸다. 희진, 데운 죽을 꺼내 식탁으로 와 앉는다. 한 숟갈 입에 넣어본다. 나쁘지 않다. 삼킨다. 두 숟가락째는 더 쉽게 먹는다. 어? 맛있네? 하는 표정. 보통 사람처럼 죽을 먹는 희진. 점점 더 맛있게 먹는다.

24. 희진 아파트 앞, 차 안(동 밤)

진헌	(놀라서 돌아보는)
희진	미국으로 돌아간다구.
진헌	! ...
희진	엄마 아빠 옆에 있을래. 더 이상 여기 있는다는 게 의미가 없어졌어.
진헌	(미안한) ...
희진	그래서 말인데... 부탁이 있어.
진헌	말해.
희진	(망설이다가 굳게 마음먹은 듯 단호하게) 나 좀 데려다줘.
진헌	(무슨 뜻인지 몰라) ? ...
희진	미국까지 데려다달라고.
진헌	?! ...
희진	혼자 들어가기 힘들어. 데려다줘.
진헌	?! ...
희진	(마른침을 삼킨다)
진헌	(고심하는) ...
희진	생각해야 되니?
진헌	... 그래, 데려다줄게.
희진	(생각보다 빨리 대답이 나오자 놀라는) 이유는 안 물어봐?
진헌	(주저 없이) 됐어. 언제 갈 건데.
희진	집하고 차는 외삼촌이 알아서 처분해주실 거야. 너만 시간 되면 언제든지.
진헌	그래.
희진	(좀 미안한) ... 마지막이잖아.
진헌	(같은 마음이다) ... 알어.

25. **종로구청 앞(낮)**

- 스카프를 뒤집어쓰고 선글라스로 위장한 삼순이 다다다 다가와 은폐물 뒤에 숨는다.

- 깍두기가 여전히 구청 정문을 지키고 있다.
- 삼순, 고개를 설레설레 젓더니 돌아선다.
- 구청 후문. 삼순, 이리저리 살피며 후문으로 들어서는데 또 누가 막아 선다.
- 깍두기2가 삼순의 가방을 뺏으려 한다. 삼순, 뺏기지 않으려 두들겨 패고 발로 차고 실랑이를 하다가 가방을 빼앗아 도망을 간다.
- 후문. 택배 트럭이 문을 통과한다. 삼순, 트럭에 몸을 숨겨 딱 트럭의 속도만큼 쫓아간다. 마당까지 들어온 삼순, 후- 심호흡을 하며 돌아본다.
- 깍두기2가 아무것도 모른 채 앞만 보고 있다.
- 삼순, 메롱 하고는 룰루랄라 현관으로 간다.

26. 종로구청 호적과

- 개명허가서를 들고 당당하게 호적과 창구로 오는 삼순. 그러나 곧 막아서는 깍두기3. 삼순의 손에서 개명허가서를 뺏어가 박박 찢어버린다.
- 허!!! 입을 딱 벌리는 삼순.

27. 사장실(동 낮)

- 벌컥 문 열고 들어오는 삼순.

삼순 야! 너 정말 이럴래? 치사하게 깍두기들 동원할 거야 진짜? 이러다 경찰에 신고하는 수가 있어? (하다가 멈칫)

- 자리가 비어 있자 얼른 나가는 삼순.

28. 호텔 커피숍(동 낮)

- 진헌과 채리가 마주 앉아 있다.

진헌   (귀찮다) 빨리 용건이나 말해. 들어가 봐야 돼.
채리   좀만 기다려. 곧 올 거니까.
진헌   ? 누가 와?
채리   내 탓 하지 마. 난 그냥 오빠 어머니가 부탁해서 심부름하는 거니까.
진헌   ? 심부름? 나 사장이?
채리   맞선이라고 얘기하면 안 나올 게 뻔하니까 나더러 대신 불러달라고 하시더라?
진헌   (어이가 없다) ! ...
채리   그러게 말 좀 잘 듣지. 나까지 이게 뭐냐 기분 나쁘게.
진헌   난 싫으니까 니가 대신 봐. (하며 일어나는데)
채리   (얼른 붙잡으며) 오빠 그냥 가면 내가 곤란하단 말야. 맞선 볼 여자도 내가 잘 아는 언니구. (저쪽 보고는) 어? 저기 온다. 언니!
진헌   (아후- 마지못해 자리에 앉는다)

- 선한 인상의 맞선녀가 다가온다.

채리   (옆에 앉히며) 여기 앉어 언니. 우리 되게 오랜만이다 그치.
진헌   (안 보고 짜증스런 표정)
채리   오빠 뭐 해 인사 안 하고.
진헌   (건성으로) 현삼식, (당황) 아니 현진헌입니다.
맞선녀   (상냥하게) 이서영이에요.
채리   오빠 어때? 서영 언니 이쁘지. 뭐 나보다야 못하지만.

- 곱게 흘기는 맞선녀와 채리의 킥킥거리는 소리를 들으며 못마땅해하는 진헌의 표정.

29.   보나뻬띠 현관

- 인혜와 함께 나오는 삼순.

삼순	뭐? 머리핀? 가방이가?
인혜	야. 아까는 영화 보러 가자고도 하던디. 그게 무슨 뜻이여요?
삼순	뭐긴. 니가 좋다는 뜻이지.
인혜	(인상 우그러진다) 난 싫은디. 키도 작구, 못생기고, 털도 많고.
삼순	그놈이 한참 겸손하게 생기긴 했지. 그치만 인혜야, 흘러간 청춘은 나중에 울고불고 잡아봐야 소용없다. 한 살이라도 어릴 때 이놈 저놈 많이 만나봐야 남자 보는 눈도 생기고 바람둥이도 안 만나고 그러지.
인혜	그려도 싫은디...
삼순	차암 걱정도 팔자다. 그럼 안 사귀면 되지. 가서 싫다 그래. (그때 핸드폰 울리자) 잠깐만. (확인하며 받는다) 웬일이냐 니가?

30. 호텔 로비 & 보나뻬띠 현관

채리	(걸어오며) 재밌는 소식 알려줄려구.
삼순	그래? 그럼 한번 들어보자. 니 입에서 나오는 소리는 비명 소리도 재밌더라. 뭔데.
채리	진헌 오빠 선본다?
삼순	?! ...
채리	둘이 다시 사귄다며? 그런데 어떡하냐, 오빠 어머님이 그렇게 언니를 싫어하신다며?
삼순	어디서 보는지 알아?
채리	오늘 상대는 나도 잘 아는 언닌데 좀 샘은 나지만 참기로 했어. 워낙 괜찮거든.
삼순	어디서 보는지 아냐구.
채리	이번엔 진짜 식품업 하는 집안의 외동딸이야. 유학도 갔다 오고 지금은 화랑을 운영하고 있지.
삼순	(버럭) 거기가 어디냐구 이 기집애야!

31. 호텔 커피숍

- 씩씩거리며 들어오는 삼순. 주위를 휘 둘러본다. 저기 있다!
- 진헌과 맞선녀, 죽이 잘 맞아 화기애애한 분위기다. 무언가 얘기를 하며 크게 웃기까지 한다.
- 저 자식이! 눈에 불을 켜고 다가가는 삼순. 당장이라도 두 년놈을 패대기칠 기세다.

진헌   그거 좋은 생각이네요. 근데 그것보단 더 좋은 방법이 있는데.
맞선녀 뭔데요?
삼순   (E) 야 삼식아.
진헌   (돌아보고 놀란다)
맞선녀 (역시 놀란다)
삼순   너 뭐야. 나더러는 다른 남자 만나지 마라 선도 보지 마라 그래놓고 몰래 뒤통수를 쳐?
진헌   (피식 웃더니 아가씨에게) 바로 이 여잡니다.
맞선녀 (미소 띠며) 아...
삼순   ??? 너 또 무슨 수작이야. 빨리 안 인나?
진헌   잠깐 앉어. 더운데 에어컨 바람이나 쐬고 가지.
삼순   (이런 망할) 야! 너 왜 또 염장 지르고 그래!
진헌   아.. 이런 데서 그렇게 소릴 지르면 어떡해.
맞선녀 (웃음 참으며) 듣던 대로 시원시원하시네요.
삼순   (뭐? 이 씨! 진헌이 했던 것처럼 손을 잡아끌며) 너 빨리 인나. 빨리 안 인나? 오늘 산부인과에 정기검진 받으러 가는 날이잖아!
맞선녀 (어? 놀란다)
진헌   바로 이 방법입니다. 이게 제대로 먹히거든요.
삼순   (무슨 소리지? 어리둥절) ???
진헌   저는 곧 정식으로 인사시킬 생각인데 그쪽도 잘됐으면 좋겠네요.
맞선녀 네, 서로 잘됐으면 좋겠어요.
진헌   전 그럼 이만 일어나겠습니다. 안 그럼 맞아 죽거든요.

맞선녀	네. 안녕히 가세요.

- 진헌, 일어나 아직도 어리둥절해하는 삼순을 끌고 나온다.

삼순	너 뭐야. 저 여자한테 내 흉봤지. 둘이 무슨 짓을 한 거야.
진헌	교양이 없으면 눈치라도 빠르든가. 아 빨리 나와.
삼순	(어리둥절해하며 끌려가는)

32. 호텔 로비

- 진헌이 삼순을 끌고 나온다.

삼순	그럼 그렇다고 진작에 얘길 하지, 이게 무슨 망신이냐?
진헌	말할 기회를 줘야지. 무슨 여자가 그렇게 성질이 급해.
삼순	으이 씨.. 챙피해 죽겠네.
진헌	오오 천하의 김삼순이가 챙피할 일도 있습니까?
삼순	벼룩도 낯짝이 있는데 그럼 내가 벼룩만도 못한 인간이냐?
진헌	(픽 웃으며) 내일 미주랑 놀러 가자.
삼순	내일?

33. 코엑스 아쿠아리움(다음 날)

- 수족관 터널 속에서 진기한 물고기들이 떠다닌다.
- 진헌(즉석카메라를 든)과 미주와 삼순, 셋이 손잡고 물고기들을 구경하며 온다. 미주가 몹시 좋아한다.
- 생물체를 직접 만질 수 있는 코너. 미주가 물고기를 만지다가 깜짝 놀라고. 삼순은 마구 장난치고. 진헌은 웃음이 가시질 않는다.
- 식인 물고기 피라냐에 먹이 주는 시간. 대구, 전어, 냉동 닭 들이 수족관 속으로 들어간다. 피라냐들이 덤벼든다.

- 진헌이 못 보게 미주의 눈을 가린다.
- 길쭉하고 괴기스럽게 생긴 곰치 수족관. 아쿠아리스트가 직접 들어가 먹이를 준다.
- 좋아라 하는 미주.
- 곰치나 아주 못생긴 물고기 앞에서 포즈 잡는 세 사람. 누군가가 사진을 찍어준다. 찰칵!

34. 샌드위치 카페(동 낮)

- 진헌이 미주의 샌드위치에서 양파를 빼낸다.

삼순	얘 양파 안 먹어?
진헌	어.
삼순	양파가 몸에 얼마나 좋은 건데. 미주 양파 안 먹으면 키 안 커.
미주	(헤 웃는다)
삼순	미주야, 너 이제 나를 어떻게 불러야 된다 그랬지?
미주	(똘망똘망 쳐다본다)
삼순	아까 가르쳐줬잖아. 작은엄마.
미주	(웃는다)
삼순	따라 해봐. 작은엄마.
미주	(웃는다)
삼순	그게 어려우면 줄여서 큰엄마 할까?
진헌	(어유, 웃고 만다)
삼순	너 작은엄마 안 할 거면 양파 먹어야 돼. 둘 중에 하나를 선택해. 작은엄마 할래 양파 먹을래.
미주	(울상으로 고개 젓는다)
진헌	놔둬. 애 울리겠다.

35. 오피스텔(동 밤)

- 냉장고에서 치즈를 꺼내는 진헌. 냉장고 문이 닫히며 거기 붙어 있는 아까 찍은 폴라로이드 사진.
- 진헌, 와인과 안주를 챙긴다.

삼순 (E) "사라졌어." 모모는 난생처음 그 말의 의미를 온몸으로 느꼈다.

- 진헌, 두 여자를 사랑스럽게 쳐다본다.
- 삼순과 미주가 나란히 소파에 앉아 있다. 삼순이 모모를 읽어주는 중이다(P. 256).

삼순 전에 없이 가슴이 무거워졌다. 모모는 어찌할 바를 모르고 중얼거렸다. "하지만 난, 난 아직 여기 있는데…"

- 꿀꿀이를 안은 미주의 눈에 가물가물 졸음이 가득하다.

삼순 모모는 차라리 소리 내어 울고 싶었지만 울 수가 없었다. 조금 뒤에 거북이 맨발을 건드리는 것이 느껴졌다. "나는 네 곁에 있잖니!" 거북 등에는 이렇게 쓰여 있었다. 모모는 웃으면서 씩씩하게 말했다.

- 완전히 감기는 미주의 얼굴 위로.

삼순 (E) "그래 카시오페이아. 네가 있구나. 정말 기뻐. 이리 와. 이제 자야지."

- 꿈결 속으로 빠져드는 미주.

36. **아쿠아리움(꿈)**

- 수족관 터널 속. 아무도 없이 물고기만 유영을 하는 그곳에서 미주가 길을 잃은 듯 두리번거린다. 신비한 분위기… 미주가 무언가를 발견한 듯

　　　　　놀란다.

미주　　(어?)

　　　　- 거북이 느릿느릿 기어가고 있다.
　　　　- 미주, 자연스럽게 거북을 따라간다.
　　　　- 모퉁이를 돌고,
　　　　- 또 다른 모퉁이를 돌고.
　　　　- 거북이 멈춘다. 미주도 멈춘다. 어디선가 목소리가 들려온다. 만화영화 속 재밌는 캐릭터의 아저씨 목소리.

목소리　모모?
미주　　(어? 누구지? 두리번거린다)
목소리　모모.
미주　　(드디어 찾아낸다. 어?)

　　　　- 저만치 앞에 꿀꿀이가 의자에 앉아 있다. 손에는 지팡이가 들려 있고, 세련된 안경까지 썼다.

미주　　(갸웃거리며 다가온다. 누구지?)
목소리　나야. 시간, 분, 초의 박사. 세쿤두스 미누티우스 호라 박사.
미주　　(와! 감탄한다)
목소리　오느라고 힘들었지? 아이스크림 줄까?
미주　　(아니라고 고개 젓더니 아이답게 히- 웃으며 꿀꿀이의 콧구멍을 콕 찔러 보기도 하고 안경도 만져본다)
목소리　(당황한) 아니 이런! 그만 그만!
미주　　(그만둔다)
목소리　(다시 점잖게) 큼! ... 모모?
미주　　(보는)
목소리　내가 널 부른 건 다름이 아니라...
미주　　? ...

목소리	이건 아주 중요한 문제야. 그러니까 잘 들어.
미주	?..
목소리	흠... 등 좀 긁어주렴? 등이 너무 가려워.
미주	(갸웃) ? ...
목소리	(수다스럽게) 등 좀 긁어달라구. 사흘째 얼마나 가려운 줄 알아? 빨리빨리.
미주	(천연덕스럽게 뒤로 돌아가 등을 긁어준다)
목소리	아니, 그 위에. 거기 왼쪽. 그래 거기. 아- 시원하다. 카시오페이아는 두 발로 설 수가 없어서 이럴 땐 아무짝에도 쓸모가 없단다. 그마안~ 이제 그만.
미주	(앞으로 돌아와 꿀꿀이와 마주 선다)
목소리	고마워 모모. 카시오페이아, 이제 모모를 집에 데려다주렴.

- 거북이 왔던 길을 거슬러 올라간다.
- 모모, 아쉬운 듯 꿀꿀이에게 손을 흔들어주고 떠난다.

목소리	안녕 모모. 안녕~

37. 오피스텔(동 밤)

- 침대 속에서 꿀꿀이를 안고 자는 미주. 미소가 감돈다.
- 소파 위에 나란히 앉아 와인을 마시는 진헌과 삼순.

삼순	일주일이나? 어딜 가는데?
진헌	(망설이는) ...
삼순	또 출장 가? 제주도?
진헌	아니.
삼순	? 그럼 어디.
진헌	미국에 잠깐 다녀올 일이 생겼어.
삼순	?! ... 미국엔 왜?

진헌	(말 꺼내기가 좀 어렵다)
삼순	뭔데에.
진헌	희진이 데려다주러.
삼순	?! ..
진헌	희진이, 미국으로 돌아가고 싶대. 부모님 거기 계시니까. 같이 동행해서 데려다주고 안정하는 거 보고, 그러면 일주일쯤 걸릴 거 같애.
삼순	(표정 굳으며 들고 있던 와인을 내려놓는다)
진헌	(예상은 했지만 긴장되는)
삼순	헨리는. 헨리랑 같이 들어가면 되잖아.
진헌	헨리도 들어가고.
삼순	근데 왜 니가 따라가야 돼?
진헌	친구끼리 그 정도는 할 수 있잖아.
삼순	친구? 너희 둘이 친구였니?
진헌	애 깨겠다.
삼순	싫어. 가지 마. 난 못 보내.
진헌	삼순아.
삼순	희진 씨 그렇게 안 봤는데 이상한 사람이네. 도대체 왜 그런대? 이유가 뭔데.
진헌	... 마지막이잖아.
삼순	마지막을 그 먼 데까지 가서 장식해? 너희들 영화 찍니?
진헌	그냥 그렇게 해주고 싶어.
삼순	! ... 왜, 첫사랑이라 차마 잊을 수가 없어서? 눈에 자꾸 밟히니? 애틋해 죽겠어?
진헌	(심사가 꼬이기 시작하고 어조도 강해진다) 비꼬지 마.
삼순	아님 동정심이야? 오오 너 참 착하다. 동정심이 넘쳐흐르는구나 아주.
진헌	비꼬지 말라구.
삼순	이럴 거면 뭐 하러 끝내 그냥 계속 가지.
진헌	(벌떡 일어나며) 지금 그런 얘기가 아니잖아!
삼순	(일어나며) 나도 참을 만큼 참았어. 얼마나 더 참아야 되는데?
진헌	정말 실망이다. 난 니가 이해해줄 줄 알았어.
삼순	나도 실망이야. 정 가고 싶으면 나랑 끝내고 가.

진헌	그런 말 함부로 하지 말라 그랬지!
삼순	지금 함부로 하는 게 누군데!
진헌	겨우 일주일이야! 일주일도 못 참아?!
삼순	그래 못 참아! 언제 어떻게 변할지 모르는 게 사람 마음이야!
진헌	그럴 거면 너랑 그렇게 어렵게 시작하지도 않았어! 내가 너랑 장난치는 줄 알아?
삼순	그러니까 가지 말라고! 내가 싫다는데 꼭 그래야겠어?
진헌	(아 정말, 성질은 돋고 답답하고) ...
삼순	좋아. 너랑 이럴 게 아니라 직접 담판을 지어야겠어. (나간다)
진헌	(놀라 얼른 붙잡는다) 미쳤어? 어딜 가.
삼순	놔! 희진 씨한테 물어볼 거야. 놔 이 나쁜 놈아!
진헌	제발 그만해 좀!

- 그때 미주의 울음소리.
- 둘 모두 쳐다본다.
- 어느새 침대에서 빠져나온 미주가 이쪽을 보며 울고 있다.

미주	어엉...
진헌	(낭패스럽고)
삼순	(마찬가지로 미안한데)
미주	삼촌 미워...
진헌	! ...
삼순	! ...
미주	삼촌 미워... 소리 지르지 마... 어엉...
진헌	!!! ...
삼순	!!! ...
미주	소리 지르지 마... 어엉...

- 진헌, 믿어지지 않는다는 표정이다.
- 삼순도 넋을 잃고 바라본다.
- 계속 우는 미주.

- 진헌이 미주에게로 다가온다. 꿈만 같다.
- 진헌이 미주 앞에 쪼그리고 앉는다.

진헌 (그저 놀라운... 눈가가 젖어든다)
미주 싸우지 마... 어엉... 싸우지 마...
진헌 (이 녀석이 드디어) ...
미주 엉엉...
진헌 (뭐라 말을 하고 싶은데 목소리는 안 나오고 입술만 달싹달싹) ... (간신히 말이 나오지만 목이 메어서는) 안 싸울게... 안 싸울게 울지 마 미주야...
미주 (간신히 울음을 그친다)
진헌 (눈물을 닦아주며) 삼촌이 잘못했어... 잘못했어...
미주 흑...
진헌 (덥석 안는다)

- 미주는 울음 뒤의 딸국질을 하느라 힘이 들고, 진헌은 미주를 꼬옥 안은 채 눈가가 붉다.
- 삼순도 눈물을 훔쳐낸다.

38. 삼순 집 앞 & 차 안(동 밤)

- 차가 달려와 멈춘다. 뒷좌석에는 미주가 담요를 덮고 자고 있다.
- 진헌과 삼순은 크게 싸운 뒤라 분위기 냉랭하다.

진헌 ...
삼순 ...
진헌 ... 알았어. 안 갈게.
삼순 ! ... (보는)
진헌 니가 그렇게 싫다면 안 갈게.
삼순 ...

진헌 됐지?
삼순 내가 반대 안 했으면 갔을 거잖아.
진헌 ...
삼순 일단 그런 생각을 했다는 게 기분 나빠.
진헌 (답답한) 삼순아.
삼순 꼭 세 사람이 같이 사는 거 같아서 싫어. 기분 드러워. (내린다)
진헌 후- (내린다)

- 삼순, 대문으로 가 초인종을 누른다.

진헌 (다가가며) 뒤도 한 번 안 돌아보냐?

- 대문이 열리자 정말 뒤도 안 돌아보고 들어가는 삼순. 대문 쾅! 닫히고.

진헌 허!

39. 뜰

- 들어오는 삼순. 현관으로 가는데 진돗개가 나와서 설레설레 꼬리를 친다.

진헌 (E) 정말 속 좁게 굴래?
삼순 (멈춰 대문 쪽을 휙 째려본다)

40. 대문 앞

진헌 취소한다고 했잖아. 적당히 하시지?

41. 뜰

삼순 야 오천만 원. 밖에 미친놈이 얼씬거리는데 안 짖고 뭐 해. 짖어.

42. 대문 앞

— 그 소리가 고스란히 흘러나온다.

삼순 (E) 빨리 짖어. 안 짖어? 짖으란 말야.

— 정말 개가 짖기 시작한다.

진헌 (기가 찬다) ! ...
삼순 (E) 야 오천만 원. 니 주인은 이제 나라는 걸 명심해. 알았어?

— (E) 현관으로 들어가는 소리.
— 기가 막힌 진헌, 확 열이 올라 대문을 뻥 걷어차려다가 차마 처갓집에 그 짓은 못 하고 팽 돌아서서 차로 간다.
— F.O

43. 삼순 숍(오전, F.I)

— 인부들이 주방기구들을 실어 나른다.
— 삼순과 이영, 여기 놓으라 저기 놓으라 각각 지시하느라 바쁘고.
— 인부들이 주방기구들을 설치하는 모습들.
— (시간 경과)
— 삼순, 주방기구들을 삭삭 닦고 있다.

이영 (테이블에 앉아 노트북으로 인터넷 하며) 야야 이리 와봐. 이거 봐봐.

삼순	(다가와 들여다본다)

- 이들이 들여다보는 건 서버를 빌려줘 소호 쇼핑몰을 구축해주는 사이트(네이버 등의 포털사이트 소호몰 참조)다.

이영	말하자면 포탈사이트에 임대료랑 관리비 내고 가게를 하나 임대하는 거나 마찬가지야. 우리가 따로 홈페이지 만들면 초기비용 들어가지 관리하기도 골치 아프지. 이거 봐. 결제시스템도 제공해주잖아.
삼순	그러네? 관리비도 싸다.
이영	지하철 택배도 연결해준다 야. 이걸로 한번 파보자.
삼순	오픈은 언제로 할 거야?
이영	좀 더 준비하고. 막 덤볐다간 큰코다쳐. 메뉴는 준비하고 있지?
삼순	응.
이영	너무 특이한 거 할려고 하지 말고 일반적인 거에 중점을 둬. 사람들은 낯선 거 별로 안 좋아해.
삼순	언니.
이영	왜.
삼순	언닌 왜 이렇게 똑똑해?
이영	이제 알았니? 나 공부도 잘했잖아.
삼순	근데 난 왜 이 모양이지?
이영	삼순이니까.
삼순	우이 씨... (퉁명스레) 나 약속 있어. 먼저 퇴근할 거야.

44. 달리는 버스 안(동 낮)

- 삼순, 핸드폰을 열어 본다.
- 둘이 함께 찍은 사진.

삼순	(퉁퉁 부어서) 그런다고 전화 한 통 없나.

45. **사장실(동 낮)**

- 서류 훑다가 문자 왔다는 신호가 오자 얼른 열어 보는 진헌.
- 스팸메일이다.

진헌 (핸드폰 덮는다. 괘씸하다) ... 해보겠다 이거지?

46. **버스 안**

- 삼순, 핸드폰 울리자 얼른 꺼내 본다. 진헌이 아니다. 실망하며 받는다.

삼순 여보세요? ... 땅 안 사요! 너나 많이 사세요! (탁 덮으며) 그래, 누가 이기나 한번 해보자.

47. **사장실**

- 진헌, 문자 누르고 있다.
- (인서트) 저녁 먹자.
- 다 써놓고 고민하는 진헌. 보낼까 말까.
- (인서트) 지워지는 글자들. 다시 쓰여진다. 〈전화해〉

48. **버스 안**

- 삼순이 그 문자를 본다.

삼순 이게 어따 대고 명령이야. 지가 하면 될 것이지. (탁 덮는다)

49. 사장실

- 책상 위의 핸드폰을 째려보며 전화 기다리는 진헌. 1초가 한 시간 같다. 답답한 듯 일어나 후 숨을 몰아쉬며 서성이다가는 못 참고 핸드폰 집어들고 통화 버튼 누른다. 수신자는 〈삼순〉에서 〈깜찍이〉로 바뀌어 있다.

50. 버스 안

- 액정에 〈울 헌이〉가 뜬다.
- 삼순, 안 받고 있다가 배터리를 빼버린다.

51. 사장실

- 안내 멘트로 넘어가자 종료를 누르고 다시 거는 진헌. 전원이 꺼져 있다는 멘트가 나오자 열이 확 치받친다.

진헌   감히 내 전화를 거부해? (성큼성큼 나간다)

52. 희진 거실(동 오후)

- 텅 빈 거실에 벨이 울린다.
- 침실에서 희진이 나온다. 핏기가 없다. 인터폰 버튼을 누른다.
- 삼순의 얼굴이 나타난다.

희진   (왜 또)! ...
삼순   (E) 나예요. 할 얘기가 좀 있어요.
희진   (열어줄까 말까 고민하는)

삼순	(E) 있는 거 알아요. 베란다 창문 열려 있잖아요.

- 못 말려, 한숨을 쉬고는 문을 열어주는 희진.

삼순	(보는) ...
희진	(보는) ...

- 삼순이 들어온다.
- 항공편으로 보낼 박스 세 개가 거실 구석에 놓여 있다.
- 정말 가는구나 실감이 나는 삼순.

희진	(그저 삼순을 보며) ...
삼순	(돌아보며) 다시 돌아간다구요?
희진	네.
삼순	진헌 씨더러 미국까지 데려다달라 그랬어요?
희진	네.
삼순	왜요?
희진	그걸 꼭 말해야 돼요?
삼순	내 남자 일이니까요.
희진	(피식 웃는) 아주 당당하시네요.
삼순	이유가 뭐예요?
희진	말하고 싶지 않아요.
삼순	! ... (차갑게) 맞고 말할래, 그냥 말할래.
희진	! ... (맞서는) 협박하는 거예요 지금?
삼순	몸이 정 힘들면 헨리 있잖아.
희진	헨리도 같이 들어갈 거예요.
삼순	근데 진헌 씬 거기다 왜 껴.
희진	진헌이가 싫다고 하면 억지로 그럴 생각은 조금도 없어요. 난 그저 부탁을 한 거뿐이니까.
삼순	너 아직 미련 남았니? 그런다고 진헌 씨가 다시 돌아갈 거 같애?
희진	추억은 힘이 없다구요?

삼순	(뜬금없어서) ? ...
희진	맞아요 그 말. 하지만 동전의 양면이죠. 추억은, 지워지지 않아요.
삼순	?! ...
희진	진헌일 다시 뺏을 생각은 없어요. 난 그냥... 우리가 나눈 추억에 대한 예의를 지키고 싶은 것뿐이에요.
삼순	문자 쓰지 말고 쉽게 말해.
희진	(뚫어지게 보는) ...
삼순	(맞받아 보는) ...
희진	이별여행이에요.
삼순	허! 그놈의 이별여행 참 거창하다. 그 먼 데까지 끌고 가고.

- 희진, 아랑곳없이 주방으로 가더니 보온병을 들고 나와 건넨다.

희진	김치통이랑 딴 거는 덜 데가 없어서 못 돌려드려요.
삼순	(확 채간다. 무게감을 느끼고는) 버렸니?
희진	... 먹었어요.
삼순	? ... 정말? 버린 게 아니고?
희진	네, 다 먹었어요.
삼순	(분위기상 좀 뻘쭘한 느낌의) 맛있지?
희진	(역시 뻘쭘한) 네.
삼순	당연하지, 누가 만든 건데. 그러니까 진헌 씨 못 보내! 안 보내!
희진	(허!) ...

53. 오뎅 바(동 밤)

- 현무, 인형을 이영에게 덥석 안긴다.

현무	아 그놈의 자식 들고 오느라고 쪽팔려 혼났네.
이영	이게 뭐예요?
현무	뭐긴 뭐야 인형이지.

이영 　나 가지라구요?
현무 　그럼 내가 가질까? 머리 빗기고 세수 시키고 그러고 놀까?
이영 　(하나도 안 반갑다. 옆에다 놓으며) 나도 그럴 나이는 지났네요. 생뚱맞긴.
현무 　야, 우리 결혼하자.
이영 　! ...
현무 　혼자 먹는 밥 지겨워 죽겠다. 결혼하자.
이영 　이보세요 이현무 씨, 비약하지 마세요. 사귀지도 않았는데 웬 결혼?
현무 　야, 넌 어떻게 된 애가! 만나서 밥 먹고 술 마시고 영화 보고 할 거 다 했는데 그게 사귄 게 아니면 뭐냐?
이영 　정 결혼이 하고 싶으면 딴 여자랑 하든가.
현무 　싫어. 너랑 할 거야.
이영 　한번 해봤으면 됐지 뭘 또 할려 그러실까?
현무 　한번 해봤으니까 두 번째는 잘할 거 아냐. 하자아.
이영 　싫어요. 난 두 번 다시 결혼 같은 거 안 할 거니까.
현무 　왜. 왜 싫은데? 왜 안 하는데?
이영 　한번 해봤으니까 궁금한 게 하나도 없다구요.
현무 　야 넌 결혼을 궁금증 해소할려고 하냐?
이영 　아 입 아파요. 그만해요.
현무 　아 미치겠네 정말. 그럼 동거하자.
이영 　싫어요.
현무 　그건 왜 또!
이영 　동거하면 밥하고 빨래하고 청소하고, 법적으론 아무 권리도 없으면서 할 건 다 해야 되잖아요.
현무 　! ... 너 왜 그러고 사니?
이영 　그러는 넌 왜 그러고 사니?
현무 　! 이 여편네가 정말!
이영 　정말 뭐!
현무 　(꿀꿀이를 집어들고 괜한 화풀이) 야 넌 뭐 하는 거야. 니가 다 알아서 한다며. 무슨 짓이든 해봐 이놈아.
이영 　(어이가 없다) 어머머? 어우 웃겨 정말.

54. 삼순 집 앞(동 밤)

- 보온병 들고 터덜터덜 올라오는 삼순. 잠시 멈칫.
- 차 앞에 서서 기다리는 진헌.

진헌   어딜 그렇게 싸돌아다녀? (다가온다)
삼순   (무시하고 대문 앞으로)
진헌   (뒤에 다가와) 감히 내 전화를 씹어?
삼순   (티껍다는 듯 돌아본다)
진헌   앞으론 절대 씹지 마. 어디 가면 간다고 보고하고, 한 시간에 한 번씩 문자 날려.
삼순   (같잖다) ...
진헌   어디 갔다 와. 뭐 하느라고 핸드폰까지 꺼놨어?
삼순   (감정이 좋을 리가 없다) 희진 씨 만나고 왔다, 어쩔래.
진헌   ! ...
삼순   벌써 짐 싸났더라?
진헌   그래서.
삼순   갈 거니?
진헌   안 간다고 했잖아.
삼순   (뚫어지게 본다)
진헌   (지지 않고 맞받아 본다)
삼순   (진짜구나. 좀 누그러진다) 정말이지?
진헌   나 못 믿어?
삼순   ... 그래 가지 마.
진헌   ... 어.
삼순   이렇게 안 하고, 허락하면 가고는 싶니?
진헌   ? ...
삼순   내가 가도 된다고 하면 가고 싶냐고.
진헌   ? ...

삼순	어?
진헌	... 어.
삼순	! ...
진헌	(좀 미안하지만 어쩔 수 없다) 그렇게 해주고 싶어.
삼순	...
진헌	...
삼순	일주일이면 돼?
진헌	? ...
삼순	정말 일주일이면 되냐고.
진헌	(좀 어리둥절한)
삼순	그럼... 갔다 와.
진헌	?! ...
삼순	맘 바뀌기 전에 빨랑 가. (돌아서는데)

- 진헌, 삼순의 손을 낚아채 구석진 곳으로 끌고 가 와락 끌어안는다.

삼순	(몸부림) 야아 동네 사람들 본단 말야.
진헌	잠깐마안. 오늘 하루 종일 얼마나 안고 싶었는데.
삼순	(심기가 아직 안 풀려 뻣뻣하게) ...
진헌	고마워.
삼순	...
진헌	역시 김삼순이야. 이해해줄 줄 알았어.
삼순	착각하지 마. 누가 너 이뻐서 이러는 줄 알어? 내 맘 편할려고 그런다.
진헌	(힘주며) 그러니까.
삼순	(아직도 안 풀리는)
진헌	개명하고 싶으면 해.
삼순	(놀라 떨어진다) 뭐라구?
진헌	그렇게 하고 싶으면 해. 난 삼순이가 좋지만 니가 싫다니까 어쩔 수 없지. 해.
삼순	! ... 헌아...
진헌	(다시 끌어안는다)

삼순	... (슬그머니 끌어안는다)
진헌	엄지공주처럼 주머니에 쏙 너 갖고 다녔으면 좋겠다.
삼순	(아직도 시큰둥해서) 피... (그러나 곧 뻘쭘한 느낌으로) 난 목도리처럼 목에 두르고 다녔으면 좋겠다. 아무 데도 못 가게.
진헌	(흐뭇한) ...
삼순	(역시 흐뭇한) ...
삼순	희진 씨, 내가 끓여다 준 죽 다 먹었더라?
진헌	그래?
삼순	어. 그러니까 이젠 걱정하지 마.
진헌	(더 힘껏 끌어안는다) 고마워.

- 포옹한 두 사람에서 화면 어두워진다.
- F.O

55. 종로구청 호적과(낮, F.I)

- 선글라스를 쓴 삼순이 쫑쫑쫑 달려와 어딘가에 몸을 숨긴다. 창구를 주욱 둘러본다.
- 평상시의 창구 모습. 깍두기는 보이지 않는다.

삼순	정말인가 보네? 다 철수했네? 휴...

- 삼순, 당당하게 창구로 온다.

삼순	저기요, 개명허가서를 받았거든요? 이거 등록할려 그러는데.
직원	(서류 건네며) 이거 적어서 같이 내세요.
삼순	(기분 좋게 받으며) 감사합니다.

- 삼순, 테이블로 와 서류에 기입하기 시작한다.

삼순   (Na.) 어제 그가 떠났다. 언니는 미친 짓이라고 했다. 세상에 나 같은 바보는 없을 거라며. 나도 그렇게 생각한다. 하지만 사랑에 빠진다는 자체가 바보 같은 짓인걸... 내 이름 삼순이가 좋다는 걸 보면 그 사람도 분명 바보가 된 게 틀림이 없다.

- 삼순, 문득 멈춘다. 새록새록 생각이 난다.

56. 차 안(12회 #5)

진헌   (놀라서 쳐다보는) 뭐? 개명 신청을 했다고?
삼순   응, 김희진으로.
진헌   누구 맘대로.
삼순   내 맘대로. 엄마도 허락하구.
진헌   그거 신청만 하면 되는 거야?
삼순   아니. 심사하는 데 한 달쯤 걸려. 기각될 수도 있고.
진헌   당장 취소해.
삼순   (뭐? 보는)
진헌   당장 취소해. 난 삼순이가 좋단 말야.

57. 한라산(13회 #5)

삼순   뭐, 뭐야 너!
진헌   불러놓고 모른 척하기야?
삼순   너 또 무슨 수작이야! 너 혹시 날 밀어버릴려고 온 거 아냐?
진헌   누구 맘대로 김희진이야? 난 삼순이가 좋다 그랬지?

58. 구청

- 그러나 창구에 서류를 제출하는 삼순.
- 직원이 접수 도장을 쾅쾅 찍는다.
- 삼순, 괜히 흠칫 놀라면서.

삼순 저기, 그거 들어가면 전 이제 김희진인 거예요?
직원 네.
삼순 저기, 그거 오늘이 마감이죠.
직원 (허가서의 날짜를 얼른 확인하고는) 네, 오늘이 마지막 날이네요. (서류를 접수함 같은 데 넣는다)
삼순 (괜히 애가 탄다)

59. 삼순 집 앞(12회 #5)

진헌 내가 좋아하는 건 김희진이 아니라 김삼순이라구.
삼순 이름이 바뀌면 사람도 달라지니?
진헌 그러니까 뭐 하러 바꿔. 그냥 김삼순으로 가.

60. 구청

삼순 아저씨, 죄송한데요 그거 도로 주세요.
직원 네?
삼순 잠깐만 줘보세요.
직원 (서류를 내민다)
삼순 (들고 다시 한번 본다)

- (인서트) 삼순을 희진으로 개명하는 것을 허한다.
- 삼순, 모질게 마음먹더니 서류를 찢어버린다.

삼순 (Na.) 사랑이란 정말 바보 같은 짓이다.

61. **구청 앞**

- 밝은 표정으로 걸어오는 삼순.

삼순   (Na.) 그리고 일주일이 지났다. 하루가 일 년처럼. 그는... 돌아오지 않았다.

- 며칠 뒤의 일은 까맣게 모른 채 밝게 걸어오는 삼순.
- 15회 끝.

16회

사랑하라, 한 번도 상처받지 않은 것처럼

1. **자막 - 최종회 사랑하라, 한 번도 상처받지 않은 것처럼**

2. **달려오는 나 사장의 차(오전)**

3. **차 안**

    - 뒷좌석의 나 사장, 유치원복을 입은 미주를 무릎에 앉혀놓고 자꾸 말을 시킨다. 이뻐서 입이 귀에 걸릴 지경이다.

    나 사장 할머니 이름은?
    미주   나현숙 사장님.
    나 사장 어머, 사장님까지 알아? 그럼 이모 이름은?
    미주   윤현숙 비서님.
    윤 비서 (앞에 앉아 비싯 웃는다)
    나 사장 미주는 몇 살?
    미주   일곱 살이요.

나 사장   지금은 어디 가는 중이에요 우리 미주?
미주   유치원에 가요.
나 사장   어머, 유치원에 가서 뭐를 할까?
미주   춤도 추고 노래도 하고 공부도 해요. 친구도 사겨요.
나 사장   호호호 그래요? 친구 많이 사겼어요?
미주   네.
나 사장   그러면 친구들 초대해서 맛있는 것도 먹고 같이 놀까?
미주   네. 근데요 할머니.
나 사장   응.
미주   삼촌 언제 와요?
나 사장   ?! ...
윤 비서   (역시 할 말이 없는)

4.   나 사장 집무실(동 오전)

        - 들어오는 나 사장과 윤 비서.

나 사장   도대체 이 녀석은 엽서 한 장 달랑 보내놓고 어디서 뭘 하는 거야?
윤 비서   무소식이 희소식이래잖아요. (봉투 내밀며) 그리구 이거.
나 사장   (돌아보며) 이게 뭐야?
윤 비서   사직서요.
나 사장   (얼른 봉투를 열어 내용물을 꺼내 펼친다. 사직서 맞다. 놀라지도 않고 쳐다보며) 요즘은 개싸움도 시들시들하니? 심심해?
윤 비서   여행 좀 갈려구요.
나 사장   여행 가고 싶으면 휴가 내면 되지 이게 뭐 하는 짓이야?
윤 비서   좀 길어요.
나 사장   얼마나. 한 달 줘?
윤 비서   한 2, 3년 걸릴 거 같애요.
나 사장   (입이 떡 벌어진다) !!!
윤 비서   세계 일주를 해볼려구요.

나 사장	너 더위 먹었어? 아침부터 무슨 짓이야 이게?
윤 비서	마지막 남은 제 꿈이에요.
나 사장	그럼 젊었을 때 진작에 갔다 오지 왜 이제 와서 설쳐 설치길.
윤 비서	마냥 젊을 줄 알았죠.
나 사장	?! ...
윤 비서	부모님 돌아가시고 회장님이랑 사장님이 거둬주셔서 세상 어려운 거 모르고 살았는데, 너무 편하게 살아서 그랬는지 나이 드는 것도 모르고 시간만 축냈네요. 할 수 있는 건 딱 하나 남았어요.
나 사장	! ... 안 돼.
윤 비서	비행기표 끊어놨어요.
나 사장	누구 맘대로. 취소해.
윤 비서	후임자 구해놨어요. 다음 주부터는 그 친구가 근무할 거예요. (나간다)
나 사장	야! 내가 사장이지 니가 사장이야!

5. **보나뻬띠 홀(런치 타임)**

- 오 지배인이 손님들의 테이블을 훑으며 온다. 어느 테이블을 보고는 무언가 거슬리는 듯한 표정으로 오더니 여직원1에게.

오 지배인	뭐 하고 있어요. 물 잔이 비었잖아요.
여직원1	(어머! 얼른 물병을 들고 간다)

- 오 지배인, 다시 홀을 훑고.

6. **주방**

- 부지런히 요리를 하고 있는 현무와 요리사들.

현무	(닭고기 스튜를 만드는 중) 야 털보! 닭고기 육수 가져와라. (대답 없자

돌아보며) 야 털보 어딨냐.

7. 화장실

- 인혜가 세면대에서 손을 씻는다.
- 털보가 들어온다.
- 인혜, 무심히 돌아보고는 외면하며 그대로 손을 씻는다.
- 털보, 뒤에서 머뭇거린다.

인혜	(돌아보며) 손 씻게요?
털보	네.
인혜	(물러나며 타월에 손을 닦는다)
털보	(손은 안 씻고 머뭇머뭇)
인혜	손 씻는다면서요.

- 그때 갑자기 달려들어 인혜의 두 볼을 움켜쥐고 입 맞추는 털보.
- 인혜, 눈을 동그랗게 뜨고 숨도 못 쉬며 아등바등.
- 털보, 도장 찍듯이 그렇게 꾹 입 맞추고는 얼른 도망을 간다.
- 얼빠진 인혜, 방금 무슨 일이 일어난 거지? 어리둥절해하다가 바닥에 털썩 주저앉는다. 곧 앙- 울음이 터진다. 다리를 버둥거리며 앙앙 울어댄다.

인혜	난 몰라 아앙... 첫 키슨데... 수염이나 깎고 하지 어엉.. 나쁜 놈...

8. 삼순네 뜰(동 낮)

- 개밥을 들고 나오는 봉숙. 개집 앞으로 온다.

봉숙	오천만 원, 밥 먹자. (기척이 없자 갸웃하며 개집 안을 들여다본다)

- 진돗개가 축 늘어져 있다.

봉숙 세상에, 주인 없다고 늘어져 있는 것 봐. 도대체 이 녀석은 어디서 뭘 하는 거야. 그래도 먹어야지. 응? 밥 먹자.

- 나가다 말고 그걸 지켜보고 있는 삼순. 힘없이 돌아서서 나간다.

9. 피아노학원(동 낮)

- 진지하게 피아노 연습하는 삼순. 원곡에 80프로쯤 가까워진 실력.

삼순 (Na.) 일주일 뒤에 돌아온다던 그는 돌아오지 않았다. 한 달이 가고 두 달이 가고 세 달째... 미주에게는 잘 지내고 있다는 엽서가 왔었다는데 내게는 그 흔한 전화 한 통도 엽서 한 장도 오지 않았다.

10. 방산시장, 식자재 용품점(동 낮)

- 이것저것 재료로 쓰일 물건들을 바구니에 담는 삼순.

삼순 (Na.) 사람이 사람을 안다는 게 얼마나 어려운 건지 잘 알고 있다고 생각했다. 내가 그 사람을 다 안다는 착각도 하지 않았다. 그래도 이건 너무하다. (사이) 하긴, 내가 나를 모르는데 다른 사람을 어떻게 알겠는가. 내가 그를 기다리는 건지 포기한 건지도 나는 잘 모르겠다.

11. 근처 버스정거장(동 낮)

- 장 본 걸 들고 버스를 기다리는 삼순. 버스 오는 쪽을 보다가 어? 눈길

이 멈춘다.
- 정거장 쉘터에 흔히 있는 화장품 광고 대신 책 광고가 삽입되어 있다. 〈사랑하라 한 번도 상처받지 않은 것처럼〉이라는 제목의 시집이 밑에 조그맣게 박혀 있고 전면은 시로 새겨져 있는.
- 그걸 유심히 보는 삼순.

　　　　사랑하라, 한 번도 상처받지 않은 것처럼

　　　　　　　　　　　　- 알프레도 디 수자

　　　　춤추라, 아무도 바라보고 있지 않은 것처럼
　　　　사랑하라, 한 번도 상처받지 않은 것처럼
　　　　노래하라, 아무도 듣고 있지 않은 것처럼
　　　　일하라, 돈이 필요하지 않은 것처럼
　　　　살라, 오늘이 마지막 날인 것처럼

- 문득 온갖 감정이 범벅이 되는 삼순. 그 녀석이 그립고 원망스럽고, 자신이 한심하고 서글프고, 다시는 상처받고 싶지 않았는데...

삼순　(Na.) 정말이지 그러고 싶었다. 한 번도 상처받지 않은 것처럼 열심히 사랑하고 싶었다. 그런데 결국 이렇게 되고 말았다. 저 문장을 바꾸고 싶다. 상처받기 싫으면 사랑하지 말라고.

- 결국 눈물을 보이는 삼순. 서러운 눈물이 방울방울 고이는데...

2회남　(E) 김삼순 씨?
삼순　(놀라 쳐다본다)

- 2회남이 웃고 있다.

삼순　(어? 알아보고 얼른 눈물을 닦는다)

2회남 (눈물에 놀라는)

12. **삼순 숍 전경(동 오후)**

- 〈삼수니 케잌 PATISSIER SAMSUNI〉라는 작고 예쁜 클래식형 간판이 현관문 옆에 달려 있고, 창에는 Handmade Cake/www.samsuni.com 이라는 깔끔한 선팅이 되어 있다. 그 외에는 별 장식 없이 심플하고 창을 따라 잘 가군 꽃화분들이 가지런히 놓여 있고 몇 군데 상단에는 치렁치렁 늘어지는 화초들도 걸려 있다.

13. **숍 안**

- (실내는 삼순이 계획했던 것처럼 심플하고 세련되게 꾸며진. 곳곳에 꽃화분들. 천장에도. 창가에는 바, 작은 테이블이 두어 개 있고, 테이블 하나에는 노트북)
- 이영이 노트북으로 홈피 보고 있다가 돌아본다.

이영 뭐? 그 남잘 또 만났어?
삼순 (주방에서 허드렛일하며 심드렁한) 어. 이번 주말에 영화 보러 가자 그러더라.
이영 그래서 뭐라 그랬어? 너 설마 초 친 거 아니지?
삼순 그러자 그랬어.
이영 정말? 잘했어 잘했어. 이제까지 니가 한 짓 중에 최고로 잘한 짓이다. 두 번씩이나 당하고도 너한테 호감 있는 거 보면 이건 보통 인연이 아닌 거야. 삼식인지 삼태긴지 웃기지도 않는 그놈 잊어버리고 그 사람이랑 한 번 잘해봐. 알았지?
삼순 (대답도 없이 일만 하는)
이영 (눈치가 뻔하다) 야 김삼순! 너 아직도 그 자식 기다리는 거야?
삼순 기다리긴 뭘 기다려. 당장 임대료도 못 내게 생겼는데 그깟 게 대수야?

이영	그래, 바로 그 정신이야. 아 근데 뭐가 문젠 거야. 어떻게 홈피 연 지가 두 달이 넘었는데 주문이 하나도 없냐.
삼순	주문은커녕 클릭이나 해줬으면 좋겠다. 오늘 방문자는 몇 명이야?
이영	일곱 명.
삼순	그러니까 내가 모모로 하자 그랬잖아. 이게 다 이름 때문이야. 책임져.
이영	모모였으면 하루에 한 명도 안 들어왔을걸? 찌라시를 돌릴 수도 없구. 이럴 때 방송 한번 타면 그냥 순식간인데.
삼순	그건 싫어. 방송 타면 1년 된 집이 30년 원조집으로 둔갑하더라.

- 그때 노트북에서 띵~ 하는 소리가 난다.
- 이영, 무심히 노트북을 들여다보다가 놀란다.

이영	야 삼순아 이리 와봐 이리 와봐.
삼순	왜.
이영	이거 봐봐. 이거 주문 아니니?
삼순	(깜짝 놀라 얼른 달려온다. 모니터를 들여다보며) 벌꿀무스 하나. 강동구 천호동 삼익아파트?
이영	맞지. 그지. 주문이지?

- 삼순과 이영, 눈을 맞추는가 싶더니 꺄악 소리 지르며 얼싸안고 방방 뛴다. 주문이다! 이제 시작이야! 반은 온 거라구! 등등을 외치며 요란스럽게 좋아한다.
- (시간 경과)
- 달걀 흰자와 설탕을 섞어 만든 거품에 미리 체를 쳐놓은 다쿠아즈 반죽용 가루가 눈송이처럼 조금씩 들어간다.
- 그걸 잘 섞는 삼순. 삼순은 지금 니다베유(벌꿀무스)를 만드는 중이다.
- 오븐 팬에 원이 그려진 종이를 깔고 밀가루를 뿌리고, 그 위에 짤주머니로 방금 만든 반죽을 원을 그리며 짠다.
- 오븐에서 마악 구워진 시트를 꺼내는 삼순.
- 냄비에서 벌꿀에 조려지는 복숭아 조각들.
- 시트 위에 조린 복숭아를 넣고 또 다른 시트로 덮고 크림 미엘을 짜서

팔레트로 평평하게 고르고.
- 그 위에 이탈리안 머랭을 짜고.
- 버너로 그을려 색을 내고 옆면에 아몬드 누가틴을 붙이고...
- 하나하나 정성을 들여 작업하는 삼순의 모습들...
- 완성된 니다베유를 택배용 특수상자에 넣는 삼순. 리본도 예쁘게 묶고. 조그만 카드에 글씨도 쓴다. 〈맛있게 먹고 행복하세요. 삼수니케잌〉

14. **숍 앞(다른 날 오후)**

- 스커트로 차려입은 삼순(최대한 예쁘게)이 나온다. 이영이 따라 나온다.

이영　초 치지 말고 잘해? 어?
삼순　주문 들어오면 어떡해.
이영　어차피 오늘 주문은 마감했잖아.

- 그때 클랙슨 소리가 나자 삼순과 이영이 쳐다본다.
- 저만치 또는 길 건너에 서 있는 자가용. 2회남이 자가용에서 나와 예의 바르게 인사한다.
- 이영, 웃으며 인사해주고는 얼른 삼순을 민다.

이영　빨리 가. 잘해야 돼?

- 삼순, 차 쪽으로 간다.

이영　(지켜보다가 왠지 씁쓸해진다) ... 그래도 삼식이만 한 인물이 없네. 둘이 잘 어울리긴 했는데... (들어간다)

- 삼순이 차로 온다.

2회남	오늘은 더 예쁜데요.
삼순	(쑥스러운) 아이 뭐...

- 2회남 얼른 동승석으로 돌아가 차 문을 열어준다. 삼순이 조신하게 탄다. 2회남도 운전석에 오른다.

2회남	어디 가고 싶은 데 있어요?
삼순	아뇨, 그냥 별생각 없이 나왔는데...
2회남	그럼 영화부터 볼까요? 마침 티켓이 있는데.
삼순	네.

- 2회남, 차를 출발시킨다. 그러나 몇 미터도 못 가 끽 선다.
- 2회남 놀라는 얼굴이다.
- 삼순도 앞을 보다가 기함한다.
- 앞창 너머로 차를 가로막고 있는 진헌. 멀끔한 차림새로 삼순을 쏘아보고 있다. 전보다 한층 남자다워진 모습이다.

2회남	혹시 그때 그 사장...
삼순	(아무것도 안 들린다. 창 너머 진헌에게 시선 꽂힌 채 너무 놀란) !!! ...

- 진헌이 성큼 다가와 차 문을 연다.

진헌	어디서 양다리를 걸쳐? 내려.
삼순	(기가 막혀 쏘아본다)
진헌	(2회남에게 깎듯하게) 이거 번번이 죄송합니다. (다시 삼순에게) 빨리 내려.
삼순	(문을 쾅 닫고) 어서 가요.
2회남	(어리둥절)
진헌	(다시 문 열고는, 이해할 수 없다는 듯이) 뭐 하는 거야 지금. 안 내려?
삼순	누구세요 아저씨?
진헌	?! ... 지금 장난해?

삼순	(문을 쾅 닫고) 빨리 가요. 나 저 사람 몰라요.
2회남	(어리둥절한 채로 차를 출발시킨다)

- 진헌, 저 여자가 왜 저래? 하는 표정으로 황당해하다가 곧 자기 차로 달려가 올라탄다. 급 출발한다.

15. 극장 안

- 나란히 앉아 영화 보는 2회남과 삼순.
- 굳은 얼굴로 앞만 보고 있는 삼순. 영화는 눈에 들어오지도 않는다.
- 뒤에서 술렁임이 일어난다. 뭐야아 불평하는 소리도 들린다.
- 2회남이 힐끔 뒤를 돌아봤다가 다시 앞을 본다(진헌인지 모르는).
- 삼순은 지금 아무 데도 관심이 없다. 오로지 영화 보는 척 앞만 보고 있다. 그 얼굴에 갑자기 불빛이 비춰진다. 삼순, 찡그리며 확 쳐다본다.
- 진헌이 들고 있던 플래시를 끈다.

진헌	(단단히 화가 났다) 일어나.
삼순	(무섭게 쏘아본다)
진헌	도대체 왜 이래?
삼순	(기가 막힌다. 왜 이래?)
진헌	일어나. 나가서 얘기해.
2회남	(일어나며) 이보세요.
진헌	(보는)
2회남	전에는 몰라서 당했는데 오늘은 안 되겠네요.
삼순	(의외의 강경함에 놀라는)
진헌	오늘은 진짭니다.
2회남	삼순 씨가 싫다잖아요.
진헌	뭔가 오해가 있는 모양인데 오늘은 진짭니다.
2회남	글쎄 싫다잖아요.
진헌	이 여자 내 여자라구요!

- 사람들이 불평을 터트린다.
- 2회남, 완강한 어조에 놀라 삼순을 본다.
- 삼순, 고심한다.
- 진헌, 삼순을 쏘아본다.
- 이윽고 일어나는 삼순.
- 두 남자의 시선이 모두 삼순에게 꽂혀 있다.

삼순 (2회남에게) 정말 죄송합니다. 이럴려고 그런 건 아닌데...
2회남 (실망스런)! ...
삼순 (정말 미안한) 정말 죄송합니다. (하고는 진헌을 확 밀치며 나간다)

- 진헌, 급히 따라 나간다.

16. 극장 로비 & 에스컬레이터

- 삼순이 총총히 나온다. 진헌도 따라 나온다.
- 삼순, 멈춰 휙 노려본다.

진헌 가. 가서 얘기해.
삼순 (독하게) 너랑은 이제 완전 끝이야.
진헌 ?! ...

- 삼순, 성큼성큼 걸어간다. 에스컬레이터를 탄다.
- 진헌, 얼른 따라붙는다. 에스컬레이터 계단을 총총히 뛰어 내려와 삼순과 마주 선다.

진헌 왜 또 이래?
삼순 ...
진헌 무슨 일인지 얘기를 해야 알 거 아냐.

삼순	...
진헌	전화 안 한 것 땜에 그래?
삼순	...
진헌	말했잖아. 마음 약해질까 봐 못 하겠다구!
삼순	(뭐? 기가 막혀! 하듯 쳐다보는)
진헌	일단 집에 가. 집에 가서 얘기해. (손목을 잡고 끌고 가려 하는)
삼순	(힘껏 뿌리친다)
진헌	! ... 정말 이럴 거야? 나도 얼마나 보고 싶었는 줄 알어?
삼순	(허! 못 참겠다. 꼬나보며) 왜 이러세요 아저씨? 나 알아요? (확 밀치며 에스컬레이터를 내려 성큼성큼 간다)

- 진헌, 도무지 이해할 수가 없다.

진헌	야 김삼순! 너 거기 안 서?!

17. 삼순 집 앞(동 저녁)

- 삼순이 터벅터벅 올라오다가 멈춘다.
- 진헌이 차 앞에 서 있다가 삼순의 앞으로 성큼 다가와 앞을 가로막는다.
- 삼순, 옆으로. 진헌도 옆으로. 삼순, 반대쪽으로. 진헌도 반대쪽으로.

삼순	(쏘아본다) 왜 이러세요 아저씨?
진헌	(이젠 달래기 시작한다) 미안해.
삼순	아저씨가 뭘요?
진헌	미안하다구. 그만 화 풀어.
삼순	어머 제가 왜 화를 내요? 우린 아무 사이도 아닌데?
진헌	어떡할까. 무릎 꿇고 빌까?
삼순	그 다리로 무릎이나 꿇을 수 있겠어요?
진헌	(잠시 생각하다가 무릎을 꿇는다)

삼순	(같잖다)
진헌	미안해. 용서해줘.
삼순	(태연하게 지갑에서 천 원짜리를 꺼낸다)
진헌	? ...
삼순	(적선하듯 그 앞에 천 원짜리를 던져주며) 열심히 사세요 아저씨. 살다 보면 별들 날이 오겠죠. (대문 앞으로 가 초인종을 누른다)

- 진헌, 천 원짜리를 집으며 황당무계! 도저히 못 참겠다. 화가 난다. 성큼 다가가 삼순을 돌려세운다.

진헌	(정색하고) 대충 짐작은 가는데 그래도 이건 너무 심한 거 아냐? 화가 났으면 왜 화가 났는지 얘기를 해. 내 얘기도 들어보고. 우리 집으로 가. (끌고 가려는데)
삼순	(확 뿌리치며) 대충? 하, 어이가 없어 정말. 그동안 내가 얼마나 피눈물을 흘렸는지 그것도 대충 짐작이 가겠네? 어?
진헌	그러니까 집에 가서 얘기하자고.
삼순	나만 그랬으면 몰라. 우리 엄만 어땠는지 아니? (새삼 눈물이 나면서) 먼 데 가서 무슨 일 생겼을까 봐 얼마나 걱정을 했는데. 절에 가서 백팔 배를 한두 번 한 줄 알아?
진헌	! ...
삼순	우리 언닌 어떻고. 말로만 너 싫다 그러지, 미운 정 들어서 얼마나 걱정을 했게. 미주한테 엽서 왔다는 소식 듣고 우리 셋이 얼마나 배신감 들었는 줄 알아? 그래도 우리 엄만 사고 난 게 아니라서 다행이라고 안심하고. 니가 뭔데 우릴 이렇게 만들어 왜!
진헌	? ... 엽서 보냈잖아.
삼순	꿈에서 보냈니?
진헌	못 받았어?
삼순	웃기지 마. 이젠 너랑 끝이야.

- 삼순, 아까 열린 대문을 열고 들어간다. 문이 쾅 닫힌다.
- 진헌, 아- 이 일을 어떻게 수습하나 잠시 서성이며 고민하다가 용기를

내어 초인종을 누른다.

봉숙 (E) 누구세요.
진헌 접니다 장모님. 헌이요. 저 건강하게 잘 돌아왔습니다. 문 좀 열어주세요 장모님!
봉숙 (E) 기다려.

- 기다리라는 말에 반색하는 진헌. 반가운 마음으로 기다린다.
- 문이 열리고 봉숙이 나타난다.

진헌 (꾸벅 허리 굽혀 인사하는) 안녕하셨습니까 장모님.
봉숙 (바가지의 물을 확 들이붓는다)
진헌 (물벼락 맞고) !!!
봉숙 누가 장모님이야 누가! 우리 딸 속 썩이는 인간은 필요 없어! 다신 찾아오지 마! (하고는 진돗개를 대문 밖으로 쫓아낸다) 이것도 가져가! 복날에 안 잡아먹은 거 고마운 줄이나 알아.

- 문이 쾅 닫힌다!
- 흠뻑 젖은 진헌, 아 미치겠다!

18. 삼순네 주방

- 저녁 식사하는 세 모녀. 밖에서 기다리는 진헌 때문에 마음들이 심란하다. 엉뚱한 말만 하며 밥을 먹는다.

봉숙 국이 좀 짜게 됐지?
이영 엄마도 나이 드니까 음식 맛이 점점 달라져.
봉숙 원래 나이 들면 그런 거야. 니들이 이해해라.
이영 근데 이제 오천만 원 없으면 남은 음식 어떡하냐.
봉숙 그러게. 쓰레기봉투 값 들게 생겼네.

삼순	(심란해서 아무 말이 없다)

19. 집 앞, 차 안(동 밤)

- 진헌, 티슈로 물기를 닦다가 진돗개를 돌아본다.

진헌	야 오천만 원, 도대체 무슨 일이 있었던 거냐. 응?
진돗개	(조수석에 얌전히 앉아서 쳐다본다)
진헌	아후... 말을 말자.

- 진헌, 등받이를 뒤로 젖히고 장기전에 돌입한다.
- 갑자기 진돗개가 왈왈 짖는다.
- 진헌, 깜짝 놀라 몸을 일으킨다.
- 진돗개가 삼순 집을 보며 마구 짖어댄다. 집 지킴이처럼.
- 진헌이 돌아본다.
- 조그만 상자를 든 창수가 초인종을 누르고 있다.

진헌	저 자식은 뭐야. (얼른 내리는데)

- 대문이 열리고 창수가 들어간다.
- 다가온 진헌의 앞에서 대문이 닫힌다. 진헌, 기분 나쁘다. 나는 못 들어가는데 저 녀석은 들어가는 게.

20. 마루

- 창수가 탁자에 상자를 놓는다.
- 세 모녀가 들여다본다.

봉숙	오밤중에 갑자기 이게 뭐야?

창수	어젯밤에 동네 아저씨 한 분이 술을 마시다가 푸념을 하더라구요. 엉뚱한 엽서가 자꾸 날아온다구.
삼순	(엽서?)
창수	하루가 멀다하고 오길래 버리지도 못하고 모아놨대요. 그러면서 받는 사람 이름이 삼순이라고 웃긴다 그러길래 누나 생각나서 한번 갖다달라 그랬는데 아무래도 누나한테 올 게 잘못 간 거 같아요.

    - 삼순, 얼른 상자를 열어 내용물을 꺼내 본다. 오십여 장의 엽서가 들어 있다.

삼순	! ...
봉숙	이게 다 뭐야?
이영	그럼 주소를 잘못 썼단 말야?

21.   삼순 방

    - 침대에 엽서가 흩어져 있다. 무작위로 한 장씩 읽어보는 중인 삼순.

진헌	(E) 여긴 커피의 도시 시애틀이야. 아까는 스타벅스 1호점에 가서 커피를 마셨어. 맛이 별 차이가 없더라구. 오늘 묵은 곳은 다운타운이 한눈에 보이는 별 세 개짜리 호텔인데 청소 상태가 영 엉망이야.

    - 라스베이거스의 화려한 야경이 박힌 엽서를 읽고 있는 삼순.

진헌	(E) 여긴 정말 굉장해. 도박에 별 취미는 없지만 백 불 들고 나가서 십 분만에 다 잃었어. 도시 전체가 관광지라 호텔도 최고야.

22.   집 앞

- 차에 앉아서 하염없이 기다리는 진헌.

진헌 (E) 오늘 묵은 곳은 브로드웨이 극장가가 가까이에 있는 그랜드 하이야트 호텔이야. 지금까지 묵은 곳 중에 제일 비싼 곳이지. 돈지랄 하다고 욕하는 소리가 들리네.

23. 삼순 방

- 뉴욕의 소인이 찍힌 엽서를 읽는 삼순.

진헌 (E) 그래도 비싼 만큼 배울 게 많어. 야경이 너무 좋다. 같이 왔으면 좋았을걸. 삼순아... 보고 싶다.

- 삼순, 가슴이 뭉클해져온다.

24. 집 앞

- 대문 열리는 소리에 얼른 몸을 일으키는 진헌.
- 대문 앞에 삼순이 나와 있다.
- 진헌, 차에서 내려 다가간다.

삼순 (보는) ...
진헌 (보는) ...
삼순 우리 집 주소 읊어봐.
진헌 ? ...
삼순 엽서 보냈다며. 주소 읊어보라구.
진헌 서울시 종로구 부암동 27번지 2통 5반. 우편번호는 110에 021.
삼순 (문패를 가리키며) 이거 읽어봐.
진헌 (본다)

- (인서트) 서울시 종로구 부암동 17번지. 박봉숙.

진헌	(이제야 알아차린다! 아뿔싸! 그랬었구나!)
삼순	너 바보지.
진헌	(아 온갖 상을 찌푸리거나 자기 머리를 쥐어박거나)
삼순	일단 우리 엄마한테 사과해. 엄마가 용서하면 받아주고 아니면 나도 안 돼.
진헌	! ...

25. 마루

- 넙죽 큰절을 하는 진헌.
- 봉숙, 외면한 채 앉아 있다. 그 옆으로 삼순과 이영.

진헌	저 잘 다녀왔습니다 장모님.
봉숙	(흥)

- 역시 냉랭한 삼순과 이영.

진헌	(심호흡하고 의연하게) 원래는 친구를 데려다주러 갔는데 거기 며칠 묵으면서 여러 가지 생각이 났습니다. 좀 있으면 서른이고 결혼도 해야 하고, 삼순이를 어떻게 먹여 살릴까, 어머니는 점점 연로해지시는데 앞으로 어떻게 살아야 하나...
봉숙	(솔깃하다)

- 삼순과 이영도 슬슬 들어준다.

진헌	그래서 대도시들을 돌면서 도시마다 호텔에 묵었습니다. 맛있는 요리를 만들려면 맛있는 음식을 먹어봐야 하니까요. 레스토랑의 몇 달치 매출을

	숙박비로 다 날렸지만 꽤 괜찮은 공부였다고 생각합니다.
삼순	(이해가 가는 듯) …

- 봉숙과 이영도 마음이 움직이는 눈치다.

봉숙	(그래도 안 풀려서) 그래도 석 달씩이나 너무 긴 거 아냐?
진헌	여기저기 흩어져 있는 친구들도 좀 만났습니다.
봉숙	그래도 너무 길어.
진헌	여행도 좀 다녔습니다. 혼자 하는 여행은 마지막이니까요.
봉숙	그래 혼자 여행 다니니까 어떻든가.
진헌	…
봉숙	응? 어떻드냐고.
진헌	제 곁에 있는 사람들이 얼마나 소중한지 깨달았습니다.
봉숙	! …
삼순	! …
이영	! …
봉숙	(한층 누그러져서는) 그럼 전화라도 하든가. 거긴 전화도 없대?
진헌	전화는… 삼순이 목소리를 들으면 마음이 약해져서 그날로 귀국할 것 같아서요.
삼순	! …

- 봉숙과 이영도 마음이 동한다.

진헌	대신 엽서를 보냈는데 제가 모자랐습니다. 용서해주세요 장모님. (넙죽 고개를 숙인다)
봉숙	큼… 삼순이 넌 어때. 용서가 되니?
삼순	몰라. 엄마가 결정해.
봉숙	니 애인인데 왜 나한테 그래? 니가 용서하면 나도 눈감아주고.
삼순	엄마가 결정하라니까?
봉숙	몰라, 니가 결정해.
삼순	난 남자 보는 눈 없다며.

- 자존심 때문에 쉽게 받아주지도 못하고 서로 공을 넘기는 모녀를, 의연함은 어느새 사라지고 눈치 보듯 왔다 갔다 쳐다보다가.

진헌 저기.. 노래방 한 번 더 갈까요?

- 푸하 웃음 터트리는 이영.
- 봉숙도 비싯 웃음이 나온다.
- 삼순도 삐질삐질 웃는다.
- 이제 됐다! 안도한 진헌도 미소가 번지는데.

봉숙 누가 웃으래!
진헌 (얼른 표정 굳는)
봉숙 저녁은 먹었어?
진헌 아직 못 먹었습니다 장모님.
봉숙 끼니 굶는 사람은 우리 집 사위 될 자격 없어. 앞으로 끼니 거르지 마.
진헌 네 장모님!
봉숙 온 김에 저녁 먹고 가. (하며 일어나는데)
진헌 저기 장모님, 밥보다도 삼순이를 하룻밤만 빌려주시면 안 될까요?
삼순 ?! ...

- 봉숙과 이영도 무슨 뜻인가 쳐다보는.

26. 창수네 가게 앞(동 밤)

- 야외용 테이블에 앉아 맥주 마시고 있는 현무.
- 이영이 못마땅한 얼굴로 터덜터덜 내려와 앞에 선다.

이영 왜 불렀어요?
현무 일단 앉아라 좀. 작은 키도 아닌데.

이영	(앉는다)
현무	현 사장 온 거 알아?
이영	좀 전에 왔다 갔어요.
현무	그래? 짜식 빠르네.
이영	근데 새삼 기분 나쁘네요? 아주 툭 까놓고 반말하기예요?
현무	억울하면 너도 반말해.
이영	친하지도 않은 사람한테 반말하기 싫어요.
현무	도대체 그 속엔 뭐가 들었을까? 구렁이가 들었나 꼬리 아홉 달린 여우가 들었나. 이만하면 친해지다 못해 곪아 터진 사이 아닌가?
이영	자꾸 우리라고 갖다 붙이지 말아요. 누가 보면 정말 데이트한 줄 알겠네.
현무	아 미치겠네 정말. 머리를 열어볼 수도 없구. 도대체 넌 무슨 생각을 하면서 사니?
이영	지금은 어떡하면 케익이 잘 팔릴까 그 생각만 하고 있어요.
현무	내 생각도 해라 좀 응? 그리고 동거에 대해서 다시 생각해봐.
이영	싫다 그랬잖아요.
현무	아 빨래랑 청소 안 시켜. 밥은 내가 하고. 넌 그냥 같이 밥만 먹어주면 돼.
이영	난 같이 밥 먹을 사람 있어요.
현무	맨날 똑같은 사람들이랑 밥 먹으면 안 지겹냐? 좀 바꿔라.
이영	안 지겨워요.
현무	너 이러고 살다가 늙으면 어떡할래. 어머님 돌아가셔, 형제들은 자기 식구 챙기기 바빠, 너 혼자 꼬부랑 할머니 돼서 양로원에서 늙어 죽을래?
이영	시설 좋은 실버타운 갈 거예요. 연금이랑 보험 들어놨어요.
현무	그거 나한테 들어, 나한테. 내가 확실하게 보장해줄게, 종신으로.
이영	아 됐어요. (일어난다)
현무	(얼른 손목 잡으며) 어머님한테 인사나 좀 하자.
이영	미쳤어요?

27. 집 앞

- 이영이 걸어와 대문 앞에 서서 초인종을 누른다.

봉숙	(E) 이영이니?
이영	어.

- 대문 열리자 이영이 들어간다.
- 몰래 뒤따라온 현무가 대문 앞에 서며 회심의 미소를 짓는다.

현무	너 딱 걸렸어. 그래, 누가 이기나 해보자구. (초인종을 누른다)
봉숙	(E) 누구세요?
현무	큼... 어머님 저 이현무라고 합니다. 둘째 따님 애인입니다.

28. 마루

- 봉숙, 인터폰(모니터는 없는)으로 듣다가 놀란다. 마악 현관문 열고 들어서는 이영에게.

봉숙	이영이 너 남자 있니?
이영	? 아니. 왜?
봉숙	그럼 이 남잔 누구야? 니 애인이라는데?
이영	(눈치채고) 미쳤어 미쳤어. (얼른 인터폰 빼앗아 걸며) 엄마 신경 쓰지 마. 잡상인이야. 내가 해결하고 올게. (부리나케 방으로 들어가더니 꿀꿀이를 들고 나와 튀어 나간다)
봉숙	(갸웃)

29. 집 앞

- 대문이 열리고 이영이 나타난다.

현무	허허 영접까지 나와주시구, 이거 몸 둘 바를 모르겠네. (하며 들어가려는

이영	데)
이영	(선물 받았던 꿀꿀이를 턱 가슴에 안긴다)
현무	(얼결에 받으며) 뭐야 이거.
이영	이까짓 장난감으로 나를 꼬실려 그랬니? 냉수 먹고 속 차려 이 아저씨야. (대문을 쾅 닫는다)
현무	(정말 성질이 난다. 꿀꿀이를 마구 때린다) 야, 너 뭐야. 니가 다 알아서 한다며. 니가 뭘 했는데, 어?

- 그래도 성이 풀리지 않는다. 대문과 담장을 이러저리 둘러보더니 꿀꿀이를 놓고 한참 뒤로 물러난다. 다다다 뛰어 담장에 뛰어오른다. 낑낑거리며 담장을 타고 넘으려는데 안에서 개 짖는 소리가 요란하다. 헉 놀라는 현무.

| 이영 | (E) 야 오천만 원 뭐 해. 가서 물어! 물으란 말야! |

- 개가 뛰어오며 개목걸이가 질질 끌리는 소리, 더욱 사나워진 개 짖는 소리! 놀란 현무가 담장에서 떨어져 내린다. 아픈 다리를 절룩거리며 마구 도망을 간다.

- 대문 열고 나와 보는 이영.

| 이영 | (씨익 웃으며) 오천만 원이 이름값을 하네? |

30. 오피스텔(동 밤)

- 침대 위의 이불이 꿈틀거린다. 엎치락뒤치락하다가 멈추는가 싶더니.

진헌	(E) 살 얼마나 빠졌어.
삼순	(E) 더 쪘어.
진헌	(E) 왜.

삼순	(E) 난 스트레스받으면 더 먹는 체질이거든.
진헌	(E) 더 이상 못 기다려. 한 달 지났잖아.
삼순	(E) 이젠 내가 못 참아.
진헌	(E) 아작아작 씹어 먹고 싶어.
삼순	(E) 난 니 입술을 다 뜯어먹을 거야.

- 다시 이불이 요동을 친다.
- 꿀꿀이가 쳐다본다.

삼순	(E) 잠깐!

- 삼순이 이불을 확 걷으며 일어난다.

진헌	(일어나며) 왜에.
삼순	생각해보니까 너 나한테 사랑한단 말 안 했어.
진헌	아이 참, 지금 그게 문제야?
삼순	문제지 그럼. 그 말 듣기 전엔 절대 안 돼.
진헌	그걸 꼭 말로 해야 아냐?
삼순	어. 난 말로 안 해주면 몰라.
진헌	아 됐어. (눕히려는데)
삼순	(말리며) 되긴 뭐가 돼. 빨리 말해. 너 나 사랑해?
진헌	아 유치하게 정말.
삼순	유치하면 어때서, 둘만 있는데. 빨리 말해.
진헌	안 해. 못 해.
삼순	왜 못 해.
진헌	한 번도 안 해봤어.
삼순	?! ...
진헌	뭘 그렇게 놀래?
삼순	너... 희진 씨한테도 안 해봤어?
진헌	(좀 머뭇거리다가) 어.
삼순	?! ... 정말?

진헌	어.
삼순	그래도 미주한테는 해봤을 거 아냐.
진헌	미주는 가족이지.
삼순	가족이든 뭐든, 미주한텐 해봤지?
진헌	아니.
삼순	(넘어갈 지경이다)! ... 너 멘탈에 이상 있지, 그지.
진헌	(찌푸리며) 겨우 그거 갖고 그렇게까지 말할 건 없잖아.
삼순	겨우? 야, 어떻게 태어나서 한 번도 사랑한단 말을 입에 안 달고 살았냐? 그게 사람이냐?
진헌	그럼 자기는.
삼순	수백 번은 더 했다.
진헌	(확 인상 쓰며) 민현우한테?
삼순	야, 그걸 꼭 남자한테만 하는 건 줄 알어? 식구들이나 친구들한테도 자주 하는 거야 그건.
진헌	뭐 하러, 마음만 있으면 됐지.
삼순	사랑은 표현해야지 마음속에만 담고 있으면 그걸 누가 알아줘.
진헌	말로 하는 거하고 마음에 있는 거하고 뭐가 다른데.
삼순	칭찬하고 사랑은 먹어도 먹어도 배고픈 거거든.
진헌	유치해.
삼순	인간이 원래 유치하니까.
진헌	지금 우리가 이런 쓸데없는 논쟁을 벌일 때가 아닌 것 같은데. (하며 눕히려는데)
삼순	(탁 쳐내고는) 내가 오늘 너의 27년 고질병을 고쳐주겠어.
진헌	뭐?
삼순	(재빨리 헤드락을 건다)
진헌	켁 뭐야.
삼순	(조이며) 빨리 사랑한다고 말해.
진헌	켁 안 놔? 놔.
삼순	이렇게라도 해야 니 병을 고칠 수 있을 거 같다. 빨리 말해. 얼른. (힘껏 조인다)
진헌	(얼굴이 벌게져서는 벗어나려 몸부림치면서) 켁 빨리 놔라? 켁...

삼순	너부터 말해. 빨리.
진헌	나 정말 화낸다? 켁...
삼순	병 고친 다음에. 그래도 안 늦어.
진헌	켁...
삼순	빨리 말해. 사랑해. 딱 한 마디야.
진헌	아 정말... 켁...
삼순	(결정적으로 힘 팍 주며) 얼른!
진헌	(쥐어짠다) 사랑해.
삼순	(더 조이며) 더 크게!
진헌	사랑한다구.
삼순	다시 한번 복창!
진헌	사랑해~~~
삼순	(풀어준다)
진헌	(잔뜩 찡그린 채 아픈 목을 주무르고 후- 숨을 가다듬고) 무슨 여자가 그렇게 힘이 세냐?
삼순	오늘은 이쯤에서 봐주지만 다음엔 마음을 담아서 진심으로 해야 돼. 알았어?
진헌	엉뚱한 데 힘쓰고 있어. (하며 와락 눕히며 이불을 뒤집어쓴다)

- 잠깐의 요동 뒤에 또 삼순이 벌떡 일어난다.

진헌	(일어나며) 왜 또오.
삼순	이러다 진짜 임신하면 어떡할려구. 너 그거 있어?
진헌	(무슨 뜻인지 잠깐 생각하다가 도리도리) 아니.
삼순	빨리 나가 사 와.
진헌	(어이없는) 야 이 밤중에 그걸 어디서 사.
삼순	편의점에 있잖아. (밀며) 빨랑 갔다 와.
진헌	아이 씨... 지금 어떻게 나가.
삼순	그럼 배불러서 웨딩드레스 입으라구?
진헌	배 안 불러도 임신한 줄 알걸?
삼순	뭐? 이게 정말! (마구 민다) 빨랑 나갔다 와. 얼른!

| 진헌 | 아이 씨... (마지못해 일어나 나간다) |
| 삼순 | 빨리 갔다 와 허니~ 빛의 속도로~ |

31. 편의점1(동 밤)

- 위생용품 진열대를 훑는 진헌. 그게 안 보인다.
- 카운터로 오는 진헌. 하필이면 젊은 여자가 서 있자 참 난감해한다.

진헌	저기...
판매원	네.
진헌	저기... 그거 없어요?
판매원	네?
진헌	그거.. 있잖아요.
판매원	그거라뇨? 뭐 찾으시는데요?
진헌	(인상 우그러진다) 아뇨 됐습니다. 수고하세요. (나간다)

32. 약국 앞

- 셔터가 내려진 약국.
- 돌아서는 진헌.

33. 편의점2

- 진열대를 훑는 진헌. 어? 있다! 반색하며 손을 뻗는데 누군가가 먼저 채간다. 마지막 남은 물건이다. 진헌, 어? 하며 돌아보면.
- 젊은 여자가 그걸 들고 다른 물건들을 고른다.
- 진헌, 고개를 설레설레 젓고는 나간다.

34. 오피스텔

- 삼순, 침대에서 뒹굴뒹굴한다.

삼순 왜 이렇게 안 오는 거야. 공장에 갔나? (하다가 꿀꿀이와 눈이 마주치자 일어나 앉으며) 어? 이 자식 봐라? 너 다 보고 있었지. (다가가 꿀꿀이를 돌려세운다) 응큼한 놈. 보기만 해?

- 그때 핸드폰이 울린다. 발신자가 안 뜨자 갸웃하며 받는다.

삼순 여보세요. (대답 없자) 여보세요.
희진 (F) 저예요 유희진.
삼순 ! ...
희진 (F) 여보세요?
삼순 오랜만이네요. 어디예요?

35. 캘리포니아의 어느 카페

- 카페에 앉아 의학서적을 놓고 공부하던 중이다.

희진 미국이요.
삼순 (F) 근데 웬일이에요?
희진 (본론이 쉽게 나오지 않아서) ... 가게 오픈했다면서요?

36. 오피스텔 & 카페

삼순 네.
희진 잘돼요?

삼순	아직은 밀가루 값도 못 건져요.
희진	잘되겠죠.
삼순	그렇겠죠.
희진	(쉽게 못 꺼내는) ...
삼순	왜 전화했는데요.
희진	... 고맙다는 말을 하고 싶었어요.
삼순	? ...
희진	그때 죽 쒀준 거요. 그리구... 진헌이 같이 보내준 것두요.
삼순	... 별것도 아닌데 국제전화까지 하구... 요즘은 밥 잘 먹어요?
희진	네.
삼순	꼬박꼬박 챙겨 먹어요. 건강보다 중요한 건 없으니까.
희진	네.
삼순	헨리도 잘 있어요?
희진	네.
삼순	진헌 씨 소식은 안 물어봐요?
희진	...
삼순	안 궁금해요?
희진	(잠시 머뭇) ... 편입 준비하느라 그럴 시간이 없어요.
삼순	(아닌 척하는 그 마음을 알 것 같은) ... 희진 씬 아마 좋은 의사가 될 거예요.
희진	? ... 왜요?
삼순	아파본 사람만이 아픈 사람 심정을 아니까요.
희진	(픽 웃고는 덤덤하게) 그럼 이만 끊을게요.
삼순	다신 전화하지 말아요. 나 희진 씨 별로 안 반가우니까.
희진	마찬가지예요. 다신 전화 걸 일 없을 거예요. 만날 일도 없구요. 끊어요.

- 삼순, 전화 끊고 잠시 마음이 뒤숭숭하다.

37. 카페

- 희진도 마찬가지로 뒤숭숭하다. 잠시 생각하다가 안경을 끼며 책을 본다.
- 그때 헨리가 들어와 앞에 앉는다.

희진   (고개 들며) 어 왔어?
헨리   많이 기다렸어?
희진   아니, 공부하고 있었어.
헨리   음.. 굿 뉴스와 배드 뉴스가 있는데 어느 거부터 들려줄까?
희진   굿 뉴스만.
헨리   (웃으며) 그럼 굿 뉴스부터.
희진   (웃는)
헨리   드디어 내가 원하던 일 중의 하나를 이루게 됐어.
희진   그래? 뭔데?
헨리   MSF(Medecins Sans Frontiers-국경없는의사회)에서 활동하게 됐어.
희진   (표정이 달라진다)
헨리   아프리카에서 2년 동안. 그게 배드 뉴스야.
희진   ! ...
헨리   (으쓱) ...
희진   2년이나?
헨리   (끄떡)
희진   그럼 2년씩이나 못 보는 거야?
헨리   (끄떡)
희진   ...
헨리   (안색을 살핀다)
희진   꼭.. 가야 돼?
헨리   응. 원하던 거니까.
희진   ...
헨리   (왠지 미안한)
희진   ... 나중에 가면 안 돼?
헨리   ? 나중에? 언제?
희진   나 의사 되면... 그때 같이 가면 안 돼?

헨리	?! ...
희진	그럼.. 안 될까?
헨리	(손가락으로 테이블을 똑똑 두드리며 흠.. 생각하는)
희진	(대답 기다리는)
헨리	그럼 이러고 있을 때가 아니지. (책을 눈짓하며) 공부해. 그래야 빨리 의사 되지.
희진	(웃는)
헨리	(우리말) 공부해. 빨리빨리.

- 희진, 쿡 웃고는 책을 본다.
- 헨리, 물끄러미 보다가 희진의 이마에 입을 맞춘다.
- 희진이 놀라 쳐다본다.

희진	...
헨리	...

- 헨리, 천천히 다가가 입을 맞춘다.
- 희진, 눈을 감고 가만히 받아들인다.

38. 편의점3

- 진열대에서 그걸 뽑아드는 진헌. 흐뭇한 마음으로 카운터로 간다.
- 게다가 판매원은 남자다. 당당하게 카운터에 올려놓는 순간 여고생 세 명이 왁자하게 수다를 떨며 달려와 하드 하나씩을 올려놓는다.
- 진헌, 긴장한다.
- 판매원이 바코드를 찍어 XXXX원이라고 하며 내놓는다.
- 진헌, 재빨리 그걸 집어든다.
- 여고생들의 눈길이 일시에 진헌에게 쏠린다.

판매원	XXXX원이라구요.

- 진헌, 만 원을 내고 거스름돈도 안 받고 후다닥 나간다.

판매원 저기요, 거스름돈이요!
여고생1 저 아저씨 왜 저래?
여고생2 근데 대따 잘생겼다 그지. (아이들은 그걸 본 게 아니라 단지 진헌의 얼굴을 본 것)

39. 오피스텔

- 들어오는 진헌. 후- 숨을 몰아쉬며 침대로 온다.

진헌 나 왔어.

- 푸르르 자고 있는 삼순.
- 진헌, 못 말려 정말 하는 표정으로 찌푸리더니 옆에 앉아 삼순을 흔든다.

진헌 자기야. 자기야. 자면 어떡해... 삼순아. 삼순아.
삼순 (잠꼬대) 아 건들지 마. (하며 돌아눕는다)
진헌 아... 일어나봐 좀. 그냥 자기야?

- 대꾸 없이 마냥 자는 삼순.
- 진헌, 아- 탄식을 하며 벌러덩 눕는다. 이게 뭐야, 입이 쓰다. 여태 손에 들고 있던 걸 아무 데나 던진다. 그러고는 삼순을 흘깃 보더니 일어나 반대편으로 가 눕는다. 삼순의 얼굴이 보인다. 모로 누워 팔로 턱을 괴고 삼순을 바라본다.
- 무방비 상태로 자는 삼순의 모습.
- 진헌, 물끄러미 바라본다.

진헌 ... 그 기분 알아? ... 낯선 기차역에 도착했는데 해는 어둑어둑 지고 잠잘 곳은 정해져 있지 않고 주위는 적막하고... 외롭더라, 눈물 쏙 빠지게... 그 때마다 니 생각을 했어... 다시는 혼자 여행 다니지 않을 거야...

- 그저 자는 삼순.

진헌 그나저나 우리 나 사장은 어떻게 꼬시지?

- 그때 삼순이 다시 돌아눕느라 손이 허공을 가르고, 그 손에 퍽 얼굴을 맞는 진헌. 억! 코를 감싸 쥐고 뒹군다.
- F.O

40. 나 사장 거실(낮, F.I)

- 나 사장과 나 회장, 진헌과 삼순, 윤 비서가 앉아 있다. 삼순은 예쁘고 단정하게 차려입고 조신하게 앉아 있다.

나 회장 흠.. 그래 이름이 삼순이라고?
삼순 네.
나 회장 그럼 셋째 딸인가?
삼순 네.
나 회장 나이는 몇 살인고.
삼순 서른입니다.
나 회장 진헌이 니가 몇 살이지?
진헌 스물일곱입니다.
나 회장 그럼...
진헌 (얼른) 요즘은 연상연하가 트렌듭니다.
나 회장 트렌드? 그게 유행이라는 뜻이냐?
진헌 네.
나 회장 그럼 나도 요즘 유행 따라 연상을 한번 찾아볼까?

나 사장	(으이구 주책이야, 눈치를 주고)
삼순	(쿡 웃음 나오는 걸 손으로 가린다)
나 회장	그래, 아버님은 무슨 일을 하시는고?
삼순	(머뭇) ...
진헌	아버님은 안 계십니다.
나 회장	아 그래? 그럼 생전에 무슨 일을 하셨는고?
삼순	식품업에 종사하셨습니다.
나 사장	(아니 쟤가 또?)
진헌	(역시 좀 당황하고)
윤 비서	(무표정하게 보는)
나 회장	식품업? 식품업이라면 나도 잘 아는데 무슨 회사를 하셨을까?
삼순	삼순(이네 방앗간)
나 사장	(얼른 끼어드는) 방앗간을 하셨대요.
나 회장	? 방앗간?
삼순	네, 방앗간을 하셨습니다. 지금은 잘 아시는 분이 인수를 하셨고 어머니는 시장에서 조그만 금융업을 하고 계십니다.
나 회장	금융업이라면?
나 사장	(또 끼어든다) 일수를 놓고 계신대요.
나 회장	? 일수?
삼순	예. 살짝 놓고 계십니다.
나 회장	허허 그러시구만... 그래 직업이 케잌을 만드는 거라고?
삼순	네.
나 회장	그렇구만... 우리 진헌이 어디가 그렇게 좋은가.
삼순	네?
나 회장	우리 진헌이 뭐가 좋아서 결혼까지 하겠다는 게야.
삼순	(진헌을 사랑스럽게 본다)
진헌	(역시 삼순을 사랑스럽게 보고)
나 사장	(어이구 미쳐, 하는 표정)
윤 비서	(별꼴이군, 하는 표정)
삼순	그냥 다 좋습니다.
나 회장	그냥 다라... 그렇지, 다 좋을 때지.

미주	(E) 작은엄마.

- 모두들 놀라 쳐다본다.
- 미주가 계단에서 뛰어 내려온다.

미주	작은엄마~ (하며 삼순에게로 가 안긴다)
삼순	(얼른 안아주며) 우리 미주 잘 있었어?
미주	작은엄마, 과자 언제 또 만들어요?

- 모두들, 놀라는 표정들이다.
- 진헌은 으쓱해하고.

삼순	과자야 언제든지 만들 수 있지? 작은엄마 전용 주방이 생겼거든.
미주	그럼 내일 만들어요.
삼순	좋지. (진헌에게) 내일 미주 데리고 와요. 알았죠?
진헌	(흐뭇해서) 음.
나 사장	(안 되겠다) 진헌아 나 좀 보자. (안방으로)
진헌	? ... (따라 들어간다)
삼순	? ...

41.   나 사장 침실

- 들어오는 나 사장과 진헌.

나 사장	(돌아서며) 안 된다.
진헌	? ...
나 사장	미주 앞세워서 뭘 꾸며보는 모양인데 삼순 양은 안 돼.
진헌	레스토랑, 오 지배인님하고 이 부장님한테 맡길 거예요.
나 사장	? 뭐?
진헌	전 호텔로 들어가구요.

나 사장	? 뭐라구?
진헌	제가 호텔로 들어오는 게 나 사장님 소원이잖아요. 소원 들어드릴게요. 대신 삼순이랑 결혼하는 거 허락해주세요.
나 사장	! ... 괘씸한 놈. 거래할 게 따로 있지 혼인문제 갖고 거래를 해?
진헌	(대뜸) 임신했어요.
나 사장	뭐?
진헌	임신했다구요.
나 사장	(넘어갈 지경이다)
진헌	(태연하게 보는)
나 사장	(정신 차리고, 속을 꿰뚫어보려는 듯)
진헌	(지지 않고 맞받아치는)
나 사장	(눈싸움)
진헌	(눈싸움)
나 사장	좋다. 그럼 내일 같이 산부인과 가자.
진헌	(어?)
나 사장	내 후배 김 박사 알지? 종목이 산부인과잖니.
진헌	(이런!)

42. 저택 앞, 차 안

- 차에 오르는 진헌과 삼순. 진헌, 시동을 건다.

삼순	미주가 그렇게 보채는데 더 놀지 왜 갑자기 나와.
진헌	삼순아.
삼순	어.
진헌	(획 본다)
삼순	왜에.
진헌	(비장한) 애부터 만들어야겠다.
삼순	뭐???

- 진헌, 차를 출발시킨다.

43. 오피스텔 복도

- 엘리베이터 열리자 삼순을 끌고 나오는 진헌. 현관까지 끌고 버티고 하면서 옥신각신.

삼순   싫어어. 어떻게 배불러서 웨딩드레스를 입어.
진헌   아예 웨딩드레스를 못 입는 수가 있어.
삼순   안 입으면 안 입었지 불은 몸으론 싫어.
진헌   그래도 이뻐, 걱정 마.
삼순   싫다니까아.
진헌   잔말 말고 따라와. (현관 키를 누르고 들어간다)

44. 나 사장 거실(동 밤)

- 윤 비서가 트렁크를 끌고 나온다.
- 소파에 앉아 책 보던 나 사장, 흥 외면한다.

윤 비서   저 가요.
나 사장   (대꾸도 않고 책 보는)
윤 비서   (잠깐 보다가 트렁크 끌고 돌아선다)
나 사장   나쁜 년.
윤 비서   (멈칫)
나 사장   언제 돌아올 건데. 정말 2, 3년씩이나 있을 거야?
윤 비서   (돌아서서) 돌아다니다가 괜찮은 남자 있으면 거기서 살림 차리구요.
나 사장   서방 복 있었으면 벌써 시집갔지.
윤 비서   혹시 모르죠. 파란 눈이 제 임자지. 갈게요. (돌아서서 나가는데)
나 사장   (벌떡 일어나더니 달려들어 등짝을 때린다) 이 괘씸한 년! 감히 날 두고

	가?
윤 비서	왜 때리고 그러세요. 아파요.
나 사장	(잡지는 못하고 괜스레 화만 내는) 갈려면 훤할 때 가든가. 청승맞게 왜 밤 비행기야!
윤 비서	밤 비행기가 싸거든요.
나 사장	왜 싼 비행기를 타. 내가 월급 적게 주디?
윤 비서	왜 시비를 걸고 그러세요.
나 사장	나쁜 것 같으니라구. (침실로 들어간다)
윤 비서	(가만 보다가 침실 앞에 서서) 남자 생겨도 돌아올게요.

45. 나 사장 침실

- 정작 화는 냈지만 가슴이 휑한 나 사장. 쓸쓸하게 앉아 있다.

나 사장	필요 없어. 오든지 말든지.
윤 비서	(E) 저 정말 가요. ... 네?
나 사장	전화나 자주 해!

46. 거실

윤 비서	(픽 웃으며) 네.

- 윤 비서, 트렁크 끌고 현관으로 가다가 멈칫, 고개를 숙이면.
- 미주가 윤 비서의 다리를 끌어안고 올려다본다.

미주	이모 어디 가요?
윤 비서	좋은 데 구경 가지?
미주	언제 와요?
윤 비서	미주 학교 들어가면.

미주	정말요?
윤 비서	그럼. 그동안 할머니 말씀 잘 듣고 있어야 돼?
미주	네.

47. 오피스텔(새벽)

- 침대 밑에 벗어젖힌 옷들이 아무렇게나 흩어져 있다.
- 침대 속에 나란히 앉아 있는 진헌과 삼순. 코피를 흘린 듯 각자의 코에 휴지가 틀어막혀져 있다.

삼순	(지친) 날 샜다 자기야.
진헌	(역시 지친) 어.
삼순	삼신할매가 다녀갔을까?
진헌	어.
삼순	이래도 안 생기면 어떡하냐.
진헌	(쳐다본다)
삼순	(쳐다본다) ... 또?

- 진헌, 눕히며 이불을 뒤집어쓴다.

48. 동 오피스텔(동 새벽)

- 빈 거실... 갑자기 TV가 켜진다. 축구 중계가 흘러나온다.
- 진헌의 팔을 베고 자던 삼순이 문득 눈을 뜬다. TV 소리가 들려온다. 옆을 본다. 진헌이 자고 있다. 이상하다? 누가 TV를 켰지? 비몽사몽간에 일어나 거실로 나가보는 삼순.
- 거실로 나오던 삼순이 깜짝 놀란다.

삼순	아부지!

- 아버지가 소파에 앉아 맥주를 마시며 축구 경기를 보고 있다.
- 삼순, 얼른 다가와 옆에 앉는다.

삼순	지금 뭐 하는 거야 남의 집에서.
아버지	괜찮아 꿈이니까.
삼순	꿈? 아 맞다 꿈이다 꿈.
아버지	너야말로 남의 집에서 뭐 하는 거야, 남사스럽게.
삼순	어? (부끄러워서 히히 웃는다)
아버지	좋냐?
삼순	(부끄러운 듯 끄덕이며) 응.
아버지	행복하냐?
삼순	응 아부지.
아버지	그래, 인생 뭐 별거 있어? 좋아하는 사람이랑 투닥거리면서 살면 되는 거지.
삼순	아부지는? 아부지도 행복해?
아버지	응. 죽는 것도 썩 나쁜 건 아니더라구.
삼순	히히 아부지가 좋다니까 나도 좋다. (그런데 갑자기 눈물이 핑글 맺힌다)
아버지	? ...
삼순	(눈물이 방울방울)
아버지	행복하다면서 왜 그래.
삼순	... 너무 좋아서... 너무 행복해서... 그래서 겁이 나 아부지.
아버지	... 삼순아.
삼순	이게 깨질까 봐 겁이 나 아부지.
아버지	... 이런 바보 같으니라구.
삼순	(보는)
아버지	닥칠지 안 닥칠지도 모를 일을 왜 미리 걱정을 해.
삼순	... 그치?
아버지	그러엄. 행복하게 살기도 바쁜데 그런 바보 같은 생각을 뭐 하러 해.
삼순	맞어.
아버지	뒤도 돌아보지 말고 미리 걱정도 하지 말고 하루하루 열심히 살면 되는

	거야.
삼순	맞어. (눈물을 훔친다)
아버지	우리 셋째 딸, 기죽지 말고 씩씩하게 사는 거다?
삼순	(끄떡끄떡) 응.
아버지	(주먹 쥐어 보이며) 화이팅!
삼순	화이팅! 아자아자아자!

49. 동 오피스텔(동 새벽)

- 진헌의 팔을 베고 자는 삼순.

삼순	(잠꼬대처럼 입엣말) 화이팅...

- 화면 어두워진다.
- F.O

50. 남산 서울타워 앞(F.I)

- 엄마 아빠 티가 나는 진헌과 삼순, 각자 아이들을 하나씩 손에 잡고 또 다른 셋째의 이름을 애가 타게 부르며 찾아다닌다. 아이들은 진헌을 닮아 예쁜 다섯 살쯤의 남자아이와 여자아이다.

진헌	바다야!
삼순	바다야!
진헌	바다야!
삼순	바다야, 바다 어딨니!
진헌	그러니까 이런 날 뭐 하러 나와. 애 잃어버리기 딱 십상인데.
삼순	자기가 한눈팔아서 그렇잖아. 애 천방지축인 거 몰라? 한시도 눈을 떼면 안 된다구.

진헌	으유 정말.
삼순	인상 펴라?

- 진헌과 삼순, 다시 바다의 이름을 부르며 찾아다니는데 안내방송이 나온다.

남자	(F) 아. 아. 미아를 보호하고 있습니다. 이름은 현바다 양. 나이는 다섯 살.

- 진헌과 삼순, 어? 멈추며 방송에 귀를 기울인다.

남자	(F) 어머니 성함은 김삼순, 김삼순.
삼순	(일그러지며) 그때 등록을 포기하는 게 아니었어.
남자	(F) 아버지 성함은 현삼식, 현삼식.
진헌	(뭐? 역시 일그러지며) 도대체 애를 어떻게 가르치는 거야?
삼순	가정교육은 나만 하냐?
남자	(F) 김삼순 씨와 현삼식 씨께서는 관리실로 와주시기 바랍니다. 다시 한 번 말씀 드리겠습니다.

- 그들의 이름이 다시 울려 퍼지는 가운데 관리실을 향해 뛰어가는 진헌과 삼순과 아이들.

51. 나 사장 거실

- 가족사진이 커다랗게 걸려 있다. 진헌과 삼순이 앉아 있고 양옆에 아이들 셋이 적당히 서 있는. 겨우 찾은 바다는 삼순을 닮아 통통하고 귀엽다. 두 아이와 무척 대조되는.

삼순	(Na.) 그날 밤 삼신할매가 세 쌍둥이를 점지해주었고 우리는 결혼을 했다. 산, 들, 바다. 우리 아이들의 이름이다. (사이) 아니다. 이건 나의 꿈이다.

52. **케이크하우스 전경**

- 아주 예쁜 유럽풍의 가게 전경. 간판에는 〈SAMSUNI CAKE〉

삼순   (Na.) 이것도 나의 꿈이다.

53. **삼순 숍 안**

- 좁은 주방에서 부지런히 밀가루 반죽을 하고 있는 삼순. 콧등에 땀이 송글송글 맺혀 있다.

삼순   (Na.) 아직 나의 현실은 여기에 머물러 있다.

54. **보나뻬띠 홀**

- 피아노를 치는 삼순. 그동안 열심히 연습한 Can't Help Falling in Love를 능숙하게 친다.
- 진헌이 테이블에 앉아 그윽하게 쳐다본다.

삼순   (Na.) 그래도 작은 꿈 하나는 이루었다. 그에게 피아노 연주를 해주는 것.

55. **남산 계단(2회의)**

- 손을 잡고 저만치서 걸어오는 삼순과 진헌. 횡단보도 앞에 선다.

삼순   (Na.) 그날 밤 삼신할매는 다녀가지 않았고 어머니는 여전히 결혼을 반대하신다.

- 횡단보도를 건너며 뭐가 문제인지 투닥거리기 시작하는 두 사람의 뒷모습.

삼순 (Na.) 그래도 우리는 사랑을 하고 있다. 투닥투닥 싸우고 화해하고 웃고 울고 연애질을 한다.

- 계단을 올라가면서 계속 투닥거리는 두 사람.

삼순 (Na.) 가끔은 그런 생각도 한다. 어쩌면 우리도 헤어질 수 있겠구나... 연애라는 게 그런 거니까... 하지만 미리 두려워하지는 않겠다.

- 어느새 사이좋게 손을 잡고 계단을 오르는 두 사람.

삼순 (Na.) 지금 내가 해야 할 일은 명백하다. 열심히 케익을 굽고 열심히 사랑하는 것... 오늘이 마지막인 것처럼, 한 번도 상처받지 않은 것처럼...

- 긴 계단을 하염없이 오르는 두 사람의 모습...
- 〈내 이름은 김삼순〉 끝.

스페셜 페이지

작가 인터뷰 / 배우 인터뷰: 김선아·현빈 / 초기 시놉시스

작가 인터뷰

Q 19년 만에 드라마가 리마스터링 되고 대본집까지 출간되는 흔치 않은 작품입니다. 그만큼 세월을 타지 않는, 오히려 세월이 지날수록 대사 하나하나가 빛을 발하는 작품이 아닐까 하는데요. 감회가 어떠한지요?

영상이 리마스터링 된 건 대본집과는 별개로 웨이브(Wavve)에서 기획한 일이다. 우연찮게 비슷한 시기에 기획이 되어 출판물과 영상물이 '따로 또 같이' 19년 만에 나오게 되었다. 첫 느낌은 '선아 씨가 좋아하겠구나.'였다. 이런저런 소통이 필요할 텐데 좀 번거롭겠구나 하는 생각도 있었다. 별다른 감흥은 없었다. 딱 한 번 자랑한 적이 있다. 상갓집에서 술 몇 잔 마시고 난 뒤였다. 취중에 내가 인지하지 못한 본심이 나왔는지도 모르겠다. 가장 좋은 건 부모님이 좋아하신다는 것이다. 몇 번에서 보느냐고 부모님께서 물으셨을 때 TV에서 하는 게 아니라 컴퓨터에서 하는 거라고 말씀드렸다. '으응 그래?' 하시던 부모님께 이 책을 드리면 무척 좋아하실 것이다. 그게 참 좋다.

Q 소설이 원작인 작품입니다. 어떠한 이유에서 이 작품을 집필해야겠다고 결심했는지, 각색하며 가장 고심했던 부분은 무엇이었는지요?

당시 나는 《티벳 사자의 서(書)》에 꽂혀 있었다. 책에 의하면 망자는 이 세상도 아니고 저 세상도 아닌 세계에서 49일간 머물다가 다음 생을 받는다. 49일이란 시간은 얼마나 매력적인가. 자신이 죽은지도 모르고 49일 안에 문제를 해결하려고 좌충우돌하는 여자 이야기를 쓰고 싶었다. 시놉시스도 완성했다. 하지만 풀기 힘든 한 가지 문제가 있어 고민이었다. 그즈음 김윤철 감독이 내게 노란 서류봉투를 건넸고 그 안에 <내 이름은 김삼순> 원작이 들어 있었다. 당시 우리 담당이었던 김사현 CP(본부장까지 역임하고 퇴직하셨다)께서 김윤철 감독에게 원작을 추천하였고, 읽어보고 괜찮아 나에게 건넨 것이다. 나는 저항감을 느꼈다. 작가들은 오리지널리티를 중요시한다. 게다가 나는 로맨틱코미디 장르를 좋아하지 않는다. 어떤 이유인지는 모르겠지만 김윤철 감독도 내가 도망갈까 걱정했다고 한다. 책은 나를 고민에 빠뜨렸다. 머리는 '안 하고 싶다'고 하는데 마음은 끌렸다. 원작에서도 삼순이는 충분히 사랑스러웠으니까. 사흘쯤 뒤에 하겠다고 했고 일사천리로 일이 진행되었다. 고심한 점이 있다면 연상연하로 바꾸는 것 정도. 원작에서는 남자 주인공이 연상이었고 문득문득 그에게서 아저씨 향기가 났다. 그 외에도 힘든 점이 분명 있었을 테지만 크게 기억나지 않는다. 지나고 나면 힘든 건 가물거리기 마련이다. 다른 말로 하면 그만큼 원작이 훌륭했다는 이야기이다. 이 자리를 빌려 처음으로 지수현 작가에게 감사를 전한다. 분명히, 지수현 작가의 지분이 있다.

Q 리마스터링 기자간담회에서 김선아 배우는 삼순이를 두고 '가장 오래된 친한 친구 같은 캐릭터'라고 표현했습니다. 연기한 배우뿐만 아니라 시청자들에게도 삼순이는 드라마 캐릭터 그 이상의 의미가 있는 것 같습니다. 작가님에게 삼순이는 어떤 의미인지요? 또, 19년간 들어온 <내 이름은 김삼순> 시청자 후기 중 가장 인상 깊은 것은 무엇이었는지 궁금합니다.

나에게 삼순이란... '나보다 큰 그림자'.

시청자 후기 중 인상 깊은 것.

'삼순이가 싫다'는 후기가 있었다. 일부 남자 시청자들 사이에서 그런 의견이 있었던 것 같다. 지금까지 본 적 없는 거침없는 여성 캐릭터가 불편할 수 있다고 충분히 공감한다. 아흔아홉 번의 칭찬을 받아도 단 하나의 비난에 마음이 가기 마련이라 이 후기가 기억에 남는다.

Q 삼순이는 당시의 드라마 여자 주인공들과 좀 많이 달랐던 것 같습니다. 외적인 모습도 그러하지만 내적인 모습 역시 건강하고, 당당하고, 할 말 다 하고, 이성을 위해 자신을 희생하기보단 스스로를 더 사랑하는 '강강약약'의 캐릭터였지요. 이러한 캐릭터를 설정할 수 있었던 배경이 궁금합니다. 당시 주변의 반대나 우려는 없었는지요?

딱 하나 의도한 것이 있다. 수동적인 인물이 아닐 것! 여성의 성을 표현하는 데 있어서도 그러하길 바랐다. 다르게 표현하자면 '사실적으로 솔직한' 인물이길 원했다. 결과적으로 딱 반 발자국 앞서간 캐릭터가 나온 것 같다. 우려는 모르겠다. 당시는 지금보다 열 배쯤은 제작 과정이 심플해서 감독과 작가가 마음만 맞으면 웬만한 외풍은 끄떡없이 견딜 수 있었다.

Q 삼순이가 인생과 사람을 대하는 태도와 줏대, 그리고 그의 내레이션이 마치 '인생철학 에세이'처럼 지금까지도 회자되고 있습니다. 현실적이고 깊지요. 내레이션에 대한 아이디어는 어디에서 얻으셨나요?

장금이의 '홍시'가 생각난다. '홍시 맛이 나서 홍시라고 한 건데 왜 홍시 맛이 났느냐고 물으면 어찌하오리오.' 하던 장금이. 그냥 썼다. 다시 보니 자칫 현학적일 수 있었는데 선을 넘지는 않아 다행이었다. 아는 체하는 것 같아 멋쩍기도 하다. 회의감도 있다. 그때의 삼순이보다 지금의 내가 정신적으로 성숙해졌나? 라고 묻는다면 그렇다고 답할 자신이 없다. 나는

19년의 시간을 어디서 삶아 먹은 걸까? 그때의 삼순이는 정말 건강하다. 세상을 대하는 태도와 기준이 확고하다. 아마도 당시의 내가 나에게 바라는 상(相)이었을 것이다.

Q 드라마가 리마스터링 되며 어쩔 수 없이 부각되는 것 중 하나가 '진헌이의 폭력성'이 아닐까 합니다. 언어폭력은 물론, 물건을 던지고, 심지어는 희진이의 뺨을 때리는 장면도 있었죠. 드라마를 다시 쓴다면 진헌이 캐릭터는 어떻게 달라질까요? 현진헌 특유의 '상처받은 경험이 있는 미성숙한' 캐릭터가 어떻게 변주될 수 있을지 궁금합니다.

모든 픽션은 오욕칠정(五慾七情)의 결과물이라고 생각한다. 인간 본연의 욕구와 감정은 갈등을 유발하는 근원이자 장치이다. 그것들이 드라마 전반에 사실적으로 드러나기를 원했던 건데, 다소 거칠게 표현된 것 같다. 그러므로 진헌이 미성숙하다는 말에는 동의하기 어렵다. 그렇게 보는 시각이 있을 수는 있겠다. 토씨 하나로 문장의 톤이 달라진다. 지금 쓴다면 진헌에게 요구되는 각진 캐릭터를 살리면서도 시대정신에 반하지 않는 토씨를 찾을 것이다. 그렇다면 진헌이 미성숙한 캐릭터라는 소리는 듣지 않을 것이다.

Q '그는... 돌아오지 않았다.' 15화 엔딩의 충격이 아직도 생생합니다. 희진이와 이별 여행을 떠난 진헌이가 석 달간 한국에 돌아오지 않는 것으로 설정한 특별한 이유가 있을까요? 마지막 회의 반전을 위한 장치였는지, 아니면 또 다른 이유가 있을지요?

이것 역시 흔히 쓰는 드라마적 장치다. 식상해도 필요했다. 필요하므로 식상한 것을 식상하지 않게 그리고 싶었다. 돌아올 걸 알면서도 시청자가 바짝 긴장하고 애타하며 따라올 수 있게 하고 싶었다.

Q 독자들이 가장 궁금해할 질문일 텐데요. '어쩌면 우리도 헤어질 수 있겠구나… 연애라는 게 그런 거니까…'라는 삼순의 내레이션과 함께 열린 결말로 드라마가 끝이 납니다. 삼순이와 진헌이는 나 사장의 허락을 받아 결혼에 골인했을까요? 아니면 헤어졌을까요? 집필 당시 생각해둔 답안이 있었는지요? 지금도 그 생각이 유효한지, 아니라면 어떻게 바뀌었는지 들어보고 싶습니다.

기획의도대로 땅에 두 발을 딛고 있는 이야기를 쓰고 싶었다. 현실적이고 사실적이면서도 판타지를 충족시킬 만한 로코. 그래서 열린 결말이 필요했고, 작가로서도 개인적으로도 두 사람이 결혼까지 가기는 어렵지 않을까 생각했었다. 두 사람은 각자 다른 층(層)에서 나고 자랐다. 그 층을 허물어뜨리려면 가늠조차 할 수 없는 에너지가 필요하지 않을까. 그 에너지를 자신에게로 향하게 하는 게 삼순이답지 않을까. 지금도 그런 생각을 해본다.

Q 명장면 중 하나죠. 한라산 정상에서 삼순이를 기다리던 진헌이의 등장! 한 치 앞이 보이지 않는 폭우로 더 기억에 남는 장면입니다. 날씨로 인해 대본이 수정되었을까요? 날씨가 좋았다면 어떠한 장면과 대사가 들어갔을지 궁금합니다.

한라산 정상에 진헌이가 등장하던 순간, 월드컵 경기에서 골이 터진 것처럼 아파트 단지에서 환호성이 터져 나왔다고 친구가 전해주었다. 가문의 영광이다. 원래는 한라산 정상에서 삼순이의 개명신청서를 진헌이 찢어버려 둘이 싸우는 장면이 있었는데 기상 상태가 좋지 않아(덕분에 앞머리 내려온 현빈을 볼 수 있었다) 바로 내려와야 했다고 한다. 감독에게 연락을 받고 바로 수정 신을 써서 보내주었고 그 신은 다음에 이어지는 호텔 룸에서 찍었다. 삼순이가 근육통으로 엉금엉금 기다시피 했던 것은 연기가 아니라 실제다.

Q 방송에서 마지막 회 엔딩 대사는 삼순의 내레이션 '나 김삼순을 더 사랑하는 것'입니다. 대본에는 왜 없는지 이유를 알 수 있을까요?

김선아가 내레이션 하며 덧붙였을 것이다. 이외에도 김선아 배우가 즉흥적으로 한 대사가 몇 개 더 있다. 나는 애드리브를 좋아하지 않는다. 하지만 당시 김선아 배우는 작두 탄 무당과 같았으므로 아무 말 하지 않았다. 작두 탄 무당은 건드는 게 아니다. 덕분에 드라마 마지막 내레이션에 훌륭한 마침표를 찍었다.

Q '추억은 아무런 힘이 없어요.' 희진을 향한 삼순의 대사이지요. 그렇지만 돌이켜보니, <내 이름은 김삼순>이란 추억 덕분에 2024년 현재, 행복을 느끼는 분들이 참 많은 것 같습니다. 오랜 시간 이 작품을 사랑해주신 분들에게 인사를 부탁드립니다.

추억이 왜 힘이 없나. 있다. 삼순의 입장에서 그런 뉘앙스의 대사가 필요했던 건데, 그 대사가 회자될 때면 마음에 걸리고는 했다. 이 자리를 빌려 진실을 밝힌 셈이다.

"흐르는 시간과 함께 울고 웃고 하다가 지금에 이르러 이 책을 만난 분들... 19년을 살아낸 모두에게 경의를 표합니다. 고맙고 또 고맙습니다."

배우 인터뷰

배우 김선아 | 김삼순 역

Q <내 이름은 김삼순>을 해야겠다고 결심한 이유가 궁금합니다. 살도 찌워야 하고 강한 대사들도 많아 고민되었을 것 같은데요.

〈내 이름은 김삼순〉 대본을 처음 읽었을 때 너무 재밌어서 이 역할을 꼭 해야겠다고 본능적으로 느꼈다. 대본을 받을 때 원작도 같이 받았는데, 원작 속 삼순이는 작고 통통하고 귀여운 느낌이었다. 그래서 캐릭터 싱크로율을 높이기 위해 바로 살을 찌우기 시작했다.
다행히 강력계 형사 역할을 맡았던 영화 〈잠복근무〉 촬영 이후의 작품이라 운동을 많이 해서 벌크 업이 된 상태였고, 일부러 작은 사이즈의 옷을 입어 통통한 느낌을 최대한 살리려고 했다. 대사 관련해서는 평소에 쓰지 않는 강한 대사들이 많아 고민이었는데, 연기 선생님과 여러 번 상의하고 많이 연습해서 최대한 구수하고 코믹하게 표현하려고 노력했다.

Q 드라마가 열린 결말로 끝나서 19년이 지난 지금까지도 많은 분들이 삼순이와 진헌이가 결혼했을지 궁금해하는데요. 배우님의 개인적인 생각은 어떠한가요? 촬영 당시와 현재의 생각이 동일한가요?

촬영 당시의 삼순이를 생각해보면 결혼했을 것 같다. 삼순이는 늘 연애하고 싶어 했고, 평범한 결혼도 꿈꿨던 사람이다. 자신만의 빵집을 운영하면서 진헌이와 여전히 투닥투닥 알콩달콩한 결혼 생활을 할 것 같다. 둘이 일 년에 한 번쯤은 제주도 한라산에 오르고, 함께 키우는 강아지 '오천만 원' 산책을 시키기도 하고, 가끔 케이크를 만들어 시어머니 댁에 방문해 미주랑 키즈카페도 가고, 매일 밤 물 떠 놓고 삼신할머니께 '산', '들', '바다'가 오길 기도하는 결혼 후의 모습을 상상해본다. 삼순이가 행복한 결혼 생활을 하고 있을 거라고 믿고 싶다.

Q 올해 들어 <내 이름은 김삼순>을 다시 정주행했다는 인터뷰 기사를 봤습니다. 가장 인상 깊은 장면이나 대사는 무엇이었나요? 그 이유도 궁금합니다.

'어느 날 몸이 마음에게 물었다. 난 아프면 의사 선생님이 치료해주는데 넌 아프면 누가 치료해주니? 그러자 마음이 말했다. 난 나 스스로 치유해야 돼. 그래서일까? 사람들은 저마다 마음이 아플 때 유용한 치유법을 하나씩 갖고 있다. 술을 마시고, 노래를 하고, 화를 내고, 웃고, 울고... 친구들에게 하소연을 하고, 여행을 가고, 마라톤을 하고... 가장 최악의 것은 그 아픔을 외면해버리는 것. 나의 치유법은... 지금처럼 아침이 다가오는 시간에 케이크와 과자를 굽는 것. 아버지가 돌아가셨을 때도, 불같던 연애가 끝났을 때도, 실직을 당했을 때도, 나는 새벽같이 작업실로 나와 케이크를 굽고 그 굽는 냄새로 위안을 받았다. 세상에 이렇게 달콤한 치유법이 또 있을까?'
4회에 나오는(대본에서는 5회) 내레이션이 가장 인상 깊은 장면이자 대사이다.
달달한 '마음 치유법'이 있는 삼순이가 부러워 인상에 많이 남는다. 난 아픔을 외면하는 최악의 선택을 많이 했었는데, 조금씩 나만의 치유법을 찾으려고 노력 중이다.

Q 삼순이는 당시의 주류와 다르게 '주체적인 여성상'을 제대로 보여준 캐릭터였습니다. 일과 사랑 모두에 열정적이며, 솔직한 캐릭터였지요. 삼순이를 연기한 후에 배우님의

삶에 변화된 부분이 있을까요?

〈내 이름은 김삼순〉 작품 전에는 나 자신에게 냉정한 사람이었다. 실수나 잘못된 판단을 했을 때 남들보다 나를 더 혹독하게 질책한 적이 많았는데, 삼순이를 연기한 이후에는 나 자신을 좀 더 따뜻하게 대하고, 더 많은 응원을 보내며, 스스로에게 좀 더 관대해지려고, 나를 더 사랑하는 삶을 살아가려고 하고 있다. 그리고 여전히 서툴지만 내 감정에 솔직해지기 위해 노력하는 중이다. 아직까지도 가끔은 삼순이에게 위로와 조언을 받고 있다.

Q 19년 만에 드라마가 리마스터링 되고 대본집까지 출간되었습니다. 배우님은 리마스터링 시사회를 통해 팬들을 직접 만났기에 감회가 더욱 색다를 것 같은데요. 어떠셨는지요? 팬들에게 감사 인사도 함께 전해주세요.

와~~ 정말 뻑이 갑니다~~ 뻑이!! ㅋ
오랜 팬들의 사랑에 너무 감사하고 또 감사하고, 마음이 여전히 벅차오릅니다. 오랜 시간 함께 공감하고 공유할 수 있는 무언가가 있다는 건 정말 행복한 일인 것 같아요.
'남산', '한라산', '비빔밥에 소주', '손하트', '파티시에', '여름', '먹방', '모모', '케이크', '마들렌', '삼숙이(돼지인형)' 이런 단어만 스쳐 지나가도 생각나는 드라마, 레전드라 불리는 드라마, 많은 시간이 지나도 여전히 한결같이 사랑받는 작품과 캐릭터를 함께할 수 있어서 영광스러운 마음입니다.
일과 사랑에 머리 굴리지 않고, 늘 진심으로 모든 걸 대했던 삼순이가 드라마 마지막에 한 "나 김삼순을 '더' 사랑하는 것." 이 대사처럼... 우리 모두 나 자신을 더 사랑하며, 당당하게 살아가요, 우리!!
여러분 모두의 앞날을 항상 응원합니다. 사랑해주시고, 응원

해주셔서 진심으로 감사합니다.

PS. 최고의 작가님과 감독님, 훌륭한 배우와 스태프들을 만나게 해준 〈내 이름은 김삼순〉 영원히 사랑합니다.

배우 인터뷰

배우 현빈 | 현진헌 역

Q 〈내 이름은 김삼순〉은 배우님께 어떠한 의미가 있는 작품인가요?

배우로서 출발선에 서 있던 저에게 많은 기회와 가능성을 열어준 작품이라 의미가 더 깊은 것 같아요. 〈내 이름은 김삼순〉의 삼식이를 사랑해주시고 배우 현빈의 시작을 함께해주신 시청자분들에게 다시 한번 감사드리고 싶습니다.

Q 〈내 이름은 김삼순〉을 해야겠다고 결심한 이유가 궁금합니다. 어떠한 부분에서 매력적이었나요?

전작인 〈아일랜드〉의 '강국' 캐릭터가 많은 사랑을 받아서, 다음 작품에서는 다른 얼굴을 보여드리고 싶어 고심하던 차에 〈내 이름은 김삼순〉을 만났습니다. '삼식이'가 충분히 매력적인 캐릭터이기도 했지만, 대본을 읽고 나니 이 드라마에는 악역이 없다는 생각이 가장 먼저 들었어요. 그만큼 모든 캐릭터들이 애틋하면서도 사랑스럽고, 모난 구석은 있지만 밉지는 않은 따뜻함이 느껴졌어요. 그리고 이렇게 좋은 작품과 좋은 상대 배우를 만날 수 있는 기회가 흔치 않잖아요. 저로서는 선택하지 않을 이유가 없었던 것 같아요.

Q 현진헌은 언뜻 보면 그저 싸가지 없는 캐릭터처럼 보일 수 있지만, 트라우마를 지닌 차갑고도 따뜻한 복합적인 인물입니다. 연기하며 중심 잡기가 쉽지 않았을 것 같은데 어떤 부분을 가장 신경 쓰며 연기했나요?

연기하면서 줄곧 신경 썼던 지점은 '진헌'이가 마냥 차갑게 비치지 않기를 바랐습니다. 과거의 아픈 기억들이 트라우마가 되어 마음 한편에 자리 잡고 있는 진헌이라서, 살아가기 위해서는 단단한 갑옷을 입을 수밖에 없었을 거예요. 진헌이가 서툴거나 못되게 구는 장면을 시청자가 볼 때에, 화가 나면서도 왜 그랬는지 이해할 수 있는 여지를 두고 싶었습니다.

Q 드라마가 열린 결말로 끝나서 19년이 지난 지금까지도 많은 분들이 삼순이와 진헌이가 결혼했을지 궁금해하는데요. 배우님의 개인적인 생각은 어떠한가요? 촬영 당시와 현재의 생각이 동일한가요?

당시에도 그랬지만, 지금 생각해도 삼순이와 진헌이는 결혼해서 행복하게 살았을 것 같습니다. 싸우기도 하고 때로는 상처를 줄 때도 있겠지만, 서로를 생각하는 마음은 진심이라는 걸 누구보다 잘 아는 두 사람이니까.

Q <내 이름은 김삼순>에서 가장 좋아하는 대사나 장면은 무엇인가요? 24세 어린 나이에 촬영한 작품이라 당시와 현재의 관점이 많이 다를 듯해 궁금합니다.

'그래도 우리는 사랑을 하고 있다. 투닥투닥 싸우고 화해하고 웃고 울고 연애질을 한다. 가끔은 그런 생각도 한다. 어쩌면 우리도 헤어질 수 있겠구나... 연애라는 게 그런 거니까... 하지만 미리 두려워하지는 않겠다. 지금 내가 해야 할 일은 명백하다. 열심히 케이크를 굽고 열심히 사랑하는 것... 오늘이 마지막인 것처럼, 한 번도 상처받지 않은 것처럼... 나 김삼순을 더 사랑하는 것.'
남산에서 촬영했던 마지막 장면이 떠오릅니다. 저 역시도 작품에 출연하면서, 어느 순간부터 삼순이를 응원하게 되었는데요. 내레이션에서 자신의 인생을 사랑하는 삼순이의 모습을 보며 여운이 많이 남았던 것 같아요.

Q 2024년의 현빈이 27세 진헌이에게 해주고 싶은 말은 무엇인가요?

삼순이와 잘 지내고 있으려나? 삼순이와 지내면서 너의 아픔과 상처가 조금씩 아물어가고 있기를 바라. 너무 모질게 살지 말고!

초기 시놉시스

* 이 원고는 드라마 기획 초기 단계의 시놉시스이므로 실제 방송된 드라마와는 다른 부분이 많습니다.

작품 개요

- 제목: 내 이름은 김삼순
- 원작: 내 이름은 김삼순(지수현 저)
- 제작: 기획 김사현, 극본 김도우, 연출 김윤철
- 내용: 스물아홉 뚱뚱한 노처녀와 스물일곱 백마 탄 왕자(그러나 왕싸가지)_()의 기상천외한 계약연애

작의 및 기획 의도

봉봉 오 쇼콜라(Bonbons Au Chocolat)는 한입 크기의 초콜릿 과자를 뜻하는 프랑스 말로, 보통 여러 개를 한 상자에 넣어 선물용으로 주고받고 합니다.

누구나 한 번쯤은 열어봤을 초콜릿 상자. 그걸 열 때의 기분은 모두 비슷하겠지요. 뚜껑을 여는 동시에 스며 나오는 달콤한 냄새. 모양도 재료도 색깔도 제각각인 이 작은 것들은 일단 눈을 즐겁게 해주고, 입도 즐겁게 해주고, 그리고 마음까지 즐겁게 해줍니다. 게다가 초콜릿은 신경을 부드럽게 하여 피로를 풀어주는 효능까지 있다고 합니다.

그런 드라마를 만들어보려고 합니다. 달콤하고, 예쁘고, 맛있고, 피로회복까지 해주는 **봉봉 오 쇼콜라** 같은 드라마. 앞으로 드라마를 장식할 온갖 종류의 디저트류처럼 상큼한 드라마.

영화 〈포레스트 검프〉에서 검프의 어머니는 인생을 초콜릿 상자에 비유했습니다.

'인생은 초콜릿 상자에 있는 초콜릿과 같다.
어떤 초콜릿을 선택하느냐에 따라 맛이 달라지듯이
우리의 인생도 어떻게 선택하느냐에 따라 결과가 달라질 수 있다.'

어느 것을 집든 후회하지 않을 만큼 각각의 것들을 맛있게 만들었으면 합니다. 각양각색의 초콜릿만큼 다양한 캐릭터들과 그 캐릭터들이 어떤 선택을 하고 어떤 인생을 살아갈지 흥미진진한 이야기들로 꽉 찬...

이 드라마는 **봉봉 오 쇼콜라가 가득 든 초콜릿 상자**입니다.
다들 맛있게 드시길...

집필 및 제작 방향

1. 이 땅의 모든 삼순이들을 위하여...

한 조사에 의하면 우리나라 여성 중 자기가 뚱뚱하다고 생각하는 여성이 73%를 차지하고 있다. 이 땅의 여자 열 명 중 일곱 명이 자기가 뚱뚱하다고 믿고 있다는 것인데 우리의 주인공 김삼순도 그중 하나다. 159cm의 키에 62kg. 사랑에 상처받아 홧술로 7kg이 불어나긴 했지만 어쨌든 그녀는 스물아홉의 뚱뚱한 노처녀이다. 대학도 안 나왔고, 파티쉐라는 다소 생소한 자격증이 있긴 하지만 크리스마스이브에 해고당하고, 애인도 원룸도 마이카도 없다. 그녀는 평균이다. 이상과 현실에 한 발씩 걸치고 있는 스물아홉 그 또래 여성들의 평균. 그녀들은 영화 같은 로맨스를 꿈꾸지만 일어날 가능성이 없다는 걸 안다. 일에 푹 빠져 있을 때는 결혼 따위 안 하고 살 수도 있을 것 같고, 돈 벌어서 평생 여행이나 했으면 좋겠고, 가끔 친절하게 구는 연하남에게 가슴 설레고, 쏜살같은 시간의 흐름이 무서워지기 시작하고, 돈벼락을 맞았으면 좋겠고, 그러면 차마 버리지 못해 가슴속에 묻어둔 꿈을 펼칠 수 있을 것만 같고... 열 명 중 일곱 명, 이 땅의 평균 여성들, 이 땅의 삼순이들에게 로맨스를 선물한다. 초콜릿 상자도 덤으로 부친다. 선물 받은 삼순이들, 극 중의 김삼순처럼 씩씩해지기를 바란다. 삶이 그대들을 속여도, 사랑이 그대들을 울려도, 나빠지지 말고 더 단단해지기를...

2. 식감이 풍부한 로맨틱 코미디

뭔가에 열중해 있을 때, 특히 사랑에 빠져 있을 때, 우리의 뇌에서는 페닐에틸아민이라는 화학물질이 만들어진다. 하지만 사랑이 끝나면 생성이 중지되어 우울과 불안 증세에 빠진다. 재미있는 건 초콜릿만큼 페닐에틸아민을 많이 함유한 식품이 없다는 것이다. 실연은 초콜릿으로 치유된다. 달콤쌉싸름한 맛을 내면서 실연까지 치유해주는 초콜릿... 품질 좋은 초콜릿은 손바닥에서는 녹지 않고 입안에서만 녹는다. 입안에서 녹는 식감도 남다르다. 최고의 쇼콜라띠에(초콜릿 장인)가 만든 최고품질의 초콜릿처럼 식감이 풍부한 로맨틱 코미디 드라마를 만들고자 한다.

'스토리는 심플하게, 감정은 깊게, 웃음은 호탕하게, 눈물은 진하게,
 인생사 희로애락이 쌈빡하게 녹아 있는 드라마'

그 방편으로 등장인물들이 초콜릿 상자 안에 든 봉봉과 같이 기능하도록 할 것이다. 혼자만 빛나는 게 아니라 함께 있어야 완성되는 초콜릿 상자처럼, 각각의 인물이 드라마를 풍요롭게 빛내줄 수 있도록! 만일 초콜릿 상자를 열었을 때 하나라도 비어 있으면 교환하거나 환불받아야 마땅하다. 불량상자 0%를 향하여 열심히 공정하겠다.

3. 시루떡 같은 드라마...

삼순이는 방앗간집 셋째 딸이다. 아버지는 방앗간에서 시루떡을 쪄내고 삼순이는 레스토랑에서 케이크를 굽는다. 케이크가 남녀 간 사랑의 상징이라면, 시루떡은 가족 간의 사랑을 의미한다. 요즘 집에서 시루떡을 쪄 먹는 일은 흔하지 않다. 비례해서 가족 간의 사랑도 소홀해졌다. 하지만 삼순이네는 다르다. 비록 집이 아니라 방앗간에서지만 매일매일 시루떡을 쪄낸다. 그만큼 가족 간의 사랑도 돈독하다. 따뜻한 가족 이야기를 그려보고 싶다. 모락모락 뜨거운 김이 나는 드라마 속 시루떡에 군침 흘리다가 시루떡 쪄 먹는 집이 늘어났으면 좋겠다. 시루떡 권하는 사회가 되었으면 좋겠다.

등장인물

김삼순 | 29세. 파티쉐(Patissier/파티쉐리/제과 기술자).

'내가 사랑하는 사람에게 사랑받는 게 이렇게 어려운 건 줄 몰랐어.
아무도 가르쳐주지 않았거든…'

- 삼순이의 캐릭터: 예쁘지도 않고 날씬하지도 않으며 젊지도 않은 엽기발랄 노처녀 뚱녀. 159cm의 키에 55kg의 다소 통통한 몸매였으나 실연당하면서 홧술로 7kg이 불어나 62kg을 기록한다. 방앗간집 셋째 딸. 전(前) 고교 농구선수. 혼잣말의 여왕이며 자질구레한 호기심이 많다. 스트레스를 받으면 먹고 마시고 자는 걸로 푼다. 아이스크림, 떡볶이, 순대, 소주, 꼼장어를 무조건적으로 사랑한다. 어느덧 스물아홉, 백마 탄 왕자가 나타나지 않으리라는 걸 알 만큼 현실감각이 있다. 그러므로 보도블록 틈에 핀 민들레처럼 씩씩하게 자기 인생을 꾸려나갈 줄 안다. 세 가지 꿈이 있다.

  - 개명(改名)하기!
  - 20대에 결혼하기!
  - 나만의 가게 갖기!

- 삼순이의 역사: 그녀는 생각한다. 내 인생이 불행해진다면 그건 순전히 이름 때문이라고. 위로 두 언니가 태어나고 셋째로 그녀가 태어났을 때 아들을 바랐던 할아버지는 분풀이하듯 김삼순(金三珣)이란 이름을 호적에 올려버렸다. 이제 그 할아버지도 돌아가시고, 그녀는 '김희진'이라는 이름까지 만들어 개명을 매해의 신년 목표로 삼지만 아직도 고치지 못하고 있다. 아버지가 반대하기 때문이다. 아버지는 네 딸 중 삼순이란 이름이 제일 좋다며 '삼순이 꽃밭'도 만들어주고 '삼순이 나무'도 심어주고 '삼순이 그네'도 만들어 커다랗게 이름표를 달아주었다. 그래서인지 그녀는 참 삼순이스럽다. 잘 먹고, 잘 자고, 잘 웃고, 씩씩하고, 건강하고, 정 많고, 낙천적이다. 그래서 네 자매 중 가장

손해를 많이 보았다. 일영 언니는 맏이니까, 이영 언니는 자기 욕심이 많아서, 늦둥이로 태어난 하늘이는 경쟁상대도 안 되게 어리니까, 삼순이는 항상 자매들의 뒷전이었다. 남들 기본으로 배우는 피아노도 못 배웠고, 유치원도 못 갔고, 급기야는 대학도 못 갔다. 두 언니의 대학등록금을 대느라 집안 형편이 여의치 않자 삼순이스럽게 포기한 것이다.

- 삼순이의 꿈: 대학 진학을 접은 대신 삼순이는 프랑스 요리에 관심을 갖기 시작했다. 그리고, 운명의 그날, 교보문고 3번 코너 요리서적 책장 앞에서 관련 서적을 뒤지던 삼순이는... 심봤다!!! 파티쉐라는 직업을 알게 된 것이다. 매일 말랑말랑한 밀가루 반죽을 치대고, 온갖 달콤한 향료들과 씨름하고, 창의력과 상상력을 마음껏 펼칠 수 있고, 무엇보다도 그 맛있는 걸 매일 먹을 수 있다는 사실! 이렇게 좋은 직업이 있었다니! 이건 천직이다! 농구를 그만두고 딱히 하고 싶은 게 없어 대학 진학도 마다한 그녀, 이제 하고 싶은 일을 찾았다. 농구? 그녀는 농구에 대해 할 말이 많다. 무려 5년 5개월을 농구선수로 지냈으니 당연하다. 그녀는 프로농구 선수가 되고 싶었다. 초등학교 6학년 때 농구부 코치에게 발탁되어 숭의여고 2학년 때 그만두기까지 그녀는 그런대로 잘하는 포인트 가드였다. 그런데 키가 자라지 않았다. 1m를 넘길 때는 겁도 없이 쑥쑥 자라던 키가 150을 넘기면서 깔딱깔딱 숨 가빠 하더니 결국은 159.3에서 그만 운명을 다하고 만 것. 참고로, 당시 농구부 평균 신장은 171.7cm였다. 결국 자의 반 타의 반 농구를 그만두면서 그녀는 낙담했다. 공부는 영 소질이 없는데 앞으로 무엇을 해야 하나... 그렇게 암담한 마음으로 고등학교를 졸업하고 아르바이트를 하면서 소일하고 있었는데 그제야 천직을 찾은 것이다. 목표를 정한 삼순, 가열차게 아르바이트를 하여 돈을 모으고 대학 안 보내준 부모님을 몰아세워 1년치 등록금을 타내고, 마악 좋은 직장에 취직한 이영 언니에게 항공권을 사내라 하고, 그리하여 대망의 파리로 유학을 갔다. 파리에는 107년 역사를 자랑하는 세계적인 요리학교 '르 코르동 블루'가 있다. 거기서도 피눈물 나게 아르바이트를 하며 겨우겨우 학교를 마치고 2년쯤 초보 파티쉐로서의 경력을 쌓고 스물일곱에 귀국했다. 그녀는 당당했다. 자신감이 충만했다. 비록 고졸이지만 하고 싶은 일이 있었고, 그 일을 위해 충분한 실력을 쌓았고, 무엇보다도 옆에는 현우가 있었다.

- 삼순이의 남자들: 하늘에서 남자들이 비처럼 내려온다면? 그럼 좋을까? 삼순에겐 아니다. 삼순이는 저 하나만을 사랑해주는 단 한 사람이면 족하다. 파리에서 만난 현우가 그랬다. 건축 설계를 공부하러 온 현우는 킹카였다. 서울에서였다면 감히 엄두도 못 낼 킹카를 파리라는 이국적인 분위기에 힘입어 연인으로 삼게 되자 감격에 겨운 삼순이는 마음도 주고 정도 주고 몸도 주었다. 그리고 그가 취직이 되어 귀국한다고 해서 갑자기 따라 들어왔다. 귀국하고 2년, 총 3년 동안 그들은 연인이었다. 그런데 이제 아니다. 그가 바람이 났다. 바람난 주제에 적반하장이다. 우리는 인연이 아니니 헤어지자고 한다. 그래, 헤어져! 헤어져줄게! 큰소리치지만 정작 그를 잊지 못하는 삼순 앞에 한 남자가 얼씬거린다. 그는 어느 날 갑자기 그녀의 고용주가 되더니, 삼순에게 연애를 하자고 한다. 계약연애, 사기연애를... 현진헌. 그는 잘생겼다. 젊다. 집안도 좋고 스물일곱에 벌써 레스토랑 사장이니 삼순이가 일 년만 젊었어도 정말 뻑 가고도 거품 물 지경이다. 하지만 삼순이는 지금 스물아홉이다. 백마 탄 왕자가 자기 차지가 될 수 없다는 걸 너무나 잘 안다. 아니, 그보다 더 중요한 건, 저 외모와 조건 뒤에 가려진 왕싸가지를 그녀는 진작부터 간파했다는 사실! 그는 정말 왕싸가지다. 어떨 때는 미지왕(미친놈 지가 왕잔 줄 아네) 같은 언행도 한다. 제멋대로이고 서늘하다. 인간미라고는 눈곱만큼도 없다. 저따위 남자, 백날 같이 있어봤자 자빠질 일 없을 거다.

  그래서 그녀는 계약연애를 받아들인다. 경매에 넘어갈 뻔한 집을 구하기 위해서, 그에게 돈을 빌리기 위해서, 돈을 빌린 대가로 연애하는 척하기 위해서, 계약서에 사인을 한다. 계약연애 만세! 사기연애 만만세! Allelujah!

현진헌 | 27세. 프렌치 레스토랑 '보나뻬띠(Bon Appetit: 맛있게 드세요)' 사장. 얼음왕자.

'김삼순 씨, 우리는 연애하는 게 아닙니다. 연애하는 척하는 겁니다.'

- 누구나 마음속 그린벨트가 있다. 함부로 손대면 안 되는 곳, 깊은 우물 같은 곳. 누군가 허락도 없이 들어서거나 흔들어대면 몹시 예민해지고 통증이

느껴지는 곳. 그에게는 마음속의 그린벨트가 많다. 3년 전 교통사고로 죽은 형과 형수, 그 사고로 망가져버린 그의 왼쪽 다리, 그리고 그를 떠난 여자 유희진...

사고가 나기 전부터도 그는 그다지 원만한 성격이 아니었다. 냉정하고 직설적인 데다 타인에게 쉽게 곁을 내주는 성격이 아니어서 독선적이다, 차갑다, 사람을 우습게 안다, 는 소리를 듣곤 했다. 또 어떤 이는 그랬다. 세상 무서운 걸 모른다고. 사실이다. 그 일이 있기 전까지 그는 거칠 게 없는 행운아였다. 호텔업을 하는 준재벌의 집안에서 명석한 두뇌와 빛나는 외모를 갖고 태어났으니 세상 무서운 게 있다면 그게 더 이상할 터였다. 자신의 운전 미숙으로 사고가 나고 그로 인해 형과 형수를 잃자 그는 세상 무서운 걸 알았다. 전에는 머리로만 알았던 슬픔을 가슴으로 알게 되었다. 대신 전보다 더 냉정해지면서 삐딱해졌다. 형과 형수를 자신이 죽였다는 죄책감은 '나는 행복해져서는 안' 된다는 자기혐오에까지 이르러 위악을 떤다. 그는, 자신이, 몹시 나쁜 놈, 인 것 같다.

• 그는, 세상에서 알아야 할 거의 모든 것을, 형 현진태에게서 배웠다. 그가 초등학교 때 아버지가 돌연사하자 고등학생이었던 형은 의젓하게 상을 치러냈다. 검은 양복에 삼베 두건과 완장을 한 형은 몹시 강건하고 또 몹시 커 보였다. 형은 못하는 게 없었다. 공부도 운동도 악기도 잘 다루었다. 형은 그에게 태권도와 검도와 수영도 가르쳐주었다. 이유 없이 우울할 때 이슬람 사원에 앉아 있는 것도 형에게서 배운 습관이다. 피아노의 기초도 배웠고 산도 배웠다. 그가 중학교 때 대학생이었던 형은 산에 미쳐 있었다. 해외원정대에 끼어 세계의 고산들을 주유(周遊)했고, 호텔 경영자인 어머니를 설득해 원정대에 후원금을 내게 하기도 했다. 형은 가끔 그를 데리고 북한산이나 설악산에 가곤 했다. 수능시험을 마쳤을 때는 제주도까지 데리고 갔다. 새벽부터 그들은 눈 덮인 한라산을 올랐다. 무릎까지 푹푹 빠지는 눈발 속에서 그들은 야영을 하고 라면을 끓여 먹고 커피를 나눠 마셨다. 그 라면 맛과 커피 맛, 그리고 형이 불 붙여 준 담배 맛을 그는 아직도 생생히 기억한다. 기억이 생생한 만큼 아픔도 생생하다. 심장을 도려내어 소금을 치는 것처럼. 서른이 되자 형은 산과 이별하고 호텔로 들어왔다. 그는 기업가의 장남이었고 책임감이 강한 사람이

었으니까. 그는 자기가 장남만 아니었어도 산에서 살고 산에서 죽는 산 사나이가 되었을 거라고 가끔 말하곤 했다. 정말 그랬을 거라고 그는 믿는다. 그런 형은 로맨티스트이기도 했다. 재벌가의 자제들이 흔히 하는 정략결혼을 마다하고 산에서 만난 평범한 교사와 결혼했다. 형은 그에게 여자를 사랑하는 법도 가르쳐주었다. 그만큼 형은 완벽한 사람이었다. 누가 뭐래도 그에게는 그랬다. 하지만 완벽한 형이 가르쳐주지 않은 게 하나 있다. 사랑하는 사람을 잊는 법...

- 만약 희진이 떠나지 않았다면 지금처럼 뻐딱하고 건조한 사람이 되었을까? 유희진. 고등학교 3학년 때부터 6년간 사귀어온 여자, 첫사랑이고 마지막 사랑이 될 여자, 그가 학업을 마치고 호텔로 들어가면 아내로 맞이할 여자, 그런 여자였다. 그런데 사고로 한쪽 다리가 뭉개진 그에게 그녀는 이별 선고나 다름없는 말을 했다. 의학공부를 위해 미국에 가야 한다고, 돌아올 때까지 3년만 기다려달라고... 그가 정신적 육체적 고통에 몸부림칠 때 희진은 그렇게 떠났다. 사랑은 쉽게 증오로 변했다. 증오는 다른 여자들에게까지 번져 어머니 외에는 모두들 속물로 보였다. 하지만 희진에 대한 증오가 단단해질수록 그리움도 단단해져 그는 자기도 모르게 3년 후를 기다리고 있었던 것 같다. 3년이 어떻게 갔는지 모르겠다. 처음 1년은 상처를 치료하고 마음을 추스른 것 같고, 다음 1년은 피땀을 흘리며 물리치료를 받았다. 산산조각이 났던 다리뼈에는 쇠심과 인공관절이 박혀 있다. 지금도 운전대를 잡지 못하는데 기사를 두는 건 성미에 안 맞아 택시만 타고 다닌다(중반부터 운전을 다시 시작한다). 비 오는 날은 노인네처럼 다리가 쑤셔 절룩거리기도 한다. 어떤 날은 매우 가볍게 지나가고 어떤 날은 며칠씩 드러누울 정도로 아프다. 두 다리로 꼿꼿하게 걸을 수 있게 되자 그는 한라산에 올라갔다. 열아홉 살 겨울에 형과 함께 올랐던 산, 이 산을 오를 수 있으면 뭐든 새출발을 할 수 있을 것만 같았다. 이를 악물고 걸었다. 세상에 대한 오기로, 희진에 대한 증오로... 한라산 정상에 올라서서 그는 결심했다. 일단 기다려보자, 3년 뒤에 돌아온다고 했으니 약속을 지키는지 한번 보자... 그래서 그는 레스토랑을 차렸다. 그녀가 돌아오면 멋진 모습을 보여주고 싶었다. 네가 없어도 살아지더라, 야멸차게 그렇게 말하고 싶었다. 그리고 그녀가 돌아온다. 약속한 대로 3년 만에 돌아온다. 그러더니 상

상도 못한 이야기를 풀어놓는다. 그녀가 왜 떠났는지, 왜 돌아왔는지, 왜 또 떠나야 하는지, 왜 현진헌 그가 함께 가줘야 하는지... 예전 같으면 두말없이 함께 떠났을 그이지만 이제는 다르다. 그에게는 사랑하는 사람이 있다. 유희진 말고 김희진. 아니, 김희진으로 이름을 바꾸고 싶어 하는 김삼순.

- 그가 삼순을 처음 봤을 때의 느낌은 몹시 좋지 않았다. 뚱뚱해. 어쩜 저렇게 얼굴도 눈도 동그랄 수 있지? 솔직이 지나쳐 푼수군. 저렇게 잘 먹는 여자 처음 봐. 그래도 케이크는 잘 만들어. 혹시 변태 아냐? 어? 이 여자, 싸이코잖아?! 그런 삼순에게 계약연애를 하자고 한 건 주말마다 맞선녀들을 들이대는 어머니를 잠시나마 눈속임하기 위해서였다. 그런데 왜 하필 김삼순이냐고 묻는다면... 그녀와는 절대 사랑에 빠지지 않을 것 같아서였다. 그건 삼순이도 마찬가지다. 즉, 그들은 서로가 자신의 타입은커녕 너무 싫어하는 스타일이어서 절대 사랑 같은 것에 빠지지 않을 거라고 굳게 믿고 계약서에 사인을 한 것이다. 하지만 남녀 간의 일을 누가 알까. 가랑비에 옷 젖듯이 그들은 사랑에 빠지고 말았으니, 삼겹살 같은 여자와 와인 같은 남자의 로맨스가 절정으로 치닫고, 원래 엽기적이었던 여자는 더더욱 엽기스러워지고, 날 선 칼 같았던 남자마저도 하루하루 귀엽다 못해 엽기적으로 망가지고, 심지어는 서로가 너무 사랑스러워 물어뜯어 먹을 태세인 초절정 엽기 닭살 커플이 탄생하는데... 유희진... 그녀가 뜨겁게 달아오른 진헌의 몸과 머리를 차갑게 식히고야 만다!

유희진 | 27세. 진헌의 옛 연인.

- 아름답다. 예뻐도 차갑게 예쁜 게 아니라 선(善)함이 그대로 묻어 나오는 그런 인상이다. 이지적이면서 따뜻한... 머리도 좋고 총명하다. 의사 부부의 외동딸로 태어나 부족함 없이 자랐다. 맺힌 데 없고 쾌활하다. 고 2 때 영어 과외에서 진헌을 만나 고 3 때부터 6년 사랑을 쌓아왔다. 대학 때 부모님이 미국으로 이민을 갔지만 그녀는 홀로 남았다. 그만큼 그를 사랑했다. 그의 아내가 되고 싶었다. 암세포가 그녀의 행복을 앗아갔다.

- 과외방에서 처음 진헌을 만났을 때, 참 건방진 아이라는 생각을 했다. 건방지고 무척 냉랭했다. 하지만 얼마 안 가 그 팀은 깨졌고 다른 팀에서 다시 만난 건 다음 해인 고 3 때. 그는 여전히 냉랭했지만 말을 걸어왔다. 너, 내 앞에서 웃지 마. 시비조의 그 말은 그들 사랑의 시작이 되었다. 그 후 그들은, 서로가 서로에게 처음이 되어주었다. 첫사랑, 첫 키스, 첫경험... 각자에게 가끔 유혹도 있었고, 싸우다가 헤어진 적도 있었지만 오래가지 않았다. 양가에서도 둘의 교제를 허락했고 희진이 의대를 졸업하면 결혼과 함께 부모님이 있는 샌프란시스코로 유학을 가기로 했다. 진헌은 MBA를 따고 희진은 의학공부를 더 하고, 그러면 누구나 시샘할 만한 부부가 될 터였다. 성격도 잘 맞았다. 각진 진헌을 희진이 부드럽게 잘 감싸주었다. 자연스럽게 진헌은 희진에게 길들어갔다. 그녀 없이 산다는 건 상상조차 할 수 없게 되었다. 그런 그를 그녀가 버렸다. 길들여놓은 채, 가족을 잃고 다리를 잃은 그를, 그녀가 떠나갔다.

- 그녀가 왜 갑자기 떠났는지, 그건 아무도 모른다. 그만큼 지독했다. 하지만 그녀는 지금도 잘했다고 생각한다. 그때는 그게 최선이었다고. 그때... 그녀는 진행성 위암 3기 말을 선고받았다. 병리학적 병기로는 Stage Ⅲ B-T3N2M0(암이 위장막을 관통하였으나 주위 장기의 침범은 없으며 전이된 림프절 수가 10개, 그러나 원격전이는 없으므로 수술과 치료가 가능하다). 5년 생존율은 25~30%. 의대생이었던 그녀는 소화불량과 헛구역질을 임신으로 착각할 만큼 자기 몸에 무지했다. 아니, 누가 감히 의심하겠는가. 스물네 살의 파릇파릇한 몸에 암세포가 자라고 있을 줄을. 불행은 거기서 끝나지 않았다. 선고받기 며칠 전, 진헌이 운전하던 차에 사고가 일어났고, 동석했던 형과 형수가 죽었고, 그의 몸은 산산조각이 났다. 죽을 만큼 고통스러운 그에게 나도 죽을 만큼 힘들다고 말할 수가 없었다. 그의 위로를 들으려 고통을 몇 배로 얹어주고 싶지 않았다. 여린 외모와 달리 강단 있는 그녀는 열심히 계산했다. 자기가 살 확률, 치료 기간, 그의 치료 기간, 서울과 미국 간의 거리, 멀어진 거리를 사랑이 극복할 확률... 그녀는 결심하고 그에게 선언한다. 나 공부하러 미국에 가. 너한텐 미안하지만 지금 가야 돼. 지금 아니면 기회를 놓쳐. 3년만 기다려. 3년 뒤에 돌아올게. 꼭 돌아올게. 침상에서 일어나지도 못하는 그를 두고 MD 앤더슨 암센터가 있는 텍사스의 휴스턴(캘리포니아 한인촌에서 개업 중인 부모의 권

유로)으로 그녀는 떠났다. 비행기 안에서 얼마나 울었는지 모른다. 다시 이 비행기를 타고 이 땅에 돌아올 수 있는 확률은 겨우 25%... 그를 다시 만날 수 있는 확률도 25%... 그녀는 0%가 아님을 다행으로 여기며 눈물을 거두었다. 그에게 돌아오기 위해, 약속을 지키기 위해, 꼭 살아야 한다고, 다짐 또 다짐했다. 위를 거의 다 들어내는 끔찍한 수술과 2년여에 걸친 항암치료도, 이방에서의 외로움도(퇴원 후 항암치료를 받는 동안은 아파트를 얻어 통원치료를 했고 그때는 혼자였다), 죽음에 대한 공포도 견디고 또 견뎠다. 그에게 살아 돌아가기 위해서... 결국... 그녀가 이겼다. 그녀가 돌아온다. 여전히 꽃처럼 아름다운 미소를 머금은 채 그에게 사랑을 갈구한다. 예전으로 돌아가자 한다. 헌데, 그에게는 사랑하는 여자가 있다고 한다. 꽃처럼 착하고 예뻤던 그녀, 죽음과 절대고독과 싸워 이긴 그녀, 이제는 삼순이라는 촌스럽고 뚱뚱한 여자와 싸워야 한다.

민현우 | 30~33세. 삼순의 옛 연인. 건축설계사.

- 모델 버금가는 외모를 지녔다. 패션 감각도 뛰어나다. 진헌이 그늘 깊은 흑장미 같다면 이 남자는 티 한 점 없는 백장미 같다. 화사하고 명석한 남자다. 너무 화사해 여자도 많이 붙고 붙는 대로 바람도 많이 핀다. 솔직하다. 자신이 바람둥이라는 점, 나쁜 놈이라는 점을 인정할 만큼. 그러나 부드럽다. 진헌이 직선이라면 이 남자는 하나의 점이다. 점으로 사각형도 만들고 원도 만들고 삼각형도 만든다. 자유자재로 여자를 다룰 줄 안다. 언변이 좋아 가능하다. 자신의 과오를 말로 커버한다. 한 명 한 명 최선을 다해 사랑했노라고, 공자와 비트겐슈타인 등 동서양의 철학을 끌어들여(개똥철학일지언정 박식하긴 하다) 실존주의적 사랑(?)에 대해 설파한다. 듣다 보면 그는 바람을 피운 것도 아니요 나쁜 놈도 아니다. 그래서 여자들은 두 번도 속고 세 번도 속는다. 삼순이라고 용빼는 재주 있나. 자꾸 속으면서 진헌의 속을 새까맣게 태우게 된다.

- 건축업을 하는 아버지와 경영 공부를 하는 두 형이 있다. 막내인 그는 경영에서 자유로워 건축 설계를 전공할 수 있었다. 유학 떠난 파리에서 삼순을 만나 연애를 걸었다. 제과공부를 하고 있다는 삼순은 그때까지 만나던 다른

여자들과 좀 달랐다. 오동통하고 어리바리하면서도 문득문득 엉뚱하고 게다가 늘 달콤한 냄새를 묻히고 다니는 게 몹시나 귀여워 보였다. 처음 잔 날 그녀가 처음이라는 걸 알고는 아차 싶었지만 6개월쯤 괜찮게 지냈다. 사랑했냐고? 그렇다. 6개월 동안은 정말 사랑했다. 통통한 몸과 볼록한 배와 달콤한 냄새와 그녀의 케이크와 꿈을 사랑했다. 하지만 딱 6개월 동안이다. 6개월이 지나 학위를 마치고 마침 서울에 괜찮은 자리가 나 부랴부랴 귀국했다. 껌처럼 그녀도 따라 들어왔고 그때부터 그녀가 부담스럽기 시작했다. 마침 집에서는 기업가의 딸과 결혼하라고 종용한다. 만나보니 싫지 않아 그녀와 결혼 준비 중이다. 그녀의 이름은 장채리. 그런데 하필이면 삼순이와 아는 사이다. 삼순이와는 작년 크리스마스 때 헤어졌다. 그런데 약혼을 앞두고 다시 만나게 된 삼순이 그는 갑자기 사랑스러워지기 시작한다. 장채리와 약혼했음에도 불구하고 삼순에 대한 호기심이 새삼 증폭된다. 옆에 있는 멋진 피앙세(진헌)가 질투심을 유발했든, 수컷의 본능적인 경쟁심이든, 옛사랑에 대한 케케묵은 소유욕이든, 삼순을 다시 갖고 싶다는 욕망이 끓어오른다.

작업하라, 그리하면 얻으리라.

여자를 두고 실패한 적이 없는 쾌남아 민현우, 약혼하신 몸으로 위험천만한 줄다리기를 시작한다. 삼순에게 유치찬란한 구애도 하고, 진헌과 배꼽 잡을 주먹다짐도 하고, 삼순에게 상처 준 대가를 톡톡히 치른다.

장채리 | 26세. 현우의 약혼녀.

- 예쁘고 늘씬하다. 꽃미남을 좋아한다. 꼬리 아홉 개쯤 감추는 건 식은 죽 먹기다. 분명 어딘가에 숨겨놓고 있다. 항상 퀸카여서 퀸카로서 마땅히 갖추어야 할 예의범절(?)이 몸에 배었다. 기업가의 딸로 오래전부터 진헌을 짝사랑했으나 최근 몇 년은 신부수업을 받으며 맞선 레이스를 벌여왔다. 그 결과 지금은 민현우와 결혼 준비 중이다. 핸섬하고 화사한 그가 몹시 마음에 들어 결혼에 필사적이다. 진헌과 그의 연인 희진의 러브스토리를 거의 다 알고 있으며 그걸 무기로 틈틈이 삼순을 괴롭힌다.

• 약혼식이 끝나고 한참이 지나서야 알았다. 약혼식 케이크에 고춧가루를 넣은 게 삼순이 언니라는 걸. 그 이유가 삼순이 언니와 현우가 한때 연인이었기 때문이라는 걸 알았을 때는 불쾌함에 치를 떨었다. 어떻게 내가 삼순이 언니랑 엮일 수가 있어?

삼순이와 그녀의 관계는 집안 내력에서 출발한다. 그녀의 집이 할머니 대부터 삼순이네 방앗간만 이용했기 때문이다. 집안의 크고 작은 행사에 이용되는 떡은 물론이요 고춧가루, 참기름 등 양념 일체를 삼순이네 방앗간에서 해결했다. 삼순이는 어릴 때 배달 가는 아버지를 따라 그 집에 몇 번 간 적이 있다. 선배와 후배로 중고등학교도 같이 다녔다. 하지만 마주쳐도 데면데면, 타인과 같았다. 채리는 그때도 잘나가는 퀸카였고 삼순이는 정말 삼순이다운 농구선수였으니까.

그러니 남자 문제로 엮인다는 건, 장채리 그녀로서는 정말 자존심 상하는 일이다. 그런데 더 자존심 상하는 일이 계속 벌어진다. 그녀가 오랫동안 짝사랑해오던 현진헌이 삼순 언니의 애인이라는 사실! 게다가 자신의 피앙세 현우마저도 삼순 언니에게 돌아간다고 하니 정말 미칠 노릇이다. 아무래도 삼순 언니와 끝장을 봐야 할 것 같다.

헨리 킴 | 30대 중반. 의사. 입양아 출신의 한국계 미국인.

텍사스 주립대학 MD 앤더슨 암센터 방사선과 전문의. 두 살 때 미국에 입양되어 지금까지 거기 살았다. 신앙심이 돈독한 양부모 밑에서 사랑을 듬뿍 받으며 자라 입양아라는 콤플렉스가 없다. 검은 머리이면서 서양의 합리적이고 과학적인 사고방식을 갖고 있고 신앙의 세례를 받아 온후하고 너그럽다. 한국말은 잘 못한다. 워낙 말수가 적어 말할 기회도 별로 없다. 암 치료차 서울에서 휴스턴까지 날아온 희진에게 반해 의사로서 남자로서 모든 사랑을 쏟아부었다. 하지만 희진이 자신을 사랑하지 않는다는 것을, 그저 의사로서 신뢰하고 존경한다는 것을 잘 안다. 진헌에게 돌아가기 위해 필사적으로 암세포와 싸우고 있다는 것도 잘 안다. 그래서 그녀에게 바라는 게 없다. 그저 옆에서 보살펴주며 자신의 사랑을 보여주는 것, 그것만으로 족하다. 희진이 갑자기 한국으로 돌아갔을 때, 5년이라는 완치 기준 햇수를 안 채우고 돌아갔을 때, 그는 처음으로 휴직계를 내고 뒤따라 한국에 들어온다. 그녀와 한 호텔에 머물면서 그저 주치의 자격으로 그녀를 보살피고 지켜준다. 그녀를 사랑하지만 구속하지 않는다. 그녀가 사랑하는 사람이 진헌이라면, 그와의 사랑이 이루어지기를 진심으로 바란다. 그는, 그저 그녀가 완치되어 건강을 되찾기를 바랄 뿐이다. 아직 2년이라는 시간이 더 남았는데 그 안에 재발하면 어떡하나, 그는 그게 걱정이다. 후에 희진은 자신이 진짜 사랑하는 사람은 헨리라는 사실을 깨닫게 된다. 6회 이후에 등장하며 사랑의 최고 가치를 보여주는 인물...

삼순이네 가족

김복만 | 59세. 근면성실하고 우직한 아버지. <삼순이네 방앗간> 운영.

바지런하고 수다분하면서도 남자다운 삼순이네 아버지는 할아버지 대부터 XX시장에서 방앗간을 했다. 그때야 방앗간집 손자면 행사깨나 하던 시절이었지만 한량인 아버지가 재산이 쌓이는 대로 거덜을 내는 바람에 고등학교를 졸업하자마자 방앗간 일을 하기 시작했고 그 후로 50년 동안 그는 방앗간 아저씨다. 됫박 없이도 되를 저울질할 수 있고, 그게 고추든 참깨든 콩이든 국산 중국산 귀신같이 알아낸다. 그가 뉴스 보고 가장 흥분할 때는 먹거리에 장난치는 사건이 터질 때다. 그때마다 분개한다. 그건 사람을 죽이는 것만큼이나 나쁜 거라고, 그는 할아버지에게서 배웠다. 그래서인지 그가 직접 쪄내는 시루떡은 근방에서 소문이 자자하다. 100% 국산 팥만 사용해 팥고물이 고슬고슬한 시루떡을 쪄내면 몇 시간 만에 동이 난다. 삼순이도 아버지가 쪄낸 팥 시루떡이라면 환장을 한다. 국산 팥이라 남는 것도 별로 없지만 김이 모락모락 나는 시루떡만 보면 그 자신도 배가 부르다. 방앗간에서 그가 하는 일은 대충 그렇다. 시루떡을 쪄내고 고춧가루를 빻아주고 참기름도 짜내고... 시대의 흐름상 방앗간이 사양산업이 된 지 오래지만, 그래도 네 딸을 먹이고 입히고 공부시켜 시집보낸 방앗간이 그가 세상에서 유일하게 비빌 수 있는 언덕이다. 방앗간 말고 그가 또 아끼는 게 두 가지 있다. 아버지의 노름빚을 모두 갚고 형제자매들 시집 장가보내고 마흔이 다 되어 장만한 지금의 집과 '다섯 개의 별'이다. '다섯 개의 별'은 마누라와 맏딸 일영, 둘째 딸 이영, 셋째 딸 삼순이, 막내 하늘이, 다섯 명의 여자다. 가끔은 아들 없는 게 좀 서운하긴 하지만 개다리소반 앞에 요놈들 나란히 앉혀놓고 소주 한잔 기울이면 세상 부러울 게 없다. 방앗간 이름을 삼순이에게서 따온 것은 삼순이가 사춘기에 접어들었을 때다. 서울시장배 초중고 농구대회에 처음 나간 삼순이가 유니폼 등판에 붙은 김삼순이란 이름 때문에 게임에서 졌다며 이름 바꿔달라고 얼마나 울어대던지… 보다 못해 아이를 끌고 당장 간판집으로 가 새 간판을 주문했다. 그리고 며칠 뒤, 할아버지 대부터 쓰던 간판을 내리고 그걸 걸었다. 〈삼순이네 방앗간〉.

'삼순아, 아버진 네 이름이 제일 좋다.

부르기 편하고, 한 번 들으면 안 잊어버리고, 다정해서 좋고.

어떡할까, 간판 내리고 이름 바꿔줄까?'

그 후로 꽤 오랫동안, 삼순이는 이름 바꿔달란 소리를 하지 못했다.

박봉숙 | 53세. 잔소리쟁이 알뜰쟁이 어머니. 입이 좀 거칠다.

갓 스물에 배곯기 싫어 방앗간집 장남에게 시집을 와 2년 터울로 딸 셋을 낳고 아들에 대한 미련을 놓지 못해 마흔 넘어 늦둥이를 낳았건만 그 아이도 딸이라 네 자매의 어머니가 되었다. 딸을 넷이나 키우느라 알뜰함이 몸에 배어 거의 살인적이다. 집에는 시어머니가 쓰던 물건들이 더러 남아 있는데 그중 대표적인 게 개다리소반으로, 다리 부러진 걸 고치고 또 고쳐서 남편의 술상으로 쓰고 있다. 시집올 때 가져온 반닫이는 아직도 옷장으로 쓰고 있고, 역시 혼수였던 무겁디무거운 목화솜 이불은 그동안 몇 번이나 새로 틀었는지 모른다. 엄마와 아빠는 누가 뭐래도 묵직하게 눌러주는 목화솜 이불 애호가다. 숟가락 하나 쌀 한 톨 허투루 버리는 법이 없고 손안에 들어온 건 꽉 움켜쥐고 절대 놓지 않는다. 이제 먹고살 만하니까 궁상 그만 좀 떨라고, 딸들은 그렇게 말하지만 천성적으로 타고난 알뜰함에다 딸 넷을 키우며 뼛속 깊이 밴 그 절약정신이 배부르고 등 따습다고 봄눈 녹듯 없어지겠는가. 오히려 야단을 친다. 궁상? 이 싸가지 없는 년들아! 니들도 시집가서 더도 덜도 말고 딱 넷만 낳아 키워봐! 이런 살림으로 궁상 안 떨고 넷을 한꺼번에 키울 수 있을 것 같애?! 옛날얘기만 나오면 딸들은 도망간다. 수십 수백 번도 더 들은 그 소리. 엄마도 옛날 생각만 하면 징글징글하다. 치약 한 통이 보름을 넘긴 적이 없고, 두루마리 휴지 한 통 아작 내는 건 시간문제다. 옷을 감당 못 해 이 집 저 집서 얻어다 입히고, 바람 차가워지면 밤새 뜨개질을 해 털옷 짜 입히고, 먹는 것이든 생필품이든 무조건 싸고 크고 많아야 하고, 이영이와 삼순이가 머리채 잡고 싸우면 빗자루 들고 쫓아다니고... 그런데 그렇게 알뜰살뜰 절약을 해도 아낄 수 없는 게 있었으니, 바로 생리대 값이다. 세 딸(막내는 태어나지도 않았을 때부터) 한테 들어가는 생리대 값은 집안 경제에 타격을 줄 정도였고, 엄마는 옛날 방식대로 면으로 대체하자고 했지만, 이번엔 착한 일영까지 반기를 들어 세 딸이 합심해 반격해오는데 도저히 당해낼 재간이 없었다. 어쩔 수 없이 매달 생리대를 돈 주고 사서 쟁여놓는데 사다놓기만 하면 게 눈 감추듯 없어지는 것이 그게 그렇게 아까울 수가 없었다. 그 딸들이 이젠 다 커서 때 되면 좋은 옷 사다 안기고, 또 때 되면 엄마 아빠 효도관광 시켜준다고 법석을 떨고, 어찌 됐든 저희들 키우느라 허리 휜 것 알아주니 내심 흐뭇하기는 하다. 그래도 자식은 늙어 죽을 때까지 애물단지인 법. 첫째는 사위가 고시생이라 안쓰럽고, 시집 잘 간 둘째는 덥석 이혼하고 돌아와 파란 눈이랑 연애한다고 짓까불고, 셋째는 혼기가 꽉 찼는데 살만 피둥피둥 찌고, 걱정이 가시지 않는다.

일영 | 33세. 착한 맏딸.

대한민국 맏딸에게는 뭔가 특별한 것이 있다. 그녀도 그렇다. 남들 한창 사춘기일 때부터, 둘째 이영은 창피하다고 얼씬도 안 하는 방앗간에 나와 엄마 아빠를 도와주었다. 대학교에 다닐 때는 민망하게도 늦둥이를 낳은 엄마의 산후조리를 도왔고 그 갓난쟁이를 자기 자식 키우듯 했다. 지금의 신랑이 된 재식과 데이트할 때도 아기를 업고 나갈 정도였으니. 재식은 대학교 1학년 첫 미팅 때 만난 동갑내기 남자로 10년 연애하고 몇 해 전 결혼했지만 한 집에 살지 못한다. 그가 멀쩡하게 다니던 직장을 집어치우고 5년 전부터 고시공부를 하고 있기 때문이다. 경기도의 암자에서 칩거하는 남편이 과거에 급제하여 사모관대 쓰고 꽃가마 태워 자기를 데려가기를 그녀는 기다리는 중이다. 결혼도 약식으로 했다. 그때 남편은 1차에 붙은 상태였다. 2차도 붙겠지 하는 막연한 희망을 안고 부모님이 서둘러 식을 올려주었다. 연애기간이 너무 길어 걱정스러웠던 것이다. 그런데 내리 낙방이었다. 남편의 집에서 집 얻어주고 생활비 대줄 형편이 안 되니 붙을 때까지 떨어져 있자던 약속은 '잠시'가 '몇 년'으로 고무줄처럼 늘어나버렸다. 일영에게도 돈 벌어올 특별한 능력은 없다. 할 수 있는 거라곤, 아무리 부모지만 밥 얻어먹는 게 미안해 방앗간 일 도와주고 집안 살림 도와주고 막내 하늘이 보살펴주는 게 다다. 그래도 그녀는 남편을 믿는다. 남들처럼 영리하지도 약삭빠르지도 못하지만 착하고 서글서글한 남편이 성공할 날이 오리라 믿는다. 사회생활을 별로 안 해 동생들보다 현실감각이 떨어진다.

이영 | 31세. 똑똑한 개인주의자 둘째.

- 자매 중에 가장 튄다. 일영과도 다르고 삼순과도 다르고 돌연변이 같다. 외모도 자매 중에 가장 낫다. 월등히 낫다. 키가 크고 늘씬하고 볼륨 있다. 슈퍼모델 같다. 아이큐 좋고 영민하고 센스 있다. 어려서부터 자기 잘난 걸 알아서 왕비 기질이 있다. 감정적이고 욱하는 삼순이와는 달리 매우 이성적이고 냉철한 데다 교양 상식이 풍부해 자매들에게 무슨 일이 생기면 귀신처럼 알아내고 분석하고 판단한다. 우아하고 교양 있게 충고해주는 걸 몹시 즐긴다. 그 영민함으로 좋은 대학에 갔고 미모와 지성을 갖춘 여자가 되어 남자들의 이상형이 되었다. 중학교 1학년부터 시작된 그녀의 연애사는 서른일곱 명의 남자를 거쳐 스물일곱 살에 마감된다. 모든 남자를 처분하고 맞선 모드로 전환, 냉철한 머리로 조건을 따져 대기업의 유망 샐러리맨인 지금의 남편과 스물여덟에 결혼했다. 그러나 중이 제 머리 못 깎는다고 해외 근무 나간 남편 따라 미국 가더니 달랑 이혼 서류 한 장 들고 돌아와 어머니한테 몽둥이찜질을 당한다. 그런데 이상한 게 있다. 평소 떡보다 빵을 좋아했는데 미국에서는 왜 그렇게

아버지의 시루떡이 먹고 싶던지... 친정에 돌아온 그녀가 제일 먼저 한 일은 시루떡 먹기. 방금 막 쪄낸 시루떡을 평생 먹은 것보다 더 많이 먹은 것 같다. 그걸 보고 언니 일영은 네가 이제 철이 든 것 같다, 고 한다. 방앗간집 둘째 딸로 태어난 게 인생 최대의 실수라며 방앗간 떡은 손도 안 대던 그녀였으니...

- '뽈'과 연애한다. 뽈은 '보나뻬띠'의 외국인 쉐프다. 그녀가 미국에 있으면서 알게 된 사실 중의 하나. 자신은 한국 남자보다 외국 남자와 더 잘 맞는다는 것. 그런데 이 파란 눈의 청년은 무늬만 서양인이지 사고방식이나 가치관은 한국 남자보다 더하다. 더 동양적이고 더 보수적이다. 화장도 못 하게 하고 미니스커트도 못 입게 하고 남자들과 어울리는 것도 극도로 싫어하고 할아범처럼 잔소리나 하고... 하지만 그런 이유로 헤어지기에는 뽈은 너무 귀엽고 사랑스럽다.

하늘 | 12세(초등학교 5학년). 귀염둥이 막내.

    부모님이 마흔 넘어 아들일까 싶어 낳은 늦둥이. 이름에 한이 맺힌 삼순이가 부득불 우겨 자기가 이름을 직접 짓고 구청까지 따라가 출생신고서에 '김하늘'이라고 쓰는 걸 두 눈으로 똑똑히 확인했다. 하지만 정작 본인은 이 이름이 싫다. 김하늘! 하면 누구나 다 예쁜 탤런트 김하늘 언니를 떠올리기 때문이다. 막상 자기를 보고 실망하는 그 눈빛들을 보면서 상처도 많이 받았다. 그래서 하늘은 자기 이름을 지어준 삼순을 원망한다. 삼순이 할아버지를 원망하는 것처럼.
    하늘은 되바라지거나 영악하지 않다. 가끔 어른스럽기는 하지만 딱 열두 살의 요즘 아이다. 연예인 좋아하고 만화책 좋아하고 좋아하는 남자애가 있으면 버디버디로 고백하고... 나이 많은 엄마보다 젊은 큰언니가 학교에 오는 게 더 좋다. 삼순이 언니가 사귀는 진헌이 아저씨도 좋다. 그가 첫사랑이 될지도 모르겠다. 요즘 초경을 치르느라 고역이다. 엄마가 직접 잘라준 바가지 스타일의 머리를 하고 있어 촌스럽고 귀엽다. 좀 뚱하고 시큰둥한 스타일이다.

김재식 | 33세. 큰형부(일영의 남편).

5년째 고시공부를 하고 있다. 어서 합격해 부부만의 방을 만들어 아내와 실컷 자고 싶은 게 꿈이다. 남들은 웃겠지만 아내는 처가에 자기는 암자에 있으니 어쩌다 만나도 부부관계를 하려면 여관 신세를 져야 하는데 좀 서글프다. 그래도 서글서글하고 낙천적인 성격이라 이번엔 꼭 붙을 거라고 큰소리 탕탕 친다. 의협심도 충만해 처갓집에 무슨 일 생기면 제일 먼저 달려오고 처제가 셋이나 된다며 싱글벙글 자랑이 말이 아니다.

--- 진헌이네 가족 ---

나현숙 | 50대 후반. 진헌의 어머니. XX호텔 사장.

강남에 소재한 무궁화 다섯 개짜리 초특급 호텔의 소유주이며 경영자다. 전문 CEO들도 인정할 만큼 경영능력이 뛰어나다. 젊어서부터 친정아버지인 나 회장으로부터 사사를 받았고 호텔도 나 회장으로부터 물려받았다. 남편은 학문을 좋아하는 교수였으나 40대에 돌연사했다. 아이들에게 낭만적인 성향이 있다면 그건 남편의 몫이다. 큰아이 진태가 가장 그랬었다. 그런데 그 아이가 죽었다. 기대했던 둘째 진헌은 죄책감에서인지 밖으로만 돈다. 막내는 대학도 졸업 못 하고 사고만 치고 다닌다. 남편복 없고 자식복 없는 팔자 센 여편네다. 가끔 문 걸어 잠그고 마리아 칼라스를 틀어놓고 가슴을 치며 대성통곡한다. 한바탕 그러고 나면 속이 후련하다. 그 힘으로 몇 달간 일에 매달린다. 이제 슬슬 진헌을 워밍업시켜 이 호텔을 맡기고 싶은데 이 아이는 레스토랑에만 미쳐 있다. 게다가 삼순이라는 이상한 여자아이에게도 미쳐 있다. 그녀는 진헌을 빨리 결혼시켜야 한다. 진태가 남겨놓고 간 손녀딸 미주에게 엄마 노릇 할 사람이 필요하기 때문이다. 진헌과 삼순의 연애가 가짜인 것 같아 사람을 붙여놓기도 한다. 속정이 깊지만 웬만해서는 드러내지 않는다. 감정표현도 잘 안 한다. 어릴 때부터 아버지로부터 그렇게 배웠다. 하지만... 아무도 모르는 애인이 있는 것 같다.

현진영 | 23세. 진헌의 동생.

철부지 사고뭉치. 남의 눈은 안중에도 없고, 저 싫은 건 죽어도 안 하고, 생뚱맞고 충동적이고, 엄살 무지 떨고, 아무한테나 반말 틱틱 까고, 물질에 대한 개념이 없어 남의 물건을 제 물건 쓰듯 하고 제 물건도 아무한테나 툭툭 던져주고... 돈도 마찬가지. 주머니에 땡전 한 푼 없어도 1주일이고 한 달이고 너끈히 버텨낸다. 구걸도 하고 뺏어도 먹고 훔쳐도 먹고 어떻게든 잘 산다. 그러다 돈이 생기면 물 쓰듯 펑펑... 나 사장이 대학 졸업장이라도 따내라고 승마 특기자로 대학에 들여놨다. 그럼 말을 잘 타느냐고? No! 말이든 뭐든 동물은 딱 질색이다. 그저 말 한 마리를 대학에 기부한 셈이다. 입학해서 한 학기 조금 다니다 그만두길래 미국에 어학연수를 보내놨는데 그도 1년을 못 채우고 돌아와 저하고 싶은 대로 하고 다닌다. 이처럼 사고뭉치에 철부지 망나니지만 착하고 여리고 순수하다. 진헌을 잘 따르는 한편 무서워도 한다. 사고 한 번 칠 때마다 날아드는 그 주먹과 발차기! 진헌이 자기 레스토랑 주방에 데려다 놓자 주방 일에 재미를 붙이고, 삼순이 누나한테 케이크 굽고 초콜릿 만드는 법을 배우면서 비로소 인생계획을 세우기 시작한다. 웨이트리스 인혜를 짝사랑한다. 나중에 프랑스로 요리 유학을 떠난다.

현미주 | 7세. 조카. 죽은 형의 딸.

진헌에게는 평생 가슴을 아리게 할 존재. 죽은 형을 대신해 아빠 노릇을 하지만 쉽지 않다. 사고 후유증인지 아직도 말을 못한다. 병원에서도 정신적인 문제라는 진단이 나왔다. 그저 아이가 알아서 입을 열 때까지 기다리는 수밖에 방법이 없다. 말을 안 하는 것 외에는 정상이고, 수줍음 많고 내성적이다.

일주일에 한 번 놀이치료에 참가한다. 진헌이 피아노 쳐주는 걸 좋아한다. 삼순이 아줌마도 좋아하게 된다. 그녀와 함께 케이크를 만들면서 말을 하기 시작한다. 케이크 만들기가 훌륭한 놀이치료가 되었던 것…

윤현숙 | 40 전후. 우아하고 엽기적인 싱글. 나현숙 사장의 비서.

20대에 호텔에 들어와 Cashier, Front, Banquet 등 현장에서 근무하다가 서른 넘기면서 사무직으로 전환, 나현숙 사장의 비서가 된 지 10년째. 눈빛만 보고도 나 사장이 무엇을 원하는지 안다. 가끔 예고도 없이 사장실에서 마리아 칼라스가 터져 나오면 알아서 전화 따돌리고 스케줄 조정한다. 얼굴도 예쁘고 독신주의도 아닌데 싱글인 이유를 사람들은 모른다. 그녀도 몰랐다. 한때 결혼하고 싶어 안달했는데 사주만 보면 남편 없다는 얘기가 나오자 이젠 포기했다. 40대의 독신생활은 적적하고 밋밋하긴 하지만 속은 편하다. 몇 년 전에는 아예 나 사장 집으로 들어와 함께 산다. 그러니 공적인 업무뿐만 아니라 사적인 영역에서도 나 사장의 오른팔이다. 전혀 웃음기 없고 날카로운 얼굴인데 하는 짓은 다소 엉뚱하여 같이 있는 사람까지도 엉뚱하게 만든다. 나현숙 사장도 윤 비서와 함께 있으면 엉뚱해진다. 마침 나 사장과 이름이 같아 주위 사람들은 몰래 '숙자매'라고 부른다. 본인들만 모른다.

나 회장 | 80세. XX그룹 회장. 진헌의 외조부

평생 호텔업에 종사해 체인을 만들었다. 슬하에 있는 다섯 남매에게 하나씩 물려주고 지금은 그룹 내의 굵직한 결정권만 행사한다. 얼마 후면 제주도에 또 다른 호텔을 오픈하는데 욕심 많은 둘째 딸 나현숙이 그걸 갖고 싶어 한다. 진헌의 몫으로 달라고 한다. 그런데 정작 이 녀석은 외할아버지의 호텔에는 관심이 없다고 못을 박는다.

레스토랑 '보나뻬띠'의 식구들

* 보나뻬띠 개요 *

강북 삼청동이나 평창동쯤에 위치한 대규모 프렌치 레스토랑으로 좌석 수는 100여 석 이상이다. 부속 카페나 갤러리가 있어도 좋다. 레스토랑만 치면 20명에서 25명의 직원이 있으며 한 달에 한 번 정기휴일이 있고 나머지 하루는 돌아가며 OFF다. 홀은 오 지배인과 장 캡틴을 포함해 8명이고, 주방은 쉐프 뽈과 박 주임을 포함해 10명이다. 이 중 인혜는 베이커리 담당으로 삼순이 파티쉐로 들어오면서 함께 일하게 된다. 공간구조는 주방 옆에 베이커리실이 있어 문이나 서너 개의 계단으로 연결되면 좋겠다. 지하층이나 꼭대기 층에 사장실과 쉐프와 지배인용 사무실이 있다. 작지만 깨끗한 직원식당도 있고 로커 룸과 휴게실이 있다. 주차장이나 건물 외곽 한쪽에는 농구대가 있어 직원들이 가끔 농구를 한다. 메뉴는 전적으로 쉐프 뽈의 영역이며 사장인 진헌과 오 지배인이 함께 상의는 하지만 누구도 침범할 수 없다. 디저트와 케이크, 초콜릿 등을 담당하는 삼순은 뽈과 메뉴를 짠다. 처음에는 뽈이 레시피를 주지만 신뢰가 쌓이면서 삼순에게 거의 모든 권한을 넘기게 된다. 주방은 10시에 출근해서 2시 20분까지 점심 영업, 쉬는 시간, 오후 5시부터 밤 10시까지 저녁 영업. 베이커리는 주방과 달리 오전 6시에 출근해서 빵과 케이크를 미리 굽고 오후 서너 시쯤 퇴근한다. 주말 저녁에는 피아니스트가 와서 연주를 한다.

오 여사 | 60대 초반. 총지배인.

'보나뻬띠'에 오면 누구나 한 번씩 놀라게 되는데 홀 전체를 관장하며 미소 짓고 있는 총지배인이 환갑 넘은 할머니이기 때문이다. 처음에는 의아하고 낯설지만 한 번 다녀간 사람들은 할머니 지배인이 주는 편안함을 좋아하게 된다.

온화하면서도 강직한 성품으로 전직이 초등학교 교사다. 남편을 일찍 여의고 아들 하나 바라보고 살아왔는데 어느 날 청천벽력 같은 일이 벌어졌다. 운전 중이던 아들이 중앙선을 침범한 차와 충돌해 즉사한 것. 남편 죽을 때보다 더 기가 막혔다. 서른도 안 된 청대 같은 아들놈을 묻어야 하다니. 따라 죽으면 좋으련만 목숨이 질겨 그렇게도 못 하고, 사고 낸 놈을 멱살잡이하며 울고불고 땅바닥을 구르고, 단아하게 늙어온 그녀로서는 상상도 못 할 패악을 참 많이도 부렸다. 시간이 흘렀다. 아들 죽은 걸 부인하기도 하고 억울하고 원통해 방바닥을 치며 대성통곡도 하고 1년을 그렇게 살았다. 1년쯤 지나니 가해자의 가족도 두 명이나 죽었다는 사실이 새삼 떠오르고 운전했던 청년은 다리가 부서져 아직도 걷지 못하고 있다는 소식도 들려온다. 일부러 그런 것도 아니고, 차도로 뛰어든 강아지를 보고 갑자기 피하려다 그랬으니 그 청년도 참 운이 없었구나, 안쓰러운 마음도 들기 시작했다. 그래서 조용히 그를 찾아가 위로도 해주고 힘내라고 손도 잡아주고 그랬었다. 그런데 1년 전쯤 지금의 사장인 그가 찾아왔다. 레스토랑을 오픈하니 와서 총지배인을 맡아달라는 것이었다. 지배인이라니, 평생 아이들이나 가르쳤던 그녀가 무슨 재주로. 하지만 그는 완강했다. 아이들 가르치듯 손님을 대하면 된다고, 이렇게 빚 갚음하게 해달라고... 몇 년 전 정년퇴직하고 자식도 손주도 없이 쓸쓸하게 늙어가는 그녀를 진헌은 일터로 불러내고 싶었던 것이다. 그는 삼고초려 했고 어쩔 수 없이 그녀도 받아들였다. 이제는 이 일터가 삶의 낙이 되었다. 그녀는 이제 진헌을 죽은 아들 바라보듯 한다. 진헌도 살갑게 굴지는 않지만 어려운 일이 생기면 상담도 하면서 제 엄마보다 더 신뢰하고 존경한다. 하지만 레스토랑 식구들은 사장과 그녀의 이런 관계를 잘 모른다. 그러니 그들에게 오 여사는 약간 신비한 인물이다.

뽈(Paul) | 28세. Chef. 부장.

한국말이 유창하다. 이다도시만큼 수다스럽고 수선스럽다. 프랑스인(꼭 프랑스인이 아니어도 된다)이지만 동양적인 사고방식을 갖고 있다. 한국 여자들이 왜 그렇게 성형을 하고 화장을 하고 꾸며대는지 알 수가 없다. 열세 살에 요리학교에 들어가 요리경력만도 15년이다. 5년 전 중국에 배낭여행 왔다가 별책부록처럼 서울 구경 와서 지금까지 떠나지 못하고 있다. 그가 가장 좋아하는 한국말은 '인연'. 어디 붙어 있는지도 몰랐던 조그만 나라 한국에 이렇게 오래 있게 된 건 다 인연 때문이라고 생각한다. 한국말이 유창한 건 머리도 좋고 노력도 남달라서인데 문제는, 한국 사람도 모르는 속담이나 속어(俗語), 고어(古語)를 구사한다는 것. 처음 한국말 공부할 때 누군가 장난으로 속담사전을 추천해주었는데 그걸 닳고 닳도록 탐독해 자기 것을 만들었기 때문이다. '가을비는 떡비요, 겨울비는 술비다' '고양이 치질 앓는 소리' 등 속담사전에 나오는 말은 물론이요 사극을 얼마나 열심히 시청하는지 '뭬야?' '은혜한다' '기루다(그리워하다)'라는 말도 쓸 줄 알고 도대체 무슨 책을 읽은 건지 돗고리, 군등내, 속닥하다 등등 젊은 사람들은 모르는 단어들을 많이 알고 있다.

같은 주방에 있는 삼순의 언니 이영과 연애한다. 꾸미기 좋아하는 그녀를 호통쳐 맨얼굴로 다니게 하고, 청바지에 티셔츠 달랑 걸치게 만들고, 10cm 하이힐 벗겨 운동화 신게 만든다.

박상태 | 30 전후. 주임.

귀신은 해병대가 잡고 견습요리사는 박상태가 잡는다. 외국인인 뽈을 대신하여 주방의 군기를 잡는다. 어떤 실수도 용납하지 않는다. 청결과 위생을 목숨처럼 지킨다. 웃는 모습을 볼 수가 없다. 칼 다루는 솜씨가 강호의 고수와도 같다. 어린 뽈을 깍듯하게 모시며 보필한다.

이인혜 | 22세. 주방 베이커리.

요즘 아이 같지 않게 맑고 순진무구하다. 저 밑에, 전라남도 어느 도시의 관광 관련 전문대를 졸업하고 이곳에 취직이 되어 상경했다. 면접 볼 때 처음 서울 구경을 했을 만큼 촌 아이다. 과에서도 가장 성공적인 취직이고 고향에서는 서울에 취직이 되었다는 이유 하나만으로 경사 났다고 했었다. 서울 생활 6개월째. 그녀는 아직 서울이 무서워 자취방과 레스토랑 외에는 가본 데가 별로 없다. 표준말도 잘 못 쓴다. '아니어라' 하다가 '아니에요' 하는 건 너무 어렵다. 레스토랑 안에서는 삼순과 잘 통하는 사이로 삼순에게 제과를 열심히 배운다. 세상 물정 모르지만 자기만의 소박한 꿈과 줏대를 갖고 있어 어른스럽기도 하다. 사장의 동생 진영이 자꾸 쳐다보는 게 싫다. 하지만 그와 정이 들고 만다.

장영자 | 27세. 홀 안내.

오 지배인과 장 캡틴 다음으로 홀 고참이다. 자기가 예쁜 줄 안다. 공주병이 중증이다. 나름대로의 미모를 무기로 진헌에게 눈독을 들인다. 당연히 삼순이가 눈엣가시다. 툭하면 으르렁대며 영자 씨! 삼순 씨! 하며 각자의 치부를 건드린다. 찜했던 진헌이 삼순과 연애를 하자 그 동생인 진영에게 손을 뻗친다. 그런데 이번엔 인혜에게 뺏긴다. 아무래도 성형을 더 할 것 같다.

장 캡틴 | 30세. 홀 캡틴.

홀에서 오 지배인 다음으로 높다.

줄거리

1. 잔인한 크리스마스

　스물여덟 살의 크리스마스이브에 삼순이는 변장을 하고 호텔에 들어선다. 얼마 전부터 수상한 기미를 보여오던 애인 민현우를 미행하고 있다. 설마 했는데 현우는 미모의 여자와 호텔 룸으로 올라가고, 삼순은 룸서비스를 가장해 룸에 들이닥친다. 여자는 욕실에서 샤워하고 있고 현우는 크리스마스이브의 색다른 정사에 들떠 있다. 삼순이가 누구인가. 전직 농구선수 아닌가. 힘차게 점프를 해 침대에 누워 있는 그를, 그의 머리를, 드리블하듯 마구 때리기 시작한다. 야 이 나쁜 새끼야, 니가 어떻게 이럴 수 있어! 하필이면 왜 크리스마스이브야. 나도 크리스마스이브에 남자친구랑 좀 있어보자. 어? 이 빤쓰! 이거 내가 사준 거잖아! 야 이 개새끼야. 딴 여자 만나면서 내가 사준 빤쓰를 입고 싶디? 이년 어디 갔어. 이년은 빤쓰 사줄 돈도 없대? 이럴 수 있으면 얼마나 좋을까. 하지만 바람난 자기 남자한테 이렇게 해댈 수 있는 여자, 많지 않다. 아무리 괄괄하고 화끈한 삼순이라도 이런 짓, 못 한다. 삼순이는 수십 번을 망설인 끝에 현우를 커피숍에 불러낸다. 그가 나오길 기다리는 동안 삼순은 이를 갈고 칼도 간다. 어떤 표정으로 나올까. 그 얼굴에 침을 뱉어줄 테다. 정강이도 걷어찰 테다. 너랑은 이제 끝이야! 라고 외치고 말 테다. 하지만 그녀는 그러지 못한다. 대신 울음을 터트린다. 현우의 얼굴을 보는 순간 그동안 절절했던 사랑이 생각나 바짓가랑이 붙잡고 늘어지는 신파도 떨어본다.

　사람들이 쳐다본다. 그중에는 현진헌도 끼어 있다. 진헌은 조카 미주가 학교에 입학하기 전에 보살펴줄 숙모를 만들어줘야 한다는 어머니의 강요에 못 이겨 맞선을 보러 나온 참이다. 그런데 한쪽에서 뚱뚱한 여자가 남자의 바짓가랑이를 붙잡고 울고불고한다. 크리스마스 특별 쇼인가 보다. 진헌은 두 남녀에게 냉소를 보내고 맞선 끝내기에 돌입한다. 무례하기 굴기. 맞선을 일찍 끝내는 방법. 결국 15분 만에 맞선은 끝이 나지만 그는 화가 난 맞선녀에게 물세례를 받는다.

현우는 언제나처럼 청산유수다. 삼순이는 알 수 없는 어려운 단어의 조합들이 입에서 흘러나오면서 현우는 바람을 피운 게 아닌 게 되고, 삼순이는 오버한 게 되고, 결국 오늘의 잘못은 삼순의 몫이 되어버린다. 그래서 현우의 결론은 헤어지자는 것. 너는 나를 못 믿는다, 나를 못 믿는 여자와 평생을 함께할 수는 없다, 안타깝지만 우리는 인연이 아니다. 삼순이는 로비 화장실에 앉아 대성통곡한다. 가진 것도 잘난 것도 없지만 민들레처럼 열심히 살아온 인생, 이상하게도 남자문제는 잘 풀리지가 않는다. 현우와 사귄 지 3년째, 모든 걸 주었건만 결국은 헤어지고 말았다. 눈물이 폭포수처럼 쏟아진다. 그때 갑자기 문이 열린다! 이럴 수가! 멀끔한 남자들이, 크리스마스이브라고 잘 차려입은 남자들이 그녀를 쳐다보고 있다! 그럼, 그녀의 행색은? 뺨에 두 줄기 계곡을 만든 시커먼 마스카라 눈물, 숨 막히는 코르셋을 벗느라 반쯤 벗어젖힌 블라우스, 코르셋의 어깨끈이 내려와 한쪽 가슴은 반이 드러나 있고, 갑갑한 스타킹도 반쯤 벗은 상태에, 발 기척하느라 쭉 뻗은 통통한 다리... 문을 열어젖힌 진헌이 어이없다는 듯 일갈한다. 뭐야 당신, 변태야? 물에 젖은 옷을 닦으러 화장실에 들른 진헌은 이렇게 볼썽사나운 여자는 처음 본다. 누가 데려갈지 참 불쌍타. 삼순은 억울하다. 눈물이 앞을 가려 ⇧,우를 구분 못 한 죄로 가슴 반쪽을 처음 보는 남자한테 공개하다니, 정말 최악의 크리스마스다. 최악은 거기서 끝나지 않는다. 크리스마스 대목 장사에 무단외출을 했다고 그녀는 회사에서 해고당한다. 애인 잃고, 직장 잃고, 가슴 반쪽의 순결을 잃고... 정말 잔인한 크리스마스다. 후... 왜 나이 들수록 사람 만나는 게 더 어려워지는 건지... 사랑을 거듭하고 나이가 들면 그만큼 익숙해지고 쉬워져야 하는 거 아닐까? 그런데 왜 이렇게 힘이 드는 건지... 아듀~ 다시 오지 않을 나의 스물여덟이여!

봄이 오면 삼순이네 가족은 으레 봄나물을 뜯으러 간다. 〈삼순이네 방앗간〉의 100% 자연산 쑥떡은 단골들에게 유명하다. 올해도 어김없이 봄이 왔고, 잔인한 크리스마스를 보낸 삼순은 봄나물을 뜯으며 심기일전해 스물아홉의 세부 계획을 세운다. 안정된 직장 갖기, 애인 만들기, 살 빼기, 마이카 갖기, 아 참, 개명하기! 등등... 그녀는 현우와 헤어지고 홧김에 마신 술이 모두 살로 가 현재 62kg이다. 통통하던 몸은 이제 뚱뚱하다. 뚱뚱한 김삼순, 마이카를 갖기 위해 인터넷의 중고차 직거래시장을 훑어보다가 소나타를 백만 원에 판다는 남자를 만나러 간다. 그런데 남자가 너무 어리다. 기껏해야 20대 초반으로밖에 안 보이는 데다 아무리 오래됐어도 소나타를 백만 원에 판다는 게 납득이 가지 않는다. 그러나 귀 얇은 김삼순, 설레발 떠는 남자의 꼬임에 넘어가 시운전도 해본다. 그런데 아뿔싸! 경찰의 불심검문에 걸린 그들, 수갑 차고 경찰서에 끌려간다. 도난 차량이었던 것이다.

진헌은 파티쉐가 갑자기 프랑스로 돌아갔다는 소식을 듣고 아연실색한다. 그를 데려오느라 얼마나 많은 공과 돈을 들였는데... 쉐프인 뽈과 싸우고 홧김에 비행기를 탄 모양인데 시급한 건 당장 디저트를 어떻게 해결하느냐이다. 진헌은 일단 어머니의 호텔 베이커리에서 빵과 디저트류를 공수해 온다. 덕분에 호텔에 들어갔다가 어머니한테 한 소리 듣는다. 결혼은 언제 할 건지, 호텔에는 언제 들어올 건지, 진영이 집 나가 속 썩인다는 이야기까지... 그리고 레스토랑으로 돌아오는 택시 안에서 그는 경찰서로부터 전화를 받는다. 진영이 차량 절도로 잡혀 있다고 한다.

진영이 훔친 차는 그가 다녔던 고등학교의 악질 선생님 것이다. 그가 시동을 켜놓은 채로 근처에서 볼일 보는 걸 우연히 목격하고는 골탕 먹일 심산으로 차를 훔쳤고, 순전히 장난삼아 그 차를 팔기 위해 삼순을 만난 것이다. 진영이 진술을 하고 있을 때 들이닥친 진헌은 진영에게 주먹을 날리고 구둣발도 날린다. 경찰과 삼순이 달려들어 말린다. 그런데 헉! 그놈이다! 나를 변태로 만든 놈! 내 가슴 반쪽의 순결을 앗아간 그놈! 그놈이 차량 절도범의 형이란다. 정말 재수 없는 브라더스다. 게다가 진헌은 더 싸가지 없게 나온다. 무슨 여자가 세상 물정을 그렇게 모르냐, 5년밖에 안 된 소나타를 백만 원에 살 수 있다고 생각하느냐, 오히려 큰소리다. 열받은 삼순, 당신 동생 때문에 수갑 찼으니 위자료 내놓으라고 맞장을 뜬다. 거기다 대고 진헌은, 해서는 안 될 말을 하고 만다. 몸이 참 푸짐하신데 차 타지 말고 걸어 다니시지 그래요, 그러다 또 실연당하면 이번에도 바짓가랑이 붙잡고 늘어질 건가? 진헌도 그녀를 기억하고 있었던 것이다. 그래도 그 말은 해서는 안 되는 거였다. 잠자는 암코양이를 그렇게 건드리면 안 되는 거였다. 진헌은 양쪽 뺨에 오선지를 그린 채로 경찰서를 나선다.

그날 밤, 삼순의 집에서도 진헌의 집에서도 생일파티가 열린다. 삼순이네 집은 막내 하늘의 생일이고, 진헌의 집은 조카 미주의 생일이다. 그런데 생일케이크가 바뀌어버렸다. 진헌의 집에는 슈렉 모양의 요상한 캐릭터 케이크가, 삼순이네 집에는 십만 원은 족히 넘을 일곱 베이커리의 최고급 케이크가 펼쳐져 있다. 진상을 밝히면 다음과 같다. 삼순이는 학원에서 강사를 하는 친구의 도움으로 작업대를 빌려 슈렉 모양의 케이크를 만들었고 그 상자를 든 채로 중고차를 보러 나갔다. 진헌은 택시에 타기 전 강남의 일곱 베이커리에 들러 케이크를 샀고 그걸 든 채로 경찰서로 달려갔다. 그 경찰서에서 케이크 상자가 바뀐 것이다. 진헌은 삼순이만큼 우습게 생긴 슈렉 모양의 케이크를 보며 빈정대다가 맛을 보고는 감탄한다. 그리고 전화번호를 수배해 그녀에게 전화를 한다.

삼순은, 이력서를 갖고 방문하라는 그의 말이 곧이곧대로 들리지 않았다. 하지만 장난으로 넘기기에는 그의 말은 힘이 있고 진지했다. 하여, 오늘 그녀는 이력서와 방금 구운 케이크와 과자 몇 개를 포장해 이곳 '보나빼띠'에 왔다. 이 왕싸가지한테 심사를 당하는 게 몹시 싫지만 일단 참아보기로 한다. 진헌은 이 변태녀가 이렇게 맛있는 케이크와 과자를 만든다는 게 아직 믿어지지 않는다. 당신이 직접 만든 거냐고 두 번을 더 물어보고 결국은 그녀를 임시 고용하기로 한다. 그런데 감지덕지해야 할 삼순이 제동을 건다.

"대신, 조건이 있어요!"

2. 미친 일요일 - 우리, 연애할래요?

조건이 있다고? 진헌은 코웃음을 친다. 이력서를 보니 파리에서 '르 코르동 블루'를 졸업한 거 외에는 특별할 게 없는 경력이다. 그 경력으로 강북 최대의 프렌치 레스토랑 '보나빼띠'의 파티쉐로 앉혀주겠다는데 감히 조건을 달아? 그런데 그녀의 입에서는 기상천외한 말이 흘러나온다.

"제 이름을 김희진으로 해주세요."

삼순이 내건 조건은 바로 그것이다. 이제부터 자기 이름은 김삼순이 아니라 김희진이라는 것. 그러니 당신도 그렇게 부르고 레스토랑 직원들에게도 그렇게 소개해달라는 것. 요절복통할 만큼 희극적인 상황인데 진헌은 잠시 명해진다. 도저히 웃을 수가 없다. 참으로 오랜만에 들어보는 이름... 희진... 유희진...

병실에서 본 마지막 그녀의 모습... 3년만 기다려줘, 3년 후에 돌아올게, 꼭 돌아올게... 삼순은 영문을 모르므로 진헌이 웃지 않는 게 고마울 따름이다. 왕싸가지 그가 다시 보인다. 어쨌든 삼순은 레스토랑 '보나뻬띠'에 임시 파티쉐로 고용된다. 보나뻬띠는 규모가 커 중소기업과도 같다. 주방만 해도 Cook과 Bakery와 Dishwasher를 포함 10명이고 홀은 8명, Parking 2명, 직원식당과 Laundry를 맡는 아줌마 셋 등, 총 25명에 가깝다. 그들을 진두지휘하는 Manager는 환갑이 넘은 오 여사다. 진헌은 이들에게 삼순을 소개한다. 새로 온 파티쉐 김희진 씨입니다. 그러나 곧 삼순의 진짜 이름이 폭로된다. 순진하고 원리원칙주의자인 뽈에 의해서.

　그리고 한 달이 흘렀다. 삼순은 빨리 적응했다. 수다스럽지만 요리 천재인 뽈, 군기 잡는 박 주임, 어렵지만 너무 멋진 오 지배인님, 귀여운 인혜, 괜히 그녀를 경계하는 영자 씨까지 모두들 재미있는 사람들 같다. 게다가 그녀의 작품에 대한 손님들의 반응이 좋다. 삼순은 새로운 레시피를 고안해내느라 행복한 비명을 지른다. 삼순은 보나뻬띠가 좋다. 사장인 현진헌만 빼고. 다행히 그와 개인적으로 마주칠 일이 없다. 그녀는 주방장인 뽈과 메뉴를 조절하면 그뿐이다. 삼순은 열심히 일해 정식직원이 되리라 다짐한다. 몇 달 일해보고 괜찮으면 정식으로 고용하겠다고 진헌은 그랬었다.
　한 달에 한 번 쉬는 일요일이 돌아온다. 삼순이 '미친 일요일'이라고 명명한 바로 그날! '잔인한 크리스마스'만큼은 아니지만 두 번째로 끔찍한 하루! 그날, 삼순은 엄마의 성화에 못 이겨 맞선을 보러 간다. 선이란 건 그런 거다. 혹시나 하고 나갔다가 역시나 하고 돌아오는 것. 알 수 없는 건, 그러면서도 매번 나간다는 사실... 어쨌든 오늘은 삼순이가 맞선 보는 날! 오늘도 혹시나 하는 마음에 잘 차려입고 나갔는데... 이게 웬일? 따봉! 심봤다! 백마 탄 왕자는 아니어도 민현우 그 자식에게 꿀리지 않을 정도의 늑대 한 마리가 앉아 있는 것 아닌가? 너무 좋아 표정 관리 안 되는 김삼순, 간신히 안면근육 정돈하고 새살새살 내숭을 떨며 그의 마음을 사로잡으려 꽤나 애를 쓴다. 상대도 삼순에게 관심을 보인다. 오늘 헤어질 때까지 이런 분위기라면 삼순은 그와 논스톱으로 결혼하리라 결심한다. 하지만 바로 3분 20초 뒤에 삼류 신파가 벌어질 줄 그 누가 상상했겠는가.

같은 시간 같은 장소에서 맞선을 보던 진헌은 맞선녀가 찰거머리처럼 달라붙자 당황해한다. 아무리 모욕을 주고 자존심을 긁어도 이미 소문을 들었는지 먹히지가 않는다. 그때 삼순을 보았다. 그녀는 어울리지 않게 애교와 내숭을 적절히 구사하고 있었다. 망설일 것도 없이 그는 벌떡 일어나 삼순에게로 다가갔다. 목적하는 바가 있으면 수단과 방법을 가리지 않는 강호의 고수처럼, 그는 삼순에게 다가와 칼을 휘두른다. 삼순아, 미안해! 그러고는 그녀를 덥석 안아버린다. 진헌은 연극을 하고 있다. 삼순이라는 여자를 사랑하지만 부모가 반대해 억지로 선을 보러 온 것처럼. 삼순이도 다른 남자를 만나러 온 것처럼. 우연히 한 장소에서 만나자 눈물의 해후를 하는 것처럼. 맞선녀가 파르르 떨며 나가고 맞선남은 부르르 떨며 나간다. 삼순은 인정사정 볼 것 없이 진헌의 따귀를 갈기고 정강이도 걷어찬다.

'미친 일요일'은 아직 끝나지 않았다. 삼순은 무작정 걷기 시작한다. 진헌이 그답지 않게 뻘쭘한 자세로 쫓아온다. 삼순의 하는 양을 보고는 자신이 잘못을 해도 단단히 잘못했다는 걸 간파했다. 이러다가는 쓸 만한 파티쉐를 잃는 게 아닐까 걱정이 된 진헌은 돈으로 승부를 걸어본다. 월급 5% 인상. 10%. 15%. 정직원 승격! 그러자 삼순이 멈춰 돌아본다.

'당신은 누구한테 거절당해본 적 있어요? 누구 앞에서 한없이 작게 느껴진 적 있어요? 내가 좋아하는 사람이 나를 좋아할 확률이 얼마나 될 것 같아요? 당신 같은 사람한텐 흔한 일이겠지만 난 아녜요. 오늘 그런 사람을 만났어요. 내년이면 서른인데 그런 사람을 또 만날 수 있을 거 같아요? 당신이 내 마지막 남은 행운을 짓밟아버린 거라구 이 새꺄!'

진헌은 뒤통수를 얻어맞은 기분이다. 그깟 일이 그렇게 상처가 될 줄도 몰랐거니와 그 말 한 마디가 뇌리에 박혔다. 누구한테 거절당해본 적 있어요? 있냐고? 그래요, 있어요. 아주 처절하게, 죽을 만큼 고통스럽게, 거절당하고 버림받은 적이 있어요. 사람들 참 웃겨. 왜 자기만 그런 상처가 있다고 생각하는 거지? 진헌은 그렇게 되받아치고 싶었지만 입을 다물었다. 돌아서는 그녀의 눈가에 얼핏 눈물이 어리는 것 같아서…

삼순은 근처에 있는 남산 산책로를 걷기 시작한다. 걷다 지치면 벤치에 앉아 홍보용 음료도 얻어 마시고 케이블카도 타고 전망대 가서 구경하고, 산책로를 걸어 내려오고, 네온이 켜지기 시작한 거리를 걷다가 노래방 가서 목 터지게 노래도 부르고, 마지막으로 포장마차에 가서 술과 밥과 안주를 먹기 시작한다. 참이슬, 우동, 김밥, 꼼장어, 계란말이... 삼순은 그걸 다 먹어치우는 신공을 구사한다. 진헌은 생각한다. 저 여자, 평생 혼자 살아도 심심하진 않겠군. 그때 술 취한 아저씨가 삼순에게 시비를 걸어온다. 삼순이 받아주지 않자 처음엔 말 폭력을 쓰더니 이젠 주먹까지 쓸 기세다. 진헌이 나서서 눈 깜짝할 새에 아저씨를 제압한다(그는 태권도 검도 유도 유단자다. 수영은 강사 자격증까지 있다). 무협영화에서 혈을 눌러버린 것처럼, 마치 먹는 신공을 보여준 삼순에게 화답하듯이. 결국 두 사람은 합석을 하고 주거니 받거니 소주를 나누어 마신다. 거기서 진헌은 삼순을 새롭게 본다. 여전히 자신을 밥맛 없어 하지만 스스로 주제 파악을 할 줄 알고 양심적이라는 것, 자신과는 다른 세계(평범하고 따뜻한)를 살고 있다는 것, 그리고 조금은 귀엽다는 것...

'미친 일요일'은 여기서 끝나지 않는다. 술자리가 파하자 삼순은 모자란 술값을 계산하기 위해 365일 캐시로비를 찾아가고, 비틀거리는 그녀를 따라 진헌도 캐시로비에 들어가고, 9:59에서 10:00이 되는 순간 캐시로비는 문이 닫힌다. 취한 삼순은 그것도 모르고 '한국에서 노처녀로 산다는 것'에 대한 비애를 주저리주저리 읊어대다가 방금 먹은 모든 것을 토해내고 그대로 뻗어버린다. 은행 당직자가 달려오고, 진헌은 당직자의 감시하에 삼순이 토해낸 걸 깨끗이 치우고, 거의 쌀 한 가마에 가까운 그녀를 업고 자신의 오피스텔까지 오게 된다. 그래서 진헌에게도 그날은 '미친 일요일'이 되고 말았다.

'미친 일요일'의 여진(餘塵)은 계속된다. 다음 날 진헌의 오피스텔에서 삼순은 벌거벗은 채로 눈을 뜨고, 진헌이 자신의 옷을 벗겼다는 사실을 알고는 성난 들소처럼 분기탱천해 있는데... 그때... 현관 자동문이 열리고 들어서는 이가 있었으니 진영과 나 사장과 윤 비서 세 사람이다. 나 사장은 어제의 맞선 소식을 듣고 도대체 삼순이가 누구인지 알기 위해 날이 밝자마자 진영을 앞세워 들이닥친 것인데 벌거벗은 뚱뚱한 여자가 침대 위에 앉아 있는 걸 보자 확 열이 오른다. 가라는 장가는 안 가고 삼순이는 누구며 저 뚱뚱한 여자는 또 누구란 말인가. 놀란 진헌과 삼순을 대신해 진영이 친절히 알려준다. 저 누나가 삼순이에요.

삼순은 보았다. 천하의 왕싸가지 현진헌도 천적이 있다는 걸. 제 어머니에게 할 말은 다 하면서도 공손하다는 걸. 그리고 그의 차가움이 제 어머니에게서 내림하였다는 것도 알게 된다. 나 사장은 삼순에게 예의를 갖추어 말하지만 눈매만은 그지없이 서늘하다. 나 사장은 진헌에게 삼순을 데리고 정식으로 인사를 오라고 이르며 오피스텔을 떠난다. 졸지에 진헌의 애인이 된 삼순은 따로국밥집에서 또 한 번 놀라게 된다. 선지가 듬뿍 든 국밥을 앞에 두고 진헌이 이런 말을 한 것이다.

"김삼순 씨! 우리, 연애할래요?"

3. 연애계약서

읍! 삼순의 입에서 씹다 만 밥알들이 튀어 나간다. 파편화된 선지도 튀어 나간다. 뭐라구요? 진헌이 찬찬히 설명하기 시작한다. '나는 결혼하기 싫다. 그러니 맞선도 보기 싫다. 맞선을 안 보려면 가짜애인이 있어야 한다. 당신이 6개월만 가짜애인 노릇을 해주면 합당한 대가를 치르겠다. 즉, 나와 연애하는 척을 하자는 말이다.' 진정한 싸이코군. 삼순은 콧방귀를 뀌며 일언지하에 거절하고 진헌은 출근길 지하철 안에서 그녀를 설득하고 또 설득한다. 삼순이 왜 하필이면 나냐고 묻자 진헌은 또 이렇게 대답한다. '당신, 나 밥맛 없어 하잖아. 그건 나도 마찬가지거든. 그러니 연애할 일 없을 거고, 또 주제 파악 잘 하는 당신이 양심적인 것 같아서.' 저렇게 싸가지 없는 말을 이렇게 태연하게 하는 사람이 또 있을까? 삼순은 안 되는 이유를 또박또박 설명한다. '나, 서른이 되기 전에 시집가야 돼. 그러니 너하고 가짜연애할 시간이 없어. 나한테 필요한 건 진짜연애라고!'

삼순은 진헌의 집에서 잤다는 걸 숨기기 위해 시간 차를 두고 레스토랑에 들어선다. 그러나 헛수고. 진헌은 자기랑 밤새 있느라 지각했으니 야단치지 말라고 오 지배인에게 당부한다. 가짜연애를 거절당한 복수를 저렇게 하는군. 덕분에 삼순은 하루 종일 영자 씨의 도끼눈과 다른 여직원들의 호기심 어린 눈초리를 받아야만 했다. 그리고 밤... 하룻밤 외박하고 돌아온 삼순은 어머니에게 맞아 죽을 각오를 하고 대문을 들어서는데... 이것도 '미친 일요일'의 여진일까? 집이 넘어가게 생겼다.

아버지가 조그만 사업을 하는 작은아버지의 빚보증을 서준 적이 있다. 그런데 불경기라 사정이 여의치 않자 작은아버지는 어디론가 잠적해버리고 대신 은행에 담보로 넣어둔 이 집이 넘어가게 되었다. 집안은 온통 먹장구름이다. 아버지는 네 딸을 앉혀놓고 아버지가 무능해서 미안하다고 한다. 어머니는 작은아버지를 오징어 씹듯이 잘근잘근 씹어 먹을 태세다. 네 딸은 둘러앉아 대책을 강구하며 서로에게 있는 돈을 긁어모으지만 절망적이다. 삼순은 이 집을 무척 사랑한다. 열 살 때쯤 이 집에 들어와 20여 년을 살았다. 그동안 아버지는 뜰을 가꾸고 나무를 심고 딸들을 위하여 그네도 만들고 어머니는 뒤뜰에 텃밭을 일구어 야채쌈이 떨어질 날이 없었다. 삼순의 이름을 지어준 할아버지의 상여도 이곳에서 나갔고 막내 하늘이도 이 집에서 태어났다. 비 오면 낙숫물 듣는 소리가 좋고 가을이면 낙엽 태우는 냄새가 마음을 편안하게 해준다. 삼순이가 시집을 가도 친정은 이 집뿐이라고 생각했다. 이 집이 아닌 다른 집을 친정이라고 찾아가는 일은 상상만 해도 싫다. 그래서 삼순은 진헌을 찾아간다. 아직도 그 제안이 유효하냐고 묻는다. 진헌이 유효하다고 하자 삼순은 받아들이겠다고 한다. 대신 5천만 원만 빌려달라고 한다. 진헌은 앉은자리에서 5천만 원짜리 수표를 끊어준다. 삼순은 아주 잠깐, 허탈하고 불공평하다는 생각이 든다. 우리 집의 생사를 결정짓는 큰돈이 젊은 남자의 손에서 저렇게 쉽게 나오다니... 삼순이 돈을 받아들고 나서는 순간, 진헌은 삼순의 손을 덥석 잡고 홀로 나가 런치 세팅을 하고 있는 직원들에게 이렇게 공표한다. '우리, 연애 중입니다. 두 달 됐습니다.' 레스토랑에는 어머니가 심어놓은 스파이 하나쯤 있을 거라고 진헌은 생각한다. 그래서 가짜정보를 흘린 것이다. 영자 씨는 도끼눈으로 삼순을 찍어 넘길 태세다.

　삼순의 자매들은 진헌을 탐색하러 온다. 둘째 이영은 작년 '잔인한 크리스마스' 때 미국에서 돌아왔다. 남편 따라 미국 갔다가 달랑 이혼서류만 들고서. 세 자매는(앞으로 삼순의 연애에 감 놔라 대추 놔라 온갖 참견을 한다) 남자 문제만큼은 순진하기 짝이 없는 삼순이 걱정되어 이런저런 코치를 하는 중이다. 집을 살리겠다는 갸륵한 희생정신으로 가짜연애를 하는 삼순이가 행여 상처받지 않을까 걱정스럽다. 그래서 현진헌, 이 사람이 어떤 사람인가 알아보기 위해 레스토랑에 들른 것인데, 이 남자, 참 댄디하다! 이영은 연애하는 척만 하지 말고 진짜연애를 권한다. 신데렐라가 되라고 한다. 일영은 만류한다. 비슷한 사람끼리 결혼하는 게 현명한 거라고 어른스럽게 타이른다. 삼순은 이영 언니처럼 이혼한 신데렐라로 사느니 씩씩한 싱글로 남겠다고 한다. 그날, 이영은 이상한 주방장 뽈과 대판 싸운다. 그날 뽈은 주방장 특선 디저트로 크레이프를 내놓았다. 그리고 가끔 하던 대로 크레이프 접시를 들고 테이블에 직접 서빙을 했다. 그런데 이영은 손도 대지 않는다. 자존심 상한 뽈은 자꾸 크레이프를 권하고, 이영은 먹기 싫다고 하고, 수다스럽고 오지랖 넓은 데다 다혈질인 뽈은 급기야 화를 내고, 자기 요리 안 먹는다고 화내는 주방장을 처음 본 이영은 기가 막히고, 한 걸음 더 나아가 뽈은 이영의 요란한 차림새를 타박하고, 사생활을 침범당한 이영은 뽈의 귀싸대기를 한 대 올려 붙이고... 둘의 역사는 그렇게 시작되었다.

한편, 현우의 친구 재섭은 진헌에게 생겼다는 애인을 보기 위해 레스토랑에 들른다. 진헌과 삼순은 재섭 앞에서 다정한 연인인 척 연기를 하고 재섭은 희진의 소식을 전해주려다 그만둔다. 이제야 마음잡은 그가 새 애인과 행복하기를 바란다. 그런데 아무래도 새 애인이 좀 이상하다. 하긴, 진헌이 이놈은 어려서부터 취향이 좀 남다르긴 했다.

또 다른 한편, 진헌은 사고뭉치 진영을 주방 Dishwasher로 들어앉힌다. 사고를 쳐도 주방 안에서만 치겠지. 그 정도면 얼마든지 수습할 수 있다. 그리고 또 다른 목적이 있다. 진영으로 하여금 역스파이 노릇을 하게 하는 것. 레스토랑 안에 있을 얼굴 없는 스파이와 신경전을 벌이는 것보다는 순진무구한 진영을 이용해 나 사장에게 가짜정보를 흘리는 게 그로서는 훨씬 쉬운 일이다. 아무것도 모르는 진영은 진한 남도 사투리를 쓰는 인혜에게 필이 꽂힌다.

며칠 뒤, 진헌은 삼순을 인사시키기 위해 집으로 데리고 간다. 나 사장은 찬찬히 삼순을 살펴보며 의아해한다. 희진을 못 잊는 것 같더니 어쩌다 이렇게 보잘것없는 아가씨에게 빠진 걸까. 아무리 뜯어봐도 진헌이 사랑에 빠질 만한 이유가 없어 보인다. 나 사장은 진헌에게 다른 꿍꿍이가 있다고 생각하지만 일단 교제를 허락한다. 한편 조카 미주는 삼순과 밀가루 반죽을 하며 그녀에 대한 경계심을 푼다. 낯가림이 심한 미주가 그렇게 일찍 경계심을 푼 적이 없는데, 진헌은 삼순이 고맙기까지 하다. 하지만 그 고마움은 채 한 시간도 못 간다. 사달은 생뚱맞게 한 곡의 노래에서 시작된다. 미주가 진헌에게 피아노 연주를 해달라고 졸랐고, 진헌은 미주를 위해 몇 곡의 재미난 연주를 해주었다. 아이처럼 들뜬 삼순은 자기도 신청곡을 넣었고, 진헌은 그 곡만은 절대로 연주할 수 없다고 했고, 오기가 발동한 삼순은 강요와 협박을 했고, 화가 난 진헌은 피아노 뚜껑을 쾅 닫고 나가버린 것이다. 삼순은 어이가 없다. 피아노 좀 칠 줄 안다고 유세를 떠는 건가? 하긴, 유세를 떨 만도 하다. 인정하긴 싫지만 그는 잘생겼다. 햇살 쏟아지는 그랜드 피아노 앞에 앉아 얼굴만큼 하얗고 긴 손가락으로 피아노 연주를 하는 모습은, 충분히 매력적이다. 눈이 부실 만큼... 남자도 눈이 부실 만큼 아름다울 수 있다는 걸 삼순은 처음 알았다. 하지만 아름다우면 뭐 하나, 마음이 고와야지. 저렇게 심술을 부리면 아름다운 얼굴 오십도 안 되어 망가질 게 틀림없다. 그런데 진영이 그 곡에 대한 사연을 귀띔해준다. 그 곡은 형이 전에 사귀던 여자가 좋아하던 거라고, 그 여자와 6년이나 연애를 했다고, 사고 후 바람처럼 그 여자는 떠나갔다고, 그래서 형이 더 삐딱해졌다고... 삼순은 뜻밖이다. 저 서늘한 왕싸가지가 사랑이라는 걸 했었구나... 그런데 그 곡이 그 여자가 좋아하던 곡이라고? Over The Rainbow... 나처럼 이 노래를 좋아한 여자, 그 여자가 왠지 궁금해진다. 그리고 왠지 속이 쓰리다.

어머니의 집을 나오자 진헌은 삼순을 카페에 데리고 가 '연애계약서'라는 걸 쓴다. 가짜연애를 잘하기 위해서, 아까처럼 사적인 영역을 건드리지 않기 위해서. 냅킨에 쓴 합의서를 요약하면 다음과 같다. 1. 현진헌과 김삼순은 서로의 합의하에 6개월간 연애하는 척을 한다. 2. 김삼순은 5천만 원을 받은 대가로 현진헌이 하는 모든 일에 협조한다. 3. 현진헌은 김삼순을 존중한다. 4. 쌍방 양다리를 걸치지 않는다. 5. 스킨십을 하지 않는다. 6. 연애하는 척만 하되 연애는 하지 않는다. 이 해괴망측한 계약서를 작성하는 동안 두 사람은 나란히 앉아 얼마나 다정한지 모른다. 어머니가 붙여놓은 미행남이 그들을 감시하고 있기 때문이다. 얼굴에는 미소를 띠고 다정하게 앉아 살벌한 계약서를 주고받는 모습이라니, 참으로 엽기적인 오후다. 그날 이후 삼순과 진헌은 연애하는 척을 하느라 자주 만나게 된다. 미주와 하늘을 끼고 넷이서 수영장에도 가고 농구장에도 간다. 수영장에서 삼순은 근육질인 진헌의 몸 앞에서 주눅이 든다. 하지만 초등학교 농구시합이 끝난 텅 빈 농구장에서는 기세가 등등하다. 키 큰 진헌이 꼼짝을 못 한다. 미주의 웃음소리가 체육관에 퍼진다. 진헌은 가슴 한쪽이 아파온다. 저렇게 웃고 뛰노는 모습을 형과 형수가 보면 얼마나 좋아할까.

유희진이 귀국한다. 꽃처럼 아름다웠던 그녀, 핏기는 없지만 그래서 더 청초한 모습으로, 안개꽃 같은 모습으로 돌아온다. 돌아와서 그녀가 가장 먼저 만난 사람은 진헌의 모친, 나 사장이다. 그때 나 사장은 희진의 병을 알고 있었다. 진헌에게 알리지 않고 그냥 떠나는 게 좋지 않느냐고 충고한 것도 나 사장이었다. 나 사장은 제 아들을 먼저 챙기는 이기심이었지만 희진은 그녀를 이해했다. 나 사장은 희진에게 병이 완치되었느냐고 묻고 희진은 그렇다고 대답한다(아직 재발의 예후는 없으니 거짓말은 아니다). 나 사장은 유감스럽게도 진헌에게 새 애인이 생겼다고 귀띔해준다. 희진은 내심 큰 충격을 받는다. 3년, 그녀가 암세포와 죽음의 공포와 싸우는 동안 그는 새로운 여자를 만들었다. 희진은 나 사장의 충고대로 진헌을 속이고 떠난 걸 후회한다. 다시는 그런 어리석은 짓은 하지 않으리라... 하루빨리 진헌을 되찾으리라... 죽음과 싸운 3년 동안, 희진은 더욱 단단해졌다. 희진은 진헌과 함께 쓰던 커플 핸드폰을 꺼내본다. 3년도 더 된 핸드폰은 이제 몹시 구형이다. 희진은 그 핸드폰으로 전화를 걸어본다. 진헌의 구형 핸드폰은(현재 쓰는 건 다른 핸드폰이다) 책상 서랍 속에 곱게 모셔져 있다. 매일 그 전화로 전화 오기만을 기다리던 진헌은 오늘따라 핸드폰을 열어보지 않는다.

한 쌍의 커플이 약혼식 예약을 하러 보나뻬띠에 들어선다. 예비신부인 장채리는 무슨 일이 있어도 약혼식만큼은 이 레스토랑에서 치르고 싶다. 어릴 때부터 오랫동안 짝사랑해오던 진헌에게 자신의 피앙세를 보여주고 싶은 것이다. 오 지배인과 세부사항을 검토하던 채리는 삼순과 마주친다. 고등학교를 졸업한 후 귀동냥으로 소식만 전해 듣던 그들은 오랜만의 만남에 수선스럽다. 채리가 약혼식을 이곳에서 치른다고 하자 삼순은 최고의 케이크를 만들어주겠다고 약속한다. 하지만 뒤늦게 예비신랑의 얼굴을 보는 순간 삼순은 최악의 케이크를 만들어야 될 것만 같다. 장채리의 예비신랑은 삼순에게 가장 잔인한 크리스마스를 선물한 그 남자, 민현우다!

4. 옛사랑 & 첫 키스

　그날 밤, 퇴근하는 삼순을 현우가 기다리고 있다. 현우는 내내 삼순을 그윽하게 바라본다. 그 눈길에 삼순은 녹아나는 것 같다. 그래, 옛날에도 저 눈으로 나를 봤어. 옛날의 그리움과 애틋함이 새록새록 솟아난다. 현우의 눈길 한 번만으로도 삼순은 그렇게 설레한다. 그 점을 현우는 알고 있다. 적당히 술에 취해 아무 말 없이 그윽하게 바라만 보아도 여자들 가슴을 뒤흔들 수 있다는 것을. 그날 밤 현우는 별로 한 것도 없는데 삼순은 계속 심란하다. 아직도 나를 사랑하고 있나? 나를 찬 걸 후회하고 있나? 별별 생각이 그녀의 머릿속에서 아우성이지만 현우에게서는 아무 연락이 없다. 그는 약혼 준비하느라 삼순을 생각할 여력이 없다.

　진헌과 삼순이 가짜연애를 한 지 30일(공식적으로는 석 달째)째, 진헌은 장미꽃다발을 들고 삼순의 집으로 찾아간다. 여전히 의심하고 있는 어머니에게 연애하는 척을 보여주기 위한 목적도 있지만 며칠 전 싸우고 남은 앙금을 없애기 위해서도 필요했다. 싸움의 원인은 미주다. 미주는 일주일에 한 번 심리상담사에게 놀이치료를 받으러 간다. 아무리 바빠도 그날만큼은 꼭 미주를 데려다주고 데려오고 하던 진헌이었는데 그날은 다리가 너무 아팠다. 몇 달 만에 찾아온 극심한 통증이었다. 그래서 삼순에게 부탁을 했고 삼순은 미주가 하는 놀이치료를 보고는 자기도 도와줄 수 있겠다고 생각했다. 방법은, 함께 케이크를 굽고 과자를 굽고 초콜릿을 만드는 것. 자기가 먹을 색색깔의 과자를 굽는데 좋아하지 않을 아이는 단 한 명도 없을 것이다. 그래서 당장 미주를 데려와 과자 굽는 법을 알려주었다. 미주는 몹시 좋아했다. 이를 본 진헌은 감동스러워하며 미주가 말만 할 수 있다면, 당신이 빌려간 5천만 원 안 갚아도 된다고 했다. 그러자 삼순은 벌컥 화를 냈다. 대가를 바라고 한 게 아닌데, 워낙 아이들을 좋아해서 함께 과자 굽는 건 일도 아닌데, 그걸 꼭 돈으로 환산하는 그의 물질만능주의가 싫고, 삼순에게는 집이 왔다 갔다 하는 5천만 원을 무슨 만 원짜리 주듯 하는 그의 행태가 눈꼴사나웠다. 돈 아까운 줄 모르고, 사람 귀한 줄 모르는 요괴인간! 뺌베라베로! 그래서 둘은 한바탕 싸웠고 미주를 부탁해야 하는 진헌은 꼬리를 내리고 30일 기념을 빙자하여 이렇게 꽃다발을 들고 찾아온 것이다. 아직도 화가 풀리지 않은 삼순은 안 나가겠다고 버틴다.

일영도 나가지 말라고 하고, 이영은 나가라고 한다. 하늘은 자기가 대신 나가면 안 되냐고 한다. 결국 부모님한테 들킬까 봐(부모님은 가짜연애와 5천만 원의 관계를 모른다) 데이트에 응하는 삼순.

그들의 30일 기념 데이트는 찜질방에서 시작된다. 삼순은 찜질방 매니아다. 특히 거적을 쓰고 들어가는 불한증막에 환장한다. 깔끔 떠느라 대중목욕탕에는 얼씬도 안 하는 진헌은 남녀가 반바지를 입고 한데서 땀을 흘리고 한데서 자는 찜질방 문화에 아연실색한다. 그리고 땀 흘리면서 왜 그렇게들 먹고 마셔대는지. 진헌은 더 있자고 우기는 삼순을 데리고 나와 레스토랑에 간다. 보나뻬띠만큼 유명하기도 하고 주방장 뽈을 두고 스카웃 전쟁을 벌인 라이벌, 강남의 프렌치 레스토랑이다. 지배인이 진헌을 알아보자 진헌은 이 레스토랑의 모든 디저트를 다 시킨다. 잠시 후 50여 가지가 넘는 디저트가 나온다. 카시스 무스, 토파즈, 블랑망제, 니다베유, 몽 모랑시, 각종 과일을 얹은 타르트, 슈크림, 심플하지만 숙련된 기술이 필요한 마카롱, 셀리멘/아나벨라/로셰 등 각양각색의 봉봉 오 쇼콜라, 아이스크림 과자 바슈랭, 눈이 부실 정도로 오색찬란한 그것들은 삼순을 압도하고도 남는다. 이건 데이트가 아니라 일의 연장 아냐? 그때 삼순을 알아보는 이가 있었으니 장채리다. 그 옆의 현우는 여전히 삼순을 모른 척한다. 채리는 오늘 약혼반지와 드레스를 맞췄다고 하며 왜 삼순과 진헌이 이런 날 함께 있는지 궁금해한다. 대답을 주저하는 삼순을 제치고 진헌은 이렇게 말한다. 몰랐니? 내 피앙세야. 그 말 한 마디에 채리와 현우는 각자 뜨악해진다. 채리는 불타오르는 질투심 때문에, 현우는 자기와 헤어진 지 6개월 만에 새 남자를 만나는 삼순에 대한 얼토당토않은 배신감 때문에. 결국 현우는 화장실 앞에서 마주친 삼순을 으슥한 곳으로 끌고 가 나무란다. 내가 그런다고 너까지 이러면 우리 사랑은 뭐가 되니. 잊었니, 에펠탑에서의 키스를? 노틀담 성당의 약속은? 그리고 품위 없이 이게 뭐 하는 짓이야, 풋내 나는 어린 남자애랑. 너 원래 그렇게 비윤리적인 여자였니? 현우는 달변이다. 삼순을 질책하는 말들이 술술 쏟아져 나온다. 한번 뭐에 홀리면 정신을 못 차리는 법, 삼순은 큰 잘못을 한 것만 같아 그럼 어떻게 해야 하느냐고 묻는다. 현우는 당장 헤어지고 나한테 오라고 한다. 그러면 파혼하겠다고 한다. 내가 진정 사랑하는 건 바로 너니까! 감격에 겨운 삼순에게 현우는 나중에 모처에서 만나자고 하며 떠난다.

　레스토랑을 나온 삼순은 현우를 만나기 위해 진헌과 일찍 헤어져야 한다. 하지만 진헌은 밤늦게까지 있어야 한다고 우긴다. 아직도 미행남이 감시하고 있기 때문이란다. 그러고 보니 어수룩한 미행남이 아직도 그들을 지켜보고 있다. 삼순은 이 정도면 30일 기념 데이트로는 훌륭했다고, 미행남도 어머니에게 그렇게 보고할 거라고 설득한다. 그러자 진헌은 집까지 바래다주겠다고 바락바락 우기고 갑자기 현우가 보고 싶어진 삼순은 왈칵 진헌에게 화를 내며 사실대로 토해내고 만다. 그러면 보내줄 줄 알았건만 진헌은 삼순의 바보스러움을 한탄한다. 그 남자가 정말 당신을 사랑한다면 파혼을 먼저 해야지, 그 남자 철면피다, 그 사악함을 간파하지 못하는 당신은 대체 세상을 어떻게 산 거냐! 듣고 보니 그렇다. 그러나 그녀를 바보라고 손가락질하지 말지어니, 잘생기고 달변인 옛사랑이 작정하고 유혹하면 순진탱이들은 그 순간만큼은 홀딱 넘어간다는 사실! 홀림에서 빠져나온 삼순은 모처에서 현우를 만나 담판을 짓는다. 네가 먼저 파혼하고 돌아오라고. 그러나 현우는 네가 돌아와야 파혼하겠다고 한다. 진헌의 말이 맞았다. 이놈은 끝까지 나를 우롱하는 거다. 삼순은 얌전히 곱게 헤어지려고 했다. 그런데 그녀가 일어나는 순간 현우가 그녀를 다급히 붙잡고 한 말이 화근이 되었다. 현우는, 결혼은 채리랑 하고 연애는 삼순이 너랑 하고 싶다고 한다. 그러니 나의 운명적 연인으로 남아달라고. 순간 삼순의 손이 그의 뺨을 올려붙이고, 머릿속에서는 복수의 시나리오가 펼쳐지고 있었으니!

　삼순이 현우의 뺨을 올려붙이던 그 순간, 진헌은 서랍 속의 핸드폰을 열어본다. 언제나 그랬듯이 별 기대 없이 열어본 핸드폰... 그런데 부재중 전화가 와 있다. 그의 손이 떨린다. 그녀의 번호다. 그는 성급하게 그 번호로 전화를 하려다가 그만둔다. 나를 배신하고 간 여자에게 먼저 전화할 필요는 없다. 진헌은 다시 전화가 올 때까지 기다린다. 그 낡은 핸드폰을 손에 땀이 나도록 쥔 채... 전화는 쉽게 오지 않는다. 하룻밤이 지난다. 진헌은 핸드폰과 함께 잠이 든다. 내가 먼저 해볼까? 하는 유혹에 밤새 시달린다. 하지만 3년간의 고통이 그를 말린다. 다음 날 내내 그는 너무 고통스럽다. 성질 같아서는 울리지 않는 핸드폰을 부러뜨리고 산산조각을 내고 무참히 짓밟고 싶다. 드디어 인내가 한계에 다다랐을 때 벨이 울린다. 3년 전의 촌스러운 전화벨. 그녀의 번호다. 그의 손이 덜덜 떨린다. 가슴도 맥박도 널뛰듯 한다. 간신히 그는 전화를 받는다. 여보세요. 최대한 무뚝뚝하게, 최대한 차갑게. 너무 차갑게 받았나? 그녀는 아무 말도 하지 않는다. 숨소리만 들린다. 여보세요. 재차 묻는다. 드디어 그녀의 가느다란 목소리가 들려온다. 나야, 희진이. 진헌은 무너지듯 자리에 주저앉는다. 온몸의 힘이 순식간에 빠져나가서...

보나뻬띠에서 민현우와 장채리의 약혼식이 벌어지는 날. 삼순은 새벽부터 나와 3단 케이크를 만들고 있다. 주방도 단체손님을 맞느라 분주하다. 드디어 약혼식이 진행된다. 하얀 턱시도를 차려입은 현우와 분홍빛 드레스를 입은 채리는 꽤 잘 어울린다. 그들 앞에 3단 케이크가 입장한다. 케이크는 윤기 나는 연분홍빛! 현우와 채리는 다정하게 케이크 커팅을 한다. 그리고 케이크를 맛보는 사람들. 그런데... 사람들이 재채기를 하기 시작한다. 얼굴이 벌겋게 달아오르고, 눈물을 흘리고, 물을 찾고, 달아오른 입속에 부채질을 해댄다. 삽시간에 약혼식장은 난장판이 된다. 그 시간, 방앗간에서는 아버지와 엄마가 청양고추 2근이 감쪽같이 없어졌다고 혀를 차고 있다. 문제의 발단이 케이크에 있다는 걸 알아낸 오 지배인과 뿔은 삼순을 불러 경위를 묻는다. 삼순은 솔직하게 대답한다. 고춧가루를 넣긴 했는데 이렇게 매울 줄은 자신도 몰랐다고. 그건 사실이다. 삼순은 그저 현우에게 불쾌한 케이크 맛을 안겨주고 싶었다. 그래서 평생 '약혼식' 하면 그 불쾌한 케이크 맛이 떠오르길 바랐다. 그게 그의 오만방자한 바람기에 그녀가 할 수 있는 최고의 복수였다. 그런데 이렇게 뒤집어질 줄은 정말 생각도 못 했다. 오 지배인이 사태 수습을 하는 동안 삼순이 짓임을 간파한 현우는 주방으로 들이닥쳐 삼순의 가슴에 불을 지핀다. 거봐, 너 아직도 나를 못 잊고 있잖아. 잊었다면 이런 짓을 했겠어? 삼순의 고춧가루 소동을 퍼포먼스처럼 느낀 현우는 그녀에게 키스하려 하고, 순간 아찔해진 삼순을 대신해 그를 거칠게 밀쳐내는 이가 있으니 바로 진헌이다. 직선의 남자 진헌과 유들유들하지만 결코 미워할 수 없는 관록의 남자 현우. 두 남자의 팽팽한 눈싸움은 삼순의 한 마디로 끝이 난다. 놀고들 있네. 하지만 삼순은 진헌의 색다른 모습에 이미 놀라고 있다. 현우보다 한참 어리지만 결코 눌리지 않는, 아니 오히려 압도할 수 있는 남자다움이 그에게는 있다.

　삼순은 오 지배인으로부터 1개월 20프로 감봉 처분이라는 징계를 받는다. 모두 클로징하고 퇴근한 시간, 진헌이 다가와 아까 주방에서의 그녀를 비난한다. 그렇게 당하고도 미련이 남아 추근대는 그에게 곁을 주었냐고. 발끈한 삼순은 또 한바탕 진헌과 싸우고 그러다 배가 고파진 그들은 팔다 남은 케이크를 나누어 먹고 케이크를 만들다 남은 브랜디와 꼬냑과 럼주도 마신다. 아까 그 남자, 사랑했어요? 그땐... 그랬던 것 같아요. 이렇게 시작한 대화는 술기운과 함께 점점 깊어진다. 취기가 오른 삼순은 자신의 꿈에 대해서도 얘기한다. 그녀는 자기만의 Patissier Cafe를 갖고 싶다. 피로한 사람들에게 달콤함으로 활력을 주고 싶다. 인테리어도 구상해놓았고 그릇과 장식품과 커튼까지 생각해놓았다. 카페 이름은 최근에 읽은 책의 주인공 〈파이-Pi〉로 정했다. 그렇게 그들은 대화다운 대화를 한다. 처음으로 비꼬지 않고, 화내지 않고, 무시하지 않고, 속에 알뜰히 쟁여둔 마음 한 올 한 올을 풀어내며... 술의 열기와 대화의 열정으로 삼순의 뺨은 발갛게 달아오른다. 진헌은 그녀가 사랑스럽게 느껴진다. 그래서 그녀의 입가에 묻은 생크림을 닦아준다. 아주 짧은 순간 눈빛이 격렬하게 부딪히고... 삼순은 진헌의 두 뺨을 부여잡고 기습 키스를 한다!

5. 그 후
　삼순의 기습 키스에 놀란 진헌은 그러나 곧 키스에 응한다. 처음에는 부드럽게... 점점 격렬하게... 결코 의도하지 않은 키스를 하게 된 진헌과 삼순은 당황해한다.

　그 후 며칠 동안 그들은 서로를 피한다. 마주쳐도 인사도 안 하고 애써 외면한다. 중요한 건, 두 사람 모두 그날 밤의 키스가 싫지 않았다는 사실. 그래서 더 당황스럽다. 삼순은 냉큼 그의 입술을 훔친 자신의 입술과 본능을 마구 구박한다. 밤새 잠을 설친 삼순은 새벽같이 출근해 그녀만의 레시피를 이용한 봉봉 오 쇼콜라를 만들어본다. 일찍 일어나 조깅을 하던 진헌이 레스토랑에 불이 켜져 있는 걸 보고는 주방에 들어선다. 피할 수 없는 외나무다리. 그날 밤 이후로 처음 눈을 마주치는 두 사람. 진헌은 삼순이 만든 초콜릿 과자를 처음 맛보는 사람이 된다. 삼순은 자기만의 초콜릿 과자라며 이름을 붙인다. Raining Men. 하늘에서 남자들이 비처럼 내려와 실연당한 여자들을 위로해 주었으면 하는 바람이라나? 하긴, 초콜릿에는 실연을 치유하는 페닐에틸아민 성분이 아주 많다. 조금 편해진 그들은 그날 밤의 일에 대해 정리하기 시작하고 결국은 이런 결론을 도출한다.

그냥 어쩌다 벌어진 실수! 두 번 다시 일어나서는 안 될 해프닝!

찜찜한 키스의 추억을 대충 묻어버린 두 사람은 한결 마음이 가벼워진다. 진헌은 삼순을 제주도의 호텔 오픈식에 초대한다.

진헌의 어머니인 나현숙 사장이 경영하는 호텔은 외조부인 나 회장으로부터 물려받은 것이다. 나 회장은 여러 개의 호텔을 슬하에 있는 다섯 남매에게 물려주고 지금은 일선에서 물러난 상태다. 오늘 제주도에서 오픈하는 이 호텔은 그의 마지막 작품이 될 터이다. 욕심 많은 나현숙 사장은 그 호텔을 진헌의 몫으로 만들고 싶은데 진헌은 외조부의 호텔에 관심이 없다. 자기 밥상은 자기가 차리고 싶을뿐더러 여관장사보다는 밥장사가 그는 더 좋다. 하지만 집안 행사라 빠질 수는 없고, 연애하는 척을 하고 있으니 당연히 삼순을 동반해야 했다. 억지로 제주도까지 끌려 내려온 삼순은 디저트로 나온 여러 가지 것들을 맛보며 직업정신을 발휘한다. 그런데 여기서도 현우와 채리를 만날 줄이야. 현우는 아버지의 회사에서 이 호텔 건축에 관여한 일로 초대받아 채리와 함께 왔다. 진헌과 삼순을 보자 경쟁심리가 살아난 현우는 채리가 없는 틈을 타 진헌에게 농을 걸기 시작한다. 파리에서 자신과 삼순이 얼마나 뜨거운 관계였는지부터 시작해 삼순의 신체 비밀까지, 도대체 험담을 하는 건지 세련된 농담을 하는 건지 알 수 없게 그 특유의 능청스러움을 유감없이 발휘하는 것이다. 이에 질세라 진헌의 화답 또한 만만치 않다. 마치 삼순과 뜨거운 관계를 맺은 것처럼 그녀의 몸 구석구석을 다 알고 있는 것처럼. 가운데 서서 얼굴이 자둣빛이 된 삼순은 나중에는 누가 누가 더 뻥을 잘 치나 한심하게 바라보게 되고, 급기야는 비위가 상한 두 남자 험한 욕설을 사이좋게 주고받더니 오 마이 갓! 주먹질까지 하게 된다. 주먹질은 발길질이 되고 발길질은 육탄전이 되어 품격 있는 호텔 오픈식의 축하연은 명문가 두 자제에 의해 묵사발이 되고 있으나 둘이 왜 싸웠는지는 상류층의 영원한 미스터리로 남는다. 다만 한 사람, 채리만이 그 이유를 알게 된다. 그래서 진헌과 함께 파티장을 빠져나오는 삼순의 귓가에 이런 소리가 들려온다. 삼순이 언니랑 사귀었다고? 방앗간 집 딸이랑? 어떻게 그럴 수가 있어? 이건 그레이드가 달라도 너무 다르잖아!

진헌의 손에 이끌려 파티장을 빠져나온 삼순은 웃기 시작한다. 얼음왕자 같던 이 남자가 유치하게 쌈질하던 모습이 자꾸 떠올라서 웃음을 멈출 수가 없다. 진헌이 웃지 말라고 해도 자꾸 웃음이 나온다. 진헌은 화가 난다. 이 여자가 나를 비웃는 것만 같다. 웃지 말라고 두 번째 말해도 듣지 않는다. 하는 수 없이 진헌은 제 입술로 삼순의 입을 막아버린다. 웃다가 기습 키스를 당한 삼순은 숨이 막힌다. 입술을 뗀 진헌은 넋이 나가 있는 삼순에게 뜻밖의 말을 한다. 당신이 웃으면 나도 웃음이 나. 그런데 난 웃으면 안 되거든. 비로소 진헌은 자신의 이야기를 한다. 왜 웃으면 안 되는지, 죽은 형과 형수에 대한 죄책감을... 그리고 희진에 대한 이야기도 한다. 그들이 어떻게 만나고 어떻게 사랑하고 어떻게 헤어졌는지, 3년을 어떻게 기다렸는지, 그리고 며칠 전 걸려온 그녀의 전화도... 진헌은 그녀를 당장 만나고 싶었다. 어디 있냐고, 당장 달려가겠다고, 그러고 싶었다. 하지만 서푼어치도 안 되는 자존심과 오기가 허락하지 않았다. 그는 끝까지 무뚝뚝하게 굴었고 당황한 그녀도 차마 만나자는 말을 못 하고 끊었다. 진헌은 희진의 이야기를 할 때면 더 퉁명스러워진다. 더 위악적이다. 삼순은 그게 마음이 아프다. 그 여자를 아직도 사랑하는구나. 그래서 더 못되게 말하는구나. 그런데 참 이상도 하지. 왜 내 마음이 아프담? 삼순은 그들 사랑에 대한 연민이라고 치부하고 왜 그런 얘기를 나한테 하는지를 묻는다. 그러자 진헌은 삼순의 턱을 치켜들고 오만하게 대답한다. 당신이 좋아졌거든.

진헌은 삼순에게, 당신이 좋아졌지만 우리는 여전히 연애하는 척하는 것뿐이라고 못 박는다. 좋아하는 것과 연애하는 것과 사랑은 모두 별개의 것이라고. 삼순은 기가 막힌다. 내가 언제 연애하자고 했나? 웃겨 정말. 삼순은 툴툴거린다. 당신은 내가 좋아졌을지 모르지만 나는 당신이 좋아지지도 않았고 연애하고 싶지도 않다고! 그렇게 말하면서 삼순은 조금 찔린다. 두 번째 키스의 여운 때문에...

서울로 돌아온 며칠 뒤, 레스토랑에는 고춧가루 케이크 사건 이후로 가장 큰 소동이 벌어진다. 어린 애인과 바람피우는 남편에게 아내가 오물을 뿌리는 사건이 일어난 것이다. 그 바람둥이 남편은 이 레스토랑의 단골이다. 아내는 애인이든 여자한테 생색을 내고 싶을 때면 항상 이곳으로 데려와 가장 비싼 요리를 시키곤 했다. 어린 애인은 비명을 지르며 도망을 가고, 아내는 소리 소리 지르며 남편의 멱살을 잡고, 실내에는 오물 냄새가 진동하고, 삽시간에 아수라장이 된다. 진헌과 오 지배인이 나서서 남편을 먼저 보낸다. 아내는 그대로 주저앉아 대성통곡을 한다. 어서 소동을 접고 영업을 해야 하는데 아무도 말릴 엄두를 내지 못한다. 몸처럼 오지랖도 푸짐한 삼순이 나선다. 얼마 전 새 레시피로 만들어낸 초콜릿 과자를 들고 와 아내에게 내민다. 실연을 치유해주는 디저트예요. 이름은 Raining Men. 우리말로 하자면 하늘에서 남자들이 비처럼 내려온다는 뜻이죠. 요즘 우리 레스토랑에서는 실연당한 여자들한테 특별 이벤트를 열어준답니다. Raining Men을 공짜로 무한대로 제공해주고 사장님이 직접 위로 송을 불러주지요. 삼순의 재치 있는 말에 여자는 울음을 멈추고 초콜릿 과자를 입에 넣는다. 그리고 신청곡까지 주문한다. 신청곡을 듣는 순간 삼순은 긴장한다. 하필이면 그 노래. Over The Rainbow. 진헌이 절대로 연주하지 않는 노래. 그런데 지금 이 소동을 접기 위해서는 정면돌파를 해야 한다. 삼순은 얼떨결에 위로 송을 연주해야 하는 진헌에게 다가가 이렇게 말한다. 힘들겠지만, 사랑하는 여자가 저 문으로 들어온다고 생각하고 연주해봐요. 그래서... 진헌은... 연주를 한다. 희진이 떠난 후 한 번도 연주하지 않은 그 곡을... 그 곡은 희진만을 위한 곡이었는데... 진헌의 피아노 소리와 잔잔한 노랫소리가 레스토랑에 흐른다. 모두 멈춘 채 무대 위의 진헌을 바라보며 피아노 소리를, 그의 노랫소리를 듣는다. 주방 사람들도 모두 나와 듣는다. 배신당한 아내도 노래에 도취되어 방금 전의 일은 까맣게 잊었다. 삼순은 밀랍인형처럼 굳은 채 진헌만을 바라본다. 도저히 눈을 뗄 수가 없다. 그를 좋아하게 되었는가? 아니다. 그래도 아직 인정하고 싶지 않다. 그저 나는 못 치는 피아노를 저렇게 잘 칠 수 있다는 걸 동경할 뿐이다. 그랬다. 그때까지만 해도 그렇게 생각했다. 그런데 잠시 후 모든 게 뒤바뀐다. 레스토랑의 문이 열리고 그녀가 들어섰다. 안개꽃처럼 신비롭고 아름다운 여자 유희진이... 진헌은 환영이라고 생각했다. 열망이 만들어놓은 환영. 그래서 계속 연주를 하고 노래를 불렀다, 환영을 바라보며. 그가 환영을 바라보자 사람들도 모두 그쪽을 쳐다보았다. 삼순도 쳐다보았다. 아름다운 여자가 당당하게 입구에 서 있다. 진영의 입에서 '희진 누나?'라는 소리가 흘러나오지 않았어도 그녀가 유희진임을, 진헌이 3년간 기다렸다는 그 여자임을, 삼순은 알아챘을 것이다. 그리고 삼순은 깨달은 게 있다. 그녀 김삼순이 현진헌이라는 남자를 좋아하게 되었다는 사실. 연주를 멈춘 채 멍하게 희진을 바라보는 진헌을 보면서 삼순의 가슴은 갈가리 찢기고 있었다.

 진헌은 희진을 데리고 근처 커피숍으로 간다. 3년 만에 만난 그녀 앞에서 진헌은 가슴이 너무 먹먹해 아무 말도 할 수가 없다. 말문을 여는 순간 가슴속에 고인 것들이 어떤 모습으로 튀어나올지 스스로도 겁이 난다. 희진은 3년 전처럼, 짐짓 밝게, 스스럼없이 대한다. 약속을 지키러 돌아왔는데 너는 애인이 있다며? 겨우 3년도 못 기다리니? 애교스럽게 힐난한다. 진헌은 그건 가짜연애라고, 너를 기다리기 위한 계약연애라고, 그 말조차 하기가 힘이 든다. 마음속에서는 너를 기다렸다고, 얼마나 그리웠는지 모른다고 가슴 절절한 말들이 들끓고 있는데 정작 그의 입에서는 싸늘한 비난의 말들만 쏟아져 나온다. 희진의 가슴에 못을 박아 보내놓고 그는 레스토랑에 혼자 앉아 술을 마시며 울다가 웃다가 한다. 그녀가 다시 돌아왔다는 게 믿기지가 않아서 돌아왔다는 게 너무 좋아서 어떻게 반응해야 할지를 몰라서... 마침 퇴근이 늦어 주방에 홀로 남아 있던 삼순은 울다가 웃다가 원맨쇼를 하는 그를 기가 막히게 바라본다. 드디어 진헌이 고개를 박고 쓰러지자 삼순은 그를 들쳐 업고 오피스텔까지 데려다준다. 두 번째 들어오는 그의 방. 이번은 처음과 그 기분이 사뭇 다르다. 아는지 모르는지 진헌은 그녀를 안은 채 쓰러지며 '희진아'라고 중얼거린다. 다음 날 아침에 눈을 뜬 진헌은 옆에서 삼순이 코를 골며 자고 있자 소스라치게 놀라더니 불같이 화를 낸다. 그러자 더 화를 내는 삼순. 희진이라는 이름을 부르며 자신을 꽉 끌어안은 채 잔 게 누군데! 꼼짝도 못 하게 껴안고는 곯아떨어진 게 누군데! 진헌은 곯아떨어져서도 놓칠세라 삼순(실은 희진)을 꼭 끌어안고 있었다. 가지 말라고 잠꼬대까지 했었다. 완강한 힘에 움직일 수가 없자 삼순은 에라 모르겠다, 같이 잠에 빠져든 것이다. 본의 아닌 동침을 놓고 서로의 책임이라고 으르렁거리는 두 사람. 그때 초인종 소리가 울리고 삼순은 화들짝 놀란다. 혹시 또 나 사장이? 비디오 폰으로 확인하던 진헌의 얼굴이 굳는다. 희진이다.

어젯밤 진헌의 냉대에 가슴 아파하던 희진은 밤새 잠 못 이룬 채 뒤척이다가 아침 일찍 진헌의 오피스텔로 찾아왔다. 그런데 진헌은 삼순이라는 새 여자와 함께 있다. 이로써 삼순과 희진의 운명적인 조우가 이루어진다. 어젯밤 레스토랑에서 처음 만났지만 그때 희진은 삼순의 존재를 알지 못했다. 새 여자가 생겼다더니 이 여자구나. 그런데 연상녀? 거기다 뚱뚱하기까지? 서로를 탐색하는 두 여자의 눈길이 팽팽하다. 희진은 자신을 진헌의 옛사랑으로 소개하고, 삼순은 자신을 진헌의 현재진행형 사랑으로 소개한다. 왜 그랬는지 삼순은 모른다. 그저 희진이라는 젊고 예쁜 여자에게 지고 싶지 않았을 뿐이다. 삼순의 당당한 태도에 희진은 일단 물러난다. 진헌은 진짜애인인 척 연기한 삼순에게 마구 화를 내고 삼순은 마음의 상처를 받는다. 집에 돌아온 삼순은 간밤에 무단외박을 한 것 때문에 엄마에게 빗자루 매질을 당한다. 엄마는 삼순에게 (가짜인 줄 모르고) 애인이 있다는 사실을 알게 되고 간밤에도 그 애인과 함께 있었다는 것도 알게 된다. 엄마는 함께 밤을 지냈으니 결혼해야 한다며 당장 그놈을 데려오라고 으름장을 놓는다. 아버지가 알면 그놈 목숨이 붙어 있지 못할 거라며...

진헌은 희진이 머무는 호텔로 찾아간다. 삼순은 가짜애인이라고, 너를 기다리기 위한 방편이었다고, 진실을 말하고 그녀의 진실을 듣고 싶었다. 그때 왜 그랬는지, 지금 네 마음은 어떤지, 난 아직도 너를 사랑하는 것 같다고, 다시 시작하고 싶다고, 애끓는 고백을 하고 싶었다. 그런데... 남자가 있다. 30대 중반의 점잖고 교양 있어 보이는 남자. 여유만만하게 악수를 청해오는 남자. 짧은 인사말을 영어로 하는 남자, 헨리 킴. 앞뒤 가릴 것 없이 들이닥쳤던 진헌은 가지 말라고 만류하는 희진을 뒤로한 채 룸을 나서며 싸늘해진다. 남자를 데리고 들어오다니... 3년만 기다려달라고 하더니... 호텔 방에서 함께 머물 정도의 사이... 진헌은 두 번째 배신을 당한 것만 같다. 심한 절망감과 배신감에 치를 떨며 진헌은 호텔을 빠져나오고 뒤따라 희진이 달려온다. 그리고 해명한다. 그는 내 주치의야. 주치의? 진헌은 언뜻 이해하지 못하고 비아냥거린다. 주치의하고 연애라, 그것도 미국 국적의 의사, 꽤 잘 어울리는데? 축하해. 희진이 오해하지 말라고 해도 진헌은 계속 비꼬고 비아냥거린다. 한번 상처 입은 그의 마음은 열릴 줄을 모른다. 결국 희진이 울음을 터트리며 사실을 털어놓는다. 나 위암이었어! 수술받으러 간 거야! 위를 거의 다 떼어내고 항암 치료받고, 네가 형과 형수를 잃고 다리가 부서진 만큼, 나도 그만큼 힘들었어!

진헌은, 처음에는 믿지 않았다. 믿을 수가 없었다. 어떻게 그런 일이 있을 수 있을까. 하지만 차츰, 이해할 수 없었던 희진의 언행들이 떠올랐고 그것들은 삽시간에 인과관계를 형성했다. 밤새도록 희진은 그간의 일들을 담담하게 털어놓았다. 말기 암을 선고받고 휴스턴으로 떠나기까지 치열한 고민들, 미국에서의 처절한 싸움, 외로움, 헨리와의 만남, 진헌에 대한 그리움, 죽음의 공포, 그리고 그것들을 어떻게 이겨냈는지... 믿기 어려운, 정말 소설 같은 그 이야기들을 다 듣고, 진헌은 그녀 앞에 무릎 꿇는다. 그리고 울며 사죄한다. 아무것도 모른 죄를, 그녀를 증오했던 죄를, 외롭게 혼자 아프게 놔둔 죄를, 그녀의 병에 아무 도움이 될 수 없었던 죄를... 울며 사죄하는 그를 끌어안고 희진도 오열한다. 그동안의 외로움과 두려움과 공포가 한순간에 날아가버리는 것만 같다. 그토록 그리웠던 이 남자를 끌어안고 희진은 펑펑 울어댄다. 너한테 돌아오려고 버텼어. 이런 날만 꿈꾸면서 견뎠어. 그렇게 떠난 거 얼마나 후회했는지 몰라... 두 사람이 3년간의 오해를 푸는 동안 동이 서서히 터오기 시작하고...

삼순은 진헌의 출근이 늦자 걱정이 된다. 항상 가장 먼저 출근하는 사람이었는데 점심 영업이 끝날 때까지 나타나지 않는다. 삼순은 근처에 있는 그의 오피스텔로 찾아가 본다. 하지만 곧 후회하고 절망한다. 오피스텔에는 희진이 있었다. 진헌과 함께 밤을 지새운 듯 두 사람은 몹시 피곤해 보였다. 점심 도시락까지 싸 온 삼순은 그만... 진헌의 뺨을 때리고 정강이까지 걷어차고 나온다. 진짜애인도 아닌데 이게 무슨 짓이람? 그 생각이 든 건 이미 일이 벌어지고 난 뒤다. 삼순에게 뺨 맞고 정강이까지 채인 진헌은 진짜애인에게 바람피우다 들킨 것 같은 기분이다. 아직도 삼순을 진짜애인으로 알고 있는 희진은 걱정을 하고, 진헌은 삼순과 헤어질 거라며 희진을 안심시킨다. 너를 기다리느라 가짜애인을 고용했다는 말은 차마 할 수가 없어서 그렇게 둘러대었다.

설상가상으로 채리가 레스토랑까지 와 삼순을 괴롭힌다. 희진이 왜 갑자기 진헌을 떠났었는지를 미주알고주알 알려주면서 살살 약을 올린다. 그리고 현우가 자신에게 얼마나 잘해주는지도... 삼순은 집에 돌아와 엉엉 울기 시작한다. 이제 곧 진헌에게 버림받을 거라는 예감에 실연의 눈물을 펑펑 쏟는다. 세 자매는 삼순의 눈물에 대해 온갖 추측을 해댄다. 덕분에 엄마는 삼순이가 밤을 지새운 그놈과 헤어졌다는 것을 알게 된다. 그리고 문제의 그놈이 삼순의 고용주라는 사실도! 빗자루를 치켜세우고 당장 레스토랑으로 쳐들어갈 것 같은 엄마를 아버지가 말린다. 그리고 삼순에게 이른다. 조만간 데리고 와서 인사시키라고. 삼순은 진짜애인이 아니라 가짜애인이었다고 이제는 다 끝났다고, 그렇게 해명하다 매만 더 번다.

며칠 뒤 삼순은 이영 언니가 마련해준 돈(이영이 위자료조로 받은 아파트가 이제야 팔렸다) 오천만 원을 들고 레스토랑에 출근한다. 그 돈을 돌려주고 계약 종료를 선언한다. 사랑하는 여자가 돌아왔으니 억지 맞선을 볼 이유가 없지 않느냐, 그러니 나와의 계약연애도 필요 없는 것 아니냐! 삼순은 사표도 낸다. 진헌은 계약 파기만 받아들이고 사표는 반려한다. 오히려 그녀를 정식직원으로 채용한다. 염장 지르는 방법도 가지가지군. 오기가 발동한 삼순은 그날 오후에 있는 농구게임에서(직원들은 주방과 홀로 편을 갈라 자주 농구를 한다. 전직 농구선수인 삼순이는 유일한 여자로 게임에 참가한다) 진헌에게 무지막지한 태클을 건다. 게임은 삼순이네 팀의 완승으로 끝나고 진헌은 멍투성이가 된다.

진헌은 희진과의 결혼을 추진한다. 나 사장은 반대한다. 2년이 지나 5년을 채우고 완치되었다는 소견이 나올 때까지만 참으라고 한다. 진헌은 지금 결혼해서 완치될 수 있도록 자신이 도울 거라고 한다. 그런데 그들의 결혼에 장애물이 되는 건 나 사장뿐만이 아니다. 헨리 킴. 이 묘한 남자가 자꾸 진헌의 눈에 거슬린다. 희진과 헨리 킴은 스위트룸에서 각기 다른 방을 쓰고 있다. 헨리 킴은 희진에게 가끔 나타나는 덤핑증후군(위 절제 후 나타나는 부작용)을 관리해주고 영양관리도 해주고 심한 빈혈증세가 나타나면 비타민 B12도 주사하며 그녀를 보살펴준다. 희진도 진헌을 이해시키려 한다. 남녀관계가 아니라 신뢰로 맺어진 의사와 환자의 관계라고, 그가 날 사랑하긴 하지만 나는 아니라고,

그는 나에게 아무것도 바라지 않는다고... 진헌은 희진의 특별한 상황을 감안해 이해하려 애쓰지만 참 신경이 쓰인다. 그런데 이상한 건, 신경이 쓰이면서도 헨리 킴 그에게 진헌도 호감을 느낀다는 것이다. 헨리 킴에게는 누구에게서도 본 적이 없는 여유와 따뜻함이 있었다. 어디에서 저런 힘이 나오는 걸까. 그는 차츰 헨리 킴을 좋아하기 시작한다. 그러면서 의심도 증폭된다. 두 사람 사이에는 진헌이 알 수 없는 묘한 기류가 흐르고 있었으니...

나이 들어 사랑에 상처 입는 것만큼 치명적인 게 또 있을까? 진헌이 희진과의 결혼을 강행하는 동안 서른을 목전에 둔 삼순은 최악의 나날을 보내고 있다. 씩씩한 김삼순은... 통통한 김삼순은... 살이 쏙쏙 빠지고 있다. 사랑에 상처받아, 진헌의 사랑에 목이 말라, 눈에 뵈는 것도 없고 먹고 싶은 것도 없고 왜 사는지도 모르겠다. 남몰래 흘리는 삼순의 눈물이 밀가루 반죽 속으로 스며든다. 삼순은 다시 사표를 낸다. 희진과 결혼한 그를 볼 자신이 없다. 진헌은 끝까지 사표를 수리하지 않는다. 유능한 파티쉐를 잃고 싶지 않다며. 그러나 삼순은 출근하지 않는다. 레스토랑을 관두고 삼순은 불어 공부를 다시 시작한다. 경비는 없지만 일단 파리로 날아가 요리 공부를 더 해볼까 생각 중이다. 부딪히면 살아갈 방도는 있기 마련이다.

진헌에게는 이상한 변화가 생긴다. 삼순이 보이지 않자 불안해지기 시작한 것. 전에는 쳐다보지도 않았던 설탕 덩어리 디저트들이 먹고 싶어지고, 주방에서 삼순의 호탕한 웃음소리가 들리지 않는 게 이상하고, 농구장에서 남자직원들끼리만 농구하는 게 영 어색해 보이고, 그리고 무엇보다도 이상한 건, 여자들이 다 삼순이로 보인다는 것이다. 희진이마저 삼순이로 보인다! 이 여자가 내가 먹던 케이크에 이상한 약을 넣었나? 진헌은 다시 출근하라고 전화를 하지만 전화기는 항상 꺼져 있다. 미주를 만나러 오지도 않는다. 뿔과 연애하는 이영 누님을 통해 들으니 유학 준비하느라 불어 공부를 하고 있다고 한다. 이 여자가 계약기간도 안 끝났는데 감히 마음대로 움직여? 괘씸해진 진헌은 집 앞에서 그녀를 기다린다. 그런데 이 여자, 현우와 함께 오는 게 아닌가? 불끈 화가 치민 진헌은 삼순에게 마구 화를 내고, 삼순과 진헌의 연애가 가짜였음을 이미 알고 있는 현우는 연극 그만하라고 하고, 진헌은 부지불식간에 주먹을 날리고, 두 남자의 유치찬란한 쌈질은 제주도에서의 1편에 이어 서울 부암동 골목에서 2편이 이어진다. 싸움은 삼순이 진헌의 손을 들어줌으로써 끝이 난다. 자하문 가로등 밑에서 상처투성이 얼굴에 약을 발라주던 삼순은 그를 다시 만난 게 너무 반갑고, 진헌도 그녀를 다시 보니 마음이 놓이고 기쁘고... 해서 두 사람은 키스를 한다. 적극적이고 열정적인 키스를!

  실수가 아닌 자의적인 키스를 하고 난 후 진헌은 극심한 혼란에 휩싸인다. 삼순이와 희진이. 도대체 내가 누구를 사랑하는 건지 알 수가 없다. 6년을 사랑하고 3년을 기다린 여자와 만난 지 몇 달밖에 안 된 뚱뚱한 가짜애인과 둘 중 누구를 당신은 사랑하겠는가, 라며 사람들에게 물어보고 싶다. 실제로 술에 취해 합석한 사람에게 물어본 적이 있다. 한 남자는 옛날 애인에게 가라고 하고 한 남자는 뭐든 새것이 좋다며 삼순에게 가라고 한다. 점도 쳐본다. 한 집에서는 희진이 천생배필이라고 하고 그 앞집에서는 삼순이가 전생에도 아내였다고 한다. 진영에게 슬쩍 물어보니 희진 누나는 얼굴이 예뻐서 좋다고 하고 삼순이 누나는 왕가슴이라서 좋다고 한다. 미주에게 물어보니 희진 아줌마는 피아노를 잘 쳐서 좋다고 하고 삼순이 아줌마는 당연히 케이크를 잘 만들어서 좋다고 한다. 다들 사전모의라도 했는지 희진과 삼순 다 좋다고 한다.
  중략...

  삼순과 진헌이 서로 사랑을 한다. 너무 사랑해 주위 사람들이 돌아버릴 지경이다. 삼순은 진헌을 집에 데려와 부모님께 정식으로 인사시킨다. 아버지는 연신 술을 권하고 집에서 담근 독한 과일주를 연거푸 들이켠 진헌은 곧 뻗어버리고 만다. 자매들은 곯아떨어진 진헌을 자기들 방 한가운데 눕힌다. 그리고 빙 둘러앉아 요모조모 관찰을 한다. 콧수염에서부터 땀구멍까지. 엄마도 가세한다. 평생 딸만 키운 엄마는 강아지도 암컷은 쳐다보지도 않는다. 길가에서 아기가 예쁘다고 막 어르다가도 계집애인 걸 알면 냉큼 돌려주고야 만다. 못난이 삼순이가 어떻게 이런 예쁜 청년을 꼬셨는지 엄마는 기특해 죽겠다. 아침에 일어난 진헌은 사위 대접에 얼큰한 해장국(그렇게 맛있는 콩나물국은 처음이었다! 정말로!)까지 어젯밤과는 사뭇 다른 대접을 받고 집을 나선다. 그렇게 장인 장모에게 인정도 받고 초절정 엽기 닭살 커플을 이루던 진헌은 희진의 병이 재발했다는 소식을 접한다.

희진은 6개월마다 정기적으로 하는 내시경검사와 CT 촬영을 지인이 있는 병원에서 하고 재발의 징후를 발견한다. 휴스턴으로 돌아가 정밀검사를 한 후 필요하다면 재수술이나 항암치료를 다시 받아야 한다. 먼저 돌아간 헨리 킴이 이미 스케줄을 모두 잡아놓았다. 희진은 진헌에게 함께 가주기를 부탁한다. 그때처럼 혼자 외롭게 떠나고 싶지 않다고 한다.

진헌은 극심한 갈등을 한다. 삼순이를 사랑하지만 희진을 혼자 보낼 수 없는 이 아이러니한 상황... 결국, 진헌은 그녀와 함께 떠나기로 한다. 비록 삼순이를 사랑하지만 삶과 죽음의 기로에 서 있는 그녀를 도저히 혼자 놔둘 수가 없다. 그래서 그는 3년 전 희진이 했던 말을 삼순에게 한다. 3년만 기다려줘. 돌아올게. 꼭 돌아올게. 그러자 삼순이 소리친다. 야, 이 나쁜 새끼야! 3년 후면 내가 몇 살인 줄 알아? 그때까지 나더러 기다리라고? 못 해! 가고 싶으면 나랑 끊고 가! 삼순은 이 모든 불행이 다 이름 때문이라고 생각한다.

그가 희진과 함께 떠나던 날, 삼순은 하루 종일 공항대기실에서 그를 기다렸다. 영화나 드라마를 보면 그런 장면이 있다. 떠난 줄 알았던 사람이 문이 열리고 다시 나타나는 뻔한 기적의 장면! 삼순은 그럴 줄 알았다. 문이 열리고 그가 다시 나타나 놀랬지? 하며 그녀를 안아줄 줄 알았다. 그런데 그는 나오지 않았다. 영화는 영화일 뿐이다. 판타지가 일어날 만큼 그녀는 예쁘지도 않고 날씬하지도 않고 젊지도 않다. 그녀는 집으로 오는 공항버스 안에서 내내 울었다. 그리고 하루가 지났다. 일주일이 지나고 한 달이 지났다. 그는 돌아오지 않았다. 삼순은 그가 떠났음을 인정하고 일을 핑계 삼아 그를 잊은 척한다. 일이란? 얼마 전에 오픈한 인터넷상의 온라인 케이크 전문점이다. www.pi.co.kr 삼순의 케이크는 온라인상에서 조용한 반향을 일으킨다. 삼순은 열심히 케이크를 만들고 이영 언니가 홈페이지 관리 등 운영 업무를 맡는다. 1년 뒤 오프라인 가게까지 오픈하는 날, TV에서 한라산을 본 삼순은 충동적으로 배낭을 꾸려 제주도행 비행기를 탄다. 그때 그가 그랬었다. 형과 열아홉 살 때 올랐던 산이라고, 거기서 형과 함께 끓여 먹었던 라면 맛과 커피 맛, 그리고 담배 맛을 잊을 수 없다고 했다. 사고 후에는 오기로 올랐다고 했다. 망가진 다리로 정상에 오를 수만 있다면 뭐든 새출발할 수 있을 거라고, 그래서 죽을힘을 다해 올랐다고, 거기서 희진을 기다리기로 결심했다고... 삼순이 오른 산 중에 가장 높은 산은 수학여행 때 석굴암을 보러 올라간 토함산이다. 그것도 친구들이 앞에서 끌어주고 뒤에서 밀어주며 겨우겨우 올라갔었다. 그런 그녀가 남한 최고의 높이를 자랑하는 한라산에 오를 수 있을까? 한 시간도 못 가 삼순은 검은 현무암을 치며 후회한다. 내가 왜 이 지랄을 하나. 그것도 돈까지 내가면서. 그래도 내려가기는 싫다. 다리 망가진 사람도 올라가는데 이 튼튼한 다리로 못 할까 봐. 반쯤 올라가니 내려가고 싶어도 못 내려간다. 다리가 후들거려서. 배는 고프고 목은 마르고 옷은 땀에 절고, 가도 가도 끝이 없는 이 산길은 하늘까지 이어졌는가? 가까이서 야호! 소리가 들린다. 정상이라고 외치는 소리도 들린다. 남은 힘을 쥐어짜 정상에 오르는 김삼순, 순간 눈앞에 낯익은 남정네가 보인다. 삼순은 그를 보자마자 배꼽을 잡고 웃어댄다. 그가 왜 여기 있는지 이해가 안 돼서, 그가 여기 있다는 게 너무 웃겨서, 꼭 꿈인 거 같아서, 내가 미쳤나 싶어서... 그렇게 웃다가 그가 환영이 아니라 진짜 사람, 현진헌, 이라는 걸 알고 삼순은 울기 시작한다. 야 이 나쁜 새끼야, 너 때문에 얼마나 고생했게. 내가 다시 한라산에 올라오면 사람이 아니다!

 희진의 수술은 잘 이루어졌다. 진헌은 성심을 다해 그녀를 간병했다. 그러면서 알게 된 건, 헨리와 희진의 관계에 대해서다. 헨리와 희진은 남녀관계 이상의 무언가를 교감하고 있었다. 친구이면서 연인이면서 환자와 주치의이면서 그리고 그 모든 걸 초월하는 신성한 그 무언가를... 희진도 나중에는 인정했다. 처음 미국에 왔을 때 혼자서는 도저히 버틸 수 없었다고, 그때 곁에 있어준 사람이 헨리였다고, 우습게 들리겠지만 너에게 돌아가기 위해 그 사람에게 의지했다고, 그런데 이제 그 사람을 사랑한다고, 그걸 최근에야 깨달았다고, 그러니 이제 너는 네가 사랑하는 삼순 씨에게로 돌아가라고... 진헌은 아침 비행기로 서울에 도착해 곧바로 삼순의 집으로 달려갔고 자매들에게 삼순의 행적을 물어 여기까지 한달음에 왔다. 그리고 거북이처럼 엉금엉금 기어 올라가는 삼순을 다른 코스로 이미 따라잡고 정상에서 기다리고 있었던 것이다. 삼순이 감격에 겨운 울음을 그치자 진헌은 왕싸가지답게 이런 제안을 한다.

 "우리, 연애하는 척할래요? 계약 기간은 한 60년? 아니, 종신으로 할까요 김삼순 씨?"

 "난 이제 김삼순이 아니야. 김희진은 더더욱 아니야. 김나영이야. 법원에서 개명 허가받았어. 구청에 가서 신고만 하면 돼. 그러니까 너도 이제 나영 씨라고 불러."
　삼순은 자랑스럽게 개명허가서를 흔들지만 이내 진헌에게 빼앗긴다. 진헌은 허가서를 거침없이 찢더니 훨훨 날려버린다. 천국의 바람이 불어와 길길이 날뛰는 삼순의 머리카락을 흩어버리고 종이조각들도 날려버린다. 천국의 바람이...